# 아빠의
## 육아휴직은
# 위대하다

# 아빠의 육아휴직은 위대하다

**초판인쇄** 2019년 11월 8일
**초판발행** 2019년 11월 8일

**지은이** 임석재
**펴낸이** 채종준
**기획·편집** 조가연
**디자인** 김예리
**마케팅** 문선영

**펴낸곳** 한국학술정보(주)
**주소** 경기도 파주시 회동길 230 (문발동)
**전화** 031 908 3181(대표)
**팩스** 031 908 3189
**홈페이지** http://ebook.kstudy.com
**E-mail** 출판사업부 publish@kstudy.com
**등록** 제일산—115호(2000. 6.19)

ISBN 978-89-268-9676-1 03810

다섯 살 아들과 함께 쓴
14년 차 직장인 아빠의
좌충우돌 육아휴직 이야기

임석재 지음

# 아빠의 육아휴직은 위대하다

이담
Books

# 그렇게 시간은 지났다

2018년 4월 2일부터 시작된 1년의 육아휴직 기간 동안 마흔 살 아빠와 다섯 살 아들은 짧고도 긴 날들을 오롯이 함께했다. 1년, 365일, 8,760시간 동안 많은 일들이 있었고, 많은 일들을 했다. 대학을 졸업하고 직장인이라는 이름으로 회사에 다닌 지 14년이 되어가던 어느 봄날, 나는 휴직을 결심했다. 조금의 망설임과 약간의 걱정은 있었지만 '내일이면 늦을 거야'라는 마음의 소리에 집중했다. 다섯 살배기 아들의 커가는 모습을 바짝 곁에서 '함께하고' 싶었기 때문이다. 어쩌면 아들과 함께할 수 있는 마지막 기회라 생각했다. 이미 지나가 버린 시간은 어쩔 수 없지만 이제 곧 아들도 여덟 살이 되면 초등학교에 입학할 것이고, 일곱 살은 입학 직전이라 아무래도 부담스러웠다. 그렇다면 다섯 살 또는 여섯 살밖에 없으니 더 이상 망설이지 말자고 결심했다.

휴직 기간 동안의 경제적 부담(아내는 전업주부고, 아들은 가정육아 중이었다)과 복직 후의 회사 생활 적응 등을 이유로 주변의 많은 분들이 걱정과 우려를 전했다. 하지만 아내의 응원과 격려, 아들에 대한 기대와 사랑이 있었기에 주저하지 않았다. 어쩌면 나 자신을 돌아보는 절실한 시간이 될 것이라는 믿음도 있었다. 그 믿음을 실천하기 위해 신문 구독을 중지하고, 피트니스센터에서 하던 운동도 그만두었다. 활자 중독이라 불릴 정도로 읽는 것을 좋아해 25년 이상 지나치게 읽었던 신문이었고, 내 한 몸 잘 챙기기 위해 지나치게 열중했던 운동이었다. 나를 위한, 어쩌면 나만을 위한 두 가지를 그만두면서부터 아들과 함께할 날들은 시작되었다. 그렇게 마흔 살 아빠의 육아일기와 다섯 살 아들의 성장일기도 시작되었다.

1년의 시간 동안 우리 가족은 많은 추억을 쌓았다. 아내와 아들과 함께 더없이 편안한 마음으로 전국을 돌아다녔다. 경남 사천을 시작으로, 고성, 제주도(마라도), 울릉도(관음도, 죽도), 영주, 인천, 동해, 속초, 강릉, 원주, 여주, 전주, 청주, 공주, 태안, 목포, 해남, 완도(노화도, 장사도, 보길도, 신지도, 약산도, 고금도), 세종, 서울, 안동, 경주 등 국내의 셀 수 없이 많은 곳을 둘러보았고, 국외의 베트남(다낭, 호이안), 라오스(방비엥, 비엔티안), 중국(청도)도 함께했다. 제주도에서는 사진가 친구의 집에서 지내며 푸른 바다와 맑은 하늘을 맘껏 즐겼고, 울릉도에서는 직접 밥을 해 먹고, 버스를 타고 다니며 가족여행에 대한 자신감을 다졌다. 그동안 주말에 짧은 일정으로만 함께했던 아들의 할아버지와 할머니, 외할아버지와 외할머니와도 비교적 긴 시간을 함께할 수 있었다. 아들의 하나뿐인 대학생 사촌 형의 방학기간 동안에는 짧지 않은 날들을 함께했고, 새 학기가 되어 방을 구할 때도 부지런히 따라다녔다. 무엇보다 가장 큰 변화는 처음으로 스마트폰을 사용하게 된 것이었다(아직 대부분은 전화 통화, 문자 보내기, 아주 가끔은 아들 사진을 찍어보는 정도다).

그리고 많은 일들을 했다. 냉장고를 싹 비워서 청소했고, 에어컨도 뜯어서 청소했다. 육아휴직 급여(첫 세 달은 1,125,000원, 네 달

째부터 마지막 달까지는 750,000원)를 신청했고, 동네 도서관에서 진행하는 다양한 특강들 중에서 서양철학(들뢰즈) 강의와 인문고전(사기) 강의를 들었다. 폭염이 이어지던 날, 아들의 할아버지가 장폐색으로 일주일간 입원하셨을 때는 곁에서 간병을 했고, 고속버스 내 아이 카시트 설치 지원과 관련하여 국민청원을 제기하기도 했다. 아들과 함께 집에서 머리카락을 잘라보기도 했고(다행히 아내는 제법 실력자였다), 교원빨간펜, 대교눈높이, 키즈스콜레 등 아이들 학습지를 판매하는 회사의 자녀교육 특강과 학부모 대상 수업에 두루 참석해보기도 했다. 난 언제나 유일한 아빠였고, 심지어 주부 대상 운동회도 함께 했다.

그렇게 7개월의 시간은 흘렀고, 아들의 사회성 향상을 위해 어린이집에 다니기로 했다. 10월 22일부터 시작된 어린이집 등원은 처음 몇 달은 오전만, 조금 지나 1시, 그러다 1시 30분, 마침내 3시까지 점차 시간을 늘렸다. 그렇게 아들은 서서히 적응해갔다. 아들이 어린이집에 다니면서부터 짧은 시간을 이용해 독서지도사, 심리상담사, 미술교육지도사 자격증을 취득했다. 그리고 그동안 참석하지 못했던 학회에 다녀왔다. 사기업에 다니는 친구의 육아휴직 상담을 해줬고, 아들의 증조외할머니(친가), 증조할아버지(외가) 제사에 참석했다. 땡볕이 내리쬐는 날에는 아파트 분수대에서 물놀이를 했고, 눈이 펑펑 오는 날에는 아파트 주변의 언덕에서 눈사람을 만들고, 눈썰매를 탔다. 그리고 아들이 좋아하는 공룡과 관련된 뮤지컬을 보고, 공룡을 다룬 다양한 책을 읽었을 뿐 아니라, 고성공룡박물관, 대전국립중앙과학관, 한국지질자원연구원, 계룡산자연사박물관, 국립과천과학관, 경주백악기월드, 목포자연사박물관, 안면도공룡박물관, 화성공룡알화석지, 해남공룡박물관 등 공룡이 있는 곳이라면 전국 곳곳을 둘러보았다.

휴직 마지막 달에는 아들의 할아버지, 할머니와 중국 청도로 짧은 여행을 다녀왔고, 이후 아들의 어린이집과 10분 내외 거리의 아파트로 이사했다. 동시에 일주일 남은 복직을 준비했다. 이사를 준비하며 그동안 미련하다 싶을 정도로 짊어지고 다녔던 500권 정도의 책을 버리고 또 버렸다. 아직 2,000권 이상이 남았지만 말이다. 그렇게 정신없이 마지막 한 달, 아니 일 년의 시간이 지났다. 물론 이렇게 신나고 즐거운 일들만 있었던 것은 아니었다. 휴직 중간에 생활비 부족(?)으로 몇 년간 납입했던 적립형 연금을 해약했고, 살고 있던 집도 부동산에 내놓았지만 경기 하락으로 네 달 동안 매매가 되지 않다가 복직을 겨우 일주일 앞두고 이사할 수 있었다. 거기에 다섯 살 아들과 함께하는 일상은 하루에도 수십 번 희로애락이 교차하는 날들이었다. 아이를 조금 더 이해하기 위해 수십 권의 책과 논문까지 읽었지만 이론과 현실은 달랐으며, '육아에 정답은 없다'는 것을 재차 확인할 수 있었다.

휴직을 하고 아내의 권유로 아들과의 일상을 기록하기 위해 블로그를 만들었고 매일매일 참 부지런히 기억하고 기록했다. 어느덧 블로그는 아들과 함께 읽었던 281권의 동화책과 함께 써 내려간 516개의 육아일기, 조용히 하루를 돌아볼 수 있었던 383권의 독서일기까지 총 1,180개의 글들로 채워졌다. '육아휴직', '아빠육아', '육아', '휴직', '육아일기', '아들 키우기', '남자아이 키우기', '글쓰기'라는 주제로 아이가 잠든 새벽에 쓴 글들이라 다시 읽어보니 그때의 급한 마음(아이가 언제 다시 깰지 모른다!)이 고스란히 느껴지기도 한다.

이제 복직 후 한 달이 조금 지났고, 회사로 돌아와 일상이라는 이름의 삶을 살고 있다. 이제 여섯 살이 된 아들은 키는 더 크고, 몸무게도 더 늘었다. 마음은 더 단단해지고, 의사표현은 더 분명해졌다. 천성적으로 밝은 아이지만 더 맑아졌다. 그렇게 조금 '더' 변했고, 조금 '더' 성장했다. 미처 못다 한 것들도 있어, 언제나 조금 아쉽지만 별게 다 그립다. 다시 봄은 왔고, 그 시간과 그 공간을 함께한 기억을 추억하며 다시 일상의 삶을 또박또박 살아간다. 1년의 육아휴직은 삶을 조금 다르게, 조금 깊게, 조금 진지하게 생각해 볼 수 있던 날들이었다. 문득 돌아보니 모든 게 그냥 참 고마웠고, 참 좋았다. 출근길 집을 나서며 이제 막 잠에서 깬 아들과 인사를 나눈다. "아들, 언제나처럼 오늘도 즐거운 하루!" 그렇게 또 하루를 시작한다.

혹시나 육아휴직을 고민하는 아빠가 있다면 '아빠의 육아휴직은 위대하다'라는 말로 휴직을 적극 권하고 싶다. 이 책을 통해 단 한 명의 아빠라도 조금 더 아이와 함께할 수 있기를 잠시 마음을 모아 소망한다.

2019년

따뜻한 볕이 너무 좋은 어느 날

· CONTENTS ·

PART 1

봄

육아휴직을 하고 처음으로 아들과 함께한 날, 아들이 거실 벽에 걸린 시계를 보더니 이렇게 말했다. "아빠, 시계가 딱 붙었어요." 시계는 12시 정각을 알리고 있었다. 미처 생각하지 못했는데 시침과 분침은 서로 조금씩 다가서 한 몸이 되기도 하고, 아주 멀리 떨어지기도 한다.

아들이 말했다. "아빠, 기린은 집에 있는데 코끼리는 없어요." 둘러보니 기린 인형은 있고, 코끼리 인형은 없다. 그때 녀석은 한마디 더 한다. "그런데 코끼리는 가까이에 있어. 왜냐하면 동물원에 있거든." 그렇다. 아빠에게 동물원은 주변에 존재하지 않는 특별한 공간이지만, 아들에게는 그 정도면 가까이에 있어 항상 다가갈 수 있는 공간으로 기억되고 있다. 마음속에 떠올릴 수 있다면 그건 가까이에 있는 것이다.

# 계란 볶음밥

경남 사천으로 2박 3일 여행을 떠나는 날, 아침은 바쁘다. 아들은 아침으로 계란 볶음밥을 먹는다. 가장 빠르고, 녀석도 좋아하니까. 아내는 아들에게 계란이 주인공이니 열심히, 부지런히 먹으라 한다. 그런네 문득 이런 생각이 든다. '계란'보다는 '밥'이 주인공이 아닐까. 김치 볶음밥, 햄 볶음밥, 야채 볶음밥… 머리는 다양하게 변하지만 '밥'은 변하지 않고 마지막 자리를 묵묵히 지키고 있다. 그러니 밥은 밥값을 하는 것이다. 화려하진 않아도 밥은 주인공이다.

아들은 아직 살아온 날들이 많지 않다. 그렇기에 아쉽고, 원망스러운 일도 아빠보다 많지 않을 것이다. 그런데 잠자리에 들면 바득바득 이를 간다. 엄마와 아빠는 그러지 않는데…. 오늘도 예외는 없다. 거기에 이리 뒤척이고, 저리 뒤척이고, 뒹굴뒹굴하기까지 한다. 덕분에 엄마와 아빠는 잠을 설친다. 새벽 두 시, 경남 사천의 한적한 리조트에서 온 가족이 잠이 깼다. 결국 아들은 엄마표 계란 볶음밥을 먹기로 한다. 낮에 물놀이를 너무 열심히 했나 보다. 덕분에 오랜만에 느껴보는 새벽, 참 좋다. 우리 가족을 제외한 온 세상이 다 잠이 든 그런 느낌.

아침에 일어나 보니 비가 온다. 아직 그렇게 이르지 않은 시간인데. 비를 좋아하는 아내에게 여행지에서의 비는 낭만일 수 있다. 그러나 내일 또 물놀이를 하자고 약속한 아들에게 비는 무엇일까. 아직 비가 오고 있다는 사실을, 그러면 물놀이를 할 수 없을 것이라는 현실을 모를 텐데. 지금 아빠가 걱정하는 건 오직 하나. 오늘 물놀이는 힘들다는 것. 그러니 꿈에서라도 물놀이 많이 해야 한다. 가끔은 어제처럼 해가 쨍쨍 내리쬐다가, 오늘처럼 비가 뚝뚝 떨어지기도 한다. 그런 날들도 그저 의젓하게 받아들이면 좋겠다. '물놀이는 다음에 또 하면 되지, 뭐' 그런 생각.

요즘 아들의 관심은 공룡에게 쏠려 있다. 아이들은 계절이 바뀌
듯 그렇게 자연스레 관심사가 이동한다. 그러다 문득 지난 관심
사로 돌아가기도 하지만. 경남 고성에 있는 공룡 박물관에는 많
은 공룡 모형들이 있다. 티라노사우루스는 아들이 가장 무서워하
는 육식공룡이다. 가장 적절한 표현은 '기겁한다' 정도가 아닐까.
그런데 티라노사우루스가 피를 흘리는 장면을 본 아들은 '아프겠
다, 아빠'라고 한다. 정말 무서워하지만 그래도 때로는 감정적으
로 공감한다. 아이들은 참으로 놀랍고, 신비한 정서적 존재다. 어
른들은 그렇게 하고 싶어도 못 하는데.

경남 사천 여행을 마무리하고 집으로 돌아오는 길. 아내가 문득 백천사에 커다란 와불이 있다는 얘기를 하며, 가보지 못한 것을 아쉬워한다. 그렇다면 가야지! 보고 싶으면 봐야 한다. 다행히 집으로 돌아오는 길에서 그렇게 멀지 않다. 백천사에는 세계 최대, 아니면 동양 최대 와불, 그러니 누워있는 부처님이 계신다. 부처님께 엄마는 이런저런 소원과 바람을 이야기하고, 아빠는 몇 가지 다짐한다. 그런데 아들은 "새해 복 많이 받으세요"라고 한다. 엄마, 아빠는 자신의 희망, 바람, 다짐을 이야기하는데, 아이는 그저 눈앞에 보이는 부처님만 생각한다. 참 담백하다.

주말을 맞이하여 아들과 산책을 나간다. 아니, 이제 당분간은 주중에도 아침저녁으로 햇볕을 잔뜩 쬐기 위한 산책을 다닐 것이다. 서둘러 집을 나서려는데 아들은 다소 큰 자동차 장난감을 들고 가자고 한다. 물론 아빠는 아들과의 오붓한 산책이 목적이기에 "들고 다니기에는 장난감이 너무 커"라고 한다. 그러나 아들도 지지 않는다. "그럼 아빠가 들면 되잖아." 오늘도 아들은 꽤 발랄하다.

# 난 몰라서 그랬어

아빠는 아들에게 이런저런 기대와 바람이 있다. 그리고 때로는 급한 마음에 아이가 스스로 잘해주었으면 한다. 아이가 뜻대로만 커주는 것이 아닌데, 그저 어른인 아빠의 욕심이다. 아빠가 그 나이 때 어떻게 했는지는 생각지 못하고, 어른이 된 지금의 생각과 마음으로 기대치만 키우는 것이다. 아빠의 욕심을 부끄럽게 하는 말, "아빠, 난 몰라서 그랬어." 그렇다. 잊지 말아야 한다. 아이는 아직 다섯 살이다. 앞으로 한참 커야 하는 다섯 살.

그리운 건

휴직을 하고 아들과 보내는 절대적 시간이 많아졌다. 아직은 문득 회사 일이 생각나기도 하고, 아이와 함께하는 것이 육아의 전부는 아니지만, 아빠가 선택한 육아는 그저 많은 시간을 아이와 함께하며 아들의 이야기에 좀 더 귀 기울여주는 것이다. 커피를 좋아하는 아내를 위해 아들과 커피숍으로 가는 길, 문득 길가에 '대리운전'이라는 광고지가 '그리운 건'이라 읽혔다. 아직은 아침에 일어났을 때 회사를 가지 않아도 된다는 것이 조금 어색하다. 휴직이 끝나고 다시 회사로 돌아가게 되면 정말 그리운 건 아들과의 소소한 추억일 것이다. 지금 행복해야 그때 더 그리울 것이다.

아들과 많은 시간을 함께하고 있다. 아니 스스로 그렇게 생각하고 싶은지도 모른다. 그래야 하니까. 그러다 보니 해야 할 일들을 하기가 생각보다 쉽지 않다. 녀석이 잠시도 틈을 주지 않으니. 어떨 때는 아들과 말은 하고 있지만, 눈은 다른 곳을 향하기도 한다. 아빠도 살아야 하니까. 아들이 '눈치채지 못하겠지'라는 생각을 하면서. 그럴 때면 녀석은 아빠가 무엇인가 다른 것을 하고 있음을 기가 막히게 알아챈다. 그저 한마디 툭 던진다. "아빠, 봐야지 알지."

세상에는 너무나 많은 '슈퍼'가 있다. 마켓에도 '슈퍼', 사람에게도 '슈퍼', 장난감에도 '슈퍼.' 그 밖에도 아빠가 알지 못하는 사회 구석구석에 '슈퍼'라는 이름을 달고 있는 것들이 많을 것이다. 아들이 가지고 있는 장난감은 유독 '슈퍼'라는 꾸밈말이 있는 것들이 많다. 아마도 아이들에게 '아주', '엄청난', 그 무엇을 상상하게 하기 위함이라 추측한다. '슈퍼 박사'가 되고 싶다는 아들. 사실 가끔은 '슈퍼'가 아니라도 충분한 것들이 많은데….

말도 안 되는 말이, 말이 되는 경우가 있다. 처음에는 어처구니없
는데, 곰곰이 생각해보면 '그럴 수 있겠구나'라는 생각이 드는 경
우다. 요즘 들어 아들은 '착한 도둑'이라는 말을 자주 한다. 그 의
미를 정확히 알고 사용하는 것 같지는 않지만, 그래도 녀석이 표
현하고자 하는 의미는 알 수 있다. 세상을 살다 보면 머리로는 이
해할 수 없는 일들이 마음으로는 이해되는 경우가 있다. 너무 뻔
한 세상보다 가끔은 엉뚱한 일들도 있어야 삶이 풍성해진다.

아들과 산책을 마치고 집으로 돌아오는 길. 아내가 좋아하는 커피를 한 잔 사러 간다. 그게 요즘의 일상이다. 아내는 평소 아메리카노를 좋아하지만, 요즘은 카푸치노를 즐겨 마신다. 아마도 그 아름다움과 부드러움이 이 계절과 잘 어울려서인 것 같다. 사실 커피를 마시지 않는 아빠는 그 둘의 차이를 알지 못한다. 그저 모양을 보고 미루어 짐작할 뿐이다. 문득 카푸치노는 커피가 주인공인지, 거품이 주인공인지, 아니면 마지막 시나몬이 주인공인지, 참 궁금하다.

부딪친다

자석과 자석이 서로 꼭 붙은 모습을 본 아들은 "아빠, 자석이 부
딪쳐요"라고 한다. 아빠가 보기엔 그저 좋아서 딱 붙어있는 것 같
은데, 그게 자석의 본래 성질이라 당연한 것인데, 아들에게는 자
석과 자식이 서로 서서히 다가가 마침내는 부딪치는 것처럼 보이
나 보다. 어쩌면 자석도 그렇게 딱 붙어있는 것보다는 적당한 거
리에서 미묘하게 긴장과 떨림을 유지하는 것이 좋은 것인지도 모
른다. 너무 한 몸처럼 딱 붙어있으면 부딪칠 일도 있는 법이다.
어쩌면 아이들은 세상 이치를 이미 깨우친 게 아닐까.

아들과 음식점을 가면 대부분 나이를 물어본다. "몇 개월이에
요?" 그러면 아빠는 잠시 망설인다. '그냥 다섯 살이에요'라고 할
까, 아니면 녀석이 아직 동안이니 '삼십육 개월 미만이에요'라고
할까. 생각해보면 삼십육 개월이라고 해봐야 아직 세상 구경한
지 얼마 되지 않는 상 꼬마인데. 벌써 무럭무럭 자라서 이제 어딜
가나 '제 몫은 해야 되는 때가 되었나' 하는 생각도 든다. 아들에
게 '제 몫'은 무엇일까. 녀석이 생각하는 역할은 무엇일까. 아빠와
엄마는 그저 쑥쑥, 무럭무럭 건강하게 자라기만 바랄 뿐인데.

아들과의 산책은 시간이 조금 더디게 흘러간다. 혼자라면 십 분
이면 충분한 거리를 삼십 분, 아니 한 시간이 더 걸리기도 한다.
이유는 간단하다. 녀석은 주변의 모든 것이 새롭고, 궁금하다. 거
기에 아직은 걸음이 느릴 수밖에 없는 나이다. 아빠가 달리기 시
합을 제안할 때면, 녀석은 좋아하며 열심히 뛰면서 꼭 하는 말이
있다. "내가 앞에 있을 거야. 아빠는 뒤에 따라와." 문득 생각해
보니 참 좋은 말이다. "아들아, 맘껏 달려라. 아빠가 뒤에서(가끔
은 옆에서) 같이 뛸게. 그리고 널 지켜봐 줄게."

아들이 없을 때는 몰랐다. 왜 아이를 '재워'야 하는지. 그런데 한 아이의 아빠가 되고 보니 아이들은 자는 게 아니라 재워야 한다는 것을 알았다. 아이를 재우고, 입히고, 먹이고, 모든 일들은 엄마, 아빠의 관심과 도움이 필요하다. 어른들의 눈에는 너무나 쉬워 보이는 것도 아이들에게는 높은 산을 오르는 것과 같은 도전과 용기가 필요하다. 처음으로 스스로 밥을 먹고, 스스로 옷을 입고, 스스로 쉬를 하는 것. 그럼 다 큰 것이다. 물론 아직도 스스로 해야 할 일들이 많겠지만 그건 또 다음에 생각해도 괜찮다.

아내와 아들과 함께 사진을 찍었다. 거기에 녀석의 할머니, 할아버지, 큰 고모, 작은 고모, 큰아빠, 큰엄마, 사촌 형, 사촌 누나도 함께했다. 녀석의 할머니 칠순이자, 할아버지 생신이기 때문이다. 그러니 녀석이 주인공은 아니다. 어느덧 제법 많은 숫자의 가족이 되었다. 생각해보니, 요즘은 하루에도 많은 사진을 찍지만 사진관에서 가족이 함께 사진을 찍는 경우는 드물다. 지금 이 모습을 기록으로 남기고 싶고, 지금 이 순간처럼 행복한 마음이 계속되었으면 좋겠다. 시간은 차곡차곡 흐르겠지만, 그저 녀석의 할머니, 할아버지가 건강하시길 바란다.

# 낮잠을 자다

휴직을 하기 전에도 낮잠은 잤다. 회사에서 점심을 먹고, 12시 40분부터 55분까지 하루 15분은 꼭 자려고 노력(?)했다. 그래야 오후에도 맑은 정신으로 업무에 집중할 수 있으니까. 그때는 회사 일도 해야 하고, 논문도 써야 하고, 이래저래 하고 싶은 것이 정말 많았다. 그렇게 해야 한다고 생각했다. 그런데 휴직을 하고 보니, 아들이 졸린다고 하면 "그래" 하며, 같이 잔다. 두 시에도, 세 시에도, 네 시에도, 자는 척하지 않고 진짜 잔다. 그러다 아들이 먼저 잠들면 꼭 안아준다.

아들과 목욕을 가면 어떻게 시간을 보낼까 살짝 고민한다. 이유는 하나. 엄마는 두 시간 이상을 씻고 나오는 까닭에 시간을 맞추어야 하기 때문이다. 처음에는 조금 힘들었지만, 이제는 요령이 생겨 두 시간 정도는 아들과 재미있게 함께한다(물론 개인적인 생각이지만). 방법은 단순하다. 사우나는 다음으로 미루고, 그저 아들이 놀자는 데로 함께하는 것이다. 아들의 눈높이에 항상 맞추어줄 수는 없지만 함께하려면 그것이 최선이다. 아들의 눈을 보고, 손을 잡아주고, 함께 움직이면 된다. 그러면 아이는 웃는다.

손이 새까맣게 변할 때까지 아들은 신나게 색을 칠한다. 검정, 빨강, 파랑, 노랑… 정해진 것은 없다. 알록달록 색칠하는 것을 좋아하기 때문이다. 그러다 보니 옷소매는 항상 이런저런 흔적이 남게 마련이다. 빨래가 많아지지만, 그래도 아내는 괜찮다며 아들과 즐겁게 색칠 놀이를 계속한다. 아내는 참 좋은 엄마다. 아들이 즐거워하는 일은 항상 함께 한다. 아빠는 어른처럼 놀지만, 아내는 아이처럼 논다. 아빠도 그렇게 해보니 금세 지치고, 힘이 든다. 아내도 그동안 많이 힘들었을 것이다. 그래도 그 자리에 항상 있어주었다. 아빠보다는 엄마가 조금 더 대단한 이유다.

문득 스스로에게 '거품이 있었나'라는 생각을 하게 되었다. 아들
과 외출 후 손을 씻으며, "비누를 열심히 칠하고, 손가락을 깍지
끼고, 부비부비 하는 거야", "거품이 많이 나야 해. 그래야 손을
잘 씻을 수 있거든"이라고 말한다. 문득 '아빠에게는 어떤 거품이
있었을까' 하는 엉뚱한 생각을 했다. 거품은 많이 있으면 안 되
는 거니까. 시간이 흘러 다시 회사로 돌아갈 때쯤엔 그 무엇이 되
었건 거품이 조금 줄었으면 좋겠다. 무엇일까? 아빠가 줄여야 할
거품은?

# 장난감 조립

장난감 조립을 하는 방법은 두 가지가 있다. 첫 번째 방법은 설명서를 차근차근 보고, 순서대로 따라 해보는 것이다. 두 번째 방법은 전체적으로 완성된 모습을 머릿속에 그려보고, 그 역순으로 부분 부분을 조립해가는 것이다. 아빠가 좋아하는 것은 두 번째 방법이다. 회사에서 일을 하면서도 그랬던 것 같다. 전체적인 윤곽을 그려놓고, 거기에 필요한 부분들을 하나씩 만들어가는 것이 보다 수월하게 일을 처리하는 방법이었다. 머릿속에 천천히 그림을 그린다. 그리고 손으로 빠르게 실천한다.

<br />

# 과정을 즐기다

아들은 색을 칠하고 거기에 덧칠을 한다. 녀석은 그것을 덧칠이라 생각하지 않는다. 그저 점점 더 아름다운 그림이 되는 것이다. 아빠가 보기에는 점점 엉망으로 변하는 것 같은데, 녀석에게는 색을 칠하는 것 자체가 재미있는 일이다. 어른들은 색칠을 통해서 완성된 그림을 보려 하지만, 아이들은 색칠하는 과정 그 자체를 즐긴다. '결과보다는 과정을 즐겨라'라는 익숙한 글귀가 아이들에게는 너무도 당연한 것이다. 익숙하지 않으면 재미없을 것이라고 생각했는데, 오히려 그로 인해 과정을 즐길 수 있는 것이다.

사진을 업으로 하는 친구를 만나러 하늘을 날아 제주도에 왔다. 비행기 안에서 바라본 하늘은 구름으로 가득했다가, 구름 한 점 없다가 한다. 그러다 아래를 보면 맑고, 푸르른 바다가 시원스레 보기 좋다. 비행기가 이륙할 때면 조금의 설렘과 긴장이 있다. '내 삶은 잘 가고 있겠지' 하는 막연하지만, 꼭 필요한 생각. 아들과 아내와 보름 정도 제주도에서 지내려 한다. 이곳저곳 관광지를 다니는 것이 아닌, 그저 잠시나마 제주도의 볕을 쬐고, 바람을 느껴보려 한다. 그 어떤 계획도 없이 아들과 아내와 지내보는 것. 그렇게도 삶은 살게 될 것이다.

신화월드

제주도에 있는 관광지는 많이 다녀봤고, 그리고 웬만큼 알고 있다고 생각했는데 '신화월드'라는 곳이 새로 생겼다. 아마도 서울에 있는 롯데월드를 따라 한 것이 아닐까 추측한다. 그런데 왜 이름에 '신화'라는 단어를 썼을까? 물론 롯데처럼 그룹의 이름이겠지만, 그렇더라도 '신화'라는 단어가 가지고 있는 '신기한', '미지의', '상상 이상의', 그런 느낌을 종합적으로 주기 위한 것은 아닐까 생각한다. 아들과 아내에게도 이번 제주 여행이 '신화'가 가득한 '세상(월드)'이면 좋겠다.

청룡열차

아들의 키는 1미터가 되지 않는다. 이제 거의 근접했지만, 아직은 조금 부족하다. 그런 까닭에 놀이공원에서 이용할 수 있는 놀이기구가 그다지 많지 않다. 아빠 욕심에는 이것저것 맘껏 태워주고 싶고, 그 즐거움을 함께하고 싶은데 그렇게 하기엔 조금의 시간이 더 필요하다. 아빠가 어릴 적에 최고의 놀이기구는 '청룡열차'였다. 아마도 이름만 조금 달리 부를 뿐이지 지금도 그럴 것이다. 기구의 힘을 빌려 잠시나마 하늘을 나는 용이 되어보는 것. 그 짜릿함과 원대함. 단 몇 분이면 다시 인간 세상으로 돌아오기에 그 시간은 더 값지다.

바람이 분다

아들의 모래놀이를 위해 곽지해수욕장(제주)에 갔다. 그런데 문제가 생겼다. 바람이 분다. 마치 태풍처럼. 잠시 고민을 하지만, 아들의 표정을 보니 모래놀이는 예정대로 꼭 해야 할 것 같다. 일단 모래놀이를 한다. 단지 바람의 방향을 요리조리 피하면서. 처음에는 모래가 날리지만, 그 또한 조금의 시간이 지나면 견딜 만하고, 바람의 방향 결을 조금은 알게 된다. 가끔은 세상 이치라는 것이 아주 단순한 듯하다. 처음에는 모래가 날리는 바람이라 생각했지만, 나중에는 모래를 바람에 날리며 놀게 된다.

꿈을 꾸다

아들과의 평온한 잠자리를 약속하고 누워본다. 스르르 잠이 오려고 하면 아들은 "물 줘"라고 한마디 한다. 그러면 아들에게 물 한 잔을 건네고 '이제는 자겠지'라고 생각해보지만, 꼭 그렇지는 않다. 세 번 정도를 반복한 이후에야 아들은 겨우 잠을 자려는 것 같다. 아이는 어떻게 잠을 자고, 어떻게 꿈을 꾸는지 궁금하다. 아침이 되면 녀석에게 꼭 물어보는 질문. "무슨 꿈 꿨어?" 아들은 꿈이 무엇인지 알고는 있을까. 꿈은 밤에도 꾸고, 낮에도 꾼단다. 아주 멋진 것이면 더 좋고.

# 나무가 다 잘라졌다

푸르게 자란 나무들 사이로 아직 새순조차 돋지 못한 어린 나무들이 군데군데 섞여 있다. 아빠는 '내년이면 싹이 돋고 자라기 시작하겠구나'라고 생각하는데, 아들은 "아빠, 나무가 다 잘라졌다"라며 안타까워한다. 아직 시작조차 하지 못한 나무의 삶이 벌써 잘린 것일까. 주변에 타인들처럼 자라지 못한, 아니 이제 막 시작하려는 이들의 삶은 이미 잘린 것일까. 그렇게 생각할 필요는 없다. 성급할 필요 없이 조금 긴 호흡으로 먼 산 한번 바라보며 기다리면 된다. 조금 더디게 흘러가도 알차게 채워가면 된다.

제주도에 있는 친구의 집 주변에는 왕벚꽃축제가 열린다. 달빛에, 불빛을 더한 벚꽃은 화려한 자태를 뽐낸다. 순백에, 발그레한 분홍빛을 더한 느낌, 거기에 어둠이 더해져 은은하기까지. 흩날리는 벚꽃을 잡으려면 어떻게 하면 될까. 꽃잎을 잡으려고 이리저리 쫓아다니는 것. 그것보다는 그냥 가만히 손을 크게 벌리고 나무 아래 서 있으면 된다. 그러면 흩날리는 꽃들이 가만히 손으로 찾아온다. 가만히 있으면 된다. 그러면 네게 찾아온다.

제주도에 온 지 오 일째. 무얼 했을까 곰곰이 생각해보니 바닷가에서 아들과 모래놀이를 하고, 아내가 좋아하는 빵집을 서너 곳 다녔다. 아마도 모래놀이와 빵집 방문은 이곳에 있는 동안 계속될 것이다. 거기에 조만간 마라도를 다녀오려 한다. 아침에 곤히 자고 있는 아들과 아내의 잠을 방해하지 않는 선에서 마라도 가는 배 시간, 숙박 등 몇 가지 정보를 슬쩍 확인해둔다. 이미 제주도라는 섬에 와 있지만 또다시 마라도라는 섬으로 가려 한다. 이번 휴직 기간 동안에는 아들과 아내와 조금씩, 천천히 이동하려 한다.

그동안 몇 번 한라봉을 사 먹었다. 조금 비싼 가격이긴 하지만, 한라봉 고유의 '툭' 터지는 식감이 좋다. 제주도에 온 첫날, '한라봉을 한 박스 사놓고 부지런히, 열심히 먹어야겠다'라고 생각했는데 막상 마트에 가보니 대전보다 비싸다. 실망감과 아쉬움. 그러다 며칠이 지나 우연히 아들과 모래놀이를 가면서 길가의 판매점을 찾았다. 마음씨 좋은 사장님을 보니, 맛은 이미 합격이다. 아들이 좋아하는 것을 함께하니 엄마, 아빠가 좋아하는 것들이 따라오기도 한다. 우리 나름대로 착하게 살았다 생각하며 '씩' 웃어본다.

이곳 제주도에는 벚꽃이 휘날린다. 산책을 가는 길에도, 마트를 가는 길에도, 그리고 해변을 가는 길에도 흰색의 꽃들이 길을 안내해준다. 아들의 눈에는 따뜻한 날에도 나무에 눈이 매달린 것처럼 보인다. 그러다 문득 아빠에게 한마디 건넨다. "아빠, 나무에 첫송이가 매달렸어요." 눈송이도 아니고, 꽃송이도 아닌, 첫송이는 무엇일까. '처음 피어나는 송이' 정도라 생각하니, 어쩌면 꽃송보다 첫송이가 더 멋진 이름이 아닐까 생각한다. '아들아, 이름 한번 잘 지었다. 꽤 멋진걸.'

요 며칠 아들은 일찍 자고, 일찍 일어난다. 엄마는 아직 아니다. 녀석과 조용히 주변을 산책한다. 길에는 이름 모를 들풀도 있고, 누군가 담벼락에 그려놓은 해바라기도 있다. "아빠, 해바라기는 노란색 꽃이지. 그런데 할아버지는 영주에 있지. 인천에도 있고." 조금 뜬금없다는 생각도 들지만, 항상 태양을 바라보며 부지런히, 열심히 사는 해바라기를 보니, 아빠도 더 열심히, 더 부지런히 사셨을 녀석의 할아버지가 생각났다. 아들 덕분에 감사한 마음, 고마운 마음을 멀리서나마 느껴본다. 항상 고맙습니다. 그리고 감사합니다.

아들은 해변에서 모래성 쌓는 것을 좋아한다. 이유는 알 수 없다. 그런데 주변을 둘러보면 대부분의 아이들이 모래놀이를 하고 있으니 아마도 아이들은 모래놀이를 좋아하는 것 같다. 그저 추측하건대 해변에서 딱히 할 수 있는 다른 놀이가 없기 때문일 것이다. 주변에 모래가 많으니 놀이를 좋아하는 아이들은 모래를 가지고 놀이를 하는 것이다(부들부들한 촉감이 유독 좋을 수도 있겠다). 아이들은 단순해 보여도 어떻게 보면 참 영리하다. 큰 힘 들이지 않고, 큰 돈 들이지 않고 잘 논다. 세월을 가지고 요리조리 신나게 잘도 논다.

고래의 꿈을 전한다. (법으로 정해진, 실질적인) 일 년 동안의 육아휴직을 시작한 첫날. 주변의 지인들에게 잘 살아갈 것임을 약속하는 방법은 간단하다. 아들과 함께 해변에서 커다란 고래 한 마리를 그려서 문자 한 통 보내는 것이다. '덥고 나른한 오후에 커다란 고래 한 마리 선물해드립니다!' 아직 364일 남았지만, 그래도 첫날은 새롭다. 이렇게 하루하루 시간이 지나면 364일이 지나고, 어느덧 하루가 남을 것이다. 그때 고래 한 마리를 더 보내야겠다. 주변 모든 사람들, 모두 모두 파이팅 해요! 아빠, 엄마, 아들, 더 파이팅!

복잡해

아들과 놀이를 하다 보면 제법 복잡하고, 난해한 것들이 있다. 장난감을 조립할 때도, 길 찾기 놀이를 할 때도 어른인 아빠도 만만치 않다. 일단 처음에는 곰곰이 생각해본다. 다음에는 이것저것 해본다. 그리고 아들에게 말한다. "아들아, 복잡하고, 어려워 보이는 것이 있으면 한 가지만 생각해. 다음에 무엇을 하나만 하면 될지. 그렇게 한 다음에 그다음 것을 또 한 가지만 하면 돼. 그러다 보면 마침내 완성하거나 길을 찾을 수 있을 거야." 복잡하다고 생각되면 하나씩, 하나씩 천천히 하면 된다. 하나, 하나, 하나, 이렇게.

높다. 그리고 낮다. 그 사이는 평평하다. 높아지거나, 낮아지려면 '평평함'이 필요하다. 기준점이 있어야 높거나 낮다고 할 수 있으니. 먼저 높아지려면 스스로 쌓아 높아지거나, 주변을 깎아 낮추면 된다. 낮아지려면 마찬가지다. 상황에 따라 선택하면 된다. 아들이 세상을 살다 보면 스스로 쌓아야 할 시간도, 주변이 깎이거나, 낮아지는 시간도 경험하게 될 것이다. 그럴 때는 높아지려면 넓어져야 한다는 것을 잊지 말았으면 좋겠다. 높은 사람도, 넓은 사람도 필요하다. 그리고 평평한 사람도, 낮은 사람도 꼭 있어야 한다.

아들과 아내와 마라도 가는 길. 바다는 직선이다. '지구는 둥글다'라고 하지만 눈앞에 펼쳐진 바다는 끝없이 넓은 선의 연속이다. 바다를 통해 세계 일주를 생각한 사람들은 미지의 세계에 대한 동경과 도전정신으로 바다로, 세계로 떠났다. 그리고 돌아오지 못한 이들이 많았지만, 누군가는 자신의 출발점으로 돌아왔다. 그렇게 세계는 조금씩 완성되어 갔다. 아들에게도, 아빠에게도 미지의 그 무엇을 향한 도전은 계속될 것이다. 호기심 가득한 마음으로, 그것을 하나둘 찾아본다.

파도는 벽을 쌓는다. 가만히 손을 내밀어 하얗고, 부드러운 벽을
쌓는다. 그것의 깊이는 알지 못한 채, 그저 그것의 끝없음을 짐작
할 뿐이다. 그렇게 멀어져가는 파도를 보면서 아들과 아빠는 함
께한다. 배를 타고, 바다를 지나, 작은 섬으로 간다. 그 섬에는 무
엇이 있을까. '아름답겠지', '신비롭겠지', '멋지겠지' 정도의 추측
만 있을 뿐. 사실은 '조용했다'. 아내는 작은 성당에서 가만히 기
도했다. 우리 가족을 위해.

색을 표현하는 단어는 많다. '파랗다', '새파랗다', '푸르다', '푸르르다.' 이렇게 몇 가지만 펼쳐보아도 그 느낌과 쓰임새가 다르다. 바다는 '파랗다'라는 단어와 가장 잘 어울린다고 생각했는데, 그건 비다를 글자로만 보았기 때문이다. 아들과 아내와 함께한 바다는 그저 '짙다'라고 표현하면 충분하다. 눈으로 실제 모습을 보지 않고, 타인들의 느낌으로 색을 받아들인다는 것은 모순이다. 아들에게도 바다는 또 다른 색으로 기억될 것이다. 아빠는 '짙다'라고 기억하겠지만.

울룩불룩 나왔다

아들은 또래와 달리 비교적 배를 많이 타보았다. 제주에서, 부산에서, 여수에서. 아들에게 바다는 어떻게 보였을까. 지난 제주 여행에서 잠수함을 경험했던 녀석은 "아빠, 바다가 울룩불룩 나왔어. 조금 있으면 잠수함이 나올 거야"라며 아빠를 부른다. 그렇다. 바다의 파도는 한 덩이가 아니라 아주 많은 덩이가 조금씩 합쳐져 바다가 되고, 그것이 파도를 만드는 것이다. 그럼 파도가 치는 모습이 울룩불룩할 수도 있겠다. 바다와 파도는 그랬다.

## 기둥이 흔들린다

"아빠, 기둥이 흔들린다." 아들의 말에 주변을 둘러본다. 아무리 찾아봐도 기둥은 없다. 아들과 아내, 그리고 아빠는 자동차 안에 있다. 기둥이 될 만한 것을 열심히 찾아보지만 쉽지 않다. 아들의 눈에 기둥이 될 만한 것이 무엇이 있을까. 오늘의 숙제는 간단치 않다. 그때 녀석은 슬쩍 손가락으로 답을 알려준다. 그것은 옆에 정차하고 있던 트럭의 안테나였다. 시동을 걸어둔 까닭에 그것이 덜덜덜 떨리고 있었다. 세상의 정보를 접할 수 있는 것이니 차의 기둥이라 할 수도 있겠다. 오늘 숙제는 정말 만만치 않았다.

# 운수 좋아진 날

'운수 좋은 날'이라는 소설이 있다. 전체적인 이야기는 역설적으로 제목과 반대로 운수가 그다지 좋지 않은 주인공이 등장한다. 제주도에 온 지도 일주일이 지났는데, 오늘은 아들과 저녁 먹을 곳 찾기가 만만치 않다. 처음 찾은 돈가스집은 내부 사정으로 문을 닫았다. 다음으로 찾은 샐러드바는 지하주차장이 너무 좁아 주차가 힘들다. 그리고 찾게 된 설렁탕집은 아무리 찾아도 주차 공간이 없다. 포기하고 돌아오는 길에 찾은 보쌈집도 주차할 곳이 없다. 마지막으로 찾은 샐러드바는 봄맞이 할인 행사를 한다. 거기에 아빠, 엄마, 아들이 좋아하는 것들이 제법 있다. 노력 끝에 돌고 돌아 '운수 좋아진 날', '해피엔딩'이다.

# 기록하고, 기억하다

기록은 기억을 넘어선다고 하지만, 기억이 기록을 넘어서는 경우도 있다. 글로는 남길 수 없는 기쁨, 슬픔 등의 느낌과 감정. 그것은 기억으로만 생생히 남는다. 그것을 직접 경험한 사람만이 정확히 알 뿐이다. 그러니 글을 통한 간접 경험은 한계가 분명하다. 기록하고, 기억해야 한다. 아들과 '제주 4·3 평화공원'을 다녀왔다. 4·3 희생자들에게 지나간 70년은 '기억투쟁'이었다고 한다. 그들의 기억을 기록해서, 아들과 같은 후세대들이 이들의 기록과 기억을 되새겨 역사를 정직하게 바라볼 수 있길 바란다.

땅을 다지고, 기둥을 세우고, 지붕을 만들면, 집을 다 지었다고 할 수 있을까? 집을 짓는다는 것은 무엇일까? 친구는 일 년 전 제주도에 와서 집과 작업실을 만들고 있다. 친구에 따르면, 집은 완성, 작업실은 미완성이라 할 수 있겠다. 이유는 간단하다. 작업장의 외관은 마무리가 되었지만, 아직 실내는 자신이 생각했던 일들을 하기 위한 장비들을 준비 중이기 때문이다. 삶을 사는 것도 집을 짓는 것처럼 외관을 갖추고, 내면을 하나하나 충실히 채워가는 것이다. 무엇이 되었건 자신에게 꼭 필요한 것들을 서두르지 않고 하나씩, 하나씩.

아내는 빵을 좋아한다. 그런 까닭에 여행지에서 다양한 빵집을 다니게 된다. 거기에 커피는 빠질 수 없다. 차에서 아들과 함께, 빵집에 들어간 아내를 기다린다. 그러다 문득, 왜 '식빵'이라고 할까, 생각해본다. 사실 빵은 다 먹을 수 있는 것이니, 너무도 당연하게 먹는 빵, '식빵'인 것이 아닐까. 네모난 모양의 커다란 빵을 식빵이라 부르면서 다른 빵들은 너무도 다양한 이름을 얻을 수 있게 되었다. 그러니 식빵의 희생을 통해 나머지 빵들은 개성이 생긴 것이다. '식빵'='먹는 빵'이라는 상식이 달리 보인다.

휴직을 결심하게 된 이유는 여러 가지가 있다. 그런데 그것을 요약하고, 또 요약해보면 '내일이면 늦을 거야'라는 마음의 소리였다. 이제 다섯 살이 된 아들, 그리고 그 아이를 위해 지난 5년의 시간을 육아에 전념한 아내. 문득 뒤돌아보니 아빠도 최선을 다해 가족과 함께해야 하는 시간이 필요하다고 생각했다. 언젠가 시간이 흘러, '그래도 그때 육아휴직은 정말 잘했어'라고 말할 수 있기를. 설령 아들이 기억하지 못한다 해도 아빠와 엄마는 분명히 기억할 것이다. 우리 가족이 함께한 멋진 시간과 그 추억들을.

제주도에 와서 바다를 가고 싶었고, 그래서 자주 갔다. 사실 며칠을 제외하고 매일 갔다고 하는 것이 더 정확할 것이다. 바다에서 자주 보게 되는 갈매기. 하늘을 훨훨 날아다니고 있으니 더없이 자유로워 보인다. 거기에 푸르른 바다와 시원한 바람을 함께하고 있으니 운치가 더해진다. 그러다 문득 '갈매기가 땅을 그리워하는 것은 아닐까. 두 발로 땅에 발을 디디고 싶은데, 그저 쉼 없이 날갯짓을 해야 하는 운명인 것은 아닐까' 하는 엉뚱한 생각을 해 보았다. 어쩌면 갈매기는 전혀 그런 고민 없이 잘 살고 있을지도 모르지만….

아들과 아내와 여행을 다니다 보니, 가장 큰 고민거리는 시간에 맞추어 밥을 먹는 것이다. 사실 '시간을 맞추는 것'보다 아들의 '입맛에 맞추는 것'이 더 큰 숙제다. 그럴 때 문득 다양한 음식을 먹을 수 있는 푸드코트를 생각해보기도 하지만, 다양한 음식 속에 그다지 맛있는 음식을 찾아내기가 쉽지 않다. 진짜 맛있는 음식들은 푸드코트에 없다. 많은 사람들의 입맛에 맞추어야 하는 까닭에 그저 적당한 음식들만 가득할 뿐이다. 음식도, 삶도 하나를 잘하려면 너무 많은 것을 욕심내면 안 된다.

아들과 함께하는 시간이 많아지면서 밤과 새벽의 경계가 모호해지고 있다. 그저 아들과 함께 잠을 자는 시간이 있을 뿐이다. 회사를 다닐 때는 퇴근 후 밥을 먹고, 아들과 놀이를 하고, 동화책 몇 권을 읽고, 너석과 겨우 잠을 잘 수 있었다. 그런데 요즘은 집 안과 집 밖의 경계가 사라지고 있다. '안'과 '밖', 모두 너석과 함께하고 있으니. 경계가 무뎌지고, 그것이 모호해진다는 것. 어찌 보면 육아를 하는 아빠에게 필요한 것인지도 모른다. 그래도 아빠의 삶 자체가 무뎌지고, 모호해지는 것은 아니니 괜찮다.

사월에는 벚꽃이 핀다. 그리고 언제인지는 몰라도 동백꽃은 진다. 삼월인지, 사월인지, 오월인지 알 수 없지만, 피는 것은 아니다. 동백은 한겨울 추위에 활짝 피는 꽃이라 전해 들었다. 송이송이 붉은빛을 한가득 가지고 있다가 그저 '툭', '툭' 떨어지며 다가올 계절과 생명을 약속한다. 몰랐다. 자세히 보기 전에는. 동백이 이렇게 짙은 붉은빛을 지니고 있는지. 자세히 보면 아주 조금은 보이는데, 그저 슬쩍슬쩍 보고 다 보았다 생각하고 있는 것은 아닌지. 동백이 슬며시 알려준다. 조금 자세히, 조금 천천히 보라고.

# 구름이 이쁘다

머리를 한껏 치켜들고 하늘을 본다. 그래야 구름이 보인다. 그런데 앞만 보고, 땅만 보고 살아가는 삶도 있다. 하늘이, 구름이 보이지 않는다. 그렇게 열심히, 부지런히 살아간다. 그리고 살게 된다. 그리다 아무 생각 없이 벌렁 누워본다. 창밖을 바라본다. 그러니 보인다. 구름이 이쁘다. 뭉게뭉게 솜사탕 같은 구름도 있고, 커다란 고래를 닮은 구름도 있다. 이리 보고, 저리 보며 구름을 따라가 본다. 어디로 갈까. 오늘은 우리 가족이 다니는 길, 그 길 위에 예쁜 구름이 함께했으면 좋겠다.

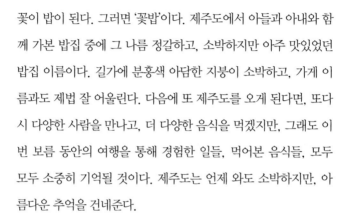

꽃밥

꽃이 밥이 된다. 그러면 '꽃밥'이다. 제주도에서 아들과 아내와 함께 가본 밥집 중에 그 나름 정갈하고, 소박하지만 아주 맛있었던 밥집 이름이다. 길가에 분홍색 아담한 지붕이 소박하고, 가게 이름과도 제법 잘 어울린다. 다음에 또 제주도를 오게 된다면, 또다시 다양한 사람을 만나고, 더 다양한 음식을 먹겠지만, 그래도 이번 보름 동안의 여행을 통해 경험한 일들, 먹어본 음식들, 모두 모두 소중히 기억될 것이다. 제주도는 언제 와도 소박하지만, 아름다운 추억을 건네준다.

한국인들이 가장 좋아하는 화가 중 한 명인 '이중섭.' 그를 떠올리면 많은 이들은 '은박지 그림'과 '황소'를 생각한다. 그런데 사실 이중섭은 지독한 가난으로 서귀포 바닷가의 비좁은 집에서 겨우 조개와 게를 먹으며 지냈다. 그런 까닭에 게를 너무 많이 먹게 되어 미안한 마음에 '게' 그림을 유독 많이 그리게 되었다고 한다. 사람들은 그저 게 그림을 보면서 천진난만한 작가를 생각했겠지만, 화가에게는 그림을 그리기 위한 생존의 수단이었던 것이다. 그리고 무엇보다 사랑하는 가족과 아이들이 있었기에 힘겨운 삶이었지만 그림 작업도 가능했을 것이라 미루어 짐작해본다.

'쓱쓱' 소리가 들린다. 아들이 장난감 하나를 손에 들고 잤는데, 아마도 장난을 치는 모양이다. 그런데 그 소리가 제법 빈번해진 다. "아들아, 이제 자야지"라고 하지만, 여전히 녀석은 '쓱쓱' 소 리를 내고 있다. 혹시나 하는 마음에 "어디 아파?"라고 말하며 전 등을 켜본다. 그런데 아들이 정말로 아프다. 발목과 다리에 작은 반점이 오돌토돌 돋았다. 제주도에서 밤 열두 시가 조금 넘은 시 각. 난감하다. 그리고 문득 녀석이 얼마나 간지럽고, 괴로웠을까 생각해본다. 아들아, 미안하다. 이렇게 아픈지도 모르고…. 정신 이 번쩍 든다.

밤 열두 시가 넘은 시각. 아내와 함께 아픈 아들의 몸을 구석구석 살펴본다. 저녁에 샤워를 할 때도 괜찮았는데 정확한 원인은 알 수 없다. 단지 확실한 건 녀석이 지금 아프다는 사실뿐. 이럴 때가 엄마, 아빠로서 가장 고민이다. 아들을 둘러업고 응급실로 가야 하는지, 아니면 상태를 지켜보다 아침이 밝으면 전문의를 찾아가야 하는지. 고민 끝에 일단 날이 밝기를 기다려보기로 한다. 녀석이 잘 이겨내 주리라 믿으며. 그래도 부모 마음은 불안 그 자체다. 일단 뜬눈으로 밤을 지새운다. 얼른 날이 밝기만을 기다리며.

아픈 아들은 병원 근처에 가니 일단 괜찮아 보인다. 밤새 잠을 자지 못해, 꾸벅꾸벅 조는 것을 제외하면 몸 상태는 그럭저럭 양호하다. 주변을 둘러보니 녀석보다 어린 꼬마들이 많다. 아동 병원에서 보는 낯익은 풍경이지만, 그래도 마음이 불편하다. 한 시간 정도를 기다려 원장 선생님을 만났다. 이래저래 녀석을 살피더니 한마디 하신다. "아이들에게 자주 나타나는 두드러기 증상입니다. 괜찮아 보이니 간단한 약 정도만 먹이시면 됩니다." 안도하며, 돌아선다. 아들이 괜찮다니, 그럼 아빠는 더 괜찮다.

# 돌아오다

짧은 제주 여행을 마무리하고 집으로 돌아왔다. 역시 집이 최고다. 그런데 아들은 기쁨도 잠시다. 무엇인가 골똘히 생각하는 것 같더니 사뭇 심각하다. 그러곤 "아빠, 공룡이 없어"라는 말과 함께 울기 시작한다. 그러면서 다양한 공룡들 이름을 줄줄 말한다. 야광공룡, 알공룡, 물놀이공룡… 아들의 말처럼 이렇게 공룡이 많은데, 공룡이 없다니 답답할 뿐이다. 옆에서 지켜보던 아내의 도움으로 '검은색 공룡 여섯 마리'가 아들이 찾고 있는 녀석들임을 어렵사리 알게 된다. 아들은 아빠를 테스트하는 것처럼 많고 많은 장난감 중에 꼭 안 보이는 것을 찾아달라고 한다. 방법은 하나다. 평상시 아들과 더 많이 놀아야겠다.

우리 가족이 피로를 푸는 방법은 목욕탕에 가는 것이다. 아빠는 사우나를, 엄마는 목욕을, 아들은 물놀이를 좋아한다. 다섯 살이 되면서 녀석은 아빠와 함께한다. 처음에는 마음속으로 아내가 조금 더 데려갔으면 했지만, 그래도 다섯 살 이후 목욕은 아빠가 책임진다는 아내와의 약속은 반드시 지킨다. 요즘은 머리에 샴푸를 하고 "아들, 아빠 거품 좀 없애줘" 하고 녀석에게 머리를 내밀고 한참을 기다린다. 그럼 녀석은 신이 난 듯 소방관처럼 샤워기를 아빠에게 향한다. 그러곤 "아빠, 앞에는 된 거 같아요. 그런데 옆에는 아직 있어요"라고 한다. 몰랐다. 아들이 '옆'의 의미를 정확히 알고 있다는 것을. 생각보다 많이 컸다.

아내는 목욕을 '너무' 좋아한다. 평상시 집에서도 한 시간, 아니 조금의 여유가 있다면 더 오래도 할 것이다. 그러니 목욕탕에서는 더 많은 시간이 필요하다. 아내가 좋아하는 것이니, 아빠와 아들은 그저 기다린다. 아내가 기분 좋은 표정으로 나오기를. 조금의 시간이 지나 슬슬 지루해질 때면 녀석은 "아빠, 엄마는 이제 나오려나 봐요. 그런데 왜 안 나오지"라고 한다. 마치 등산 고수가 초보자에게 '정상이 바로 앞이다'라고 선의의 거짓말을 하는 것처럼. 아빠 마음을 미루어 짐작하는지 엄마 편도 제법 잘 든다. 그래도 이럴 때 참 귀엽다. 진짜 아이 같다.

아들은 이리저리 뚫어져라 그림을 쳐다보더니 "찾았다"라며 신
이 난다. 무엇인가 큰일을 성공한 듯 의기양양한 표정이다. 사뭇
비장하기까지 하다. 아이와 함께하다 보면 유독 기분이 좋아지는
소리가 있다. 요 근래 녀석은 숨은그림찾기를 즐긴다. 엄마와 함
께 맛있는 과자를 먹고, 포장지의 숨은 그림을 열심히 찾는다. 아
빠도 가만히 생각해보니 다섯 살까지는 생각나지 않지만, 초등
학교 시절에는 숨은 그림을 많이 찾았던 기억이 난다. 꼭꼭 숨은
것, 그런데 슬며시 답을 알려주는 그림. 그런 재미가 있었다.

문득 궁금하다. 아들은 지금 무슨 생각을 하고 있는지. 녀석에게 '생각주머니'가 있다면 그것을 슬쩍 보고 싶다. 아빠와 엄마가 이야기할 때, 그리고 이런저런 상황에서 녀석은 도대체 무슨 생각을 하고 있는 깃일까. 가끔은 조금 답답한 마음에, 또 가끔은 그저 호기심에 살짝 볼 수 있다면 좋겠다. 아이들의 엉뚱한 생각과 행동을 어른들이 온전히 이해할 수 있는 것이긴 할까. 그저 어른들의 눈높이에서 적당히 해석하고, 그것을 마치 아이들의 마음을 다 알게 된 것처럼 말하는 것은 아닐까. 참 궁금하다.

## 바람의 색

아내는 몸살이 났다. 그런 까닭에 아들과 하루 종일 둘이서 함께 한다. 아침 먹고, 점심 먹고, 목욕하고, 이런저런 장난감 놀이하고, 책 몇 권 읽고. 그러다 보니 아들은 졸린다. 아직 창밖에 해가 보이지만 녀석은 잠이 온다. 처음에는 아빠 옆에서 자려고 하더니, 슬쩍 눈 떠보니 엄마 곁에서 곤히 잔다. 따뜻한 볕에 일어날까, 그냥 더 잘까 고민하다 다시 창밖을 본다. 바람이 분다. 문득 바람에 색이 있다면 오늘은 무슨 색일까 생각해본다. 오늘은 따뜻하고 포근한 노란색이면 좋겠다.

문득 생각났다. 아들이 두 눈을 동그랗게 뜨고, 아빠와 엄마를 향해 했던 이야기가. 보름간의 제주 여행을 마치고 돌아오는 비행기에서 녀석은 이륙을 준비하는 비행기 창가에 앉아 있었다. "그래시, 이제 엄청 덜덜거릴 거야." 녀석은 제주도로 출발하는 비행기를 통해 알게 되었다. 비행기가 이륙할 때, 조금의 진동이 있다는 것을. 그런 까닭에 자기 나름의 추론을 하게 된 것이다. '그렇지, 곧 덜덜거릴 거야. 그렇지만 그것도 곧 잦아지겠지.' 삶의 경험은 많은 것을 말해준다.

아들이 밥을 먹지 않는다. 엄마와 아빠는 이미 다 먹었는데, 식탁에 앉아 여전히 딴짓을 한다. 이럴 때 정말 망설여진다. 시간을 많이 주고, 어르고 달래서라도 밥을 먹게 해야 하는지, 그러지 않으면 시간을 정하고 과감하게 밥 먹는 것을 중단해야 하는지. 아빠의 선택은 아들에게 20분을 더 주고 그때까지만 먹는 것이다. 혹시나 하는 마음이지만 아들의 반응은 역시나다. 몇 숟가락 먹는 척하지만 시원찮다. 아마도 아들은 이미 밥 먹을 생각이 없었을지 모른다. 힘든 하루다. 몸도 마음도 힘들다.

아들은 웬만해선 크게 울지 않는다. 비교적 온순하고, 선한 성향을 가진 것 같다. 그런데 한번 울기 시작하면 세상이 떠나가라 운다. 고집이 세다. 달리 표현하면 자기주장이 강하다. 아직 아이여서 그런지 타협이 없다. 왜 그럴까 곰곰이 생각해보니 아빠가 그렇다. 온순하고, 선한지는 모르겠지만 한번 마음에 내키지 않으면 두 번 다시 그 일을 마음에 두지 않는다. 그렇게 살았다. 아들이 좋은 것만 닮았으면 하는데, 그것 또한 닮았다면 그저 바라는 것은 하나다. 조금은 융통성 있는 삶을 살았으면 좋겠다. 자기주장도 중요하고 소중한 것이지만, 좀 더 귀를 열고 마음에 여유를 가졌으면 한다.

육아휴직을 하며 고민이 하나 생겼다. 어쩌면 그동안 아이는 엄마 중심으로 잘 커왔는데, 갑작스러운 아빠의 관심 증가가 오히려 아이의 성장을 방해하는 것은 아닐까 하는 생각이다. 엄마와 아빠는 아이를 바라보는 생각과 관점이 같을 수도 있지만, 특정한 부분에서 조금 다를 수도 있다. 무엇보다 아빠는 아직 서툴다. 그런데 마음은 열심이다. 그러니 아이가 상처 입을 수 있다. 아내에게 더 많이 물어보고, 조금 더 상의해야겠지만, 문득 '잘할 수 있을까', '오히려 엄마 중심의 육아가 더 좋은 것은 아닐까' 하는 생각들이 마음을 무겁게 한다. 때때로 육아는 멀쩡한 성인을 한순간 바보로 만들기도 한다. 그러니 정말 쉽지 않다.

# 초콜릿

아들이 어쩔 줄 몰라 한다. 상황은 이렇다. 입안에는 밥이 가득 들었고, 손에는 초콜릿이 하나씩 있다. 그런데 소변이 급하다. 어른이라면 손에 든 초콜릿을 잠시 내려놓겠지만, 녀석은 그렇지 않다. 이럴 때는 슬쩍 녀석에게 도움의 손길을 건넨다. "쉬 마려우면, 손에 든 걸 잠시 옆에 둬. 아무도 가져가는 사람 없어." 그랬더니 알겠다는 표정으로 따라 한다. 그리고 놀라운 일이 벌어진다. 쉬를 다 하고, 엄마에게 달려가 그렇게 간절했던 초콜릿 하나를 건넨다. 아이들은 참 신비롭다. 너무나 간절했던 것을 나눌 줄 안다.

아내와 아들은 색칠 놀이를 한다. 그림에 소질이 있는 아내 쪽은 슬쩍 봐도 훌륭하다. 아들 쪽은 그림이라기보다는 녀석의 나이 수준에 딱 맞는 색칠이다. 그저 어떤 색을 칠했나, 그리고 거기에 어떤 의미를 부여하나 정도다. 책에서는 아이들이 그렇게 자기표현을 하고, 스트레스도 푼다고 한다. 아내가 점심 준비로 비운 자리를 그림에 소질이 없는 아빠가 대신한다. 역시 그림보다는 색칠 쪽이다. 그때 "아빠, 도와줄게" 하며 아들은 아빠 종이에 마구마구 색을 칠한다. 이런 걸 도와주는 것이라고 해야 하는지 모르겠지만, 그래도 좋다. 어쨌든 흰 종이가 색으로 칠해지고 있으니 색칠 놀이는 완성되어 가는 중이다.

아이와 함께하면서 양치가 이렇게 어려웠나 생각한다. 그동안 너무나 당연하게 생각했는데, 어쩐 일인지 녀석은 양치를 어려워한다. 특히 칫솔질 후 물을 입안에 머금고 우물우물한 후 다시 내뱉는 것은 이직이다. 주변에 또래 아이를 둔 친구들에게 물어보니, 조금 연습하면 스스로 물을 삼키지 않고 뱉어내었다고 한다. 녀석은 그것이 어려운 것인지, 하고 싶지 않은 것인지 알 수 없다. 아빠가 되고 보니 그동안 너무나 쉽고, 당연하고, 자연스러웠던 것들이 누군가의 관심과 노력으로 된 것임을 느낀다. 아마도 그 누군가는 부모님, 선생님, 형님, 누님 등 대부분 '님' 자로 끝나는 사람들일 것이다. 문득 고맙고, 감사하다.

한동안 자동차를 좋아하던 아들은 요즘 공룡에 부쩍 관심을 갖는 다. 아빠는 다 같은 공룡이라고 생각했는데 생각보다 이름도, 모양도 다양하다. 아들의 공룡 책을 슬쩍 보니, 수백 종은 되는 것 같다. 세상에 공룡 전문가만 아는 공룡들도 제법 있으니 그 숫자는 엄청날 것이다. 그런데 정말 신기한 것을 하나 알게 되었다. 공룡들이 모두 육식을 하는 것이 아니라, 초식 공룡도 있다는 사실. 특히 머리에 뿔이 세 개나 달린 '트리케라톱스'라는 무시무시한 공룡이 초식 공룡 중 하나란다. 그러니 외모로만 판단하면 안 된다.

아내가 깜짝 놀라 외친다. "우리 아들, 다 컸네. 그거 누가 가르
쳐준 거야. 어떻게 그런 기특한 행동을 하게 된 거야." 무슨 일인
가 싶어 녀석을 바라보니, 스스로 쉬를 하고 벽에 달린 어린이용
고래변기를 들고 욕실에 있는 변기에 버린 것이다. 생각해보니
기특하고, 대견하다. 어떻게 욕실 변기에 쉬를 버려야겠다는 생
각을 한 것일까. 아마도 녀석은 그동안 수많은 쉬를 하면서 아빠
의 다음 행동을 눈으로 봐두었던 것이다. 그리고 그것을 스스로
해본 것이다. 아이 앞에서 행동을 정말 잘 해야 한다는 것을 다
시 한번 알게 된 하루다. 행동을 똑바로 해야겠다. 바르게, 더 바
르게.

울릉도를 간다. 그러려면 배를 타야 한다. 배 안에서는 편이 나뉜다. 첫 번째는 일반석과 우등석으로 나뉜다. 조금의 돈을 더 내면 전망이 좋은 이층으로 간다. 물론 몸도 조금은 편할 것이다. 그러나 눈으로 보지는 못했다. 우리 가족은 일반석이다. 두 번째는 멀미하는 사람과 그러지 않은 사람으로 나뉜다. 처음에는 신이 나던 사람들도 2시간 이상 배를 타면 하나둘 멀미를 시작한다. 설마 했는데 역시 바다는 쉽게 길을 내주지 않는다. 다행히 우리 가족은 멀미를 하지 않았다. 아들이 고맙다. 잘 와줘서. 잘 견뎌줘서. 덕분에 울릉도에 무사히 도착했다.

울릉도 여행 둘째 날. 아침부터 부산스러운 이웃 관광객들로 인해 어쩔 수 없이 잠에서 깼다. 다행히도 감기 기운이 있는 아내와 아들은 곤히 잔다. 무엇을 할까 잠시 망설이다 책을 읽기로 한다. 여행지에서 읽는 여행책이라 느낌이 새롭다. 그러다 아들이 자연스레 깼다. 그러더니 귓속말을 건넨다. "아빠, 아침이야. 내가 확인해볼게." 그러곤 창가로 가서 커튼을 살며시 열고 밖을 바라본다. "아빠, 아침이 맞아요." "그래, 아침이 맞았어. 그럼 커튼을 활짝 펼치고 멋진 하루를 맞이하자." 오늘도 즐거운 하루!

지난 제주도 여행은 전기차를 이용해보았다. 처음에는 조금 걱정되고 낯설었지만 정말 괜찮은 선택이었다고 생각한다. 이번 울릉도 여행은 어떻게 할까 고민하다 버스를 타고 쉬엄쉬엄 다니자는 아내의 의견을 따르기로 했다. 울릉도는 한 시간에 한 대 정도 버스가 있다니 불편할 수도 있지만, 반대로 생각하면 이 골목, 저 골목 마음 편안히 다닐 수도 있겠다 싶다. 아들과 아내와 함께 천천히 움직여보기로 한다. 바쁠 일 없다. 함께 슬슬 걸어보는 거다. 그러다 배고프면 밥 먹고, 지치면 숙소로 돌아오면 된다.

# 볕이 예쁘다

잠시 본 울릉도 바다는 그저 맑고, 푸르고, 넓다. 아침에 숙소의 창으로 바라본 바다는 은빛이다. 식상한 표현이지만 '은빛'이라고 하는 것이 가장 정직하다. 거기에 따뜻한 볕이 더해져 바다는 아름답다. 잔산하지만, 따뜻한 바다. 그렇기에 포근한 느낌이다. 바다가 왜 좋을까 생각해보니 예쁜 볕이 함께해 그 아름다움이 더해진다. 이런 비유가 어떨지 모르겠지만, 녀석에게 엄마가 바다라면, 아빠는 태양이면 좋겠다. 바다에서 한없이 자유를 느끼고 있는데 거기에 따뜻한 볕까지 더해진 그런 삶. 그리 살자.

# 옮겨본다

울릉도 여행 삼 일째. 숙소를 옮겨본다. 여행을 하며 제일 중요한
것이 숙소를 정하는 일이다. 그런 까닭에 큰 불편이 없는 숙소를
옮기는 것은 장단점이 있다. 한 곳에 오래 머무르다 보면 짐 정리
도 편하고, 주변 사람들과 익숙해져 아무래도 편한 점이 많다. 그
런데 그러다 보면 새로운, 어쩌면 더 좋을지 모르는 많은 것들을
알지 못한 채 여행을 마무리할 수도 있다. 아들과 여행을 하면서
될 수 있다면 다양한 환경을 경험하고 그것에 자연스럽게 적응해
보려 한다. 낯섦에 적응해보는 것, 불편을 감내해보는 것, 그것이
여행이다.

따뜻하다

산 중턱에 있는 펜션으로 따뜻한 볕이 들어온다. 거기에 바람도
상쾌하다. 그러니 바닥은 따뜻한데, 몸은 시원하다. 잠자기 딱 좋
은 날이다. 물론 아직 점심도 먹지 않은 시간이다. 아들은 창밖
풍경이 신기한지 한참을 쳐다본다. 그러다 문득 "아빠, 이만큼은
따뜻한데, 또 이만큼은 안 따뜻해." 무슨 소린가 했더니, 바닥에
햇볕이 들어오는 부분과 그러지 않은 부분을 가리키며 하는 소리
였다. 굳이 '따뜻하다'라는 단어의 의미를 사전에서 찾아주지 않
더라도 자연은 더 잘 알려준다.

# 선글라스

여행을 다니면 선글라스는 반드시 챙긴다. 운전 중이나 야외에서 강렬한 빛으로부터 눈을 보호하기 위한 실용적인 목적과 여행 기분을 내기에는 이만한 것이 없기 때문이다. 그런데 이런저런 이유를 고려하지 않는다면 사실 여행 중 만나게 되는 자연은 그 천연의 색으로 보는 것이 가장 큰 감동을 준다. 선글라스를 통해 본 색과 그 느낌은 조금은 각색되고 중화된다. 아들과 아내는 선글라스를 쓰지 않는다. 자연을 천연 그대로 보고 싶다는 이유다. 아빠도 그러고 싶은데 그러면 운전할 때 정말 힘들다. 그게 쉴 틈 없는 아빠의 정말 솔직한 이유이다.

지금 머물고 있는 펜션은 다 좋다. 아내도, 아이도 좋아한다. 그런데 한 가지 불편한 것은 인터넷이 안 된다. 그래서 이 글도 인터넷을 이용해 쓴 것이 아니라 불편함을 감수하고 두 번에 걸쳐 옮겨 쓰기로 한다. 인터넷이 안 되니 생활이 조금 단순해진다. 인터넷으로 다른 이들의 여행 정보를 찾고 그들의 경험을 참고하기보다는 여행책자에 소개된 객관적 정보만 확인하고 나머지는 직접 확인해보기로 한다. 아빠, 엄마가 조금 불편할 뿐 아들은 전혀 불편함이 없다. 그럼 된 거다. 적당한 불편함도 여행지에서는 색다른 경험으로 기억될 것이다.

멀리 바다가 보인다. 어떨 때는 선명하게 바다와 하늘의 경계가 보이는 것 같다가, 또 어떨 때는 그 경계가 사라져 보이지 않는다. 분명히 둘이 나뉘는 수평선은 있을 텐데, 한데 어우러진 듯하다. 바다가 하늘로 올라간 듯하기도 하고, 하늘이 바다로 내려온 듯하기도 하다. 그러니 둘은 하나요, 때로는 둘이다. 아이와 함께 하는 시간이 많아지면서 아내와의 시간도 늘어났다. 문득 녀석에게 엄마와 아빠가 서로 독립된 사람으로 기억되는지, 그러지 않으면 부모라는 커다란 이름으로 기억되는지 궁금하다. 물론 녀석은 알고 있겠다. 그러나 묻지는 말자.

아이와 함께 미술관에 가능한 한 많이 가보려 한다. 이유는 하나
다. 아빠는 그림에 익숙하지 않지만, 그림이 주는 조금의 편안함,
가끔의 경외감, 그리고 때때로 느끼는 신비함, 이 모든 것들을 녀
석과 함께하고 싶기 때문이다. 그런데 그림을 보면서 이런 생각
을 한다. '그림은 선이 더 중요할까, 그렇지 않으면 색이 더 중요
할까.' 아침에 읽은 아이 책에서는 그림은 선의 예술이라고 한다.
그런데 비전문가인 아빠 생각에는 색의 예술에 조금 가깝지 않을
까 한다. 이런저런 색들이 주는 느낌. 딱 그만큼만 그림을 알고
있지만 그래도 너무 좋기 때문이다.

# 삼겹살, 치킨 그리고 호박막걸리

여행을 하면 야식을 많이 먹게 될 것이라 생각했다. 그동안의 여행은 비교적 다양한 야식거리를 이용할 수 있었다. 그런데 이번 여행은 야식은 고사하고, 외식도 하지 않는다. 좋아하는 음식이 다양하지 않은 아들을 생각해서 가능하면 집밥처럼 만들어 먹기로 했다. 그리고 외식을 하기에는 울릉도 식당의 메뉴들이 그리 다양하지 않다. 그러다 보니 야식까지는 생각할 수 없다. 여행을 마무리하며, 각자 좋아하는 것을 하나씩 먹기로 한다. 아들은 삼겹살을, 아빠는 치킨을, 아내는 호박막걸리로 결정했다. 일단 맛있게 먹자. 그리고 울릉도 안녕.

하루에 열 번 이상 읽는다. 그것도 같은 책을. 부모의 바람은 다
양한 책을 읽는 것이지만, 아들은 같은 책을 반복해서 읽는다. 아
니 읽어달라고 한다. 많은 책 중에 유독 좋아하는 책이 한 권씩
있다. 그러면 여러 번에 걸쳐 읽게 된다. 육아책을 보니 아이들은
같은 책도 아빠나 엄마가 읽을 때마다 조금씩 다른 느낌을 전달
받게 된다고 한다. 그러니 어른들에게는 똑같은 책이지만, 아이
들에게는 매번 다른 책이 된다. 조금 다른 목소리, 조금 다른 호
흡…. 그러니 아이는 똑같은 책을 읽은 것이 아니다. 아빠도 읽을
때마다 다른 느낌의 책이 있는 것처럼.

요즘 접하게 되는 아이들의 장난감은 정말 다양하다. 가끔은 이런 것은 누가, 어떻게 만들었을까 하는 것들이 있다. 아이들의 상상력 향상을 위해 어른들이 창의력을 더 키운 것 같다. 집에서 아들과 낚시 놀이를 했다. 스무 마리 정도의 물고기가 커다란 통에서 회전하면 작은 낚싯대를 이용해 잡는 놀이다. 녀석과 누가 더 빨리, 더 많이 잡나 시작해본다. 아빠는 한 마리씩 요령껏 열심히 잡는다. 그런데 녀석은 물고기가 아닌 회전 통 자체를 낚싯대로 잡으려 한다. 그래, 그것도 방법이다. 미처 생각하지 못했는데 어쩌면 그렇게 하면 한꺼번에 다 잡을 수 있겠다.

혼자 걸었다

울릉도 여행 넷째 날. 조금 무더운 날씨다. 그래도 여행 중 비가
오는 것보다는 낫다. 아들과 아내와 '봉래폭포'를 간다. 버스를 이
용하면 숙소에서 도동까지 가서, 다시 봉래폭포행으로 갈아타야
한다. 다행히 마음씨 좋은 펜션 과장님이 폭포 입구까지 태워주
신다고 한다. 운수 좋은 날이다. 어린아이도 충분히 갈 수 있는
곳이라고 했는데, 삼십 분 이상은 걸어야 한다. 그렇다. '충분히'
라는 단어 속에는 '노력한다', '중간에 몇 번은 쉰다'라는 의미도
포함될 수 있는 것이다. 아들은 낮잠을 자지 못해 조금 힘들어했
지만, 한 차례 휴식 후 끝까지 혼자 걸었다. 조만간 아빠랑 동네
뒷동산 정도는 오르겠다. 그렇게 무럭무럭 자라고 있다.

눈동자

아들의 눈을 가만히 본다. 그러면 녀석도 아빠를 따라 한다. 녀석의 눈동자에 아빠가 비친다. 그럼 아들의 눈 속에 아빠가 들어있다. 아이와 함께한다는 것이 무엇일까 생각해본다. 회사를 다닐 때, 그러니까 해야 할 일, 또는 하고 싶은 일이 많을 때는 녀석이 무엇인가 할 때 아빠도 또 다른 무엇을 하고 있었다. 그런데 이제는 조금 달리해보려 한다. 아들이 무엇인가 이야기하려 할 때, 잠시 하던 일을 멈추고, 녀석에게 다가가, 몸을 낮추고, 눈을 보면서, 귀를 기울인다. 그리고 가만히 기다린다. 녀석이 이야기하면 맞장구쳐 준다. 그럼 신나서 더 열심히 이야기한다. 어쩌면 진작 이렇게 했어야 하는데….

아들과 시골 고향집에 왔다. 비가 오니 할아버지도 할머니도 집에 계신다. 그러면 산책이다. 할아버지와 아빠 그리고 아들 이렇게 세 명이 동네를 한 바퀴 돌아본다. 시골에 오면 가장 좋은 것 중에 하나는 이렇게 여유롭게 천천히 걸어보는 것이다. 차를 피해 다닐 일도, 자전거를 조심할 일도 없다. 그저 길을 따라 걸으면 된다. 그럼 오리도, 황새도 볼 수 있다. 그러다 문득 녀석이 말한다. "아빠, 여기 이걸로 축구를 할 수 있겠어요." 무얼까 보니 작은 돌멩이 하나를 툭툭 차고 있다. "그래, 열심히 차봐." 거칠 것 없다. 여긴 아빠의 시골 고향집이니까.

볕이 좋으면 아들과 아내와 도서관에 간다. 그럼 아들 책 6권, 엄마 책 2권, 아빠 책 2권 이렇게 고른다. 먼저 녀석을 위한 책을 찾아 아동 코너로 간다. 주말이라 아이들이 많아 소란스럽고, 어수선하다. 다음부터는 주중에 와야겠다. 우리 가족은 바쁠 일 없으니. 그리고 엄마와 아빠 책을 고르기 위해 자리를 옮겨본다. 조용하긴 하지만 녀석과 함께라 망설이지 말고 한 번에 선택해야 한다. 녀석이 언제 큰 소리를 낼지 모르니. 아직 공공예절 같은 것은 이해하기 쉽지 않으니 방법이 없다. 그래도 급하게 고른 책 중에 뜻하지 않게 좋은 책도 있다. 그게 묘미다.

어렵게 선택한 책을 대여하기 위해서는 회원카드가 있어야 한다. 엄마와 아빠 것을 함께 이용하면 10권을 대여할 수 있다. 그런데 대여 창구에는 이런 문구가 있다. '회원카드는 타인에게 양도할 수 없습니다.' 아들 녀석과 잠시 화장실에 간 아내의 회원카드를 손에 들고 있다가 순간 당황스럽다. 너무나 당연하게 아내와 아들은 가족이다. 그럼 타인이 아닌데 도서관에서 어쩌다 타인이 되었다. 세상 사람들 모두가 인정하는 가족인데 이럴 때 정말 어색하다. 행정상으로 타인이 되는 것은 충분히 이해하고, 당연하겠지만, 그래도 아내는 절대 타인이 아니다.

문득 궁금했다. "아들, 제일 많이 가본 곳이 어디야?" 녀석은 망설임 없이 답한다. "응, 내가 제일 많이 가본 데는 아빠가 가본 곳은 아니야. 그건 친구랑 가본 곳이야. 어디냐면 레고야." 아마도 집 근처에 있는 레고 블록을 조립할 수 있는 장난감 가게를 이야기하는 것 같다. 아내는 같이 가본 곳이지만 아빠는 아직 가보지 못한 곳이다. 하지만 제일 많이 가본 곳은 아닌 것 같으니 반쯤 맞는 말이다. 녀석에게는 작은 손으로 오밀조밀 레고 블록을 이렇게 저렇게 만들어보는 것이 정말 재미있어 기억에 오래 남은 것 같다. 다음에는 함께 해야겠다. 사실은 아빠도 레고를 좋아하니까.

시골집 달력의 날짜가 5, 10으로 끝나면 장이 선다. 이곳 장의 이름은 번개장(영주)이다. 볕도 좋아 아들과 아내와 함께 가본다. 막상 시골에서 자랄 때는 느끼지 못했는데 도시에서 대학을 다니고, 직장을 다니며, 아이를 키우니 시골이 새삼 좋다. 어쩌면 점점 더 좋아진다. 특히 장날에 접하게 되는 시끌벅적함이 좋다. 깔끔하게 정리된 대형마트가 주는 편안함과 세련됨도 좋지만 무엇이 있나 두리번거리다 찾게 되는 소소한 재미가 있는, 그것이 장날이다. 돌아오는 길에는 아들이 좋아하는 달달한 사과를 만 원어치 샀다. 덤으로 몇 개 주신다. 그러니 더 기분이 좋다.

칠십이 넘다

휴직을 하고 시골집에 잠시 있다 보니 새삼 느낀다. 녀석의 할아버지도, 할머니도 이제 칠십이 넘은 나이라는 것을. 치열했던 인생의 중반부를 지나 이제 종반부로 향해 가고 있음을. 어느덧 막내아들이 마흔이 되고, 그의 아들이 다섯 살이 되었지만, 여전히 아들에게 이것저것 챙겨주고 싶은 것들이 많다. 늦은 저녁까지 고추장, 된장, 파, 감자… 보따리 가득 꺼내놓으신다. 가끔 시골집에 갈 때마다 한결같이 무엇인가 가득 내놓으신다. 그리고 말 없이 새벽같이 일을 나가신다. 칠십이 넘은 나이에 일하는 것이 더 편하다 하신다. 그렇게 사셨다. 평생을 그렇게.

할아버지 방에 아들이 조용히 들어간다. 무엇인가 할 일이 있나 보다. 사실 할아버지 방에는 녀석에게 흥미로운 것이 많지 않다. 시골집에 몇 안 되는 장난감, 그리고 만화를 볼 수 있는 텔레비전은 거실에 있다. 그냥 침대에서 낮잠을 자려고 그러는 것 같기도 하다. 그러다 문득 방문을 열어보니 할아버지의 화투를 만지작거리고 있다. 아마도 어제 할아버지가 혼자 화투를 하고 있는 모습을 본 것 같다. "아빠, 나는 공룡메카드가 없거든. 그럼 공룡들이 알에서 못 나와. 그래서 이거 하는 거야." 그러면서 엇비슷한 그림을 열심히 찾아본다. 그러고 보니 화투도 할아버지에겐 공룡메카드만큼 재밌고, 소중한 것일 수도 있겠다. 잘 놀고 제자리에 갖다 놓아야 한다. 한 장이라도 없으면 할아버지가 슬퍼하실지 모르니.

# 역사적 순간

텔레비전에서는 하루 종일 남북정상회담 이야기다. 오늘 하루는 세상 돌아가는 것이 궁금하다는 아내의 말에 모처럼 아침부터 텔레비전을 켰다. 그랬더니 정말 역사적 순간들이 화면을 통해 전해진다. 세상사 정말 모를 일이다. 몇십 년간 되지 않던 일이 하루아침에 되기도 하다니. 그런데 더 역사적 순간이 있다. 외출 후 욕조에서 아들과 목욕을 하고 있는데 녀석이 "아빠, 오늘은 내가 뒤로 갈게" 한다. 욕조가 좁아 같이 놀기 불편한가 했더니, 뒤로 간 녀석이 욕조의 거품을 아빠 등에 옮긴 후 컵으로 물을 쏟아준다. '아, 아들이 등을 밀어주는 뭔가 짠한 기분이 이런 느낌이겠구나.' 오늘은 지극히 개인적인 역사적 순간이다.

아들은 하루 종일 열심히, 부지런히 놀았다. 아침에 조금 늦게 일어나긴 했지만 밥도 잘 먹고, 마트에 세탁물을 맡기러 같이 가고, 도서관에 가서 책을 몇 권 읽기도, 몇 권 대여하기도 했다. 그리고 과학관에서 이런저런 체험도 하며 신나게 놀았다. 집에 와서는 씻고, 밥도 간식도 잘 먹고, 동화책은 엄마가, 아빠가, 다시 엄마가 한 번씩 읽어주었다. 그러면 이제 자는 일만 남았다. 자러 가자는 엄마의 말에 녀석은 조금 섭섭한 눈치다. "아직 놀게 남았어. 공룡 놀이는 하고 자야 한단 말이야." 어른들은 알 수 없지만 아이들도 하루의 스케줄을 생각하고 있는 것 같다. 때로는 자신만의 계획된 일정이 꼭 있다는 생각이 든다.

인천에 왔다. 아들에게는 외갓집, 아빠에게는 처갓집, 엄마에게는 친정집. 그러니 이름이 셋이다. 인천집에는 아들의 장난감이 제법 많이 있다. 아빠가 학위 논문을 한창 쓸 때 엄마와 녀석은 이곳에서 다소 오랜 기간 몇 차례 있었다. 그러다 보니 이곳에는 녀석의 다양한 놀 거리가 있다. 그리고 시골집과는 달리 아파트라 비교적 편할 것이다. 그러니 첫날부터 신났다. 좀체 잠잘 생각이 없다. "아빠, 잠시만"이라는 말이 부쩍 자주 들린다. 아빠가 보내는 자자는 신호를 눈치챈 것 같다. '그래. 오늘은 잠시만, 잠시만 더 놀자.' 그런 날도 있다. 잠시만 더.

순간의 선택

아들이 깼다. 아직 일어날 시간이 아닌데 배가 고픈가 보다. 사실은 불편한 것이다. 며칠째 응가를 못 하고 있으니. 이유야 어쨌든 배가 고프다니 아내는 녀석에게 간단히 먹이고 다시 잠자리에 든다. 아들은 금세 다시 잘 자는 것 같은데 아빠는 이럴 때가 제일 난감하다. 다시 잠을 자기도, 그렇다고 슬쩍 일어나기도 쉽지 않다. 아빠가 일어나면 녀석도 같이 일어나려 할 테니 머리가 복잡하다. 그저 그냥 잠시 누워있기로 한다. 녀석과 함께하며 느끼는 거지만 아이들은 '순간의 선택'이 정말 중요하다. 딱 그때 무엇인가를 하느냐에 따라 하루가 달라진다. 물론 엄마, 아빠의 하루도 함께 달라진다. 그러니 선택의 순간, 결정이 중요하다.

아들의 외할아버지는 칠 남매 중 넷째다. 그러니 이런저런 집안 행사가 많다. 그중 셋째 형님의 칠순 잔치다. 먼저 녀석의 외할아버지를 행사 장소에 모셔다드리고, 외할머니와 엄마 그리고 아들과 함께 가기로 했다. 이유는 이렇다. 외할아버지의 둘째 큰형님과 막냇동생이 잔치의 주인공을 위해 색소폰과 기타를 연주하기로 했고, 외할아버지는 그들의 리허설을 돕기로 한 것이다. 연세가 색소폰은 일흔일곱, 기타는 예순, 거기에 외할아버지는 예순여덟이니 이 정도면 뜨거운 형제애다. 문득 혼자인 아들에게도 형제가 많으면 좋겠다는 생각이 든다. '둘째', 그냥 잠시 생각(만) 해본다.

깜짝 놀랐다. 그리고 고마웠다. 칠순 잔치를 준비한 아들과 며느리는 몇 개월 후 엄마, 아빠가 된다. 그런데 행사에 참석한 '아이들만을 위한' 몇 가지 준비를 했다. 첫째, 별도로 돈가스를 준비했다. 사실 준비된 호텔 한정식은 아이들에게 그다지 흥미로운 음식은 아닐 것이다. 둘째, 작은 선물들이 있었다. 레고, 축구공, 열쇠고리, 가방 등 참으로 꼼꼼함이 느껴지는 것들이었다. 덕분에 아들은 좋아하는 돈가스도 먹고, 배트맨 레고 세트도 선물로 받았다. 칠순 잔치에 아이들이 신나기는 쉽지 않은데, 기뻐하는 녀석을 보니 엄마, 아빠가 고맙다. 나이가 조금 어린 사람들이지만 많이 배운 하루다.

경기도 여주의 전원주택에 살고 있는 아내의 친구와 그 가족을 잠시 만났다. '전원'이라는 단어는 여유를 준다. 역시나 길가에는 고양이, 개구리가 있다. 제주도 친구 집에서도 느낀 것이지만 몇 가지 불편함은 있어 보인다. 예를 들어, 식당, 마트, 은행 등 이런 저런 생활 편의시설은 조금 멀리 떨어져 있다. 편하게 살라고 지어놓은 건물들이 많아지면 많아질수록 오히려 그곳에 사는 사람들은 답답함을 느끼고 조금은 거리를 두려 한다. 더 멀리는 전원으로 떠나 여유를 찾는다. 그러니 편리함과 여유를 함께하기란 조금은 쉽지 않은 듯하다. 우리 가족은 어디가 좋을까. 지금은 도심 아파트지만….

많은 엄마, 아빠들이 육아휴직을 망설이는 까닭은 경제적 이유일
것이다. 물론 회사에서의 이미지, 조직문화 등도 이유일 수 있다.
육아휴직을 하고 한 달의 시간이 지났다. 경제적, 사회적, 문화적
등 이런저런 외부 요인은 생각지 않기로 다짐하고 시작한 휴직이
다. 딱 일 년만. 불쑥불쑥 자연스럽게 생각이 나지만, 그냥 '딱 일
년만' 생각하지 않기로 해본다. 그런데도 육아휴직 급여 신청을
하며, 뻔히 아는 금액이지만 좀 더 많이, 더 많이 들어왔으면 좋
겠다는 생각도 해본다. 시골에 계신 녀석의 할머니가 그러셨다.
'벌어서 쓰는 돈보다 주머닛돈 내어 쓰는 게 얼마나 헤픈지 모른
다'라고. 그냥 웃자. 오늘도, 내일도. 아들과 아내는 곤히 잔다.

저금통에

피곤하다. 아침과 점심은 인천(아들 외갓집), 저녁은 경기도 여주 (엄마 친구 집), 밤에는 강원도 원주(아빠 누나 집)에 있으니. 여 차여차하다 새벽녘에야 겨우 잠이 들었다. 녀석의 큰고모는 다음 에는 주말에 와서 함께 놀자고 한다. 큰고모는 직장인이니. 그러 면서 아들에게 용돈을 건넨다. 자연스럽게 엄마와 아빠는 녀석의 전용 통장에 입금하기로 대화를 주고받는다. 그때 뒷자리에 앉은 녀석이 말했다. "저금통에." 이유가 있다. 거실 저금통이 가득 차 면 '골드렉스'라는 장난감을 사기로 했기 때문이다. 그러니 저금 통을 콕 집어 강조하는 것이다. 그래, 차곡차곡 열심히 쌓자. 그 리고 조만간 마트 한번 가자. 그런 재미도 있어야 한다.

'맛있는 녀석들'을 한 편 찍었다. 주인공은 아들과 아빠, 이렇게 달랑 둘. 엄마는 함께 할 수 없었다. 왜냐하면 장소가 남자 사우나였기 때문이다. 여행도 다니고 이래저래 재미있게 놀기 위해서는 몸과 마음이 편해야 한다. 우리 가족이 마음 편히 전국 어디나 다닐 수 있는 것은 녀석이 씩씩하게 잘 자라주고 있기 때문이다. 그래서 선택한 방법은 조금의 여유가 있다면 사우나에서 충분히 쉬는 것이다. 녀석은 안다. 아빠와 사우나 후 시원한 음료수 마시는 재미를. 이번에도 열심히 먹고 있더니 슬쩍 아빠를 본다. "아빠도 같이 먹을까?" 물으니, 녀석의 대답은 "응, 한 입만. 그리고 다시 줘." 그럼 최대한 티 안 나게 꿀꺽꿀꺽 많이 먹는다. '한 입만'이니까.

공룡이 살아있다

정말 오랜만에 뮤지컬을 봤다. 정확히는 그간 아들과 이런저런 뮤지컬을 몇 편 보긴 했지만 '예술의 전당'과 같은 장소에는 언제 왔었는지 기억이 가물가물하다. 아내와는 연애할 때, 그리고 녀석이 태어나기 전까지 함께 공연 보는 것을 정말 좋아했다. 그때는 엄마, 아빠와 함께 공연장에 오는 아이들을 보면 '가족이 함께하면 정말 좋겠구나'라고 막연히 생각했다. 그런데 막상 아빠가되고 보니, 공연장까지 가는 것도 쉽지 않다. 작은 장난감 공룡을 손에 꼭 쥐고 뚫어져라 공룡이 나오는 뮤지컬을 보던 녀석. 집으로 돌아와 조금 늦은 시간임에도 공룡 동화책을 읽자고 한다. 오늘은 하루 종일 공룡과 함께한다. 아마도 아들의 마음속에 '공룡이 살아있는' 것 같다.

어린이날

어린이날이 지나갔다. 아들은 아는지, 모르는지 그 또한 알 순 없지만 어쩌면 녀석의 곁을 잠시 '스쳐' 지나갔다고 하는 것이 적당한 표현이다. 아빠는 '무슨 무슨 날'에 사람들 많은 곳에 가는 것을 좋아하지 않고, 불행히도 그런 날들을 열심히 챙기는 엄마는 심한 독감에 걸려 아프다. 그것도 많이. 엄마는 좀 짠하고 미안한 마음으로 녀석을 바라보는 듯하지만, 아빠는 그렇게까지 미안한 마음은 없다. 살다 보면 주인공이라 생각했는데 그렇지 않은 날들이 제법 있으니. 그리고 생각해보니 녀석에게 일 년, 삼백육십오 일 중에 어린이날 아닌 날이 얼마나 될까. 상황이 여의치 않다면 하루쯤은 좀 평범해도 된다.

책을 좋아하는 아빠가 할 소리는 아니지만 책도 지나치면 안 된다. 아들이 잠투정을 하는 것인지 아니면 책이 정말 너무너무 좋아서 그러는지 정확히 알 수는 없다. 밤이 되어 잠자리에 들려면 끝없는 녀석의 외침. "한 권만 더." 처음에는 역시나 아빠를 닮아 책을 좋아하는구나 생각했는데, 아빠도 사람인지라 끝없는 책 읽기는 쉽지 않다. 책을 너무나 좋아하고, 여전히 지금도 과하게 즐기고 있지만 녀석의 잠자리 책사랑에 가끔은 몸도 마음도 쉽지 않다. 그런데 마음 한편에는 늦은 밤 장난감 놀이 같이 하자고 '한 번만 더' 하는 것보다는 책 읽고 싶다고 '한 권만 더' 하는 것이 상대적으로 좋기는 하다. 이러니 육아는 신의 영역이다.

# 꼼꼼히 보다

아이들은 같은 책을 여러 번 읽는다. 육아책에도 그렇게 나온다. 부모는 다양한 책을 읽히려 하지만 아이들은 좋아하는 책을 반복해서 계속 읽는다고. 아들도 그렇다. 유독 좋아하는 책이 있다. 그러면 방법이 없다. 아빠도 같은 책을 반복해서 읽어야 한다. 그럼 책의 내용은 다 알고 있다는 생각을 슬며시 하게 된다. 그런 마음으로 책을 읽고 있는데, "아빠, 잠깐만, 여기에 화석이 있어요. 뼈, 물고기, 공룡 화석이." 엄마가 알려주었다고 한다. 그러나 아빠는 그 책을 수십 번 읽으면서도 몰랐다. 그런 그림이 있었는지. 숨은 그림도 아니었는데, 큰 그림만 보았다. 녀석은 작은 그림도 꼼꼼히 보고 있었는데. 왠지 뜨끔했다.

아들이 요즘 좋아하는 놀이. 무엇인가 슬쩍 숨겨놓고 아빠에게 찾아보라고 하기. 그러곤 그 상황을 엄청 재미있어한다. "아빠, 이불에 숨겼지롱. 엄청 중요한 게 있지롱. 찾아봐." 뭐가 있나 찾아본다. 사실 녀석의 숨기기 실력은 '제발 찾아달라'라는 수준이라 간단히 찾을 수 있다. 엄청 중요한 것은 양말 두 짝. 그것도 신고 다녔던 것. 끝났나 싶더니 "일단 나가보면 알 거야. 거실에도 있어"라고 한다. 또 뭐가 있나 열심히(쉽게) 찾아보니 소파에 작은 공룡 다섯 마리가 숨어있다. 추측이지만, 녀석은 그저 아빠랑 이런저런 공간에서 같이 놀고 싶은 것이다. 그럼 일단 함께 나가본다. 그리고 같이 논다. 아빠가 혼자 놀고 있다 딱 걸렸다.

모처럼 저녁을 일찍 먹었다. 산책을 할까 했더니 아들의 반응이 시원찮다. 이럴 때는 녀석에게 선택권을 준다. 집에서 쉬는 것도 괜찮아 보인다. 이른 시간부터 좋아하는 책을 읽나 했더니, 녀석은 자동차 경수 놀이를 하자고 한다. 아빠는 빨간색, 녀석은 노란색 차. 굉음과 함께 출발했지만, 카펫 위라 멀리 가지는 못한다. 예상대로 아빠의 승리. 왜냐면 빨간색 차는 태엽을 열심히 감았다. 다음번에도 빨간색 차가 삼십 센티미터는 앞서서 멈추었다. 당연히 또 이겼다고 생각했는데 녀석은 노란색 차가 이겼다고 한다. 이유는 간단하다. "이번에는 뒤에 있는 차가 이기는 거거든." 이럼 당해낼 방법이 없다. 녀석이 '게임의 법칙'을 만들고 있으니. 그러고 보니 앞에 있어야 이기는 것이라고 얘기한 적도 없다. 한방 먹었다.

올바른 상식

아이를 키우며 새삼스레 배우는 것이 많다. 카멜레온, 공룡, 흰긴수염고래 등 아들의 책을 보면서 미처 몰랐던, 잘못 알고 있는 것들이 많았음을 새삼 느낀다. 한 번 보고, 들었던 것을 진리인 것처럼 의심 없이 받아들이고, 그것을 지식이라 생각할 때가 있다. 그런데 카멜레온은 종류에 따라 수컷만 색의 변화가 있다. 그러니 모든 카멜레온이 주변 환경에 따라 보호색을 띠는 것은 아니다. 그리고 공룡이 다 커다란 몸은 아니다. 닭 정도의 크기도 있다고 한다. 거기에 평균 160톤 정도 된다는 흰긴수염고래는 작은 새우처럼 생긴 크릴을 주로 먹는다. 입속에는 50명의 사람들이 들어갈 수 있다지만 먹지는 않는다고 한다. 그러니 상식이라 생각했던 것들이 단편적, 그릇된 지식이었던 것이다. 아이와 함께 하며 올바르게 알아간다.

어버이날을 맞이하여 아들, 아내와 함께 인천에 다녀오는 길에 녀석에게 '서울 구경' 좀 시켜주어야겠다는 생각에 서울로 향했다. 사실 엄마와 아빠는 그곳에서 연애를 하고, 직장을 다니고, 신혼살이를 했다. 그렇게 지내다 대전으로 갔으니 그다지 새로울 것이 없지만 녀석에게 서울은 낯선 것들이 많을 것이다. 그러나 즐거운 상상도 잠시, 시작부터 차가 막히는 것이 만만치 않다. 며칠째 응가를 못한 녀석이 잠을 자나 했더니 금세 깨서 어딘가 불편한 표정이다. 왠지 불안불안하지만 이미 올림픽도로는 차들로 꽉 막혀 옴짝달싹 못 하고 있다. 엄마가 조심스레 묻는다. "쉬 마려? 그럼 참지 말고 얘기해." 녀석은 "아니야, 괜찮아"라고 한다. 그런데 왠지 불안하다.

역시나 예상대로 "엄마, 쉬 마려"라는 소리가 들린다. 이런, 방법이 없다. 꽉 막힌 도로에서(그것도 가운데 차선에서) 쉬가 마렵다니. 녀석을 탓하기 전에 쉬가 우선이다. 급한 대로 아이를 앞자리로 옮겨 휴지통을 활용한다. 이미 바지랑 속옷은 축축하다. 엄마는 좁은 차 안에서 녀석의 몸을 닦고, 옷을 갈아입히느라 정신이 없다. 아빠는 운전을 하며 '왜 얘기를 안 했을까' 생각해보지만 녀석도 이런 경우가 처음이라 당황했을 것이라는 추측만 해본다. 아이의 몸 상태를 중간중간 확인하고 잘 챙기려 했지만, 녀석 또한 낯선 도로에서 꽉 막힌 차들을 보니 이래저래 쉬 마렵다는 이야기를 하기가 쉽지 않았을 것이다. 아직 서울 땅에는 발도 닿지 않았는데 좋은(?) 추억 하나 남겼다. 이럴 때일수록 화내지 말고 평온을 유지해야 한다.

# 서울 나들이 3

서울에서 잠은 아들의 큰아빠 집에서 해결하기로 했으니 마음은 편했다. 그런데 아침에 일어나니 몸이 불편하다. 아니 사실 많이 아프다. 어제저녁에 오랜만에 대학 동기들을 만나 술자리를 가졌었는데 아마도 몸이 탈이 난 것 같다. 무엇이건 '과하게' 하면 안 되는 것인데 술이 조금 과했던 것 같다. 아내는 이래저래 고민하더니 아들을 데리고 어린이 대공원으로 간다고 한다. 많이 미안하다. 같이 움직이기로 했는데 몸이 따라주질 않으니 오늘은 집에서 쉬는 수밖에 없다. 아내가 혼자 녀석과 움직이려면 만만치 않을 텐데 아마도 아픈 아빠를 위해서 자리를 비워주는 것 같다. 서울 나들이가 계획과 달리 처음부터 꼬이기 시작한다.

다음 날도 아프다. 이런 적이 없었는데 여전히 머리가 '띠~잉'하다. 그래도 어제저녁에는 집 근처의 가로수길을 잠시나마 구경했다. 그리고 오늘은 아들과 어린이 대공원을 다시 가기로 했다. 이유는 간단하다. 그곳에 아기 코끼리가 있기 때문이다. 아내가 동영상으로 촬영한 것을 보여주었는데 엄마, 아기 코끼리가 너무나 다정해 보였다. 특히 아내는 아기 코끼리가 정말 귀여웠다고 한다. 어제는 아내 혼자 많이 힘들었을 테니 같이 가기로 한다. 날씨는 바람이 조금 불긴했지만 그래도 무더운 날씨다. 이래저래 둘러보니 다양한 구경거리가 있다. 놀이공원도 갔지만 녀석은 "아빠, 또 탈래" 하며 어린이 자동차만 일곱 번 정도 반복해서 탄다. 그래도 너무 재밌단다. 그러면 됐다. 놀이공원은 무엇을 하건 재미있으면 되는 곳이니까.

여차여차하여 놀이공원까지 마무리하고 집으로 향한다. 역시나 금요일 퇴근시간의 도로는 꽉 막힌다. 차를 좋아하는 아들 쪽을 봤더니 이미 꿈나라다. 잘 놀았나 보다. 아내와 이런저런 얘기를 하며 서울에 살았던 때를 추억한다. 고속도로에 진입해 열심히 달리다 저녁밥 해결을 위해 휴게소에 들렀다. 집까지는 삼십 분 거리지만, 배고플 녀석을 위해 잠시 멈춘다는 것이 '한 시간 삼십 분'이 되었다. 그래도 음식 맛도 있고 유쾌하게 얘기도 하니 마냥 즐거웠다. 아내의 얘기대로 '안동 간고등어구이'가 한식이 아닌 일식 코너에 있는 것은 좀 의문이었다. 어쨌든 집이 가까워지고 배가 부르니 마음은 즐겁다. 아내와는 조만간 몸과 마음의 준비를 해서 '서울 나들이'를 다시 한번 하기로 했다. 아프지 말자. 아프면 진짜 고생이다.

아들은 거실과 방을 부지런히 뛰어다니다 멈춰 서더니, 신나고 우렁찬 목소리로 외친다. "트랜스포메이션!" 녀석이 보는 만화는 또래의 아이들이 그렇듯 자동차, 로봇, 공룡 등이 주인공이다. 이들의 특징은 악당과 싸우거나 또 다른 무엇인가를 할 때 변신을 하는 것이다. 그러면 힘이 무척 세져, 그전에 할 수 없었던 일들을 할 수 있다. 그럴 때 외치는 한마디가 '트랜스포메이션!'이다. 그러니 녀석은 "악어 트랜스포메이션", "공룡 트랜스포메이션", "나무 트랜스포메이션"이라며 자기 나름대로는 열심히, 부지런히 변신한다. 그런데 사실 아빠와 엄마의 눈에는 그 모습이, 그 모습이다. 아마도 녀석에게는 커다란 차이가 있나 본데, 그건 몸이 아닌 마음으로 완벽한 '트랜스포메이션(변신)'이었을 것이다. 세상만사 마음먹기 나름이니까.

아들은 아직 먹는 음식(반찬)이 그다지 다양하지 않다. 가장 좋아하는 것은 생선구이. 그리고 계란 프라이, 된장찌개 정도를 즐긴다. 입이 짧은 녀석을 위해 엄마는 이래저래 다양한 음식을 만들이 권해보지만, 녀석의 반응은 영 신통찮다. 그러니 엄마가 고생이다. 자신은 절대 먹지(쳐다보지도) 않는 생선도 여러 가지를 먹이려고 노력한다. 갈치, 고등어, 삼치, 조기, 볼락, 매로, 옥돔, 임연수어, 홍메기, 대구, 보리멸 등 종류도 다양하다. 사실 이렇게 다양한 생선을 아빠도 본 적이 없는데, 집에서 먹는 아이가 몇이나 될까. 그러니 열심히 먹어야 한다. 그리고 명심해야 한다. 사실 엄마는 멸치도 안 먹는 사람이지만, 지금 생선요리의 달인이 되어가고 있다는 것을. 아들아, 오직 너 하나만을 위해.

아들과 함께하는 시간이 많아지면서 별 이상한 말들을 다 들어 본다. 그런데 곰곰이 생각하면 정말 재미있다. 문득 혼자 있다가 도 녀석의 표정이 생각나 슬며시 웃음이 난다. 한편으로는 이 시 간이 지나면 언제 또 이런 단어들을 접해볼까 싶다. 그중 특히 재 미있는 것은 '구루미'와 '흰개미'다. 예상대로 '두루미'와 '흰개미' 를 얘기하는 것이다. 녀석의 나이에는 특정 발음이 쉽지 않은 것 인지, 그냥 그렇게 부르는 게 편하고, 재미있어서 그러는지 알 수 없지만, 꼭 "아빠, 구루미는…", "아빠, 흰개미가 말야…"라고 한 다. 조금의 시간이 지나면 정확히 또박또박 읽고, 또 반듯하게 쓰 겠지만 문득 그리울 것이다. 녀석의 마냥 귀여운 지금 모습이. 조 금 서툴러도 아빠는 항상 지금이 좋다.

# 정중함&진중함

육아휴직 중 보통의 엄마, 아빠들이 열심히 일을 하고 있는 시간에 경험하는 일들. 처음에는 낯설고 조금 어색했지만, 많은 것을 배우고, 느낀다. 바쁠 일 없이 지내는 가족으로의 삶. 여유롭고, 편안하다. 그러니 아내가 좋아하는 음식점도 자주 간다. 그러다 즐겨 먹던 음식의 맛이 조금 이상하다고 생각한 아내는 지배인과 조용히 이야기를 나누었다. 잠시 후 수석 주방장이 조용히 다가와 음식을 먹고 있던 우리 가족을 위해 몸을 낮추고, 음식 맛이 이상하다고 생각할 수 있는 이유를 자세히 설명해주었다. 거기에 아내는 아주 뛰어난 미각을 가지고 있는 것 같다고 덧붙였다. 거기까지였다. 우리 가족은 아무런 불만 없이 계속 식사를 했다. 그의 몸짓과 눈빛에서 '정중함'과 '진중함'이 느껴졌기 때문이다.

식탁 옆에는 작은 칭찬나무가 자라고 있다. 아직 열매가 주렁주렁 달리진 않았지만, 하나, 둘 작은 열매를 맺어가고 있다. 엄마는 아들의 성장을 위해 칭찬을 많이 해주고, 그 결과를 칭찬나무에 하나씩 남긴다. 처음에는 그것이 효과가 있을까 생각했는데, 아들이 무척 좋아하는 것을 보니 역시나 엄마는 옳다. 녀석은 식탁에서 밥을 먹다가도 칭찬나무를 한참 쳐다보며 한 입 더 먹는다. 아들과 함께해보니 아이들이 당연하고, 자연스럽게, 유전적으로 엄마를 더 좋아하는 것이 아니다. 물론 그런 경우도 있겠지만, 대부분의 경우 엄마가 더 아이를 위해 노력하고, 고민하고, 실천하기 때문이다. 아빠도 그보다 더 노력하고, 더 고민하고, 더 실천하면 아이도 아빠를 더더더 좋아할 것이다. 그게 육아라 생각한다.

아들에게 새로운 가족이 생겼다. 외출 후 집에서 물놀이를 하던 녀석은 좀체 욕조 밖으로 나올 생각을 하지 않는다. 이럴 때는 두 가지 생각이 든다. '잘됐다. 아빠는 거실에서 조용히 책을 읽어도 되겠구나', '그래도 물놀이를 너무 오래 하면 안 될 것 같은데, 중간중간 나가자고 해야겠구나.' 그러다 보니 아빠는 무엇 하나에 집중하기가 쉽지 않다. 책은 읽는 둥 마는 둥 한다. 그때 택배 아저씨의 방문을 알리는 벨이 울린다. "아빠, 골드렉스(장난감)가 왔나 봐. 꺼내죠. 꺼내죠. 꺼내죠." 녀석은 마음이 급하다. 어제저녁 엄마가 새로운 장난감이 생길 거라고 슬쩍 얘기했었는데, 그걸 계속 기억하며 간절히 기다렸나 보다. 가끔은 아이들에게 장난감은 같이 대화할 수 있는 동생, 친구 뭐 그런 느낌도 든다. 그렇다면 가족이다.

아들과 놀다 보면 아이들은 정말 순수하다는 것을 새삼 느낀다. 녀석의 방에는 온갖 종류의 동물 인형들이 있다. 그동안은 남자아이라 인형은 그저 귀여운 장식품 정도로 생각했다. 그런데 녀석이 "아빠, 동물 놀이해요"라고 한다. 자동차나 로봇은 그나마 익숙해졌는데 아직 인형은 영 낯설고, 어색하다. 그래도 눈치껏 열심히 맞장구쳐준다. 그러다 문득 "아빠, 원숭이는 혼자고, 고양이도 혼자예요. 그런데 곰돌이는 엄마곰, 아빠곰, 아기곰, 그리고 또 있어요. 그러니 친구곰 해요. 그리고 원숭이, 고양이도 같이 친구 하면 될 것 같아요. 혼자 있으면 심심하니까요." 그래, 혼자면 외로울 수 있다. 그런데 살다 보면 그런 날도 있다. 그럴 땐 웅크리지 말고, 그저 당당하게 앞을 보고, 또박또박, 뚜벅뚜벅 나아가면 된다.

1,125,000

육아휴직을 한 지 한 달이 조금 더 지나 급여가 지급되었다. 1,125,000원. 첫 달 지급액은 백오십만 원이지만 실 지급액은 그 것의 75%이다. 나머지 25%는 복직 후 지급받게 된다. 이유인즉, 육아휴직 후 복직을 하지 않는 사람들이 있기 때문이다. 그 나름의 이해는 된다. 그것은 서로 간 신뢰의 문제이니. 그러다 문 득 한 달 동안 이 숫자의 범위에서 입는 것, 먹는 것, 그 밖의 모 든 것을 해야 한다고 생각하니 조금은 야박한 것 같기도 하다(한 편으론 이거라도 주는 게 어디냐 싶지만). 잠깐 동안 이래저래 생 각이 많았지만 그래도 최대한 궁핍하지 않게 즐겁게 살기로 다시 한번 다짐해본다. 숫자에 갇힌, 닫힌 삶에서 잠시 거리를 두고 세 상을 바라보는 것도 괜찮다는 생각을 아내가 되새겨준다. 일 년 동안 유쾌한 아들과 현명한 아내를 믿는다.

도서관에 다녀왔다. 물론 아들과 아내와 함께. 예전에는 도서관에 가면, 먼저 신문을 가능한 범위에서 많이, 자세히 읽고, 다음으로 서가의 책들의 제목을 하나하나 살펴보고, 그리고 대여 최대 범위까지 책을 골라 뿌듯한 마음으로 돌아왔다. 그러나 요즘은 아들의 동화책을 주로 고른다. 그러다 보니 자연스럽게 동화책을 많이 읽게 되고, 책 속 내용을 접할 때마다 깜짝깜짝 놀란다. 이런 경우다. 엄마와 아이가 시장에서 물건을 사면 공룡을 한 마리씩 공짜로 준다. 병원에서 주사를 맞아도, 이발소에서 앞머리를 잘라도. 그리고 그렇게 생긴 공짜 공룡을 집에까지 데려와 꼬리에 뿔이 있는 공룡에게는 빨래를 널어두기까지 한다. 어쩜 이런 기발한 상상을 하는 것일까. 그러니 아들은 재미있는지 "다섯 번만 계속 읽자"라고 한다.

아들에게 동화책을 읽어주면서 아빠만 슬쩍슬쩍 보는 내용이 있다. 그것은 저자 소개다. 아무래도 녀석은 글과 그림이 나오는 부분이 재미있을 것이다. 그리고 어른들 책에서도 저자 소개를 읽지 않은 경우가 많을 것이라 생각한다. 그런데 책이라는 것이 그것을 쓴 사람의 생각을 옮긴 것이니 무엇보다 그(그녀)가 미치는 영향이 클 수밖에 없다. 그런 까닭에 저자를 알지 못한 채 아이에게 책을 읽어준다는 것은 적당하지 않다. 그래서 가끔은 녀석이 지루하지 않을 범위에서 천천히 저자 소개를 읽어본다. 물론 녀석은 그다지 흥미롭지 않은 표정이지만, 아빠의 마음은 조금 차분해진다. 읽을 준비 완료다.

빠뿌 & 빼꾸

아들은 '빠뿌', '빼꾸'를 열심히 외친다. 도대체 무슨 말인지 모르겠다. 사전에도 없고, 비슷한 단어를 찾기도 쉽지 않으니. 그런데 너무나 신기한 것은 이 황당한 단어조차도 엄마와 아빠는 귀신같이 알아듣는다. 아이와 함께하다 보면 그들만의 언어가 있음을 알게 된다. 대부분의 경우 엄마는 그것을 수많은 경험과 그보다 앞선 직감을 통해 아는(알게 되는) 것 같다. 이후 아이에 대한 엄마의 반응을 보고 아빠도 그제야 이해한다. 물론 가끔은 아빠가 먼저 알게 되는 경우도 간혹 있다. 아들에게 세 살의 '빠뿌'와 다섯 살의 '빼꾸'는 '무엇인가 정상적이지 않은', '고장 난', '이상한', '마땅치 않은' 이런 정도의 의미다. 언어라는 것이 사회적 약속이라면 빠뿌와 빼꾸는 우리 가족만의 비밀 암호라 해야겠다.

# 꾹, 꾸르, 꾸륵

요 며칠 아들은 잦은 트림을 한다. 크게 소리를 내는 정도는 아닌데 속이 불편해 보인다. 집 근처의 의원급 소아과에서는 '소화가 조금 되지 않은 정도'라는데, 엄마, 아빠는 아무래도 신경이 쓰인다. 이럴 땐 몸이 불편해도 마음이 편한 게 최고다. 그러려면 좀 더 큰 아동전문 병원으로 가보는 수밖에 없다. 주말이지만 다행히 사람들이 많지 않다. 순서가 되어 젊은 원장님이 이래저래 살펴보더니(혹시나 해서 엑스레이까지 찍었다), 역시나 배에 가스가 좀 차서 그런 것 같으니 크게 걱정할 수준은 아니라고 한다. 두 번에 걸쳐 확인했으니 조금 마음이 놓인다. 집으로 돌아오는 길, '서울에 계속 살았어야 했는데'라는 생각을 잠시 해봤다.

**피자 한 판**

유럽의 어느 유명 동화작가가 '아이들에게 장난감을 사주는 것은 가장 손쉬운 방법이지만, 가장 도움이 되지 않는 방법이기도 하다'라고 얘기한 책을 읽었던 기억이 있다. 그런데 아이를 키우다 보면, '어쩔 수 없다'라는 이름으로 이런저런 장난감을 사주게 된다. 그리고 엄마, 아빠가 같이 놀다 보면, 때로는 요즘 장난감들은 제법 괜찮다는 생각도 든다. 거기에 교육적으로 나쁠 수도 있겠지만, 장난감을 손에 쥐었을 때 온 세상을 다 가진 것같이 신이 난 아이의 표정을 보면 그 유혹을 이겨내기가 쉽지 않다. 그것이 보통의 엄마, 아빠다. 요 며칠 속이 안 좋은 아들에게 좋아하는 공룡 장난감을 하나 사줬다. 돌아오는 길, 신호를 기다리다 '피자 한 판 값이네'라는 생각이 문득 들었다. 아빠도 피자, 엄마도 커피 정말 좋아하는데….

아들은 곤히 자고, 아빠는 그냥 잔다. 아직 낮이다. 그러니 낮잠이다. 잠깐 자는 잠이 아니라 그냥 푹 자도 좋다고 생각하며 함께 누웠다. 회사를 다녔다면, 유치원을 갔다면 이렇게 나란히 눕지 못했을 것이다. 얼마쯤 지났을까 슬쩍 잠에서 깼다. 녀석은 아직 정신없이 자고 있다. 그냥 둔다. 딱히 할 일도 없으니. 할 일이 있어도 내일 하면 된다. 그렇게 시간이 지나 녀석도 잠에 지쳐 깼다. 그러더니 "아빠, 나무괴물이 있어요. 저기 봐요"라고 한다. 무슨 소리를 하는 거지. 집에 나무괴물이 있다니. 꿈을 꾼 모양이라 생각했는데, 벽을 보니 중학교 2학년 때 담임선생님이 주신 유명 작가의 흑백 소나무 사진이 있다. 아빠는 좋은 기운 많이 느끼라고 걸어둔 것인데, 녀석에게는 동화책에서 보았던 나무괴물처럼 보였나 보다. 때로는 어른들에게는 보물이 아이들에게는 괴물이 될 수도 있음을 알게 되었다.

머리를 말리다

집에서 아들과 시간 보내기 제일 좋은 것 중에서 하나가 함께 목욕하는 것이다. 이래저래 놀고, 씻고 하다 보면 한 시간은 금세 지나간다. 엄마는 그 시간에 식사 준비를 하거나 좋아하는 캘리그래피를 할 수도 있으니 그 나름 괜찮은 선택이다. 얼마 전부터는 녀석도 목욕 후 드라이기를 이용해 머리를 말린다. 처음에는 그저 그런 표정이더니 시원한 바람으로 머리카락을 말리는 것이 재미있는 모양이다. 그때마다 아빠가 하는 말, "아들, 머리를 말리려면 아빠에게 다가와. 아니면 아빠가 다가가야 하는데 드라이기 선이 그렇게 길지는 않아." 그렇다. 무슨 일이건 누군가는 다가가거나, 다가와야 한다. 보통은 필요한 사람이 다가가는 것이 세상 이치다. 그러면 분명히 녀석이 다가와야 하는데, 자꾸만 아빠가 먼저 다가가려 한다. 어느 육아책에서 그랬다. '느리게 키우는 것', '마음에 여유를 갖는 것'이 중요하다고.

아직도 그 이름이, 그렇게 부르는 것이, 꼭 그렇게 불러야 하는 것인지 알 수 없는 단어. '어린이집.' 대충의 의미는 이해한다. 어린이들이 많이 모여있고, 그들을 잘 돌보아주는 곳이니 그렇게 부르게 되었을 것이다. 그런데 그곳에 있는 각각의 어린이들은 모두 자신들의 집이 있다. 보통의 경우 그곳에는 엄마, 아빠가 있다. 그러니 어린이'의' 집은 분명히 따로 있는 것이다. 그러니 집이 있는 아이들이 모여 새로운 집이 만들어진 것이다. 그저 어른들이 부르기 편하게. 딱히 무엇으로 달리 불러야 한다는 주장을 하는 것은 아니지만, 그저 조금 어색하고, 이상하다. 어린이들에게 집은 딱 하나다. 그곳은 바로 엄마, 아빠가 있는 곳.

모처럼 일찍 일어난 아들은 이리 뛰고, 저리 뛰며 바쁘다. 엄마가 레고 블록으로 밤새 만든 멋진 로봇 장난감에 꽤 신난 표정이다. 아빠가 보기에도 그 정도면 장난감이 아닌 작품 수준이다. 어쩌면 엄마의 장난감을 보려고 일찍 일어났을 수도 있겠다 싶다 (물론 다른 이유가 있을 수도 있다). 신이 난 녀석과 시골 할머니표 국수를 먹는다. 역시나 출발이 좋다. 열심히 먹는다. 기분이 좋다. 그때 아들이 "엄마, 콩나물이 숨어있다"라고 한다. 엄마는 "응, 꼭꼭 숨어있었네. 그것도 한번 먹어볼까?"라고 답한다. 아들은 콩나물을 슬쩍 그릇 밖으로 치운다. "콩나물은 맛이 없을 것 같아서." 별수 없다. 맛이 없어서 안 먹는다니. 명쾌하다. 다른 이유가 있다면 이래저래 설명이라도 해볼 텐데. 그냥 국수라도 열심히 먹기로 한다.

아이에게 어떤 '개념'에 대해 설명하는 것은 참으로 어렵다. 녀석이 성장해갈수록 앞으로 더 다양한 것들을 설명하고, 보다 잘 이해시키려 노력하겠지만, '숫자', '시간' 이런 것들을 어떻게 설명해주어야 하는지 간단치 않다. 사실 어른이 된 지금도 '시간'의 개념에 대해 그럭저럭 알고 있을 뿐, 그것을 아주 정확히 설명하고 글로 표현해내기는 쉽지 않다(그렇게 해볼 생각도, 그것을 요구하는 사람도 없었다). 아들과 '쥬라기 공원'을 보고 있는데 녀석이 문득 "아빠, 아기 티라노는 오백삼 분 있다가 올 거야"라고 한다. 뜬금없기도 하고, 시간의 개념을 제 딴에는 설명하는 것 같기도 하다. 아무튼 '개념'이라는 것은 아이에게나, 어른에게나 쉽지 않다. 그걸 정확히 알고, 이해하고, 실천하면 세상살이 참 쉬운데.

아침을 먹으며 창밖을 보니 해가 쨍하니 볕도 좋다. 바람도 살랑거리니 나가 놀기 딱 좋은 날이다. 얼른 먹고 어디라도 가야겠다고 생각하고 있는데, 아내가 "오늘 미세먼지가 심하대. 그냥 공룡 나오는 영화 보면서 집에서 놀자"라고 한다. 하루 종일 집에서 (만) 논다니. 이렇게 볕이 좋은 날에. 아들의 넘치는 에너지를 생각하면 살짝 걱정되기도 하지만, 그냥 놀아본다. 육아휴직 중인 아빠니까. 거실 한쪽에서 자동차 장난감이랑 맥포머스 블록이랑 마구마구 섞어서 터널도, 기찻길도 만들어본다. 음식에만 비빔밥이 있는 게 아니다. 가끔은 다른 종류의 장난감도 섞고, 비벼보는 거다. 그러다 보면 제법 괜찮은 것도 몇 개 나온다. 어차피 '장난'이 가득하면 되는 장난감 놀이를 하는 거니까.

아들과 둘만 남았다. 엄마는 피부과에 오전 예약이 있어 집을 비웠다. 이런 상황이 낯설기도, 그렇지 않기도 한 것이 더 낯설다. 부지런히 움직여야 한다. 먼저 녀석이 깨기 전, 집 곳곳의 커튼과 블라인드를 걷고, 어질러진 장난감들을 말끔히 정리한다. 다음은 아침 먹을거리들을 식탁에 정리하고, 국을 데운다. 그리고 녀석이 깨면 함께 먹는다. 그럼 끝이다. 사실 그다지 어려울 것도 없는데 아직은 조금 어수선하다. 다행히 녀석이 밥을 잘 먹었다. 사과 한 조각 먹고 양치만 잘 하면 된다. "아들, 같이 이 닦을까?"라고 했더니, 녀석은 "아빠, 그럼 엄마가 물어보지 않을까? 그래서 나는 엄마 오면 공룡 놀이하고 이 닦을 거야"라고 한다. 그렇다. 엄마는 녀석의 말대로 물어볼 것이다. 잠시 잠깐 집을 비우는 것, 아주 조금 녀석의 옆에 있지 못하는 것, 그것조차도 미안해하고, 걱정하는 '엄마'니까.

# 나 혼자 스스로 하고 올게

아이와 함께하며 제일 듣기 좋은 말들 중에서 하나가 '혼자', '스스로'다. 녀석은 쉬가 마려우면 엄마나 아빠가 옆에 있나 두리번거리다 쪼르르 달려와서는 "엄마(아빠), 나 혼자 스스로 하고 올게"라고 한다. 처음에는 혹시나 해서 옆에서 지켜보기는 했지만, 이제는 "응, 잘 하고 와" 정도만 대답해준다. 물론 가끔은 작은 실수를 하기도 하지만, 그래도 참 대견하다는 생각이다. 녀석과 함께 보내는 시간이 많아질수록 힘든 순간도 분명히 있다. 회사에 있었다면 몰랐을 일들을 알게 되기도 하고, 그러다 보면 마음이 조금 불편할 때도 있다. 그럼에도 아이의 성장을 곁에서 함께 할 수 있다는 것이 무엇보다 큰 기쁨이다. 아빠도 회사에 이야기했다. '무엇이 되었건, 열심히, 최선을 다해 잘 하고 돌아오겠습니다'라고.

다음 주에 아들과 아내와 함께 국외여행을 간다. 녀석이 24개월 미만일 때 일본을 다녀온 적이 있으니, 이번이 두 번째라 마음이 조금은 편하다. 이제는 말도 제법 하니 좀 더 수월하지 않을까 예상해본다. 여행 준비차 환전을 하러 동네 은행에 갔다. 환전 중 창구에서 직원과 이런저런 이야기를 나누다 "육아휴직 하셨다니, 아이 엄마가 좋아하겠네요. 전업주부시면 더 좋겠고요"라고 한다. 휴직은 아빠가 했는데, 엄마가 좋아하겠다고 하는 걸 보니, '엄마들이 아이 키우는 것이 정말 힘든 일이구나'라는 생각이 든다. 다들 회사에서의 일도, 집에서의 육아도 힘들다고 한다. 그런데 육아휴직을 해보니 솔직히 집에서 아이를 돌보는 것이 더 힘든 것 같다(물론 개별 사정에 따라 많이 다르겠지만).

예전에는 진짜 몰랐다. 아이가 있는 집에 건전지가 이렇게 많이 필요하다는 것을. 그리고 자주 교체해주어야 한다는 것을. 이유는 단순하다. 장난감이 많기도 하거니와 더 강한 소리, 더 빠른 속력을 아이들이 좋아하기 때문이다. 거기에 그 장난감을 가지고 논 후, 전원을 끄지 않은 채 두는 경우도 많다. 그러니 어떤 장난감들은 소리 없이 조용히 건전지가 계속 소모되고 있는 것이다. 녀석에게 'ON/OFF'를 따라다니며 얘기할 수도 없고, 그저 이럴 땐 시간이 약이라 생각하며 기다릴 뿐이다. 그러다 문득 어른들에게도 마음의 건전지가 많았으면 좋겠다는 생각을 했다. 신나게 일하고, 즐겁게 놀고, 그러다 조금 지치고 힘들면 그저 쓱 건전지를 갈아 끼우는 것이다. 그리고 별일 없었다는 듯이 또다시 시작하는 것이다.

# 궁둥이를 슬쩍 밀다

쉽지 않은 오후다. 버스터미널에 볼 일이 있어 아들과 함께 가려는데, 도무지 옷 갈아입을 생각을 하지 않는다. 아니 생각을 하고 있는지, 도대체 무슨 생각을 하고 있는지조차 알 수 없다. 이런 날들이 있다. 하루 종일 까르르 웃으며 엄마, 아빠를 더없이 기쁘고, 즐겁게 해주다가도 아무 이유 없이 갑자기 떼를 쓰거나, 딴짓을 하는 날. 그러니 속된 말로 미치고 팔짝 뛰게 되고, 이러니 육아가 정말 어렵다고 하는 것이다. 엄마들도 그렇겠지만, 아빠들은 이럴 때 정말 고민이다. 궁둥이를 슬쩍 밀듯이 살짝 도와주어야 하는 것인지, 그저 인내심을 가지고 끝까지 기다리고 있어야 하는지. 딱히 정답을 알지 못할 땐, 그저 엄마가 하는 것을 지켜볼 뿐이다. 언제나처럼 엄마는 정답이다. 엄마와 아들, 둘 다 믿고 기다려본다.

아들과 동네 도서관에 갔다. 한 주 동안 국외여행을 다녀올 계획이니, 우리 가족이 대여해 읽고 있던 책은 모두 반납하고, 여행 중에 읽을 만한 적당한 책을 새롭게 골랐다. 어린아이에게 정적인 독서가 반드시 좋은 면만 있지 않음을 잘 알고 있지만, 여행지의 낯선 숙소에서 녀석이 심심해하거나, 잠자리에 들기 전, 딱히 다른 것을 하기가 곤란할 때가 많다. 아들과 여행을 다녀보니 이런 경우 정말 난감하다. 특히 하루 종일 신나게 세상구경 잘 했는데, 숙소에 돌아와 잠들기 전이 낯설면, 녀석도 그렇겠지만 엄마, 아빠도 덩달아 정말 피곤하다. 이번 여행에는 고민 없이 최근에 녀석이 흠뻑 빠진 공룡 책과 함께하기로 했다. 덕분에 아빠도 입에서 요상한 공룡들 이름이 줄줄이 자연스레 나오는 공룡 박사가 되어가고 있다.

꽃 중에서 이름을 정확히 알고 있는 꽃이 사실 몇이나 될까. 장미, 백합, 카네이션… 이래저래 세어봐도 손가락으로 꼽을 정도다. 꽃에 대해 그다지 관심이 없어서 그렇기도 하겠지만, 꽃의 모양민 보고 ㄱ 이름을 기억하기에는 모양들이 너무나 다양하고, 또 비슷비슷하기도 하다. 도서관에서 책을 고르고 있는 엄마를 기다리며 아들과 산책을 했다. 녀석은 이런저런 꽃들을 보더니 자신이 알고 있는 꽃 이름을 이야기하기 시작한다. 노란색이면 "진달래야", 흰색 비슷하면 "민들레야"라고 한다. 그러다 노란색과 진한 분홍색이 함께 있는 꽃을 보더니 "꿀벌꽃이네"라고 한다. 생각해보니 식물학자들도 꽃의 모양을 보고 그 이름을 지은 것도 많을 것이다. 그러니 정확한 이름은 알 수 없지만 '꿀벌꽃'이 아주 잘못된 이름이라고 생각지는 않는다. '꿀벌꽃', '꿀벌꽃…' 속으로 되뇌어보니 썩 괜찮은 이름이라는 생각도 든다.

PART 2

여름

아들과 함께 3박 5일 국외여행을 떠난다. 육아휴직 후 첫 국외여 행이다. 여행지는 베트남의 다낭과 호이안. 요즘 가장 핫한 곳 중 하나라고 한다. 그럼 가보는 거다. 녀석이 다소 고생스럽겠다는 생각도 조금 들지만 엄마, 아빠가 좋을 것 같으니 그냥 가보기로 한다. 사실 엄마, 아빠는 10년 전쯤에 베트남의 하노이, 하롱베 이를 다녀왔다. 그때 기억이 너무 좋았다. 그때를 생각하니 녀석 도 그럭저럭 잘 지낼 것 같다. 그리고 항상 녀석에게만 좋은 것을 할 수는 없다. 여행 준비에서 가장 중요한 것은 짐 꾸리기. 지난 제주도 여행과 울릉도 여행을 통해 아이와 함께하는 여행에서 어 른 짐은 무조건 줄이는 것이 좋다는 교훈을 얻었다. 엄마와 아빠 는 일수에 딱 맞게 속옷만 챙기고 나머지는 무조건 가볍고, 빨래 가 필요 없는 옷으로 최대한 짐을 줄인다. 그리고 나머지는 녀석 에게 필요한 것을 조금 여유롭게 꾸린다. 그럼 준비 끝이다.

공항에 도착하다

아침부터 부산스럽게 움직여본다. 늦은 저녁에 출발하는 비행기를 예약했지만, 국외여행이라 그런지 아침부터 바쁘다. 대전에서 인천공항을 어떻게 갈까 고민하다가 집에서 가까운 세종에서 공항버스를 이용하기로 했다. 공항버스는 두 시간 삼십 분이면 도착한다. 비행기 출발 시간에 맞추어 역순으로 계산하면 오전에는 충분히 여유가 있어야 하는데, 아이와 함께하면 그 무엇이 되었건 바쁘다. 이래저래 챙길 짐이 많아서 그런 것도 있겠지만, 그보다는 신경 쓸 일이 많아서 마음에 여유가 없는 것이 더 큰 이유라 생각한다. 그냥 무엇을 하건 눈을 뜨는 순간부터 쭉 바쁘기만 한 것 같다. 아침에 눈을 뜨고, 부지런히 움직여, 하루 종일 무엇을 했나 생각해보니 딱 하나다. '공항에 도착하는 것', 한 단어면 충분하다. '이동.'

인천공항에 도착했다. 시계를 보니 아직 여유가 있다. 먼저 저녁
을 간단하게 먹는다. 그리고 발권을 하고, 짐을 부친다. 이제 여
유롭게 비행기를 기다려본다. 아들을 카트에 태우고, 사전에 구
매한 물건도 찾고, 그저 편안한 마음으로 산책하듯 이리저리 면
세점 곳곳을 기웃거려 본다. 다행히 녀석도 구경거리가 많은지
즐거워 보인다. 한참을 그렇게 돌아다니고 있는데, 녀석이 "아
빠, 발이 이상해"라고 한다. 발이 이상해? 녀석을 카트 밖으로 꺼
내본다. "발이 어디가 아파?"라고 하니, "아니, 발이 이상해"라는
말만 계속할 뿐이다. 생각해보니 녀석에게 카트가 불편했던 것
같다. 이제 다섯 살이니 그럴 만도 하다. '발이 이상해'는 '다리가
저리다'라는 의미였다. '저리다'라는 단어를 모르니 그저 '이상해'
로 표현할 수밖에 없었던 것이다. "아들, 이럴 때는 '저리다'라고
하면 돼." 어휘의 확장은 이렇게 이루어진다.

비행기는 지연이다. 그러려니 하지만, 도착이 늦어지면 아들의 잠잘 시간이 그만큼 줄어든다. 현지 시간으로 새벽 도착인데 패키지 상품의 특성상 아이가 있다고 일정을 조정하는 일은 없을 것이다. 그리고 무엇보다 비행기 안에서 충분히 잘 수 있을지 걱정이다. 예상대로 다섯 시간의 이동 중 비행기에서는 도착 직전 한 시간 내외로 겨우 잤다. 그것도 착륙 전 안전벨트를 매느라, 부족한 잠이 더 불편해졌다. 덕분에(?) 엄마와 아빠는 거의 잠을 못 잤다. 그래도 함께 가족여행을 왔으니 다 괜찮다. 다낭 공항에 도착하니 후끈하지만, 다행히 숙소는 깔끔하다. 그리고 무엇보다 삼 일 동안 숙소 변경이 없어 좋다. 얼른 씻고 잠자리에 든다. 내일 일은 내일 걱정하면 된다. 어찌 되었건 여긴 베트남이고, 우리 가족은 무사히 왔으니.

늦었지만 먹는다

이번 여행을 함께할 사람들은 모두 23명이다. 작지 않은 숫자다. 아이와 함께하니 어쩌면 사람들이 많은 것이 좋을 수도 있겠다는 생각도 든다. 그저 묻혀갈 수 있으니. 어쩌면 녀석보다 어린아이노 있을 수 있다(일행 중 아이는 세 명. 다섯 살 둘, 네 살 하나. 그러니 녀석이 최연소는 아니다). 호텔 조식은 6시에서 10시까지라고 한다. 여행에서 조식은 꼭 먹어줘야 하는데, 아들은 9시 30분이 되어서야 겨우 깼다. 그것도 현지시간으로(한국이라면 11시 30분이다). 녀석을 둘러업고, 식당으로 부랴부랴 달려간다. 일단 뭐라도 먹인다. 그래야 40도 더위에서 여행할 수 있으니. 다행히 계란 프라이가 나온다. 거기에 빵 몇 조각을 먹여본다. 그리고 10시까지 로비로 간다. 모두들 나와 있다. 참 부지런한 사람들이다. 한 명이라도 늦어주면 다음 날 우리 가족이 조금은 편할 것 같은데….

베트남을 포함한 동남아 여행에서 빠지지 않는 것이 있다. 바로 '마사지'이다. 그런데 녀석과 함께하니, 엄마와 아빠가 마사지를 함께 받을 수 없다. 그래서 그냥 엄마에게 양보하기로 한다. 엄마는 항상 피곤하니까. 이제 아빠와 아들, 둘이 남겨졌다. 두 시간이다. 엄마 한 시간, 아빠 한 시간이었지만, 아빠 것을 엄마에게 양보했으니. 말 한마디 통하지 않는 베트남에서 둘이서 두 시간을 보내야 한다. 스마트폰 하나 달랑 있지만 이거면 충분하다. 바깥은 너무 더워서 나갈 수도 없으니 로비에서 녀석이 좋아하는 공룡 만화를 보면서 최대한 시간을 보내기로 한다. 그런데 옆을 보니 네 살짜리 꼬마 여자아이가 아빠와 함께 남겨졌다. 우리 가족과 상황이 비슷하다. 아이 아빠가 아이패드를 꺼낸다. '됐어'라는 말이 절로 나온다. "같이 봐도 될까요?"라고 말은 하지만, 안 된다고 말하지는 않을 분위기다. 하늘은 그렇게 야속하지 않다.

버스를 타니 가이드는 여행에서 꼭 필요한 네 가지 '고'가 있다고 한다. 무엇일까 했더니, '보고', '(경험)하고', '먹고', '사고'라고 한다. 그럴듯하다. 이 중에서 아들과 함께하는 이번 여행에서 꼭 해보고 싶은 것은 많이 보고, 많이 경험하는 것이다. 물론 많이 먹고, 많이 사도 좋을 것이다. 그렇지만 현실적으로 한국에서도 잘 먹지 않는 녀석이 외국에서 많이 먹을 것이라고는 크게 기대하지 않는다. 그리고 우리 가족은 무엇을 그렇게 많이 사지는 않는 편이다. 녀석이 조금 더 크면 알겠지만, 엄마는 꼭 필요한 것만 아주 저렴하게 사는 재주가 있는 사람이다. 그러니 '보고'와 '하고'에 집중해보기로 한다. 버스에서는 녀석을 창가에 앉혀 많이 보게 하고, 자유시간이 주어지면 녀석이 하고 싶은 것을 많이 해보기로 한다.

충분히 예상은 했지만, 더워도 너무 덥다. 한마디로 '땀범벅'이다. 어디에 가서, 무엇을 하건 너무 덥다. 체감온도는 40도라고 하는데 온도보다는 습도가 문제다. 너무 습하다. 아들과 아빠는 지쳐간다. 물론 엄마도 지쳐간다. 신기한 광주리배를 타도, 호이안의 유명한 거리를 걸어도 덥다는 생각뿐이다. 그렇지만 괜히 왔나 싶다가도 그래도 잘 왔다는 생각이 든다. 가족 여행이니까. 휴직을 안 했다면 언제 또 이렇게 여행을 다닐까 싶다. 주변을 둘러보니 대부분의 사람들이 땀을 흘리고 있다. 그리고 땀범벅도 조금은 익숙해진다. 어차피 흘릴 땀이니, 이번 여행은 '땀투어'라고 해야겠다. 이렇게 더위를 보내고 나면, 한국에 돌아가서는 무더운 여름도 시원하게 느껴지지 않을까 하는 헛된 기대를 잠시 해본다. 아무쪼록 녀석이 건강히 잘 지내주어야 할 텐데….

# 불빛이 춤을 춘다

무더위에 지쳐 야간 시클로는 타지 않기로 한다. 호이안의 야경을 보기 위해서는 시클로를 타보는 것이 좋지만 더위에 지친 아들을 위해(사실 아빠가 더 지쳤다) 숙소로 돌아가기로 한다. 사실 요금이 생각보다 비싼 것도 이해가 되지 않는다(한 사람에 50달러, 총 150달러). 숙소는 천국이다. 시원해서 좋고, 바다 전망이라 좋다. 그리고 녀석이 욕조에서 마음껏 물놀이를 할 수 있어 더 좋다. 신나게 물놀이를 하고 밖으로 나온 녀석이 창밖을 보더니 "아빠, 불빛이 춤을 춘다"라고 한다. 창밖을 보니 야시장 비슷하니 불빛이 밝다. 화려한 불빛이 하늘로도 요란스레 비친다. 무슨 행사를 하는 것 같다. 첫날은 몰랐는데 다낭은 한국의 해운대 같은 느낌이다. 해변이 길게 이어져 있고, 그 주변으로 호텔들이 더 길게 늘어서 있다. 녀석이 얘기해주지 않았다면 몰랐을 텐데, 베트남에도 이렇게 화려한 도시가 있었나 싶다.

"책 더 읽어줘, 세 번만." 베트남에서도 여지없다. 밤이 늦었지만 한국에서라면 그러려니 하고 읽어주었을 텐데, 아빠가 비행기 안에서 육아책을 읽은 것이 있었다. '잠들기 전 15분이 중요합니다' 라는 내용의 책이었다. 책에서는 책을 계속 읽어달라는 아이의 사례를 소개하고, 그럴 때 계속 읽어주는 것이 바람직하지 않다고 하였다. 육아 전문가가 그렇게 얘기하니, 앞으로 그래야겠다고 생각하던 참에 녀석이 고집을 피운 것이다. 아빠는 울컥하니 화도 난다. 그동안 녀석을 위해 열심히 책을 읽어주었는데, 오히려 그것이 녀석의 성장을 방해하고 있었다는 생각 때문이다. 어떻게 할까 녀석과의 오랜 얘기 끝에 일단 더 읽어주기로 한다. 한 권만 읽었더니 냉큼 잔다. 녀석도 분위기가 이상한 것을 눈치챈 듯하다. 이럴 때 참 어렵다. 그냥 더 읽어줄 걸 그랬나. 육아 전문가가 우리 아들 전문가는 아니다. 사실 녀석은 엄마, 아빠가 세상에서 제일 잘 안다. 이래저래 좀 싱숭생숭한 밤이다.

일정이 단순하다. '바나산 국립공원 관광 및 케이블카.' 놀이공원에 가는가 보다, 케이블카가 엄청 긴가 보다 정도만 생각했다. 그런데 케이블카를 타보니 정말 엄청나다. 대략 15분 정도 탔던 것 같은데, 두 가지 생각이 든다. '어떻게 이런 곳에 케이블카를 놓을 생각을 했을까.' '발아래 보이는 저 자연은 누구 하나 손대지 않은 천연 그대로의 모습이겠구나.' 정상에 도착하니 눈앞에 대형 놀이공원이 있다. 이런 곳에 이렇게 화려한 놀이공원이 있다니 또다시 놀랍다. 하늘 꼭대기에 있는 놀이공원에 왔는데, 정작 신나게 놀아야 할 아들은 지친 표정에 의욕 상실이다. 하늘이(녀석이) 원망스럽다. 눈앞에 있는데, 언제 또 여기를 온다고, 아들은 엄마 등에 누워만 있다. 아들이 지치면, 엄마, 아빠는 더 지친다. 힘든 하루다.

이번 베트남 여행에서 이래저래 많을 것을 했다. 광주리배도 타고, 놀이공원도 가고, 케이블카도 타고, 유람선도 탔다. 그리고 베트남의 현지 음식도 조금 맛보고, 버스 창밖으로 다양한 풍경을 보기도 했다. 엄마와 아빠는 덥기는 했지만 그래도 재미있고, 즐거운 여행이었다. 그런데 녀석은 무엇이 좋았을까. 궁금해서 물어본다. "아들, 뭐가 제일 좋았어?" 하니, "응, 모래놀이가 제일 좋았어. 물놀이도"라고 한다. 예상은 했지만 녀석에게 외국, 베트남, 다낭, 호이안… 이런 것보다는 그곳이 어디가 되었건 모래놀이와 물놀이를 할 수 있는 곳이면 마냥 좋은 것이다. 그럼 되었다. 무엇이 되었건 좋은 것이 있었다면. 너무 더워 괜히 왔나 싶기도 했는데, 모래놀이를 했던 미케 해변을 모르더라도 그저 좋았다는 기억이 남는다면 됐다. 녀석에게 이번 여행이 '그저 좋은 것'으로 기억되길 바란다.

# 계속 잠만 잔다

베트남 여행 후 하루 종일 잠만 잤다(아내는 이틀 동안). 아니 중간에 밥은 잠시 먹었다. 새벽 비행기로 돌아와서 그런지, 아니면 비행기에서 잠을 거의 자지 못해서 그런지, 이상하게 더 졸리고, 더 피곤하다. 회사에 다닐 때, 시차가 많이 나는 미국이나 유럽의 국가들을 다녀와서도 이렇게 피곤하지는 않았다. 이유야 어쨌건 잠이 오면 잔다. 다행히 아들도 엄마, 아빠를 도와주려는지 같이 잘 잔다. 돌아오는 비행기에서도 잘 자더니, 집으로 오는 고속버스에서도 잘 자고, 집에서도 잘 자주니 너무나 고맙다. 어른들이 그랬다. 아이들은 잘 먹고, 잘 자면 다 된 거라고. 아이를 키워보니 그 의미를 알겠다. 진짜 잘 먹고, 정말 잘 자면 세상 어디라도 함께할 수 있겠다 싶은 그 마음.

아들과 둘이서 논다. 처음에는 아들 방에서, 이후에는 거실에서. 공룡 놀이도 하고, 로봇 놀이도 한다. 그렇게 한참을 신나게 놀더니 녀석이 거실 테이블 주변을 마구 달린다. 그러다 아빠 발을 밟는다. 녀석이 "밟아서 아팠지"라고 하기에, "응"이라고 짧게 대답한다. '그래, 이제 아빠 걱정도 해주고 다 컸네'라는 생각이 든다. '다섯 살이면 그럴 수 있겠구나', '아빠가 육아휴직을 하니 이렇게 성장하는구나'라고 생각하니 조금 뿌듯하다. 그런데 웬걸. 다시 달리더니 이번에는 더 세게 밟는다. 그러면서 까르르 웃는다. "아빠, 밟아서 아프지"라는 말과 함께. 아빠 걱정해주나 했더니, 녀석은 그저 재미있었던 거다. 아빠 발이 녀석에게는 어른들 허들 경기의 장애물 같은 느낌이었나 보다. 그래도 좋다. 잠시라도 아빠를 걱정해주었다 생각하니. 아프다고 했으니, 다음에는 안 그러겠지. 내일 또 놀자. 더 신나고, 더 즐겁게.

# 머리를 자르다

아들의 '머리카락'을 잘랐다. 집에서, 엄마가, 싹둑싹둑. 조금 삐뚤빼뚤한 곳들은 내일 살짝 손봐주면 될 것 같다. 이때가 아니면 언제 또 녀석의 머리를 집에서 자를 수 있을까. 물론 녀석도 미용실에서 헤어 디자이너가 이쁘게 잘라주는 것을 더 좋아할 수 있다. 그렇더라도 '아빠는', '엄마가', '아들의', 머리카락을 잘라주는 모습이 좋다. 이건 그저 아빠를 위해서라고 해도 어쩔 수 없지만, 녀석의 머리카락 자르는 모습을 보고 있으면 자연스레 아빠의 어릴 적 생각이 난다. 녀석의 할머니는 커다란 가위를 가지고 앞머리, 옆머리를 그저 일직선으로, 단정하고, 정직하게 잘라주었다. 아마도 초등학교 저학년까지 그랬다. 가끔은 그때로 돌아가고 싶지만, 그럴 수 없는 시간들이 있다. 녀석과 함께하며 아주 가끔은 잠시 시간을 거슬러가는 날들이 있다. 너무도 당연하지만 아빠도, 엄마도 꼬꼬마 시절이 있었다.

잠시 늦은 아침을 마음껏 만끽하고 있다. 이유는 하나다. 아들이 아직 자고 있다. 그저 편안한 마음으로 책도 읽고, 오랜만에 회사 그룹웨어에 접속도 해본다. 그러다 녀석이 깨면 같이 뒹굴뒹굴한다. 이게 생각보다 소소한 재미가 있다. 처음에는 녀석을 얼른 깨워서 늦은 밥이라도 먹여야겠다고 생각했는데, 너무 서두르거나, 조급해하지 말라는 아내의 말에 그냥 녀석의 흐름에 따라가 본다. 그렇게 침대에 같이 누워있는데, 녀석이 "달님이 별님을 먹으려 해요. 그런데 달님이 입이 진짜 크다"라고 한다. 녀석의 방, 천장에 있는 전등을 조금 더 은은하라고 초승달 하나와 별 세 개로 장식해두었는데 그것을 본 것이다. 덕분에 오늘도 아침부터 웃는다. 그런데 보름달이었다면 어떤 이야기를 했을까. 궁금하다.

수고했다, 오늘도

베트남 여행 후 며칠째 집에서 쉬고 있다. 베트남 더위에 지친 것 같기도 하고, 한국 더위가 무서워 밖에 나갈 엄두가 나지 않기도 하다. 이유야 어쨌건 이렇게 쉬는 것도 좋다. 아들이 계속 공룡 놀이만 하자고 하지 않으면. 한 달 전만 해도 로봇 놀이도 하고, 자동차 놀이도 하고 그랬는데, 요 며칠은 무조건 공룡 놀이만 하자고 한다. 열심히 같이 놀았다 싶은데도 "공룡 놀이하자"라고 하고, 또다시 놀고 나면 "그런데 공룡 놀이는 언제 해"라고 한다. 그러다 보니 순간 피로가 확 몰려올 때가 있다. 녀석과 열심히 놀고 있는 것 같은데, 잠이 오고, 순간순간 딴생각도 난다. 그렇게 반복하다 보면 밖에 나가서 산책이라도 하고 싶은데, 그래도 녀석은 "공룡 놀이해"라고 한다. 여차여차하다 녀석은 자고, 어쨌든 또 하루가 지났다. 수고했다. 오늘도.

녀석의 외할아버지가 오신다. 아침부터 바쁘다. 손자를 보자고, 이른 아침 버스를 타고 인천에서 대전까지 오시니 마중을 나가려면 부지런해야 한다. 서둘러 씻고 나갈 준비를 한다. 아들과 엄마는 아직 숙면 중이다. 모처럼 밖에 나왔더니 볕이 제법 따갑다. 터미널까지는 20분. 그래도 즐거운 마음으로 차의 창문을 모두 내리고, 오랜만에 선루프를 열어본다. 그리고 음악을 조금은 크게 틀어본다. 신나는 사위여야 하니까. 아이와 함께하는 시간이 길어지면서 할머니, 할아버지의 마음을 조금은 이해할 것 같다. 손자들이 방긋 웃는 모습을 눈으로 직접 보기 위해 먼 길 마다치 않고 달려오시는 이유를. 직접 봐야 진짜 보는 거다.

# 엄마는 오고 있을까

집 근처 산책을 나섰다. 아들은 좋아하는 킥보드를 타기로 했다. 왕복 한 시간 내외의 제법 괜찮은 산책길. 작은 개천도 있고, 아이들이 놀기에도 비교적 안전하다. 여름이 시작되어 산책하는 사람들이 제법 많다. 아직은 킥보드 타는 것이 어색한 아들을 위해 아빠는 바쁘다. 녀석에게 킥보드 잘 타는 법, 안전하게 타는 법도 알려주어야 하고, 앞에, 뒤에 사람들도 신경 써야 한다. 그러다 녀석이 지루해하면 눈치껏 킥보드에 태우고 열심히 달리기도 해야 한다. 아직은 녀석이 타는 것이 아니라 아빠가 끌고 달리는 것이다. 그렇게 열심히 달리고 있는데, 녀석이 "엄마는 오고 있을까"라고 한다. 그저 신나고, 즐겁게 달리고 있는 줄 알았는데, 마음속에는 항상 엄마 생각인가 보다. 걱정 안 해도 된다. 엄마는 항상 네 곁에 있으니까.

육아휴직 전, 몇 가지 생각(예상)을 했었다. 삶은 지극히 단조로울 것이다. 그리고 그것은 순간순간 삶을 고민하게 할 것이다. 거기에 경제적인 어려움에 직면하는 날이 올 것이다. '그럼에도', 아이와 아내와 함께하는 의미 있는 시간이라면 그것은 충분히 가치 있는 삶일 것이다. 그 마음으로 휴직을 했다. 어느덧 아이와 함께한 지 세 달이 되어간다. 여행도 다니고, 공연도 보고, 산책도 하고, 이런저런 것들을 함께한 날들이었다. 그런데 문득, 몸 따로, 마음 따로인 날들이 있다. 그저 헛헛한 시간들에 둘러싸인 것 같은 기분. 육아도 사람이 하는 일이니 슬럼프가 온다. 아내에게 솔직하게 이야기해본다. "기분이 조금 이상해. 조금 처지는 것 같아." 잠시 조용히 음악을 듣고, 책도 읽으며 딴짓을 한다. 아내는 이런 순간들을 지난 5년간 참아냈다고 생각하니 미안한 마음 반, 고마운 마음 반이다. '그럼에도', 아내는 함께했다.

물놀이 후 욕실의 거울 속에 비친 자신의 모습을 본 아들은 이렇게 말한다. "누구야." 제법 된 것 같다. 처음에는 그렇게 말하는 모습이 조금은 재미있고, 신기했다. 조금 거창하게 이야기하면, 인간이 벌거벗은 자신의 모습을 대면하고, 그것을 날 것 그대로 인식하여, 스스로에게 '누구냐'라고 물음을 던지는 것. 참 철학적인 이야기다. 사실 녀석이 그렇게까지 생각했는지는 알 수 없다. 오히려 그저 물놀이 후 습기가 가득한 거울을 손으로 쓰윽, 쓰윽 문지를 때마다 조금씩 보이는 자신의 모습이 재미있어서 그랬을 것이다. 녀석은 이미 알고 있지만, 아빠에게 확인하는 화법으로 말했을 것이다. 그런 이유로 "누구야"라고 하면, 그저 "누굴까"라고 답해준다. 그럼 스스로 찾게 되겠지. 거울 속에 누가 있는지.

# 경찰집에도 소화기가 있을까

아들과 얘기하다 보면 엉뚱한 소리를 가끔 듣게 된다. "아빠, 경찰집에도 소화기가 있을까?", "아빠, 공룡은 살아있을까?", "아빠, 공룡은 이빨이 빠지면 어떻게 하지?" 사실 다섯 살 꼬마 아이의 질문에 어떻게 답을 해야 하는지 당황스러울 때가 적지 않다. 경찰집에도 대부분 소화기가 있겠지만 그렇지 않을 수도 있고, 공룡은 당연히 멸종했지만 현대의 과학기술 발전 정도라면 조만간 다시 살아날 수도 있다. 그리고 공룡도 당연히 이빨이 빠질 수 있다. 이 경우 고기를 먹어야 하는 육식공룡은 생존이 걸린 문제니 그 나름대로 대안을 찾아야만 한다. 이래저래 생각해보니 한 번쯤은 의문을 가질 만한 내용이지만 살아가는 데 별다른 지장이 없는 의문이니 그동안 별생각 없이 살았다. 살아보니, 가끔은 조금 엉뚱한 것을 궁금해하고, 아주 가끔은 더 엉뚱한 상상을 해도 된다.

하루 종일 공룡 얘기다. 아들은 '공룡'에 완전히 꽂혔다. 책을 읽어도, 장난감 놀이를 해도, 밥을 먹어도, 그 무엇을 하건 공룡 이야기다. 집에 놀러 온 대학생 사촌 형과 그의 친구에게도 "공룡 알아? 브라키오사우루스는 초식공룡이야. 그리고 안킬로는 꼬리가 있지. 육식공룡은…"이라며 방대한? 공룡 지식을 뽐낸다. 그리고 집 구석구석을 돌아다니며 "변기공룡, 크리스마스공룡, 옷 공룡…"이라며 모든 사물에 공룡 이름을 붙여준다. 거기에 그치지 않고 "아빠, 공룡 놀이하는 거지?"라고 한다. 그러니 오래전에 멸종했다는 공룡의 전성시대다. 아마 어른들도 그럴 거다. 골프에, 축구에, 자동차에 꽂히면, 자다가도, 밥 먹다가도 그것만 생각날 것이다. 그러니 아이들에게도 뭐 하나 '꽂히는' 시간은 어쩌면 너무나 당연한 것이다.

땀이 많은 아들에게 여름은 쉽지 않은 계절이다. 그래도 다행히 녀석은 욕실에서 물놀이하는 것을 좋아한다. 한번 욕조에 들어가면 세상 즐겁게 논다. 그 좁은 공간이 아주 커다란 놀이터가 된다. 보통은 녀석과 함께 욕조에서 놀지만, 오늘은 문밖에서 책을 읽으며 시간을 보냈다. 녀석은 장난감 컵에 물을 가득 채우더니, "아빠, 이 물 향기를 좀 맡아봐. 따뜻한 향기도 나고, 차가운 향기도 나"라고 한다. 물에서 향기가 나다니, 다섯 살 꼬마 아이다운 상상이다. 만일 온도에 따라 향기가 난다면, 방금 냉장고에서 꺼낸 시원한 물에서는 어떤 향기가 날까? 당연히 향기가 나지 않겠지만, 코를 가까이 가져가 잠시 기다려본다. '혹시나', '어쩌면' 하는 마음에.

여름에는 역시 제습기다. 물론 에어컨도 좋지만, 물이 차는 것을 직접 눈으로 확인할 수 있다는 점에서 제습기는 정말 재미있는 가전제품이다. 이런 걸 누가 만들었을까 싶은 생각도 든다. 물이 한가득 찰 때까지 기다릴까 하다가 아들에게 "눈금 보고 와. 물이 얼마나 찼는지"라고 하니, 녀석은 "이만큼"이라고 하면서 손으로 눈금을 가리킨다. "그럼 지금 버릴까? 아니면 조금 기다렸다가 가득 찰 때 버릴까?"라고 하니, "그럼 기다려볼까. 다 찰 때까지" 라고 한다. 이유는 알 수 없지만 '기다려볼까'라는 표현이 기분 좋았다. 그저 무엇인가를 지금 당장 하지 않아도 된다는 것을 알게 되었음이. 조금씩 자라고 있구나 생각한다.

# 납작하게 엎드리고 와

아들은 숨바꼭질에 재미를 붙였다. 안방, 거실, 서재 등을 오가며
어디든지 숨으려 한다. 엄마는 걱정이다. 집에서는 어디라도 재
미있고, 신나게 놀아도 좋은데, 혹시나 외출해서도 꼭꼭 숨어서
엄마, 아빠를 깜짝 놀라게 하지는 않을까 하는 것이다. 다행히 아
직은 눈으로 슬쩍 보면 찾을 수 있을 만큼 조금은 허술하게 숨어
있는 정도다. 이런 경우다. 거실 한편에 장난감으로 벽을 쌓아놓
고 바닥에 엎드리더니, "아빠, 납작하게 엎드리고 와"라고 작게
이야기한다. 그러고는 "엄마가 찾을 때까지 숨어있자"라고 한다.
물론 엄마도 슬쩍 살펴보면 대충 어디에 있는지 알 수 있다. 녀석
은 아직 모르겠지만, 납작 엎드리라는 말을 들으니, 삶이 가끔은
숨바꼭질 놀이 같다는 생각도 든다. 누군가는 숨고, 또 누군가는
그것을 찾아야 하는.

엄마에게 자유를(아들의 간섭 없이 집안일을 할 수 있는 마음의 여유와 시간을) 주고자 아들과 산책을 나갔다. 그런데 비가 온다. 제법 많이 오면 집으로 돌아오겠지만, 그저 이슬비에 바람이 조금 부는 정도다. 이럴 때는 망설임 없이 나가야 한다. 다시 돌아오면 이도 저도 아닌 시간만 흘러갈 뿐이다. 그것은 지난 경험으로 알 수 있다. 그렇게 집 주변을 크게 한 바퀴 돌아보는 것으로 코스를 정했다. 그렇게 부지런히 걷고 있는데 놀이터에 고양이 한 마리가 보인다. 아들은 "고양아, 고양아…" 하며 열심히 불러본다. 고양이는 흠칫 경계한다. 녀석은 계속해서 열심히 부른다. 그러더니 "아빠, 안 들리나 봐"라고 한다. 녀석은 모를 테지만, 무엇인가를 경계한다는 것은 어떻게든 인지하고 있다는 것이다.

늦은 아침. 아들과 아내와 함께 밖으로 나간다. 이래저래 애매할 때는 외식이다. 메뉴를 정하기 어렵다면 뷔페가 좋다. 그나마 녀석이 조금이라도 다양한 음식을 먹기 때문이다. 그럼 세 명 모두 만족이다. 모처럼 식사다운 식사를 하자면, 불행히도 스마트폰이 필요하다. 녀석은 '공룡메카드'를 볼 것이다. 그것도 아주 열심히. 그럼 그때를 이용해 조금(?) 여유롭고, 느긋한 식사를 할 수 있다. 그것도 아주 잠깐이지만. 녀석은 열심히 보다가 엄마가 자리 비우기를 기다린다. 틈새를 노리는 이유는 하나. 자신이 좋아하는 동영상을 선택하는 방법을 알고 있기 때문이다. 엄마가 옆에 있다면 조금 기다려야 하겠지만, 녀석은 안다. '콕' 누르면, 조금 더 빨리 볼 수 있다는 것을. 조금 기다려도 좋을 텐데, 다섯 살 꼬마에겐 쉽지 않은 일이다.

아내가 집안 구석구석 옷장을 정리하고 있다. 계절이 바뀐 지도 좀 되었으니, 지난 계절을 정리하고 새로운 계절을 맞이하는 것이다. 그런 아내를 보며, '시간 참 빠르다'라고 생각하고 있는데, 아들의 아기 시절의 옷들이 잔뜩 나온다. 한눈에 보기에도 작은 옷들. 녀석에게 한번 입혀볼까 싶을 정도로 귀엽다. 옷이 귀엽다는 것이 조금은 이상하지만, 아이들, 아니 아기들 옷은 마치 사람처럼 느껴진다. 옷만 보고 있어도 그저 기분이 좋다. 그 보송보송한 질감과 따뜻한 느낌. 아직도 꼬마인 녀석이 더 꼬마였던 시절이 있었다는 것이 문득 새롭지만, 그렇게 시간은 차곡차곡 쌓여간다. 그러다 훌쩍 커버린다. 그럼 그 모습도 좋겠지만 조금은 그리울 것이다. 꼬마, 꼬꼬마 시절의 아들 녀석이.

# 우산 한 조각

아들이 좋아하는 미키마우스 우산이 있다. 아빠는 이해가 되지 않지만(사실 귀찮고, 번거롭지만), 녀석은 비가 아주 조금 오는 날에도 그 우산 쓰기를 즐겨 한다. 그걸 쓰고 다닐 때면 우산 지붕의 투명한 한 조각이 유독 눈에 띈다. 아마도 아이들의 안전을 위해, 앞을 더 잘 보라고 그렇게 만들어놓았을 것이다. 그런데 문득, '수박도, 사과도 우산처럼 한 조각만 투명하면 어떨까?'라고 생각했다. 그리고 사람의 마음도 한 조각만 투명하다면, 그래서 그 사람을 조금은 알 수 있다면 좋을까? 그렇지 않을까? 오히려 알 수 없어 궁금한 상태로 남겨두는 것이 더 좋을까? 다섯 살 꼬마와 함께하다 보니 엉뚱한 생각이 많아졌다.

## 세균과 병균

호기심 가득한 아들과 함께, 둘이서만 도서관 가는 길은 언제나 멀다. 엄마도 함께 갈 때는 차를 이용하지만, 둘이서는 걸어가기 때문이다. 운동도 하고, 거리의 풍경도 보고, 두런두런 얘기도 하고, 집에서 출발할 때는 많은 의미를 담아 좋은 마음으로 출발한다. 그런데 막상 가는 길이 한없이 길어지면 '그냥 차를 타고 가는 건데…' 하는 생각이 잠시 들기도 한다. 오늘도 만만치 않은 시간(왕복 2시간 30분, 만약 차로 갔다면 10분)이었지만, 그래도 녀석에게 엉뚱하지만, 산뜻한 질문 하나 받았다. "아빠, 세균이랑 병균 차이 알아?" 아빠는 머뭇거린다. 정확히 모르고 있으니. "세균은 입에, 병균은 꽃 속에 사는 거야." 녀석은 의기양양하지만, 정확한 설명은 아니다. 그런데 생각해보니 세균은 입에, 병균은 꽃 속에 살 수도 있는 것이다. 모르는 것은 조금씩 알아가면 된다. 지금부터 하나하나, 정확히, 올바르게.

# 잠시 슬쩍 누워본다

모처럼 새벽 일찍 잠에서 깼다. 열두 시가 다 되어서야 잠자리에 들던 아들은 저녁을 먹을 때부터 졸려 했다. 9시가 좀 지났을 무렵, "이제 잘까?"라고 하니, 망설임 없이 "응, 자자"라고 답한다. 좀 당황스럽긴 하지만, 후다닥 정리하고 자러 간다. 그렇게 잠자리에 들었지만, 아빠는 새벽 1시가 지나 자연스럽게 눈이 떠졌다. 기분이 묘하다. '그냥 더 잘까? 아니면 조용히 책을 볼까?' 잠시 고민 끝에 서재로 향한다. 아내는 거실에서 캘리그래피를 한다. 그런데 잠시 후 녀석이 부스스한 눈으로 나온다. 방법이 없다. 아내에게는 미안하지만, 이번에는 엄마가 함께 자러 간다. 그렇게, 그렇게, 아침이 밝았다. 아빠는 곤히 자고 있는 아들 곁에 잠시 슬쩍 누워본다. 녀석과 살며시 마주하는 잠깐 동안의 시간이 달달하다.

아들은 아침부터 공룡 놀이다. 혼자라면 좋으련만 역시나 아빠를 부른다. 그리고 자연스럽게 역할을 나눈다. 아빠에게 공룡 두 마리, 자신은 공룡 세 마리. 아빠와 아들은 공룡이 되어 상황극을 펼친다. 사실 아빠는 그다지 재미있지 않다. 육아책에서는 함께 하는 어른이 더 신나고, 더 즐거워야 한다는데, 녀석과의 공룡 놀이가 끝없이 반복되다 보니 마음 같지 않다. 그래서 중간중간 녀석과 레슬링 놀이도 한다. 아빠도 사람이니까. 다행히 녀석도 즐거워한다. 그러다 아빠가 계속 몸을 꾹 움켜쥐고 있으면, "아빠, 나예요, 나"라고 한다. 그 말이 참 재미있다. 자신이 아빠의 아들이라는 것을 '꼭' 알아달라는 것이다. 그러니 알아서 살살 하라는 의미일 것이다. 알고 있다. 너는 아빠의 너무나 귀엽고, 사랑스러운 아들이라는 것을.

아들이 느닷없이 '몬스터 공룡'을 찾는다. 요즘 녀석이 공룡에 확 꽂힌 것을 알고 있어, 웬만하면 미루어 짐작할 수 있는데 이번에 는 쉽지 않다. 최근에 새로 산 공룡이 많지 않으니, 그것부터 하나하나 물어보지만 그건 또 아니라고 한다. 그럼 방법이 없다. 녀석이 스스로 찾을 때까지 기다려보는 수밖에. "뭘 찾는 거야? 차근차근 주변을 둘러봐"라고 하니, "안 알려줄 거야. 더 이상 알려주면 안 돼"라고 하며 주변을 두리번거린다. 다행히 얼마 지나지 않아 "찾았다"라는 소리와 함께 아빠에게 몬스터 공룡을 자랑한다. 그건 다름 아닌 커다란 레고 블록의 자동차 바퀴에 작은 자동차 장난감을 올려둔 것이다. 그 나름 몬스터 트럭과 비슷한 느낌의 조합이다. 아들의 상상이 많아질수록 아빠의 당황스럽지만, 유쾌한 기대도 커진다.

아들과 함께 집에서 볼 영화를 찾다가 '마징가 Z 인피니티'가 눈에 들어와 보게 되었다. 어릴 적 '마징가 Z', '태권 V', '메칸더 V' 이런 종류의 만화를 텔레비전으로 본 기억이 있다. 그런데 곰곰이 생각해봐도(시간이 오래되어 그런 것도 있지만), 사실 별다른 내용이 떠오르지 않는다. 대개의 만화들이 그렇듯 주인공이 악당과 싸워 지구를 지키고, 마침내 정의가 승리하는 내용들이 대부분이었다. '마징가 Z 인피니티'는 12세 관람가에도 불구하고 '다양성', '가족애', '인류애', '정의', '희생' 이런 개념들이 중간중간 나타나고 있는 듯했다. 로봇을 잔뜩 기대한 녀석은 실망스러웠겠지만, 스토리를 좋아하는 아빠는 다음에 조용히 혼자 다시 봐야겠다는 생각이 드는 영화였다. 당연히 녀석은 10분도 지나지 않아 장난감 놀이를 하느라 바빴고, 그런 까닭에 아빠는 띄엄띄엄 볼 수밖에 없었기에 둘 다 아쉬움 가득한 영화였다.

아들과 무엇을 할까 아주 잠깐 고민하다 쉽고, 단순하게 결정했다. 이미 여러 차례 가본 곳이지만 '과학관(대전)'에 가기로 했다. 무엇보다 거리가 가깝고, 주차비만 내면 다양한 전시물(특히, 공룡 화석)을 볼 수 있다. 거기에 무더위를 생각하면 쾌적한 실내 관람이 가능해 더욱 좋다. 녀석도 처음에는 자기 방에서 귀신 놀이(이불을 뒤집어쓰고 아빠, 엄마가 올 때까지 숨어있는 것)를 하며 시간을 끌더니, 조금 지나 냉큼 따라나선다. 출발이 좋다. 신나는 관람을 위해 사과, 바나나, 물, 요구르트도 챙겨본다. 과학관 도착 후 화장실에 갔다. 그런데 쉬를 하는 녀석이 조금 불편해 보인다. 왜 그럴까 했더니 잠옷 바지 위에 외출 바지를 또 입은 것이다. 서둘러 나온다고 미처 확인하지 못했다. 바지를 두 개 입은 아들이나 그것을 몰랐던 아빠나 마찬가지다. 아이와 함께하니 가끔은 엉뚱한 일들도 많지만, 그 당황스러움이 어이없어 웃게 된다.

바람을 휙 가른다. 자전거를 타고, 씽씽 달린다. 이유는 하나. 동네 도서관에서 '문예 아카데미'가 열리는 날이다. 육아휴직을 하고 처음 맞이하는 철학 강의다. 강의 주제는 '삶의 철학으로써 들뢰즈를 읽다!'이다. 다소 무거울 수 있겠다는 생각도 들지만, 학부에서 정치외교학을 전공하며 조금 접해본 학자이고, 대학원 과정에서 조금 더 관심을 가지고 읽어본 기억이 있다. 솔직히 자세히 몰라서 더 궁금했다. 그리고 잠시 다섯 살 꼬마 수준이 아닌, 전문가 냄새가 물씬 나는 강의를 들으며 생각해본다는 것, 그것만으로도 좋다. 아이와 함께하며 '자전거를 탄다'라는 것은 작은 일탈이다. 피트니스센터, 도서관 가는 길. 비록 짧은 거리지만 머리를 꼿꼿이 들고, 바람을 휙휙 가르며 열심히 페달을 밟는다. 참, 이번에도 어김없이 강사님께 첫 질문을 했다. 들뢰즈에 대해 조금 더 알게 된 소중한 시간이었다.

우리 집에 있는 거다

아들과 마트에 간다. 이유는 두 가지. 첫째, 엄마가 필요한 우유를 산다. 둘째, 녀석이 좋아하는 공룡 장난감을 본다. 동네 마트는 지하 1층에는 식료품이, 2층에는 장난감이 있다. 1층으로 들어가, 지하를 잠시 들렀다가 서둘러 2층으로 간다. 역시나 녀석은 신났다. 두리번거릴 일도 없다. 이미 백 번도 더 온 곳이니. 어디에 무엇이 있는지 정확히 알고 있다. 첫 번째 코너를 돌고, 두 번째 진열장에 가면, 공룡들이 그득그득하다. 그러면 하나하나 이름을 불러본다. 마치 오랜 친구들을 맞이하는 것처럼. 혹시나 그사이 새롭게 나타난 친구들이 있는지 살펴보는 것도 중요한 일 중의 하나다. 그리고 녀석만의 마무리. "이건 우리 집에 있는 거다. 아빠, 이건 우리 집에 없는 거다." 녀석의 기준은 단순하고, 명쾌하다. 우리 집에 있는 것과 없는 것. 세상 간단해서 좋다. 나이가 들어 살아가게 될 삶도 그렇게 쉽게, 쉽게 살았으면 좋겠다.

가족들이 모두 모이기로 했기에 시골집으로 향했다. 그런데 출발이 좀 늦었다. 그래도 열심히 간다면(도로가 막히지 않고, 휴게소에도 들르지 않는다면) 두 시간 이십 분이면 가능하다. 그러면 약속된 시간에 저녁식사 장소에 도착할 수 있다. 일단 열심히 달린다. 녀석도 쿨쿨 잔다. 도착 삼십 분 전. 녀석이 "아빠, 쉬 마려"라고 한다. 갓길에 차를 잠시 세운다. 급해도 할 건 해야 한다. 그런데 아뿔싸. 이미 늦었다. 카시트까지 축축하다. 어떻게 할까 잠시 고민하는 사이, 아내는 녀석을 훌렁 벗기고, 차에 있던 꼬마 생수 두 병을 이용해 샤워를 시킨다. 역시 화끈하고, 선택이 빠르다. 다행히 6월의 볕은 따뜻하다. 녀석도 인생에 진한 추억 하나 남겼을 것이다. 고속도로 한편에서 생수 두 병으로 샤워를 하다니. 훗날 어린 시절 그런 날도 있었음을 꼭 기억하길. 엄마, 아빠는 고생 많은 하루였지만….

어딘가 숨어있어

아들과 시골집 주변 강둑길을 산책해본다. 지난겨울 할아버지가 손자에게 오리를 구경시켜 주고 싶어 하던 길이다. 도시에서는 보지 못하는 색다른 풍경, 집에서 멀지 않은 곳에 오리가 떼 지어 있었다. 그러니 녀석도 신기할 수밖에. 아들이 즐거워하니 아빠도 시골집이 더 정겹다. 그런데 그건 겨울 이야기다. 지금은 햇볕이 쨍쨍 내리쬐는 한여름이다. 그러니 오리는 그 어디에도 없다. 거기에 볕도 생각보다 뜨겁다. 땀이 줄줄, 얼른 집으로 돌아가고 싶다. 녀석도 아쉬운지 "어딘가 숨어있어. 아니면 이사 갔을지도 몰라"라고 한다. 다섯 살 꼬마도 상황의 본질을 정확히 알고 있다. 이때는 조금의 망설임도 없이 다음을 약속하고 돌아가야 한다. 아쉽다고 두리번거리면 몸만 고생한다.

# 놀랄지도 vs 놀릴지도

아들과 시골집에 왔으니 아빠의 양심상 모래놀이 한 번은 해줘야한다. 볕이 사납게 뜨겁지만 그 어딘가에 있을 조금의 그늘만 찾으면 된다. 그것만이 더위가, 아니 볕이 무서운 아빠의 살길이다 (회사의 유럽 연수 중에도 혼자 양산을 쓰고 다닐 정도로 볕을 싫어한다. 피부가 금세 발갛게 변하고, 매우 따갑기 때문이다). 어렵게 볕 반, 그늘 반인 곳을 찾아 모래놀이를 하고 있는데 개미들이 생각보다 많다. 아빠가 "아들, 개미가 놀랄지도 모르니 잘 봐"라고 하니, 녀석의 대답이 예상 밖이다. "아빠, 개미가 놀릴지도 몰라. 그러니 조심해야 돼"라고 한다. 정확한 의미를 알고 이야기한 것인지 알 수는 없다. 그런데 곰곰이 생각해보니 사람이 개미를 놀라게 하는 것이 아니라 그곳의 주인인 개미가 사람을 놀리는 것인지도 모를 일이다. 가끔은 삶의 주체라 생각하지만 알고보면 그저 주변인인 객체로 착각 속에 살아가기도 하니까.

아들과 함께 도서관에서 빌려온 동화책을 읽는다. 제목은 '공룡
상상.' 아빠가 먼저 전체적인 내용을 슬쩍 살펴보고, 책 속의 그
림들도 대충 봐둔다. 이후 녀석과 함께 읽는다. 제목을 한 글자,
한 글자 손가락으로 짚어가며, 설명하고, 알려준다. 이것이 유치
원에 다니지 않는 녀석을 위한 최소한의 한글 공부다. 사실 그보
다는 '지금 무엇을 하고 있는지'는 항상 정확히 알려주어야겠다는
아빠 나름의 원칙 때문이다. 그렇게 열심히 읽어본다. "재미있었
어?"라는 아빠의 물음에, 녀석은 "아빠, 그런데 누구 상상이야?"
라고 답한다. 제목이 공룡상상이니, 공룡에 대한 글쓴이의 상상
인지, 책을 읽은 아이들의 상상인지, 그렇지 않으면 사람들의 막
연한 상상인지 아빠도 궁금하긴 하다. 그런데 생각해보니 '상상'
은 이런저런 틀을 두지 않는 것이 더 좋겠다는 생각이 든다. "그
냥 아들, 상상해. 그럼 되는 거야."

# 월드컵을 보는 법

월드컵 시즌이다. 한국이 스웨덴과 첫 경기를 하는 날. 아내도 오랜만에 텔레비전을 함께 보자고 한다. 저녁은 아들 먼저 먹(이)고, 엄마와 아빠는 치킨을 만들어 맥주도 한잔하자고 한다(아내는 배달 치킨만큼 요리를 잘한다). 오랜만에 축구를 보니 그 나름 월드컵 분위기가 난다. 아내는 맥주 캔을 움켜쥐고, 완전 집중 모드다. 축구가 뭔지 잘 모르는 녀석에게 한국과 스웨덴 선수들의 옷 색깔과 어디로 공을 차면 되는지도 알려준다(녀석이 정확히 이해했는지는 알 수 없다). 그렇게 경기를 보고 있는데, 녀석의 엉뚱한 소리에 피식 웃었다. "닭이랑 병아리다"라고 하기에, "무슨 소리야?"라고 하니, "응, 노란색(스웨덴)은 병아리고, 흰색(대한민국)은 닭이야." 병아리는 그럴듯한데, 닭은 아닌 것 같기도 하다. 이유야 어쨌든 그렇게라도 보면서 즐기면 된다. 남녀노소 모두의 월드컵이니.

**육아는 힘들지만**

엄마들은 힘들다(아니 아빠들도 조금 힘들긴 하다). 아이와 함께
한다는 것. 그것은 누가 보더라도 아이의 엄마와 아빠가 당연히
해야 할 일이다. 그래서 '너무', '열심히', '최선'을 다해 '잘' 하고 싶
은데, 그 누구도 속 시원하게 알려준 적 없는 일이기도 하다. 고
정된 목표 또는 목적지가 있다면 그저 묵묵히 최선을 다해 조금씩
나아가면 된다. 그러나 끊임없이 변화하며, 성장하는 아이는 그때
그때 상황에 따라 적절히 반응해야 한다. 이것이 남의 집 얘기였
을 때는 쉽고, 간단한데 막상 내 일이 되면 그리 만만치 않다. 그
러니 세상 피곤하다. 보통의 경우 삼십 대가 넘은, 배울 만큼 배운
성인이 자신의 지능을 한순간에 '0'에서 다시 시작해야 한다는 것
(때로는 마음의 준비 없이). 그렇게 육아는 시작된다. 그러니 육아
는 힘들다. 그런데 피해갈 수 없다. 비록 개구쟁이 녀석이 아빠를
가끔 힘들고, 어렵게 하지만 잠시 후 '히히' 웃으며 나타나면 또 금
세 세상 즐겁다. 육아는 힘들지만, 힘들지만, 힘들지만, 그래도 그
것을 깜빡, 깜빡, 깜빡 잘 잊게 만드는 또 다른 힘도 준다. 그래서
가끔은 육아(育兒)가 아닌 육아(育我)라고도 한다.

아이와 함께하며 아쉽고, 안타까울 때가 정말 많다. 외식으로 오랜만에 조금 비싼 집에 가서 분위기 좀 내려는데 녀석이 스르르 잠들어버릴 때. 녀석의 친구들이 집에 놀러 와서 엄마가 맛있는 음식들을 잔뜩 준비했는데 녀석은 먹지 않고, 친구들만 맛있게 다 먹을 때. 오랜만에 외출이라 신경 써서 입힌 옷에 출발 직전 초콜릿 과자 먹은 흔적을 여기저기 남길 때. 놀이공원 가서 이것저것 타보았으면 하는 엄마, 아빠의 마음도 모르고 가장 재미없어 보이는 것만 계속 탈 때. 외할아버지가 장난감 선물해 주신다는데 유독 그중에서 제일 싼 것만 고집할 때(이건 제외다. 착한 손자니까). 생각해보니 녀석과 함께한 시간만큼 이런 일들이 많아진다. 부모 마음! 아쉽고, 안타까운 마음에는 고맙고, 대견한 마음도 숨어있다.

# 귀를 뚫다

아내가 귀를 뚫었다. 설마 했는데 이리저리 알아보더니 집을 나서자고 한다. 남자들은 잘 모르겠지만 여자들은 귀(귀걸이)에 신경을 많이 쓰는 것 같다. 특히나 아내는 귀걸이를 하는 것도, 모으는 것도 좋아한다. 모양도, 재질도 다양한 것들이 참 많다. 그런데 육아를 하면서 아무래도 귀걸이를 하는 날보다는 그러지 않은 날들이 많아졌다. 생활의 중심을 녀석에게 두면서 이래저래 귀걸이가 불편한 것 같다(추측하건대 녀석이 자꾸만 귀를 만지는 것이 주된 이유일 것이다). 그랬던 아내가 귀를 뚫겠다고 하니 기분이 좋다. 남편이 육아휴직을 하지 않았다면 이것도 미루고, 또 미루었을 것이라 생각한다. 막상 목적지에 도착해서 아내를 먼저 올려 보내고, 주차 후 이제 막 엘리베이터를 타려는데 아내는 이미 귀를 뚫었다. 아주 간단히. 기존에 두 개, 이번에 두 개. 이쁘다. 아들도, 아빠도 멋쟁이 엄마가, 멋쟁이 아내가 좋다.

무엇이 되었건 두 번째는 조금 여유가 있다. 내일 저녁, 아들과 아내와 함께 닷새 일정으로 라오스로 떠난다. 지난달 베트남 여행에 이어 올해 두 번째 국외여행이다. 휴직기간 동안 다양한 곳에서, 다양한 환경을 접하고, 다양한 사람들을 만나볼 생각이다. 지금이 아니면 언제 또 아들과 엄마와 아빠가 오손도손 여행을 다닐 수 있을까 하는 마음으로 최대한 많이 함께할 계획이다. 이런 경험들이 쌓이고, 쌓여 성인이 된 녀석이 조금 자유로운 마음으로 보다 넓은 세상에 두려움 없이 다가설 수 있다면 좋겠다. 어릴 때 경험은 기억하지 못한다는 사람들도 많다. 그래도 엄마, 아빠가 기억하고, 추억하면 된다. 그리고 여행지에서 가족이 함께 여유로운 마음으로 즐겁게 미소 짓고, 유쾌하게 웃으면 된다. 녀석이 삶에서 접하게 될 다양한 처음들. 곧이어 다가올 두 번째, 세 번째. 그렇게 하나, 둘 켜켜이 쌓이면 삶은 풍성해진다.

## 같은 노력

아이와 함께하는 국외여행은 쉽지 않은 것들이 많다. 가장 먼저 접하게 되는 어려움은 비행기 안, 생각건대 난코스 중 난코스다. 일단 좁은 공간에서 주변 여행객들에게 피해를 주지 않아야 하고 (울거나 앞자리를 툭툭 차지 않도록), 아이는 수면 시간에 맞추어 자야 하는데 시차가 있다 보니 그 또한 쉽지 않다. 어른들의 경우도 좁은 공간에서 오랜 시간 있다 보면 힘들고, 지겨운데 아이들이야 오죽할까. 녀석에게 조용조용 책도 읽어주고, 좋아하는 만화영화도 보여주고, 창밖도 구경하고, 화장실도 다녀오고 그냥 이래저래 할 수 있는 노력은 모두 해본다. 그래도 엄마, 아빠의 생각보다 비행기 안에서의 시간은 더디게, 더디게 흘러간다. 모두 함께 쿨쿨 자면 더없이 좋으련만.

한국과 라오스는 두 시간의 시차가 있다(한국이 10시면 라오스
는 8시). 그러니 두 시간이 더 생긴 셈이다. 아이와 함께하며 '내
시간이 한 시간이라도 더 있었으면' 하는 생각들을 하곤 했는데
시차로 인해 뜻밖의 두 시간이 주어졌다(물론 한국으로 돌아가는
날 두 시간을 손해 보겠지만). 그런데 무엇을 해볼까 고민할 틈도
없다. 그 시간만큼 녀석은 더 놀아야 하니까. 정말 신기하다. 한
국에서 11시에 잤으면, 라오스에서는 9시에 자야 한다. 그런데
녀석은 라오스 시간으로 11시에 잔다. 그러니 엄마, 아빠는 오히
려 더 늦은 시간까지 녀석이 잠자리에 들기를 기다려야 한다. 엄
마, 아빠는 여행 일정을 마치면 너무 졸린데, 녀석은 아직 쌩쌩
하다. 그러니 두 시간이 더 생겨야 하는데, 두 시간이 더 줄어든
기분이다. 아들, 어쨌든 잘 놀고, 잘 먹고, 잘 보고, 잘 있다 돌아
가자.

**말이 두 개다**

라오스 여행 둘째 날. 비엔티안(라오스의 수도)에서 4시간을 달려 방비엥(각종 레포츠를 즐길 수 있는 곳)에 도착했다. 호텔은 비교적 깔끔하다. 숙소에 도착하면 가장 먼저 할 일은 아들에게 쉬가 마려운지 물어보는 것. 이때 녀석이 쉬를 하면 엄마, 아빠의 마음이 편안하다. 왜냐하면 다음 일정을 비교적 수월하게 따라갈 수 있으니. 그러지 않으면(쉬를 하지 않았다면) 일정 중간중간 상황을 봐서 화장실을 다녀와야 하기에 아무래도 숙소에 있을 때 쉬나 응가를 해결하는 것이 가장 좋다. 다행히 녀석이 숙소 화장실에서 쉬를 하고 있는데, "말이 두 개다. 말이 두 개야"라고 한다. 처음에는 무슨 소리인지 알아듣지 못했는데 조금 지나 아내가 슬쩍 알려준다. 천장이 높은 화장실에서 아빠와의 대화 소리가 울렸던 것이다. 그러니 말이 두 개가 된 것이다. 참 신기하다. 어떻게 그런 생각, 그런 표현을 하는지.

라오스는 역시 덥다. 그리고 습하다. 그러나 이미 알고 여행을 왔으니 이 정도는 감수해야 한다. 더운 나라에 와서 시원하길 바라서야 되겠나. 그래도 밖에서는 땀을 흠뻑 흘리더라도 호텔 안에서는 에어컨을 빵빵하게 틀고 싶은 것이 사람 마음. 다행히 이번 여행은 모든 일정이 에어컨이 있는 호텔이니 세상에 이런 천국도 없다. 문 하나를 사이에 두고 안과 밖은 천당과 지옥이다. 일정을 마치고 숙소에 도착하면 아들과 아빠는 욕실로, 그사이 엄마는 짐 정리를 부지런히 한다. 그리고 엄마가 씻으러 가면 아빠와 아들이 함께한다. 그렇게 역할 분담이 되어있다. 기분 좋게 씻고 나오니 엄마는 에어컨을 빵빵하게 틀어두었다. 기분이 좋다. 아들도 이미 늦은 시간이라 금세 잠이 든다. 조금 지나 추운 느낌이 있어 아내에게 에어컨을 꺼달라고 했다. 뭐 새벽에야 괜찮겠지 하는 마음으로. 그것이 문제였다.

새벽에 녀석이 칭얼대는데 아빠 직감에 더워서 그런 것이다. 그런데 아내는 호텔 조식을 먹는다고 이미 나가고 없다(녀석이 일정이 시작될 때까지 잠을 자니, 엄마가 먼저 밥을 먹고 아빠와 교대한다. 그러자면 엄마는 새벽같이 밥을 먹으러 가야만 한다). 아무리 버튼을 눌러도 에어컨이 켜지지 않는다. 난감하다. 모든 버튼을 다시 한번 꾹꾹 눌러보지만 역시나 반응이 없다. 녀석은 덥다고 칭얼칭얼, 난감하다. 그렇게 땀을 흘리고 있는데 혹시나 해서 위를 보니 전원 버튼은 다른 곳에 있다. 익숙하지 않은 곳에 왔다면, 조금 낯선 것이 있다면, 사전에 알아두었어야 했는데, 그렇게 하지 않았던 것이 아들과 아빠의 새벽잠을 설치게 했다. 기분 좋게 잤었는데 잠깐 동안 땀을 흘렸더니 밤새 무더위에 잠을 설친 기분이다. 하나 배웠다. 다음부터는 직접 사용하지 않더라도 알고는 있어야겠다는 것을. 그래야 마음 편히 대처할 수 있으니.

이래도 되나 싶지만 별다른 방법이 없다. 여행 일정이 시작되기 15분 전까지 아들은 아침(밥)을 건너뛰고 계속 잔다. 그래도 그냥 그대로 둔다. 오늘 일정이 시작되기 10분 전, 잠든 녀석에게 서둘러 옷을 갈아입혀야겠지만, 눈을 뜨면 배가 고프겠지만 우리 나름 최선의 선택이다. '잠을 자느냐, 아침을 먹느냐'의 갈림길에서 엄마, 아빠는 이미 알고 있다. 조금이라도 더 자는 것이 현명한 결정임을. 피곤한 녀석을 위해 잠이라도 많이 자게 해야 한다 (아침을 대신할 간식거리를 한 가방 들고 왔으니, 그 나름 고민 많은 좋은 엄마, 아빠다). 시차로 인한 것도, 여행 일정 자체가 조금 빡빡하게 진행되는 것도, 날씨가 너무 더워서 그런 것도, 버스로 이동이 많아서 그런 것도 있을 것이다. 그러니 일단은 잠이라도 많이 자야 한다. 먹는 건 엄마, 아빠만 믿으면 된다. 재주껏 중간중간, 시간이 날 때마다(눈을 뜨고 있을 때) 먹을 수 있게 될 테니.

텔레비전을 이리저리 틀어봐도 볼 만한 방송은 없다. 왜냐하면 외국에 있으니까. 영어가 유창하지도 않을뿐더러, 라오스에서는 영어가 나오는 방송도 거의 없다. 혹시나 하는 마음에 채널을 돌려보지만, 딱히 흡족한 방송은 없다. 옆에 있는 아들에게 슬쩍 물어본다. "만화 보고 싶어?"라고 하니, "응, 응"이라고 한다. '그래, 잘됐다. 녀석이 알아듣지 못할 테니, 틀어주면 곧 자겠구나'라고 생각하며, 만화를 보여주었다. 그런데 웬걸. 어디가 웃긴지 배꼽이 빠지도록 신나게 웃는다. 아빠와 엄마는 아들의 웃음 코드를 도대체 알 수 없다. 그저 평범한 화면에 늘 보던 곰이랑 호랑이가 나오는데 너무나 재밌나 보다. 문득 녀석을 보면서 '말이 통하지 않는 외국에서 삶을 살아간다면 이렇게 시작하면 되겠구나'라는 생각이 든다. 그저 웃고, 즐기다 보면 그들의 삶이 하나둘 눈으로, 몸으로, 마음으로 조금씩 익숙해지겠구나.

스콜(squall)

라오스에는 스콜이 있다. 하늘이 뚫린 것처럼 갑자기 비가 마구 쏟아진다. 다행히 야외 관람(관광)이 있던 날은 비를 경험하지 못했지만, 레포츠(롱테일 보트, 짚라인, 버기카 등)가 있는 날 오전 일정을 마치니 이따금 비가 내린다. 스콜 수준은 아닌데 제법 내린다. 함께한 일행들은 이 정도면 동남아 비는 아니라고 한다. 그러면서 자신들이 동남아를 관광했을 때 경험했던 엄청난 비와 우박 이야기를 여기저기서 쏟아내기 시작한다. 듣고 있자니 살짝 아쉽다. 차에서라도 스콜을 한 번 경험해봤으면 좋았을 텐데. 그럼 아내와 아들에게도 라오스 스콜에 대한 추억 하나 남기는 건데. 삶도 그렇지만, 한바탕 억수같이 몰아치는 비가 온 후 하늘은 더 맑고, 세상은 보다 아름다워 보인다. 스콜은 없지만, 그래도 라오스의 청명한 하늘 한 줌 마음에 담고 간다.

라오스 여행 중 관광버스를 타며 아들에게 "어디 앉을까?"라고
물으면 녀석은 "맨 뒷자리, 뒷자리가 좋아"라고 답한다. 생각해
보니 녀석은 아빠의 차가 아닌 버스를 타면 대부분 맨 뒷자리로
향했다. 처음에는 그 이유를 몰랐다. 그저 버스를 탔을 때 가장
먼 곳에 있어서, 아니면 다른 자리들과는 조금 달리 생겼기에 좋
아한다고 생각했다. 이번 라오스에서도 환갑을 맞이한 기념으로
여행을 함께한 4명의 남자 어르신들이 있었다. 공항에서 처음 만
나 버스로 이동할 때 어르신들은 맨 뒷자리에 나란히 앉고 싶어
하셨다(36인승 리무진버스라 한 줄에 2명, 1명 이렇게 앉을 수
있으니 4명이면 의자 4개가 나란히 붙어있는 맨 뒷자리가 딱 좋
다). 그래도 손주 같은 다섯 살 꼬마가 먼저 앉아 있으니 어쩔 수
없이 양보하셨다. 그렇게 며칠은 맨 뒷자리에 앉아 여행을 했다.

# 뒷자리가 좋아 2

그러다 여행 마지막 날은 버스 앞자리에 앉게 되었다. 그 자리는 중간중간 차에서 오르내리기에는 딱 좋은 자리였다. 무엇보다 뒷자리에 앉고 싶어 하셨던 어르신들께 적당히 자리도 양보하게 되었으니 잘됐다 싶었다. 그런데 녀석과 무료한 시간을 보내기 위해 창밖을 구경하려고 하니, 그 자리에서는 창밖이 보이는 것이 아니라 그저 하늘만 보였다. 성인들에 비해 키가 작은 다섯 살 꼬마의 눈높이에서는 아무런 느낌 없는 버스 벽만 덩그러니 보이는 자리였다. 녀석이 버스 맨 뒷자리에 앉고 싶어 했던 것은 자기 나름의 절박한(?) 이유가 있었다. 단지 그 이유를 콕 집어 말해주지 않아서 아빠가 미처 눈치채지 못했던 것이다. 아이들의 막연한 행동에도 그 나름의 이유가 있는데 그것을 너무 쉽고, 단순하게 생각했다. 앞으로 녀석에게 "왜?"라는 질문을 조금 더 할 수 있는 아빠가 되어야겠다.

# 공사 중

라오스는 어딜 가나 공사 중이었다. 마치 우리나라의 80~90년대를 보는 듯한 수도 비엔티안과 시간을 거슬러 60~70년대에 있는 듯한 방비엥. 그들도 그들만의 부지런함과 성실함을 통해 지금보다 발전한 라오스를 분명히 만들어갈 것이다. 버스 창밖을 통해 바라본 라오스인들의 모습은 마치 지난 시절 우리나라를 보는 듯했다. 이번 여행을 통해 버스로 이동하는 동안 아들과 창밖의 많을 것을 보았다. 건물, 자동차, 사람, 닭, 개, 물소, 오토바이, 산, 강, 나무…. 아빠와 아들은 같은 창을 통해 잠시 라오스를 보았지만 서로 다른 생각과 느낌을 가졌을 것이다. 녀석이 정확히 무엇을 보고, 어떤 생각을 했는지 알 수는 없다. 하지만 작은 창을 통해 바라본 그 모습과, 그 기억과, 그 느낌을 소중히 간직했으면 좋겠다. 아빠가 바라본 라오스가 '공사 중'이라면 녀석은 '성장 중'이다.

다섯 살 아들과 함께하는 국외여행. 아쉽지만(어쩌면 당연히) 숙소, 식사 등이 모두 확정된 패키지여행이다. 아빠는 대학생 시절 배낭여행을 정말 좋아했다. 국내외 여러 도시와 나라들을 호기심 가득한 마음으로 겁도 없이 자유롭게 돌아디녔디. 생각해보면 아찔한 일도 많았지만 그 나름의 멋과 낭만, 그를 통한 배움이 있었다. 갓난아기를 데리고 배낭여행을 하는 사람들의 이야기를 책을 통해 보았지만, 아직은 그저 패키지여행 정도로 충분히 만족한다. 지난번 베트남, 그리고 이번 라오스는 분명 패키지여행이었지만 아빠는 어딜 가든 배낭 하나 둘러메고 있었다. 그 속에는 녀석을 위한 아기 띠, 우산(우비), 여벌 옷, 김, 참치, 햇반, 과자, 샌들, 물티슈, 소변통, 물, 손수건, 휴대용 선풍기… 등이 있었다. 그렇게 한 짐 가득 짊어지고 이곳저곳 다녔다. 그러니 절반의 배낭여행이었다. 그럼 됐다.

육아휴직 3개월째. 그사이 비교적 많은 여행을 했다. 사천, 고성, 제주도, 울릉도, 영주, 인천, 서울, 원주, 베트남, 라오스 등 국내외 이곳저곳을 부지런히, 열심히 다녔다. 그러다 보니 자연스럽게 아이와 함께하는 여행의 노하우도 생겼다. 여행에 필요한 물건을 사고, 짐을 싸고, 숙박지에서 짐을 풀고, 또다시 짐을 싸는 것까지 모든 것이 일사천리다. 이번 라오스에서도 준비해간 것들을 잘 쓰고, 잘 입고, 잘 먹고 왔다. 하나 아쉬웠던 것은 다음부터는 동남아를 여행할 때 심리적 안정을 위해서라도 전자모기향 정도는 꼭 들고 다녀야겠다는 점이다. 숙소는 더없이 깨끗했지만 모기 몇 마리가 윙윙거려 은근히 신경 쓰였다. 우리 가족은 어딜 가든 커다란 여행가방 하나만 들고 다닌다. 준비하고 또 준비해도 언제나 아쉬운 것이 여행 짐 꾸리기다. 넣고 싶은 것도, 빼고 싶은 것도 참 쉽지 않다. 그래도 더 이상 욕심 부리지 않는다.

세상에는 정말 많은 고수들이 있다. 좀 근사한 말로 전문가라고도 한다. 아들과 라오스 여행 중 만났던 무수한 '여행의 고수'들. 함께하는 일정 동안 그들의 다양한 여행기를 접했다. 나이의 많고 적음에 관계없이 대부분 10여 개국 이상은 여행한 것 같았다. 누군가 몽고를 이야기하고 있으면, 또 다른 누군가는 멕시코를 이야기하며 맞장구친다. 아마도 많은 국가를 여행한 이들이 근래 들어 새롭게 찾게 되는 국가가 라오스인 까닭이 아닐까 한다. 우리 가족은 그렇게 한국에서 온 여행 고수들이 가득한 라오스에서 그저 여행 초보자 같은 마음으로, 그들에게 다섯 살 꼬마가 포함된 가족을 잘 부탁한다는 마음으로 하루하루 일정을 소화했다. 이야기하기 바쁜 사람들 틈에 무심하게 조용히 미소 짓고 가끔은 고개를 끄덕끄덕하는 일, 그러면서 중간중간 자연을 바라보며 감탄하는 일, 그렇게, 그렇게 라오스를 함께했다.

아들과 여행을 하며 많은 사람들을 만났고, 많은 사람들과 이별했다. 만남은 조금의 어색함과 상대에 대한 궁금함을, 이별은 조금의 아쉬움과 상대에 대한 고마움을 남긴다. 홀로 그리고 아내와 함께 여행할 때와는 또 다른 느낌이다. 아들과 함께하며 만나게 되는 사람들. 다섯 살 아이라는 투명한 거름망이 있어서 그런지 더 순수하고, 더 정감 있다. 그 어떤 여행이라도 누군가를 만나고, 누군가와 이별하게 되지만 녀석과 함께했던 사람들에 대한 기억이 문득문득 짧지만 강렬하게 떠오른다. 그들도 다섯 살 꼬마를 보며 그들의 아들과 딸을, 혹은 손자와 손녀를 생각했을 것이고, 어쩌면 잠시 어린 시절로 돌아가기도 했을 것이다. 아들은 앞으로 여행을 통해, 그리고 일상의 삶을 통해 더 많은 사람을 만나고, 더 많은 사람과 헤어질 것이다. 녀석도 그들이 '문득', '가끔은', '조금은' 보고 싶을까? 그리울까?

# 안전벨트

"안전을 위해 반드시 매어야 하는 것이 '안전벨트'인데, 하라는 건지, 하지 말라는 건지, 어쩌라는 건지…." 중얼중얼, 불만을 쏟아내며 공항버스에 오른다. 아들과 버스를 이용할 때마다 성인인 엄마, 아빠는 당연히 자서이 안전벨트를 매면 되지만, 다섯 살 아이는 제 키보다 한참 높아 맞지도 않는 벨트를 매어야 하는지, 그게 진짜 안전을 보장해줄 수는 있는지 궁금하고, 의문이다. 어떤 기사님은 버스에서도 엄마, 아빠가 카시트를 들고 타라며 면박까지 주신다. 진짜 그렇게까지 해야 하는지, 그렇다면 모든 고속버스에 유아용 카시트를 의무적으로 구비해두는 것이 보다 합당한데, 왜 그 책임을 아이의 엄마, 아빠들이 모두 져야만 하는지. 엄마, 아빠도 몰라서 못하는 것, 알면서도 하지 못하는 것이 많다. 쉽지 않지만 그래도 해보려고 최선을 다한다. 같이 하면, 함께 하면 더 좋을 것을. 아이와 다 함께. 아이를 더 위해.

# 할머니, 오백 원

"할머니, 오백 원." 잠결에 아들의 목소리가 들린다. "응, 오백 원? 줄게. 뭐 하게?" 할머니의 목소리도 들린다. "뽑기. 뽑기 할 거야." 이유는 언제나 '비교적' 단순하다. 할아버지가 병원에 입원하셔서 아들과 아내와 함께 시골집에 내려왔다. 아들과 아내는 시골집에 머무르기로 하고(다섯 살 아이와 병원을 다니기가 아무래도 조심스럽다), 할머니와 아빠는 병원이 있는 이웃 도시(안동)로 할아버지 간병을 위해 아침 일찍 집을 나서 점심이 지나 돌아온다. 할머니가 병원을 다녀와 피곤해 깜빡 졸고 있는 사이 녀석이 살며시 깨운 것이다. 생각해보니 할아버지가 병원에 계신 까닭에 손주와 대화도 많이 못 한 할머니. '오백 원'이라는 돈의 경제적 가치보다는 '할머니'라는 단어가 주는 따뜻한 느낌이 왠지 위로가 되는 하루다. 아들이 활짝 웃으며 '할머니', '할아버지'라고 부를 때마다 아빠는 잠시라도 효자가 된 것 같아 기분 좋다.

무덥고, 습한 시골집. 장마에 태풍까지 겹쳤다. 꼼짝없이 아들과 아내에겐 감옥 같은 삶이다. 이럴 때는 녀석의 기분을 최대한 맞추어주면서 함께해야 한다. 논리적이고, 이성적으로 상황(할아버지가 병원에 입원하셔서 당분간 시골집에 있어야 하는데, 시골집도, 밖도 습하니 어쩔 수 없이 인내하며 지내야 하는 상황)을 설명한다는 것은 책에서나 가능하다. 신상 장난감 하나 얼른 사서 녀석과 신나게 놀아본다. 물에 담가놓으면 알을 깨고 나오는 공룡. 더 신기한 것은 그 공룡을 물에 계속 두면 몸이 쑥 커진다. 딱 좋다. 녀석에게 인내를 가르치고 싶은 상황인데, 장난감을 통해 두 번이나 보여줄 수 있으니. 녀석은 물컵에 알을 담아두고 유심히 살펴본다. 조금의 시간이 지나 "커졌나 보자. 자고 나면 알을 깨고 나오겠지"라고 한다. 쉽지 않겠지만 참고 기다리면 무엇인가 달라진다는 사실. 이번 기회에 잘 배웠으면 좋겠다.

# 숨기면 되지

아빠와 할머니가 할아버지 간병을 위해 이웃 도시의 병원에 있는 동안 더위에 지친 아들과 엄마는 시골집을 나섰다. 익숙하지 않은 버스를 타고 그래도 조금은 익숙할 것 같은 시골장 근처에 내려본다. 장마 뒤의 쨍한 하늘과는 달리 여전히 덥고, 습하다. 그늘을 찾아 부지런히 움직여보지만 녀석의 관심은 장난감뿐이다. 요 며칠 이미 많이 샀다. 그러니 이번에는 쉽지 않다. 엄마가 "안 될 것 같아"라고 하니, 녀석은 "숨기면 되지. 그러면 아빠가 모를 거야"라고 한다. 다시 엄마가 "아빠가 알게 되지 않을까"라고 슬쩍 물어보니, 녀석은 "그래도 잘 숨기면 되지"라고 한다. 다행히 장난감을 사지 않았고, 그러니 숨길 일도 없다. 그런데 아내에게 얘기를 전해 듣고 보니 아이들은 어른들이 알고 있는(알고 있다고 생각하는) 것보다 조금은 더 빨리 성장하고 있다. 어쩌면 아이들은 스스로 자라고 있는지도 모른다.

# 바람을 칙칙

느지막이 아침을 먹고 기분 좋게 설거지를 하고 있는데 아들이 달려온다. "아빠, 이것 봐봐." 무엇을 하나 슬쩍 봤더니 거실 한편에 있는 크리스마스트리에 바람을 칙칙 불고 있다. 지난 할머니 칠순 때 풍선 장식을 위해 사용했던 작은 펌프와 지난겨울에 사용했던 크리스마스트리가 지금 녀석의 눈에 '어쩌다', '갑자기', '이유 없이', '조합되어', '확', 재미있어졌다. 그러더니 녀석은 "아빠, 나무에 바람을 불면 나무가 쑥 자랄까?"라고 한다. 조금 엉뚱하긴 하지만 그래도 그 생각이 기발하고, 재미있어서 "그렇게 된다면 아들이 노벨상이라는 아주 유명한 상을 타지 않을까?"라고 답해준다. 그랬더니 이번에는 아빠 곁으로 쪼르르 달려와 아빠의 바지 주머니에도 바람을 칙칙 불어준다. "아빠, 그런데 바람이 어디 갔지? 이상하네." 열심히는 하는데 뜻대로(?) 되지 않는 아침이다. 아이답게, 바람을 칙칙.

아들과 만화영화를 봤다. 물론 집에서. 큰 기대 없이 봤는데 그 나름 재미있다. 거기에 교훈도 준다. 그렇게 영화 한 편 잘 봤다 생각하고 있는데, 설거지를 마친 아내가 자기도 보고 싶다고 한 다. 어려울 것 없다. 되감기 버튼만 꾹 누르면 된다. 2배속으로. 그런데 너무 더디다 싶어 4배속, 8배속, 16배속으로. 여전히 늦 다. 그럼 끝까지 가본다. 32배속, 64배속까지. 그게 마지막 최대 치다. 그랬더니 정말 순식간에 처음으로 되돌아간다. 1시간 이상 봤던 영화가 한순간에 처음으로 되돌아갔다. 문득 옆에 있는 다 섯 살 아이의 더 어린 갓난쟁이 시절이 떠오른다. '처음으로' 이가 났던 날, 뒤집기 하던 날, 배밀이 하던 날, 산책 나갔던 날, 욕조 에서 발차기 하던 날, '엄마', '아빠'라고 얘기했던 날, 수없이 많 은 처음들…. 가끔 아들이 고집 피워 속상할 때 64배속 되감기 버 튼처럼 휘리릭 기뻤던 날들을 돌아보며 그냥 조용히 웃어야겠다.

아들이 엄마, 아빠의 눈에서 잠시 벗어나 혼자 무엇인가 하고 있으면 불안할 때가 있었다. 무엇이건 녀석이 눈앞에 있어 직접 확인할 수 있어야 마음이 편했다. 아빠가 한눈파는 사이, 잠시 무엇인가 다른 일을 하고 있는 동안, 혹시 녀석이 넘어져 다치지는 않을까 괜스레 이런저런 걱정이 많은 날들이었다. 솔직히 아직도 많이 그렇지만 그래도 가끔은 어쩔 수 없이 혼자 놀게 해야만 할 때가 있다. 항상 아이와 함께하다 보면 아빠가 해야 할 일들을 전혀 손댈 수 없다. 물론 아이가 곤히 잠든 늦은 밤에 하면 되지만 그때는 아빠도 너무 지치고, 피곤하다. 부모들은 잘 모른다. 아이들이 혼자서도 얼마나 잘 놀 수 있는지. 블록 놀이를 아빠와 함께하면 완성된 모형은 항상 비슷비슷하지만, 아이 혼자 만들면 모양도, 그 설명도 엉뚱하고, 신기한 것들이 마구마구 쏟아진다. 조금은 마음의 여유를 가져도 된다. 아이들은 혼자서도 잘 논다.

그저 잠시 잠깐 쉬어본다. 조금 더 근사한 표현으로 몸과 마음에 여유를 가져본다. 그렇다. 여름이다. 아빠가 제일 싫어하는 그 계절. 아들도 싫어한다. 어쩌면 아빠보다 더 싫어할 수도 있다. 그러니 정말 다행이다. 혈기 왕성한 녀석이 뜨거운 태양, 불볕더위 여름을 정말 좋아했다면 땡볕에도 시시때때로 야외로 나가 물놀이를 하고, 곤충도 잡고, 축구라도 해야 했을 것이다. 그도 아니면 땀에 흠뻑 젖을 때까지 뜀박질이라도 죽어라 해야 했을 것이다. 그러니 아들이 고맙다. 시원한 에어컨 바람 아래 조용히 장난감을 가지고 놀고 있는 모습이. 그런데 돌아서 곰곰이 생각해보니 마냥 쉬기도 왠지 모르게 미안하다. 이게 또 부모 마음이다. 알찬 육아휴직을 다짐하고 녀석에게 즐거움과 재미를 약속했는데… 잠시 쉬고, 조금 고민해서 녀석과 무엇이라도 해봐야겠다. 아빠라는 이름표, 결코 만만치 않다.

아들과 아이클레이로 반지를 만들어본다. 이왕 만드는 것 좀 폼 나게, 근사하게, 멋지게. 이런저런 장식도 해보고, 길이도, 넓이도 녀석의 손에 꼭 맞게 만든다. 그렇게 열심히 만들어 짜잔! 하며 끼워주려는데 녀석의 손가락에 딱 붙어버렸다. 녀석은 "어떻게 좀 해봐"라며 아빠만 쳐다본다. 이것 참 난감하다. 이미 모양도 이상하게 변해버려 말 그대로 엉망진창이 되었다. 난감해하며 고민하고 있는 아빠에게 녀석은 "내가 어떻게든 해볼게"라고 한다. 아빠는 '그래, 잘됐다. 네가 어떻게 좀 해봐. 방법이 없다. 그냥 다른 것 만들어야겠다'라고 속으로 생각할 뿐이다. 녀석은 예상대로 반지를 마구 뭉친다. 다시 만들려고 하는구나 생각하고 있는데, "아빠, 그냥 동그라미 반지야. 이걸로 해"하며 손바닥 위에 올려놓고 좋아한다. 그렇게 아빠의 관념 속 반지는 사라졌지만 아들의 상상 속 반지는 되살아났다.

군대를 제대하기 전에는 몰랐다. 예비역의 당당함을. 결혼을 하기 전에는 몰랐다. 기혼남의 안정감을. 아들을 만나기 전에는 몰랐다. 아빠의 위대함을. 그저 그러려니 했던 일들이 있다. 한 귀로 듣고, 한 귀로 흘려도 대충은 알 것 같은. 그런데 막상 그 일들의 주인공이 되려 하면 조금은 달라 보이고, 막상 주인공이 되면 전혀 다른 차원의 세계가 열리는 일들. 군대를 제대하고, 직장을 다니며, 결혼을 해서, 아빠가 되었다. 한 단계를 거칠 때마다 새로운 인간이 되어 또 다른 세상을 사는 느낌이다. 아내의 사촌 동생이 이제 막 아빠가 되었다. 그를 보며, 그리고 병원의 또 다른 아이들을 보면서 곁에 있는 다섯 살 꼬마 아들이 참 많이 크게 느껴진다. 아직은 마냥 철부지 꼬마 같은데 갓난쟁이들이 가득한 병원에서는 제법 의젓한 형아 느낌이 난다. 손녀를 안은 지나가던 할머니가 녀석을 보며 한마디 하신다. "오빠다. 오빠."

요즘 집에는 네 명이 있다. 아빠, 엄마, 아들. 그리고 큰 고모의 아들(아들의 유일한 사촌 형). 지난달부터 대학교 신입생인 조카가 방학을 맞아 기숙사를 나와 외삼촌 집에 와 있다(방학 동안 아르바이트를 열심히 해서 2학기에 쓸 자취 경비를 마련하겠다는 생각으로). 그 조카가 모처럼 자신의 고향집에 다녀온다고 집을 나선다. 아들은 "형아, 형아, 밥 먹자"라고 하면서 식사 때마다 밥도 잘 챙겨줬는데 어딜 간다고 하니 잠시나마 서운한 것 같다. 현관문 앞까지 쪼르르 달려와 "형아, 잘 갔다 와"라고 한다. 그래도 못내 아쉬운지 "잘 갔다 와"라고 반복해서 이야기한다. 사람의 정이 그렇다. 다섯 살 아이에게도 내 집에 들고나는 사람들에 대한 정감은 분명히 있다. 형이 없는 녀석에게 잠시나마 곁에서 '형아'가 되어주고 있는 조카 녀석. 아이들은 그렇게 함께 어울리며, 자라고, 배우며, 느끼고, 성장한다.

아들과 장난감 총 놀이를 한다. 모양은 누가 봐도 꼬마들 장난감 수준인데, 소리 하나는 제법 요란하다. 그래도 기계 소리보다는 사람 입에서 나는 소리가 훨씬 재미있고, 즐겁다. 아들은 거실을 이리저리 마구 뛰어다니며 "탕, 탕탕, 탕탕탕"이라며 소리친다. 모처럼 '혼자서도 잘 노는구나'라고 생각하며 흐뭇해하고 있는데, 녀석이 "아빠, 이쪽으로 쓰러져"라며 아빠를 향해 탕탕탕 총을 쏜다. 소파에 앉아 책을 읽다가 '무슨 소리를 하는 거지'라고 잠시 생각했다가 얼른 눈치껏 "으악" 하며 비명을 지르고 왼쪽으로 쓰러진다. 그랬더니 녀석은 신이 났는지 "이번에는 반대쪽으로"라고 한다. 그 정도야 충분히 해줄 수 있다. 이번에는 더 열심히 "으아악" 하며 더 크게 비명을 지르고, 더 크게 오른쪽으로 쓰러진다. 이렇게 가만히 앉아서 소리 두 번 지르고, 두 번 넘어져서 아들이 즐겁고, 기쁘다면 아빠도 즐거운 하루다.

육아휴직을 하고 몇 가지 다짐을 했다. 그중에서 하나가 내년에 복직할 때, 건강한 몸(휴직 전보다 살이 많이 찌지 않은 모습)으로 회사에 돌아가는 것이다. 처음에는 그렇게 어렵지 않을 것이라 생각했는데 계획으로 가득했던 몇 달의 시간들이 지나고, 조금은 느슨해진 시간들이 더해지면서 문득 그때의 다짐이 생각났다. 샤워를 하고, 그 마음으로 서재에 있는 체중계에 올라섰다. 별로 달라진 것은 없지만 그래도 '마음의 경계를 늦추지 말아야지'라고 생각하고 있는데, 아들이 쪼르륵 달려온다. "아빠, 뭐 하는 거야"라고 하기에, "응, 몸무게 한번 재보는 거야"라고 답한다. 그랬더니 녀석도 체중계에 올라선다. "아빠랑 나랑 합쳐." 그러고 보니 녀석이 아직 꼬마라 이렇게 체중계에 나란히 올라설 수도 있다. 그 말과 그 행동이 너무 귀여운 꼬마 녀석. "합쳐. 합쳐"라며 소리치는 그 모습이, 그 천진한 눈망울이 귀엽다.

아들이 "아빠, 차가 섰다 안 섰다 해요. 건전지 바꿔"라고 한다.
아빠는 새 건전지를 가지고 테스트를 해본다. 건전지 문제가 아
닌 접속 불량인 것 같다. "아들, 아빠가 해보니 잘 가. 건전지 때
문은 아닌 것 같아"라고 하니, 녀석은 알겠다는 표정이다. 그러
더니 조금 후 녀석이 다시 달려온다. "아빠, 건전지 바꿔. 생각
해보니 언제 멈출지 몰라." 아빠도 곰곰이 생각해보니 맞는 말이
다. 언제 멈출지 모르는 장난감을 가지고 놀면 많이 불편할 것이
다. 그러니 녀석은 스스로 찾아낸 방법(건전지를 새것으로 바꾸
는 것)으로 문제를 해결하고 싶다. 아빠가 회사에 다닐 때도 그랬
다. 언제 무슨 일이 일어날지 모르는 막연한 불안감, 불확실성.
그것이 참 묘했다. 녀석의 마음이 조금 더 편하라고 아무 말 없이
건전지를 새것으로 바꾸어주었다. 그래 바꾸자. 그리고 또 해보
자. 그럼 알겠지.

파리채를 휘두르다

파리채. 참 오랜만에 잡아본다. 어릴 적 시골집에서 참 많이 봤고, 참 많이 휘둘렀다. 아들이 태어나 조금 기어 다니기 시작할 무렵 아파트 13층에서 1층으로 이사했다. 서재에서, 거실에서, 침실에서 열심히, 부지런히 이곳저곳 시간에 관계없이 뛰어다니는 녀석을 보면 이사하기를 참 잘했다는 생각이다. 그런데 여름철이 되면서 작년에는 그러지 않았던 것 같은데 날파리가 제법 눈에 띈다. 요 며칠 집을 비워서 그런 것 같기도 하지만, 이유야 어쨌든 파리채를 휘둘러본다. 생각만큼 쉽지 않다. 차라리 커다란 파리라면 쉽게 잡을 수 있을 텐데, 작디작은 날파리 녀석이라 요리조리 잘도 빠져나간다. 정말 쉽지 않지만 그래도 맨손보다는 백번 낫다. 구멍이 적당히 있는 파리채. 더 많이 잡겠다고 그 구멍들을 꽉 채웠다면 한 마리도 잡지 못했을 것이다. 바람은 버리고, 파리만 취한다. 취사선택이 분명한 파리채만의 생존 철학이다.

덥다. 너무 덥다. '폭염'이다. 그래도 집을 나선다. 무슨 용기에선지 가장 덥다는 오후 2시에. 멀쩡하게 에어컨 잘되는 집을 나선다. 그동안 잘 타고 다니던 차도 타지 않는다. 따뜻한 봄에 동네 도서관 갈 때도 탔었는데, 오늘은 그저 그냥 집을 나선다(아들이 낮잠 자는 것을 막고자 함도 있다). 그렇게 지하철을 탄다. 집에서 몇 분 되지 않는 지하철역까지도 너무 덥긴 했다. 그래도 그냥 걸었다. 녀석이 이해할지 모르겠지만, 아빠에게도 그런 날이 있다. 조금은 이유 없이 살아보고 싶은 날. 그냥 그래서 지하철을 탔고, 아주 특별할 것 없는 시청(대전)에 갔다. 그래서 더 특별할 것 없는 도자기 전시회를 봤다. 물론 녀석에게 오가는 길에 이런저런 설명은 해주었다. 다시 지하철을 타고 평범한 하루였던 것처럼 집으로 돌아왔다. 그렇게 하루가 갔다. 하루 종일 재밌는 날도 있지만, 이래저래 텁텁한 날도 있다. 그런 날도 시간은 간다.

아들에게 한 방 먹었다. 녀석은 아빠가 미처 생각하지 못했던 대답을 한다. 녀석과 장난을 치다가 작은 장난감을 손에 슬쩍 감춘다. "오른손에 있을까, 왼손에 있을까 맞혀봐"라고 하며 장난감이 있는 오른손을 티 나지 않게 조금씩, 몰래몰래, 꼼지락꼼지락 해본다. 그랬더니 녀석은 "아빠, 손가락 펴봐"라고 한다. 다시 "어느 손?"이라고 의기양양하게 물으니, 녀석의 대답은 "동시에." 미처 생각지 못했다. 왼손이라고 하면 "아빠가 이겼다"를 외치고, 오른손이라고 하면 "아들, 대단한데"라고 할 생각이었다. 그런데 동시에 두 손을 모두 펴보라고 한다. 이럴 땐 어쩔 수 없이 인정해야 한다. 그리고 솔직히 말한다. "아빠가 졌어. 미처 생각지 못했어. 그리고 상상도 못했어. 둘 중 하나를 선택하라는데 '동시에'라니."

아들이 유독 귀여울 때가 있다. 조용히 얼굴을 보고 있다가 "눈 감아"라고 하면, 아무 말 없이 눈을 꼭 감고 있을 때. 슬쩍 눈을 뜰까, 말까 고민하고 있는 모습. 그때가 참 귀엽다. 딱 다섯 살 꼬마 아이 같은 모습. 궁금하다. 눈을 감고 있을 때 무슨 생각을 하고 있는지. 그저 '언제 눈 뜰까? 아님 더 감고 있을까?'라고만 생각하고 있는지, 아니면 어른들이 전혀 상상할 수 없는 호기심의 세계로 빠져드는지, 그것도 아니라면 막연히 어두컴컴한 느낌에 답답하고, 무섭기만 한 것인지. 녀석에게 정확한 느낌을 전해 들을 수 없으니 궁금함만 더 커진다. 그러다 아빠도 그냥 눈을 감아 본다. 마음 편하고 좋다. 눈 뜨고 있을 때 번잡하던 것들이 싹 사라진(물론 소리는 여전하지만) 느낌이다. 잘되었다. 아들이 무섭지만 않다면 가끔은 이렇게 눈 감고 어둠 속에 있어야겠다. 그래 봐야 10초 내외겠지만 생각보다 마음이 편안하니 좋다.

'육아.' 잘해보려 하는데, 잘하고 싶은데, 생각만큼 쉽지 않다. 왜 그럴까 곰곰이 생각해보니 결론은 아직 능력 부족이다. 사실 진작 알았다. 그런데 그 부족함과 그 미숙함을 솔직하게 인정하고 싶지 않았다. 무엇이건 노력하면 잘될 거라 생각하며 살았다. 한창 시절에도, 회사 생활에서도. 그러다 안 되는 것들은 이런저런 논리적 핑계를 찾았다. 알면서도 그러려니 이해해주었던 참 고마운 사람들. 육아휴직을 하고 아이에 대해 새롭게 알게 되는 것들. 그리고 문득 스치는 생각들. 일찍 자면 아이 성장에 좋다기에 "일찍 자야지. 일찍 자야지"라고 수없이 말했는데, 어제는 녀석이 스르르 말도 없이 잠이 들었다. 이유가 많은 하루였지만 어쩌면 일찍 자기 또한 '욕심이었구나'라고 생각했다. 아빠로서 가치를 전달하려 했는데, 그 가치가 미숙한 욕심일 수도 있었겠다. 육아에 답은 없다고 하니, 이제 조금 다른 방법으로 녀석과 함께해볼 생각이다. 여전히 부족하겠지만 욕심을 조금이라도 덜어내야겠다.

어떤 날은 제법 잘하는 것 같은데, 또 어떤 날은 다시 처음으로 되돌아간 것 같다. 아들에게 양치질이란 그런 것이다. 녀석을 위해 이것저것 다 해보았지만 그래도 가장 좋은 방법은 아빠가 녀석과 함께 이를 닦는 것이다. 비록 오랜 시간을 기다리며, 중간중간 녀석의 장난에 화가 불쑥불쑥 찾아오기도 하지만, 그래도 처음보다는 많이 좋아졌으니 이 방법이 최고라 생각한다. 그렇게 오늘도 인내하며 이를 열심히 닦고 있는데, 녀석이 "아빠, 내가 이 닦아줄게"라고 한다. 그냥 한번 속는 셈 치고, "응, 한번 해봐"라고 답한다. 이미 거의 다 닦았으니 한 번 더 닦는다 생각하면 된다. 그렇게 허리를 숙이고 입을 한껏 벌리고 있으니 녀석이 제 나름 열심히 닦아주려 한다. 아마도 아빠가 입을 크게 벌린 모습이 재미있고, 또 신기한 것 같다. 녀석의 이 닦기를 일일 체험한 아빠의 소감을 한마디로 정리하면, 그저 '간질간질하다.'

가끔 무섭고, 두렵다. 아들이 그 의미를 정확히 알고 말하는지 아닌지 알 수가 없다. 그런데 '그렇지. 맞아. 암, 그래야지. 그래야 하고말고'라는 생각이 드는 말들이 있다. 무더위에 지친 녀석을 위해 집 욕조에 물을 잔뜩 받아놓고 물놀이를 한다. 녀석은 물놀이에 필요한 장난감을 몇 가지 확인한 후 욕조로 들어간다. '이제 한 시간은 조금 여유롭게 지내도 되겠구나'라고 생각하며, "아들, 물놀이 잘해"라고 말한다. 그랬더니 녀석이 대뜸 "아빠, 기억해. 다 생각나니까"라고 답한다. 앞뒤 상황을 생각해보면 정말 생뚱맞은 소리다. 그런데 그 말만 보면 맞는 말이긴 하다. 기억해야 한다. 아이들도 다 생각나니까. 비록 생각하지 못할지라도 그렇게 행동한 엄마, 아빠는 알고 있을 테니. 왜 어른들이 아이들에게 스스로 모범을 보여야 하는지 녀석과 함께하며 하루하루 더 잘 이해하게 된다. '기억해.' '그래, 기억할게.'

여름이라 그런지 집 안에 하루살이 몇 마리가 돌아다닌다. 이때다 싶어 거실에서 장난감 놀이를 하는 아들에게 하루살이에 대해 알려준다. 사실 아빠도 상세하고, 정확히는 알지 못한다. "아들, 하루살이는 하루만 살아서 하루살이라고 한데. 그러니까 오늘이 지나면 아마도 어디에선가 죽어있을 거야…." 뭐 이런 내용 정도로 어디서 들어본 것 같은 내용으로 이야기해준다. 그랬더니 녀석은 "아빠, 하루만 사는 건 착한 거야. 그지?"라고 한다. "응? 하루만 살아서 착하다고?" 조금은 생뚱맞은, 전혀 말도 안 되는 논리라는 생각이 든다. 그런데 어떤 이에게 딱 하루만 살라고 하면, 딱 하루만 살 수 있다면, 그 인생을 악하게 살 수 있을까. 주어진 시간이 하루밖에 없다면 최대한 착한 일을, 또는 좋은 일을 하면서 의미 있는 시간을 보내고 싶지 않을까. 만약 하루만 산다면… 그때, 아빠는 무엇을 할까. 무엇을 꼭 해야만 할까.

레고 블록은 정말 상상 그 이상이다. 이리저리 뚝딱뚝딱하면 안 되는 것이 없다. 만일 못 만드는 그 무엇이 있다면 그것은 만드는 이의 상상력 부족 때문이다. 아들이 레고를 가지고 무엇인가 만 드는 모습을 지켜보고 있으면, 작은 손가락으로 꼼지락꼼지락하 는 모습이 딱 귀여운 꼬마 아이다. 이번에는 무엇을 만들고 있나 슬쩍 봤더니 장난감 자동차의 운전석에 레고의 작은 사람들을 넣 으려고 이리저리 고민하고 있다. 그럴 수밖에. 작은 레고라고 하 지만 더 작은 자동차 운전석에 들어가기에는 크기 자체가 절대적 으로 불가능하다. '포기하겠지'라고 생각하며 그저 지켜본다. 잠 시 후 녀석은 "모자들은 되겠지"라고 혼잣말처럼 이야기하더니 사람들의 모자를 하나하나 떼어내어 그것만 운전석에 넣는다. 그 렇게 세 개의 모자가, 아니 세 사람이 들어갔다. 부분이 전체를 대신하거나 대표할 수 있다. 그것이 상징이다.

거창할 것 없다. 그러나 함께하면 거창해지기도 한다. 아들과 함께 탐험을 나선다. 급작스레 계획되었지만 탐험에 필요한 장비도 단출하되 내실 있게 준비한다. 아들은 조카 녀석이 준 삼지창 장난감을, 아빠는 장난감 축구 골대의 뼈대를 이리저리 연결한 막대를 챙긴다. 거기에 챙이 넓은 모자를 하나씩 쓰고 집을 나선다. 멀지 않은 곳으로. 아파트 1층에 살고 있으니 그 주변을 한 바퀴 돌아본다. 그렇다고 마냥 이유 없는 탐험은 아니다. 녀석과 거실에서 놀다가 문득 창밖을 봤더니 몇 가닥의 거미줄이 보였다. 그런 까닭에 아빠는 거실 창의 거미줄 제거를, 아들은 그 보조 및 신기한 나무와 개미를 찾기 위해 탐험을 떠난 것이다. 날이 더우니 에어컨의 시원한 바람 곁을 떠나고 싶지 않다. 그렇다고 마냥 집에만 있기도 뭣해서 이런 핑계라도 만들어 잠시 바깥바람을 쐬어본다. 물론 땀 한 바가지 흘리고, 바로 욕실로 뛰어들었다.

영화를 보다

꼭 하고 싶은데 자꾸만 미루어지는 일이 있다. 아들이 조금만 더 일찍 잠자리에 들었으면 좋겠다는 생각을 하는 이유 중 하나, 그것은 바로 영화를 보기 위해서다. 아직 영화관까지는 엄두도 못 내겠지만, 그저 거실에서 IPTV를 통해서라도 영화 같은 영화를 한 달에 딱 한 편씩만 보고 싶다. 사실 무리해서라도 보려면 새벽 3시에 일어나 5시까지 보는 방법도 있다. 그런데 그렇게 보는 영화가 어디 마음에 여유를 주는 '문화생활' 또는 '감상'이라는 단어를 사용할 수 있을까. 저녁 10시가 조금 지나 몸도 마음도 차분할 때 영화 한 편 보고 자정이 가까워지면 영화가 주는 그 감동과 여운을 간직한 채 조용히 서재에서 잔잔한 노래 한 곡 들으며 하루를 마무리하는 것, 생각만 해도 그저 흐뭇하다. 어제, 음악까지는 아니어도 비교적 이른 잠자리에 든 녀석의 도움으로 영화다운 영화, 한 편 보았다. 좋다. 그냥 좋다. 그냥 기분이 좋다.

아이와 함께하는 것은 재밌고, 즐겁다. 다만 조금 난감할 때도 있다. 지저분한 머리카락을 정리하려고 예약제로 운영되는 헤어숍에 갔다. 헤어 디자이너, 아빠, 엄마, 아들, 이렇게 딱 네 명만 있다. 밖은 폭염으로 정신을 차릴 수 없을 만큼 무덥지만, 헤어숍은 조용한 팝송과 함께 차분한 분위기다. 아내는 헤어 디자이너에게 집에서 담근 레몬청을 선물로 건넨다. 잠시 후 아빠에게는 녹차가, 엄마에게는 커피가, 그리고 아들에게는 포도 주스가 한 잔씩 건네진다. 그렇게 유쾌하고, 즐거운 분위기에서 조용히 머리카락을 다듬고 있는데, 엄마의 스마트폰으로 만화를 보던 아들이 주스를 엎질렀다. 이럴 때 조금 난감하다. 차라리 조금 시끌벅적하거나, 아빠가 냉큼 달려가 정리할 수 있다면 좋을 텐데. 다행히 엄마와 헤어 디자이너가 서로 유쾌하게 테이블과 바닥을 닦으며 정리한다. 녀석은 그러거나 말거나 새침하게 만화만 본다.

더 크게 읽어본다

계속되는 무더위, 무엇을 할까 고민해본다. 결론은 비교적 빠르고, 단순하다. '더울 때는 쉬엄쉬엄 그늘로!' 첫째, 차를 이용. 둘째, 집 주변. 셋째, 시원한 곳. 그래, 도서관이다(집이 제일 좋지만 아들의 기분 전환을 위해 외출은 필요하다). 어린이 도서관은 비교적 한산하다. 방학을 했지만 대부분의 아이들은 학원이나 어린이집 때문에 너무 바쁘다. 몇 권의 책을 골라 녀석과 조용히 읽어본다(유아 코너는 작은 소리로 아이와 책을 읽을 수 있다). 하나, 둘 아이들이 들어온다. 조금 더 크게 읽어본다. 몇몇 아이들이 뛰어다니면서 어수선해진다. 조금 더, 더 크게 읽는다. 주변의 엄마들도 제법 큰 소리를 낸다. 또 다른 아이들이 들어온다. 책 읽는 소리가 점점 커진다. 그렇게 조금씩, 조금씩 어느 순간 소란스러워졌다. 전체적인 분위기가 중요한데, 그것이 조금 흐트러지더니, 그러다 순식간에 확 바뀌어버렸다. 방법이 없다. 다시 조용해지길 기다리기보다는 그냥 집으로 돌아간다. 그렇다. 분위기는 한순간이다.

엄마는 참 부지런하다. 그렇게 안 해도 될 것 같은데, 아들을 위해 매번 새로운 반찬, 새로운 국을 한다(아빠와는 반대다. 아빠는 똑같은 국을, 똑같은 반찬을 몇 끼 정도는 먹어도 된다는 생각이다). 이번에는 겨울도 아닌데, 김치를 한다. 배추를 자르고, 절이고, 양념을 뚝딱뚝딱 만들어 이리저리 버무린다. 어느덧 제법 김치 같은 색이 난다. 지켜보던 녀석도 신기한지 한마디 거든다. "엄마 손이 빨갛다." 그러고 보니 딱 고무장갑을 낀 것 같다. 그렇게 김치를 만들고, 손을 씻는다. 그랬더니 이번에는 녀석이 "엄마 손이 하얗다"라고 한다. 손이 빨갛게 되었다가, 하얗게 되었다가 엄마는 하루에도 수십 번 변신한다. 그렇게 엄마의 삶은 부지런해야 하고, 또 그렇게 바쁘게 흘러간다. 비록 김치가 녀석을 위한 것은 아니지만 엄마라는 사람들은 그렇다. 누가 '어찌어찌 살아야 한다'라고 가르치지 않았을 텐데. 엄마는 엄마다.

멈칫멈칫 망설이다

아파트 단지 내 분수대 가동을 시작했다. 오후 두 시 반부터 세 시 반까지. 더위가 절정일 때, 시원한 물줄기가 마구 솟구친다. 크지 않지만 아들과 함께 놀기에는 딱 좋다. 집에서 편한 옷차림으로 나가, 시원하게 물놀이를 하고, 젖은 옷 그대로 집으로 돌아오면 된다. 차로 이동하거나 수영복으로 갈아입을 필요도 없다. 그리고 한번 놀기 시작하면 끝이 없는 녀석에게 집으로 가자, 말자 말다툼할 필요도 없다. 딱 세 시 반이면 물이 뚝 끊기면서 '얘들아, 집으로 돌아갈 시간이야'라고 말해주는 것 같다. 열심히 놀았다. 그런데 한 가지 아쉬움이라면 쏟아지는 물줄기를 보고, 한번에 확 뛰어들지 못하고 '옷이 젖을 텐데. 어른 체면에. 아들이 놀 때 그늘에서 책이나 읽을까…'라고 생각하며 멈칫멈칫 망설이는 아빠의 마음이다. 이래저래 어차피 젖을 옷, 어차피 씻을 몸이다. 다음에는 녀석과 함께 앞뒤 고민 없이 그냥 확 뛰어들어야겠다.

너무나 당연한 말이지만 '일상도 삶이다.' 육아휴직을 한다고 했을 때, 회사의 선배들은 "아들이랑 시간 보내는 것도 참 어려워. 쉽지 않아. 계획 잘 세워야 할 거야"라고 말했다. 다 맞는 말이다. 가끔 어처구니없는 생떼를 쓰는 다섯 살 꼬마 아이와 함께 무엇인가 해야만 한다는 것은 결코 만만치 않은 일이다. 녀석이 아무리 멋진 계획도 '싫어'라고 하면 어쩔 도리가 없고, 별것 아닌 500원짜리 장난감에도 세상을 다 가진 듯 미소를 지으면 '이건 뭐지'라는 생각이 들 때도 있다. 항상 무엇인가 새로운 것, 신나는 것, 즐거운 것만을 할 수는 없다. 아침에 일어나 밥 먹고, 양치하고, 장난감 놀이하다가, 책 읽고, 공룡 만화 몇 개 보고, 다시 밥 먹고, 과자 조금 먹고, 요구르트 하나 먹고, 씻고, 다시 양치하고, 자는 것. 그렇게 일상이 흘러가지만 그것도 의미 있는 삶이다. 오히려 그런 날들이 더 많다. 그 속에 희로애락이 다 들어있다.

# 골라 먹다

아빠, 엄마, 아들이 모두 행복해지는 길. 그것은 각자의 선택에 맡기는 것이다. 그러자면 다양한 선택지가 있어야 하는데, 사실 그것이 생각만큼 쉽지 않다. 아빠는 책을 읽거나, 운동하는 것을 좋아한다. 엄마는 그림을 그리거나, 글씨를 쓰는 것을 좋아한다. 녀석은 다섯 살 꼬마라 마냥 '공룡'이 좋다. 하루 종일 공룡 이야기뿐. 그러니 방법은 하나다. 가장 어린 꼬마에게 모든 것을 맞추면 된다. 그러면 되는데, 그렇게 하면 간단한데, 대부분 그렇게 하고 있는데, 그럼 엄마, 아빠는 뭔가 모르게 허전하고, 부족한 것들이 있다. 스스로 잘 알고 있지만 겉으로 드러낼 수 없는 것들. 아이스크림을 고르다 생각났다. 골라 먹을 수 있으니 좋다는 것을. 큰 통에 아빠 하나, 엄마 하나, 아들 하나. 각자 좋아하는 것을 선택하면 모두 행복하다. 그런데 언제나 조금 아쉽다. 상호 끝의 숫자 '31.' 왜 어딜 가도 31가지 맛은 없는지 궁금할 뿐이다.

# PUSH(PULL) & IN(OUT)

아들에게 '눈높이 교육'을 다짐하지만 생각처럼 쉽지 않다. 아주 어릴 때는 가장 단순하고, 간단한 표현으로 설명한다. 예를 들어 아빠의 '자동차'는 녀석의 눈높이에서 '빠방'이다. 그러니 복잡할 것 없다. 대부분의 엄마, 아빠들도 그렇게 한다. 그런데 아이가 조금씩 성장하면서 계속 그렇게 하기에는 어딘가 조금 어색하고, 낯선 느낌이 들 때가 있다. 그때 자연스럽게 다른 단어로 설명하면 좋은데, 때로는 적당한 수준의 단어를 찾기가 쉽지 않은 경우도 있다. 녀석과 함께 집 주변 가게를 드나들 때마다 문손잡이 근처에 표시된 'PUSH(PULL)' 또는 'IN(OUT)'이라는 단어를 접한다. 둘 중 어느 것이 좀 더 바람직할까 생각해본다. 문 자체를 밀고, 당기는 행위에, 그러지 않으면 그 행위를 통한 들어가고, 나감에. 사실 정답은 없다. 어느 것이든 가게 주인 마음이다. 손님들의 눈높이도 다양하니. 그렇게 '눈높이'는 어렵다.

# 역시 친구가 좋다

가만있어도 더운데 다섯 살 아들은 하루 종일 같이 놀자고 한다. 그렇게 집 안에서 한 주를 보내고 있다. 물론 중간중간 도서관도, 마트도, 식당도 다닌다. 그래야 사니까. 아침에 눈 뜨면 오늘은 어디서, 누구와, 어떻게 놀아야 하나 잠시 고민되지만 결론은 그냥 집이다. 너무 더우니까. 체험도, 놀이도, 교육도 다 좋지만 더위에 장사 없다. 그저 이 더위가 스스로 물러날 때까지 기다릴밖에. 그 무료함과 그 심심함을 가득 안고 있을 때, 아들을 보면 조금 미안한 마음이 들 때, 원주에 있는 친구에게 전화가 왔다. 정선에 2박 3일 리조트 잡았다고. 그리고 거기에 대형 물놀이장도 있다고. 그러니 준비해서 가족 모두 오라고. 역시 친구가 좋다. 덥긴 하지만 당일치기라도 아들과 물놀이 한번 가야지 생각만 하고 엄두를 못 내고 있었는데. 이렇게 멀리서 불러주니 잘 놀고 와야겠다. 친구에게는 다섯 살, 세 살 아들도 있으니 더 잘됐다.

에어컨을 분해하다

에어컨을 분해하리라고는 생각지도 못했다. 며칠 전 아내는 "아이 있는 집에는 무풍 에어컨이 전기료도 저렴하고 다 좋은데, 곰팡이가 문제라며 청소를 해야 한다"라고 했다. 이래저래 확인해 보니 판매업체의 A/S 수준이 아닌 사설업체를 통해 에어컨을 완전히 분해해서 청소해야 하는데, 그 비용이 20만 원 정도라고 했다. 그러니 시간을 넉넉히 잡아 직접 하자고 했다. 처음에는 긴가민가했지만, 아들의 건강을 위해서라면 아내는 분명히 조만간 할 것이다. 이왕 할 거라면 미루지 말고, 아빠가 먼저 나선다. 어차피 나사도 풀고, 전선도 만지고, 이리저리 뜯어내야 하니. 아들에게 선풍기를 고정시켜 놓고, 엄마와 아빠는 땀을 뻘뻘 흘린다. 아빠가 분해하면, 엄마는 청소하고, 다시 아빠가 조립한다. 생각 이상으로 지저분했다. 두 시간을 훌쩍 넘겼지만 면봉까지 이용해 구석구석 닦았다. 아들의 건강은 엄마, 아빠가 지킨다.

늦은 아침, 한 통의 전화가 왔다. 내일부터 물놀이를 함께하기로
한 친구다. 그의 아들이 미열이 있어 병원에 갔더니 '구내염'이란
다. 아무래도 어린이집에서 옮은 것 같단다. 그래서 서둘러 전화
한 것이다. 우리 집에도 동갑내기 꼬마가 있으니. 물놀이를 가면
같은 공간에서 먹고, 자고, 놀아야 한다. 그러면 아무래도 전염성
이 있는 구내염이 걱정되니 서둘러 전화한 것이다. 모처럼 무더
위를 피해 아들은 물놀이를 하고, 아빠는 친구와 즐겁게 놀 수 있
는 기회였다. 선택의 순간이다. 결론은 언제나 아들을 좀 더 위하
는 길. "다음에 보자"라고 답할 수밖에 없다. 더 좋은 날, 더 좋은
곳에서 다시 볼 것을 약속한다. 그저 잘 놀다 오라는 인사를 건넨
다. 갑작스러운 구내염이라니. 친구도 어쩔 수 없다. 그의 아들도
어쩔 수 없었을 것이다. 전화를 끊으며 아쉽지만, 건강하게 쑥쑥
자라는 아들의 머리를 쓰윽 쓰다듬어 준다.

연일 '최고', '신기록'이라는 수식어가 붙는 더위. 그럼에도 어딜 가든 사람들이 많다. 평일 오후 2시임에도 불구하고, 대전에 있는 국립중앙과학관 주차장에는 이미 차들이 가득하다. 엄마, 아빠 손을 잡고 더위를 가로지르는 아이들, 그리고 이미 지쳐 보이는 엄마와 아빠. 그래도 다들 전시관에서는 열심이다. 아이에게 하나라도 더 보여주려고, 하나라도 더 체험하게 하려고. 이러니 부모는 정말 위대하다. 예전에는 막연히 짐작하고, 이성적으로 이해하려 했다면, 아이의 아빠가 되고, 그 아이와 함께하는 시간이 길어지면서, 주변을 둘러보면 아이와 그들의 엄마, 아빠만 보인다. 이제 조금 알겠다. '부모'는 참 대단한 사람이라는 것을. 물론 이런저런 어려움과 낯섦에도 또박또박 자라는 아이들도 정말 신기하고 기특하지만, 그 곁에서 묵묵히 뚜벅뚜벅 바라봐 주는 엄마, 아빠도 충분히 박수 받을 만한 사람들이라는 것을.

(어른이 된) 아들이 책 읽기를 즐겨 하고, 정리정돈을 잘하고, 운동을 잘했으면 좋겠다. 그리고 여행을 두려워하지 않고, 사람에 대한 편견 없이, 사회에 대한 따뜻한 관심을 가졌으면 좋겠다. 그 외에도 욕심나는 것들이 너무 많다. 그것이 아빠의 마음이다. 잠에서 막 깬 녀석이 거실의 장난감 상자들을 보더니 "난장판이야, 난장판이 됐어"라고 한다. 아빠가 보기에는 그다지 어수선하지 않은데, 아무래도 며칠 전 장난감 정리가 되어있지 않아 아빠가 혼잣말처럼 하던 소리를 따라 하는 것 같다. 사실 물건 정리는 잘하면 좋지만, 장난감을 이리저리 마구 가지고 놀다 보면 더 재미있는 방법을 찾기도 한다. 어지러운(난장) 가운데 창의가 샘솟는다고 하는데, 그걸 차분한 마음으로 바라보기가 생각만큼 쉽지 않다. 신나게 잘 놀고, 정리도 잘하면 좋다. 하지만 다섯 살 꼬마에게 모든 것을 다 기대하는 것은 어쩌면 어른 욕심이다.

'띵동', 택배다. 아들의 물놀이를 위한 '구명조끼.' 아직 언제, 어디를 가야겠다는 구체적 계획은 없다. 그래도 화려한 구명조끼를 보니 물놀이 기분은 난다. 녀석도 좋아한다. 그렇다면 바로 물놀이다. 욕조에 물을 가득 받아놓고 녀석에게 구명조끼를 입히고, 물속에 눕혀본다. 욕조가 크지 않아 아쉽지만 그래도 제법 뜬다. 조만간 멋지게 쓸 일만 남았다. 이제부터는 말 그대로 '물놀이(물로 하는 놀이)'다. 커다란 물통에 물을 가득 담는다. 녀석에게 "냉수마찰이다"라고 소리치며, 몇 차례 쏟아붓는다. 물 한 바가지 뒤집어쓴 표정이 재미있다. 녀석의 반격이다. "아빠, 눈 감고 있어. 그리고 기다려"라고 말한다. 그러더니 "이거나 받아라"라며 아빠의 얼굴을 향해 물통의 물을 쏟아붓는다. 제법 정확하고, 묵직하게 날아든다. 아빠의 머리카락이 물에 흠뻑 젖은 모습을 보더니, 너무나 신이 난다. 놀 줄 안다. 그렇게 두 시간이 훌쩍 지났다.

시계를 매다

똑같은 물음과 대답의 반복이다. 이것은 녀석이 그만큼 신나는 일이며, 그 신호를 아빠에게 보내고 있는 것이다. 졸졸 따라다니며 "아빠, 시계 어느 손에 매"라고 묻는다. 그러면 "어디라도 괜찮지만, 왼손이 제일 좋을 것 같아"라고 답한다. 보통 시계는 '차다(물건을 몸의 한 부분에 달아매거나 끼워서 지니는 것)'라고 하지만 녀석은 '매다(끈이나 줄 따위의 두 끝을 엇걸고 잡아당기어 풀어지지 아니하게 마디를 만드는 것)'라는 단어를 쓴다. 어쩌면 '메다(어깨에 걸치거나 올려놓는 것)'라고 말하는 것일 수도 있다. 그 무엇이 되었건 즐겁고, 유쾌한 저녁이다. 5,000원짜리 배트맨 손목시계 하나가 녀석에게 기쁨과 행복을 준다. "몇 시?"라고 물어보면, 제 마음껏 "6시 50분"이라 답하는 수준이지만, 언젠가는 단순한 숫자의 조합인 시간이 지니는 의미와 그 무게를 알게 되는 날이 올 것이다. 그렇게 아이들은 자란다.

아내가 한마디 한다. "요즘 미는 유행어인가 봐." 요 며칠 아들이 부쩍 자주 사용하는 말이 있다. 엄마, 아빠가 둘이서 무엇을 하는 것 같거나, 자신에게 무엇인가 물어보는 눈치면(사실 그때 녀석에게 무엇을 물은 기억은 없다), "안 들려." 이래저래 녀석에게서 "안 들려"라는 말이 자주 들린다. 사실 자신에게 요구되는 사항이나 필요한 정보를 정확하게 듣지 못했다면, 가장 좋은 솔직한 대답은 '안 들립니다' 또는 '듣지 못했습니다'라고 생각한다. 안 들리니까(못 들었으니까) 다시 말해달라는 당당한 요구. 상황을 차분하게 인정하고 그에 따른 상대의 행동을 재차 요구하는 것은 작은 용기다. 어른이 되어 이런저런 상황에서 못 듣고도(안 들리는 데도) 그저 눈치껏 반응하거나 임기응변으로 대응하다 가끔은 상황을 크게 그르치는 경우를 봤다. 아들의 정확한 의도는 알 수 없지만, 솔직하게 인정하고 당당하게 요구하면 된다.

# 좋은 말 대잔치

누가 보면 아주 거창한 일을 하는 줄 알겠다. 어쩌다 보니 아들에게 좋은 말만 잔뜩 한다. '좋은 말 대잔치'다. 녀석이 모처럼 퍼즐 조각 맞추기를 하고 있다. 아빠는 지켜본다. 워낙 좋아하는 놀이라, 잠시 골똘히 생각하더니 잘 맞추어나간다. 그렇게 하나씩 완성하더니, 조금 어려운 것에 도전한다. 아빠가 보기에도 쉽지 않다. 한꺼번에 4개를 동시에 하려고 한다. 의욕은 앞섰지만 조금 지나 "아빠, 안 돼"라는 소리가 나온다. 그때 지켜보던 아빠는 좋은 말을 마구 쏟아낸다. "차분히 멀리서 전체를 봐. 그리고 부분마다 확인해. 하나가 안 되면 다른 것을 해봐. 같은 색, 같은 모양을 찾아봐. 안 될 때는 좀 쉬었다 해. 어렵다 생각 말고 하나씩, 하나씩 일단 해봐…." 사실 다섯 살 꼬마가 이렇게만 한다면(할 수 있다면) 세상만사 어려운 일 하나 없을 것이다. 이유야 어쨌든 좋은 말이니 노력이나 해보면 좋겠다. 그저 아빠 욕심이다.

아빠는 걱정 없다

엄마는 걱정이 많다. 지인의 간곡한 부탁으로 십여 일 동안 아침부터 저녁까지 평생교육원에서 주관하는 강의를 들어야 하기 때문이다. 수업 걱정이 아니라(물론 수업도 걱정일 수 있지만), 그 시간 동안 아들의 밥을 과연 아빠가 잘 챙길 수 있을지, 날도 더운데 무엇을 하며 시간을 보낼지 등등을 걱정한다. 밥은 건강식으로 잘 먹여야 하고, 집에 돌아왔을 때 아들이 더없이 즐거운 표정이어야 안심일 것이다. 유치원에 다니지 않는 다섯 살 꼬마를 하루 종일 아빠 혼자 잘 챙길 수 있을지 걱정하는 엄마. 반대로 아무 문제없다는 아빠. 엄마는 새벽까지 몇 가지 국을 끓이고, 반찬을 만든다. 참 부지런한 좋은 엄마(아내)다. 날이 상당히 덥긴 하지만 그냥 마음 편히 휴가다 생각하고 강의를 들으면 좋을 텐데, 그게 생각만큼 쉽지 않은 것 같다. 육아휴직 100일이 훌쩍 지났다. 그걸 생각하면 십여 일 정도는 아빠는 아무 걱정 없다.

아들의 생일, 그러니 잔칫날이다. 하루 종일 바삐 움직인다. 새벽, 엄마는 연례행사로 '삼신상'을 준비한다. 아빠는 그 정성이 갸륵해 쪽잠을 자다 동트기 전 삼신들께 아들의 건강과, 가족의 행복까지 두루두루 기원한다. 아침, 뮤지컬 '공룡 메카드' 관람을 위해 서울로 떠난다. 올림픽공원(올림픽홀)에서 오후 4시 공연이지만, 대전에서는 녀석이 일어난 아침 9시부터 바쁘다(엄마, 아빠는 이미 새벽부터 바빴다). 서둘러 밥을 먹고(녀석은 먹는 둥 마는 둥), 짐을 챙기고, 평생교육원 강의를 듣는 엄마를 태우고, 고속도로 휴게소에서 돈가스도 먹고, 다행히 공연 1시간 전 도착이다. 공연장 입구의 각종 공룡 모형에 아들은 이미 흥분상태다. 아빠와 엄마는 숨 가쁘게 달려온 하루가 성공했음을 자축한다. 잔칫날 주인공이 만족하면 그것을 준비한 엄마, 아빠는 더없이 기쁘다. 됐다. 이만하면 올해도 성공이다(물론 공연도 좋았다).

등잔 밑이 어둡다

오늘도 엄마는 공부하러 간다. 아들이 그 공백을 느낄 수 없도록 아빠는 더 부지런히 움직인다. 며칠 전 녀석과 책을 읽다 우연히 알게 된 지질박물관(한국지질자원연구원 운영)으로 향한다. 집에서 차로 10분 내외의 거리라 가까워서 좋고, 무료라 부담 없다. 생각해보니 몇 년 전 가깝게 지내는 회사 선배가 얘기했던 곳이다. 주말부부인 선배는 가족과 함께 회사 근처의 연구원에서 운영하는 박물관들을 두루 여행했고, 그 나름 괜찮으니 꼭 한번 가보라고 했다. 잊고 지내다 아들과 함께 가보니 역시 괜찮다. 옛말에 '등잔 밑이 어둡다'라고 했는데, 딱 이런 경우다. 사실 주변(친척, 친구, 직장동료, 학교 선후배 등등)에는 좋은 사람, 괜찮은 정보가 넘쳐난다. 그런데 '좋은', '괜찮은'이라는 단어를 접하면 이상하게 먼 곳만 쳐다본다. 등잔 밑, 어둠 속에 보물이 있다. 그러니 자세히, 꼼꼼히, 부지런히, 더듬더듬 찾아야 한다.

이런 기분을 뭐라고 표현해야 할까? 딱히 생각나는 단어 또는 문장은 없다. 그저 '간질간질', 그리고 또 '간질간질.' 에어컨을 켜두고 자면 아침에는 거실이 시원하다 못해 서늘하다. 기분 좋게 간단히 세수를 하고, 공부하러 가는 아내를 배웅한 후, 조용히 아들 방으로 가본다. 녀석은 아직도 정신없이 자고 있다. 높지는 않지만, 넓은 침대에서, 시원한 야자나무가 그려진 옷을 입고, 이불도 덮지 않은 채, 선풍기 바람을 쐬며, 기분 좋은 미소로 잔다. 아빠는 한여름에도 이불을 덮지 않으면 잠이 오질 않는데 잠자리 습관은 완전히 반대다. 곁에 누워본다. 이불을 펴고, 혼자 덮는다. 선풍기를 향해 발만 쏙 꺼내놓는다. 그랬더니 몸은 따뜻하니 아늑하고, 발은 시원하니 기분 좋다. '쪽잠'이라 해도 좋고, '꿀잠'이라 해도 좋다. 잠시 이렇게 누워있으면 녀석이 일어나 아빠를 깨울 것이다. "아빠, 일어나. 아침이야, 아침"이라고 말하며.

오랜만에 라디오를 켠다. 아내는 라디오보다 텔레비전을 좋아하니, 아들과 둘이 있을 때 모처럼 라디오 소리에 귀를 맡겨본다. DJ의 소곤소곤하는 듯한 음감도 좋고, 중간중간 흘러나오는 노래도 좋다. 익숙지 않은 팝송은 그저 새로워 좋고, 익숙한 가요는 그냥 따라 부를 수 있어 좋다. 설거지를 하며 노래를 부르기도 하고, 책을 읽으며 이런저런 사연에 '세상 참 재미있구나'라는 생각도 해본다. 방송 중 에버랜드와 관련되는 내용이 소개된다. 라디오에는 관심 없다는 듯 장난감 놀이에 열심이던 아들이 "아빠, 갔던 데다"라고 한다. 얼떨결에 "응, 갔던 데지. 지금은 너무 더우니까, 가을에 또 놀러 가자"라고 답한다. '제주도 푸른밤' 노래도 들린다. 예전에도 좋아했지만, 아내가 녀석을 임신했을 때 출산을 앞두고 방송국에 사연을 보내 함께 들었던 노래라 의미를 두어 더 좋아한다. 그렇게 라디오를 켜고 몇 시간이 흘러간다.

냉장고에는 할인점에서 잔뜩 사둔 각종 아이스크림들이 있다. 그 중에서 아빠가 가장 좋아하는 것은 튜브형(쭈쭈바)이다. 먹을 때 시원하고(입과 손이) 달달해서 좋다. 하나 먹어본다. 옆에 있는 아들에게도 하나 권해본다. 녀석은 색소가 잔뜩 들어간 것을 고른다. 그렇게 둘이서 거실 책상에 나란히 앉아 세상 편한 마음으로 먹는다. 맛있게 먹고 있는데, 녀석이 "아빠, 이거 잡아"라고 말하며 아이스크림을 건넨다. 녀석의 것을 손에 쥐고 "왜, 맛이 없어"라고 말하고 있는데, 녀석의 입이 아이스크림을 향한다. 웃음이 터져 나온다. 너무 맛있는데 다만 손이 시렸던 것이다. "복숭아 맛이야. 아빠도 한 입 먹어봐"라며 인심도 후하게 쓴다. 이때다 싶어(몸에 좋은 것은 아니니 아들은 조금만 먹이려고) 크게 한 입 베어 문다. 딸기 맛이지만, 그냥 복숭아 맛으로 치고 맛있게 먹는다. 아이스크림 두 개로 부자간의 정이 네 배는 쌓인다.

아들과 마트에 간다. 딱히 무엇을 하려는 것은 아니다. 이곳저곳 기웃기웃 둘러본다. 그러다 녀석의 관심이 집중된 곳, 장난감 코너로 향한다. 녀석은 여느 때처럼 코너를 돌자 달릴 준비를 한다. 그때 그곳에 학습지 홍보를 위한 선생님들이 몇 분 서 계신다. 손에는 작은 헬리콥터 장난감이 있다. 녀석이 슬쩍 관심을 보인다. 딱히 바쁠 것도 없으니 아빠와 설명을 들어본다. 선생님 한 분이 녀석의 나이를 묻고, 다음에 집으로 방문하여 좀 더 자세히 설명하기로 한다. '한글 놀이' 종이판은 추가 선물이다. 집으로 돌아와 거실 책상에 붙여놓고 녀석과 함께 해본다. 딱히 공부를 시킬 생각은 없지만, 곧잘 따라 하니 그 나름 재밌다. 아빠가 '가' 하면 녀석이 '가위' 하고, '나' 하니 '나비' 하고, '다' 하니 '다람쥐' 한다. 그렇게 끝까지 할 줄 알았는데 '타' 하니 '조' 하고, '하' 하니 '마' 한다. 아이들도 자기 나름의 요령을 가지고 눈치껏, 재주껏 살아간다.

육아휴직 후 오랜만에 양복을 입는다. 명동성당에 가야 하기 때문이다. 주례 선생님 장남의 결혼식이다. 불볕더위에 서울의 성당에서 결혼식이 진행되는 까닭에 엄마와 아들은 집에 남기로 한다. 버스를 타고, 다시 고속버스를 타고, 지하철을 타고, 걷고 걸어 성당에 도착한다. 사실 아빠는 특정 종교를 가지고 있지 않다. 그렇지만 대부분의 종교를 부분마다 신뢰하고 믿는다. 그리고 그들을 존중하려 한다. 딱 그 정도, 그만큼이다. 성당에서 진행되는 결혼식에 몇 차례 가본 적은 있지만, 오늘처럼 끝까지 자리를 지키고 있기는 처음이다. 그리고 열심히 기도한다. 먼저, 결혼하는 신랑과 신부의 행복을(사실 그들을 알지는 못한다). 다음으로, 아들과 아내의 건강과 안녕을. 결혼식을 진행하신 신부님 말씀대로 '잠시 마음을 모아' 기도한다. 종교에 관계없이 그곳이 어디든 잠시 눈을 감고 진실한 마음으로 바라고, 구하며, 다짐한다.

## 산만하고, 분주하다

일어난다. 물 한 잔 마신다. 세수를 한다. 유산균 한 알 먹는다. 쌀을 씻는다. 냉장고를 열어본다. 반찬을 확인한다. 책을 읽는다. 아들이 일어난다. 엄마를 찾는다. 공부하러 갔다고 말한다. 오늘의 계획을 얘기한다. 거실 블라인드를 걷는다. 아들 방 커튼을 젖힌다. 물 한 잔 먹으라고 한다. 잠시 혼자 놀라고 한다. 두부 구이를 한다. 반찬을 정리한다. 숟가락, 젓가락을 챙긴다. 밥을 푼다. 미역국을 뜬다. 식탁으로 오라고 한다. 밥을 먹고, 먹인다. 택배가 온다. 다 먹고, 아직 먹는다. 기다린다. 식탁을 반만 치운다. 설거지를 한다. 더 먹으라고 한다. 다 먹는다. 그릇을 가져오라고 한다. 또 설거지를 한다. 장난감 놀이에 대꾸한다. 설거지를 마친다. 수박을 자른다. 같이 먹자고 한다. 양치를 한다. 열심히 하라고 한다. 쓰레기를 정리한다. 잠시 기다려달라고 한다. 쓰레기를 버리고 온다. 놀이가 시작된다. 그렇게, 세 시간이 흘러간다.

꿀기름이라더니

오늘의 메뉴는 계란 프라이. 사실 '오늘도'가 보다 적당하다. 아들과 둘이서만 밥을 먹을 때, 엄마가 준비해둔 국과 반찬을 기본으로 열에 아홉은 계란 프라이 또는 두부구이를 더한다. 변명 아닌 변명이라면, 엄마는 국과 반찬을 많이 해놓았고, 계란 프라이와 두부구이는 언제 먹어도 맛있고, 밥을 준비하는 시간보다 먹는 시간이 중요하고, 밥 먹는 것 외에도 할 일은 많다. 무엇보다 아빠는 요리에 소질도, 관심도, 의지도 없다. 다행히 맛있게 먹고 있는데, 노른자가 터진 모습을 본 녀석이 "꿀기름 줘"라고 한다. 재미있는 표현이라 생각하며, 몇 번 더 '꿀기름'을 준다. 마지막 남은 노른자를 건네며 "꿀기름이야"라고 하니, 녀석은 "이거 사실 노른잔데"라고 한다. 알고 있다. 정확하게. 생각해보니 그간 먹은 계란 프라이를 생각하면 모를 리 없다. 아직 꼬마 같기도 하고, 이제 조금 형이 된 것 같기도 하고, 아빠는 종잡을 수 없다.

아빠(만)의 시간

육아휴직 전, 7시가 조금 지나 회사에 도착했다. 그러면 8시 50분까지 혼자만의 시간이다. 신문을 보고, 못다 한 일들, 해야 할 일들, 그리고 하고 싶은 일들은 이 시간을 이용해 얼개를 그렸다. 그러면 돌발 변수가 없는 한 바쁘지 않은 하루를 보낼 수 있었다. 육아휴직 후, 아침 9시에 일어나(더 늦게 일어나는 경우도 많다), 아들이 일어나는 10시까지 아빠(만)의 시간이다. 녀석이 일어나기 전에 해야 할 일들이 있는 경우도 많지만, 그렇지 않으면 대부분 조용히 책을 읽는다. 그리고 녀석이 잠자리에 드는 11시부터 또 한 번의 시간이 주어진다. 이때는 읽은(을) 책을 정리하고, 블로그에 글을 쓴다. 휴직 중에도 '읽기'와 '쓰기', 두 가지는 꾸준히 하고 싶다. 읽기는 하루 한 권(책), 쓰기는 하루 한 편(육아일기). 그렇게라도 시간을 소중하고, 의미 있게 쓰려 한다. '휴가'가 '휴직'이 될 수 있어도, '휴직'이 '휴가'가 되어서는 안 된다.

## 아침으로 변하겠어

저녁, 9시가 조금 지났다. 아들은 모처럼 낮잠을 잤으니(3시간), 아무래도 늦게 잠들 것 같다. 그렇다면 녀석과 좀 부지런히 움직여 보기로 한다. 주섬주섬 옷을 챙겨 입고, 동네 산책을 나선다. 여전히 후텁지근한 날씨지만, 바람이 제법 분다. 그 바람 하나에 더위 걱정은 뒤로한다. 그렇게 아빠와 아들, 둘만의 저녁 산책이 시작된다. 기분 좋게 산책을 하려고 하니, 생각보다 어둡다. 하늘을 보니, 온통 먹구름이다. 그때 번개까지 번쩍한다. 어떻게 할까 고민하다 아파트 주변을 크게 한 바퀴 도는 것으로 한다. 녀석도 컴컴한 하늘을 보더니 그러자고 한다. 그렇게 천천히 걷고 있는데, 녀석이 "아빠, 하늘이 아침으로 변하겠어"라고 한다. 당연한 소리지만 "왜?"라고 물어본다. 그랬더니 "응, 아침도 밤으로 변한 거잖아"라고 한다. 아침은 밤이 되고, 밤은 다시 아침이 된다. 계속되는 밤과 아침처럼, 그렇게, 그렇게 자라면 된다.

# 좋은 생각이 떠올랐어

엄마가 아침 일찍 공부하러 가는 마지막 날이다. 아빠와 아들은 엄마를 배웅하고 침대에 나란히 눕는다. 녀석은 이미 잠이 깬 것 같고, 아빠는 비몽사몽 아직 조금 더 자고 싶어 "눈 감고, 자야지"라고 말한다. 녀석은 한참을 곰곰이 생각하더니 "아빠, 좋은 생각이 떠올랐어. 엄마가 오면 밥을 해주는 거야. 그럼 깜짝 놀라겠지"라며 좋아한다. 비교적 긴 문장을 자기 나름대로 논리적 순서를 갖추어 말한다. 물론 여기서 말하는 '밥'은 장난감 주방 놀이 세트에 나오는 플라스틱 모형으로 이미 엄마와 아빠를 위해 몇 차례 만들어주었다. 하지만 '밥' 이야기를 한 것은 요 며칠 엄마가 속이 안 좋아 밥을 잘 먹지 못했고, 집에서도 그 이야기를 자주 했기 때문이다. 녀석은 그걸 생각하고 있었다. 아마도 마음속에 엄마를 위해 자신이 무엇을 해줄 수 있을지 고민했던 것 같다. 문득 이럴 때 아이를 키우는 재미, 보람, 가슴 찡한 그 무엇이 있다.

아들의 영유아 건강검진 날이다. 그동안 엄마와 몇 차례 받았지만, 그 결과만 전해 들었지 함께 가보는 것은 처음이다. 사실 궁금했다. 아직 의사표현이 서툰 아이들의 시기별 발달 과정을 어떠한 방법으로 확인할 수 있는지. 문진표를 작성하니, 작은 방으로 안내된다. 선생님과 블록 쌓기, 엄마 얼굴 그리기, 친구 이름 얘기하기, 계단 오르기, 숫자 더하기 등등이 진행된다. 1차 검진 결과는 잘 크고 있는데, 감정 표현과 형태 그리기가 조금 더 필요하다는 의견이다. 다음은 원장 선생님과 2차 면담이다. 녀석과 (아내와) 대화를 나누시더니 '잘 크고 있다'라고 하시며, 몇 가지 조언도 하신다. 아이에게 이끌리지 말고, 잘 이끌어주고, 이맘때 좋은 습관은 평생을 가니, 좋은 자극을 주어라 등등. 너무나 잘 알고 있는데 부모가 되어보니 상황에 따라 순간순간 잊으려한다. 잊지 말아야지 다짐하며 집으로 돌아온다. 녀석은 잘 크고 있다.

아들과 잠시 집을 나서려면 괜히 마음이 급해진다. 녀석에게 필요한 옷가지를 건네주고, 잘 입고 있나 중간중간 봐준다. 그리고 집을 구석구석 둘러본다. 창문은 제대로 잠겨있는지, 장난감은 제자리에 두었는지, 화장실에 불은 켜두지 않았는지, 눈에 띄는 쓰레기는 없는지 등등. 그러다 녀석이 준비가 다 된 것 같아 현관문을 나서려면, 또 무엇인가 깜빡한 것 같다. 가는 길에 도서관에 책을 반납하고 갈까, 녀석이 물놀이를 할 줄 모르니 운동화보다는 슬리퍼를 신고 나설까, 먹을 물이나 간식, 모자는 챙겼나 등등. 집을 나서기 직전까지 잡다한(사실 그다지 쓸모없는) 생각들이 끊임없이 떠오른다. 옆에서 아들은 "장난감은 뭘 가져가요? 두 개 가져가도 돼요? 차 타고 가는 거지?"라며 자신에게 필요한 질문만 콕 집어 차분히 물어본다. 녀석의 주변을 원을 그리듯, 때로는 지그재그로 분주하게 움직이지만, 사실 아빠만 바쁘다.

아빠와 엄마가 이용하는 호텔 사우나는 다섯 살부터 혼욕을 금지한다. 다행히 녀석은 엄마를 따라가겠다는 말조차 하지 않는다. 언제나 그랬던 것처럼 아빠와 함께한다. 다른 이유도 있겠지만, 짐작건대 목욕 후 먹는 시원한 음료수의 영향이 제법 클 것이다. 녀석은 따뜻한 물에서 목욕(물놀이)을 마치고, 부지런히 옷을 갈아입더니, 이미 자판기 앞에 서 있다. "아빠, 못 먹어본 게 있어. 이거(게토레이) 먹을래." 자판기에서 나온 캔을 만져보니, 시원하다 못해 차갑다. 녀석은 집중하며 먹더니, "이게 무슨 맛이야. 무슨 맛인지 모르겠어"라고 하며, 캔의 겉면을 살펴본다. "아하, 번개맛이야(겉면에 번개 그림이 있고, 레몬 향만 조금 난다). 아빠, 절대 잊으면 안 돼. 다음에 또 먹자"라고 하더니, 또다시 자판기를 유심히 본다. "이게(게토레이) 왜 자꾸 생기는 거야(진열된 것은 그대로 있으니)." 의문 하나 남긴 채 사우나를 나선다.

# 큰 고모, 작은 고모, 큰 아빠

큰 고모는 알겠다. 다섯 살 아이를 키우는 재미, 기쁨, 보람, 어려움 등등을. 하지만 이미 15년 전 일이라 기억은 가물가물하겠다. 어쩌면 어제 일처럼 선명하고, 또렷할 수도 있겠지만. 작은 고모는 모르겠다. 집에 다섯 살 아이가 있다는 것이 엄마, 아빠에게 어떤 의미인지. 무엇을 할 수 있고, 무엇은 절대 할 수 없는지. 정말 간절히 하고 싶은 것들은 그저 소박하다는 것을. 아직 결혼조차 하지 않았으니 그것은 다른 세상, 미지의 세계라 하겠다. 큰아빠도 모르겠다. 그렇지만 마음의 준비는 하고 있겠다. 결혼 한 지 1년이 지났으니. 조카를 보는 느낌이 어쩌면 고모들과는 조금은 다를 수 있겠다. 하지만 우는 조카를 잠시 잠깐 봐주는 것과 엄마, 아빠가 되어 그 아이를 밤낮, 내일도, 모레도 돌보아야 하는 것은 다른 차원의 일이다. 아빠는 4남매 중 마지막, '막내'다. 그러니 아들에게는 큰 고모, 작은 고모, 큰아빠가 있다.

지극히 단조롭지만, 평온하고, 평화롭던 일상에, 아침부터 마음
이 조금 불편한 문자가 왔다. 좁은 의미의 '우리 가족'은 아니지
만, 넓은 의미의 '우리'에는 포함되는 사람의 일이라 마음이 뒤숭
숭했다. 아내에게 사정을 얘기하고, 찜찜한 표정으로 있으니, 아
내도 그 마음을 알기에 애써 호응하며, 조용히 아침을 준비한다.
아빠와 아들이 좋아하는 소고기덮밥. 이유야 어쨌든 밥은 열심히
먹어야겠기에 숟가락을 입으로 몇 번 떠밀어본다. 아빠의 마음을
아는지 녀석도 먹는 게 영 시원찮다. 이럴 때 조금 짠하고, 왠지
미안하다. 녀석이, 엄마가, 아빠가 무엇을 잘못한 것도 아닌데,
기분이 축 처진다. 그때 녀석이 느닷없이 '화가 나서 그랬어'라는
동화책 한 권을 들고 온다. 알고 그러는지, 모르고 그러는지. 뭐
라고 해야 할지, 애매한 상황. 녀석이 한마디 보탠다. "억지로 그
러지 마." 그래, 아빠가 할 일은 다 했다. 그래, 그만하면 됐다.

작은 틈 하나

여름내 하루 종일 에어컨만 틀다가 모처럼 집 안의 문들을 활짝 열어본다. 서재도, 침실도, 거실도, 아이 방도, 부엌도, 베란다 도. 그런데 생각만큼 시원한 바람은 느껴지지 않고, 어딘지 모르게 조금 답답하다. 거실 창으로 바라본 나무들은 바람에 이리저리 흔들리고 있는데, 집 안에서 느끼는 바람은 생각만큼 그렇게 크지 않다. 그저 창밖으로 바람이 하늘거리는 그림이나 사진을 보는 듯하다. 아들과 이리저리 둘러보니 집에 있는 창들은 대부분 활짝 열려있는데, 주방의 작은 창 하나가 닫혀있다. 설마 하는 마음이, 혹시나 하는 마음으로 변한다. 얼른 열어보니, 제법 시원한 바람이 느껴진다. 작은 창 하나가 '바람길'을 열어준다. 녀석도 시원한 바람에 표정이 밝다. 작은 틈 하나에 커다란 성이 무너지기도 하고, 작은 마음 하나에 얼어붙었던 마음이 스르르 녹아내리기도 한다. 작고, 보잘것없는 것들이 결국 큰 것을 완성한다.

순댓국 한 그릇

'얼른 가거라', '제발 가거라' 했던 여름이 어영부영 끝자락이다.
제주도 근처에는 태풍도 와 있다. 그럼 더 이상 미룰 수 없다. 진
짜 물놀이하러 가야 한다. 너무 더워서 미루고, 또 미루었는데,
이러다 못 가면 조금 억울한 것 같다. 집에서 가까운 오션파크(천
안)로 향한다. 오후 6시까지만 한다는데, 도착하니 벌써 오후 2시
다. 아쉬운 대로 잠깐이라도 재미있게 놀아야지 생각했는데, 5시
가 지나면서 알게 되었다. 녀석과 3시간만 신나게 놀아도 어른들
은 허기가 진다는 것을. 혹시 시간이 부족해 제대로 못 놀면 어쩌
나 했던 것은 쓸데없는 걱정이었다. 집으로 돌아오는 길, 병천 순
대를 먹는다. 물놀이장에서 엄마, 아빠의 정성이 갸륵했던지, 녀
석도 처음 접하는 순댓국 한 그릇(국물에 순대 몇 개)을 뚝딱 먹
어치운다. 이렇게 또 하나의 메뉴가 늘었다. 조만간 깍두기도 먹
을 기세다. 아이들은 밖으로 놀려야 한다. 그것은 진리다.

# 휴대폰이 고장 났다

아내는 일순간 '멍'하다. 고장 난 휴대폰이 수리가 안 된다고 한다. 아들과 물놀이를 하며, 휴대폰을 방수팩에 넣어두고, 파도풀에서 녀석의 즐거워하는 모습을 담으려 했었다. 몇 번 해보더니 잘 안 된다며, 그냥 다음에 찍자고 했었다. 이미 그때 휴대폰은 먹통이었다. 고장을 얘기하면 물놀이에 신경이 쓰일 것 같아 혼자만 알고 있다가 집으로 돌아오는 길에 얘기한 것이다. 손바닥 크기의 작은 기계, 거기에는 많은 것들이 들어있지만, 무엇보다 아내에게 소중한 것은 녀석의 성장과정을 볼 수 있는 사진들이다. 잘 나온 사진들(특히 귀엽고, 유독 재미있는)은 (외)할머니, (외)할아버지 등등 주변 사람들에게 보내준 것들이 있으니 이래저래 다시 볼 수 있다. 하지만 그저 평범한 일상의 사진들은 아내만 가지고 있었다. 아이의 기록과 흔적이 일순간 사라진다는 것, 그래서 휴대폰이 고장 났다는 것은 아내에게 유달리 아픈 일이다.

큰(?) 바람

텔레비전에서는 하루 종일 태풍 '솔릭' 이야기다. 엄청난 바람으로 막대한 피해가 예상되고, 특히 노약자나 어린이는 외출을 자제하라고 한다. 집에도 다섯 살 꼬마가 있으니 태풍의 이동경로를 주의 깊게 살펴본다. '태풍'은 '큰바람', 그럼 '클 태(太)', '바람 풍(風)'이겠구나 생각한다. 곁에 있는 아들에게도 "태풍은 큰바람을 의미해"라고 얘기해준다. 문득 '크다'고 모두 '강한' 것은 아닌데, 그럼 한자가 조금 잘못되었구나 생각한다. 그러다 한자 '클 태(太)'에는 '심하다'라는 의미도 있는 것을 알고, 그렇다면 그 나름대로 의미가 통하겠구나 고쳐 생각한다. 녀석에게 보다 정확한 의미를 얘기해주고 싶어 사전을 찾아본다. 그런데 예상 밖으로 '태풍 태(颱)', '바람 풍(風)'이다. 아빠의 지식을 뽐내려다가 혼자 몰래 당황한다. 이미 녀석은 꿈나라에 있으니, 일어나면 보다 정확히 알려줘야겠다. 아빠의 실수와 태풍의 올바른 한자를.

# 이상했고, 낯설었고, 걱정됐지만

아들은, 새벽에 뒤척였다. 한 번 잠들면 푹 자는데, 조금 이상했지만 그러려니 했다. 아침에 평소보다 일찍 일어났다. 조금 낯설었지만 부지런해지고 있구나 생각했다. 점심에 약간 피곤해 보였다. 조금 걱정됐지만 일찍 일어났으니 그럴 수 있겠구나 생각했다. 잠이 보약이라는 마음으로 세 시간, 낮잠 치고는 오래 잤다. 이리저리 몸을 만져보니 열이 여전했다. 해열제를 먹여야지 생각하는데, 외출했던 엄마가 돌아왔다. 바로 병원으로 갔다. 의사 선생님은 목이 조금 부었으니, 조심하라고 하셨다. 마음이 놓이며, 곧 낫겠거니 생각했다. 저녁에 평소보다 잘 먹었다. 생기도 있어 보였다. 약 먹고 재우면 되겠다고 생각했는데, 열이 그대로였다. 하루 종일 아팠다. 녀석은 '끙끙' 앓고 있었는데, 아빠는 '끙' 한 번 하고 나을 것이라고 생각했다. 태어나 처음으로 엄마에게 먼저 "자자"라고 말하는 녀석을 보면서 아빠의 마음이 더 짠해졌다.

건승을 다짐한다

육아휴직 후 왠지 모르게 직장 동료, 선후배들과의 만남이 조금 어색하다. 그들은 아무렇지 않게 전화를 하고, 일상처럼 안부를 묻지만, 딱히 뭐라고 답하기가 이래저래 낯설다. 사실 십여 년 이상을 함께한 사람들이라 어색하거나 낯설 일이 없는데, 너무나 익숙했던 회사라는 공간을 기간을 정해두고 잠시 떠나 있는 사람이 그 익숙한 공간을 변함없이 지키는 너무나 잘 아는 사람들을 일정 거리를 두고 바라보는 처지가 되니 그렇게 된 것이라 생각한다. 거기에 '휴직'이라는 단어에 충실하게, 때로는 강렬하게 매몰되어 회사와 거리 두기를 하며 '육아'라는 단어에 보다 집중하고 싶은 욕심도 더해진 것이라 짐작한다. 이런 기분, 느낌, 생각 등등 잠시 밀쳐두고, 휴직 5개월 만에 회사 선배, 동료와 함께한다. 유쾌하게 회사 이야기로 시작해, 불쾌하게 회사 이야기로 끝난다. 서로의 건승을 다짐하며, 다음을 기약한다.

'오르락내리락', 아파트 계단이, 동네 뒷산이 아니다. '38도', 남북 분단의 상징인 군사분계선이 아니다. 요 며칠 아들의 '열이' 38도를 기준으로 오르내린다. 짐작건대 며칠 전 갔었던 물놀이가 원인 같은데(너무 신나게 놀아 몸살이 난 듯), 정확한 이유는 알 수 없다. 병원에서는 목이 조금 부었다고 하는데 생각보다 오래간다. 사실 그동안 사람의 정상체온에 별다른 관심이 없었다. 녀석이 열 때문에 고생하니 찾아본다. 대체로 36.5~37.1도까지 정상체온이고, 이 범위에서 아이들은 조금 높고, 노인들은 조금 낮다고 한다. 그런데 아이가 아프니 이런 상식이 무용지물이다. 체온계에 나타나는 숫자도 중요하지만 그보다는 엄마, 아빠의 손을 통해 아이의 몸에서 느껴지는 체감온도에 따라 기쁨과 걱정이 교차한다. 녀석이 아프니 또다시 (잠시) 겸손해진다. '다른 것 필요 없으니 건강하게만 자라거라' 했던 처음 그 마음으로.

아들이 아프니, 아빠의 하루는 단순하다. 중간중간 체온계의 온도를 확인하고, 약을 먹이고, 녀석의 기분에 맞추어 부지런히 무엇이라도 함께한다(물론 엄마는 아픈 아이를 하루 종일 돌보느라 몸도, 마음도 아빠의 열 배 이상 바쁘고, 힘들다. 요 며칠 잠도 거의 못 잔다). 아무래도 녀석이 몸과 마음이 편하지 않으니, 아빠나 아이 모두 쉽사리 흥미를 잃는다. 아마도 녀석에게 하루 중 가장 많이 하는 말은 "잘 먹고, 잘 자면 곧 나을 거야"일 것이다. 사실 말은 쉽지만 어른도 아프면 잘 먹고, 잘 잔다는 것이 그리 간단치 않다. 녀석의 입술에 묻은 해열제를 슬쩍 맛보니, 이걸 도대체 어떻게 먹고 있었나 생각된다. "열심히 먹어. 먹어야 돼"라고 말했는데, 정작 아빠는 먹고 싶지 않은 맛이다. 아이들에게 '해야 돼', '먹어야 돼' 하기 전에 어른들이 먼저 해보고, 먼저 먹어본다면 아이들의 마음을 조금 이해할 수 있겠다 생각되는 하루다.

이 병원, 저 병원 다니다 이 약, 저 약 먹다 아이만 고생했다. 열만 조금 있어 집 근처 병원에 다녔는데, 엉뚱한 약만 잔뜩 먹고 끝내 큰 병원으로 옮겼다. 어이없게도 다니던 병원과 다른 처방이 나온다. 우리 가족은 나름 광역시에, 대규모 아파트 단지에, 다수가 연구원 등으로, 생활수준이 높은 동네에 산다. 이런 조건이라면 의료 수준도 높을 것이라 기대할 수 있는데, 현실은 조금만 아파도 고민이다. 거리에 분야별 전문의는 수없이 많은데, 진료를 받아보면 글쎄다. 전문의라면 환자의 상태를 정확히 알아, 적절한 처방으로, 환자가 그것을 충실히 따르면, 오래지 않아 일상으로 복귀할 수 있어야 하는데, 경험상 그런 경우는 거의 없다. 엄마, 아빠들은 아이가 아픈데, 병원에서 하염없이 기다릴 수밖에 없을 때, 그저 서럽다. '전문'이라는 단어에 합당한 사람이라면, 그 권한만큼 책임도 질 줄 알아야 한다. 아이들 보기 부끄럽지 않으려면.

# 호모하빌리스(homo-habilis)?
# 호모사피엔스(homo-sapiens)?

인류의 발달사를 정확히 알지 못하지만, 인간의 '도구' 사용은 비인간, 즉 여타 동물들과 비교되는 주요한 차이라고 알고 있다. 물론 제인 구달 박사에 의해 침팬지도 도구를 사용한다는 것이 학계에 알려지기도 하였지만, 그 넓이와 깊이에 있어 인간은 최고 수준의 도구 사용자(호모하빌리스)이다. 다섯 살 아들이 무슨 생각을 하고, 무엇을, 어디까지 할 수 있는지 등등을 솔직히 알지 못할 때가 많다. 아빠니까, 4년간 함께 지냈으니, 그래도 잘 알겠지 생각할 수 있지만, 가끔은 아들의 생각과 행동이 아빠의 예상, 예측, 예단의 범위를 훌쩍 벗어난다. 녀석에게 양치 후 화장실 전등을 *끄*라고 말하니, 처음에는 못한다고 하더니, 얼마쯤 지나 유아용 의자를 밟고 올라선다. 그리고 며칠 전부터는 유아용 골프채를 이용한다. 어쩌면 이미 녀석은 '지혜가 있는 사람'이라는 호모사피엔스로서 아빠와 함께하며 지켜보고 있었던 것일까?

아들과의 양치는 매번 쉽지 않다. 최대한 온화하고, 부드럽게(첫 번째, 지극히 주관적인 생각이다), 시작은 "양치하자", 다음은 "양치해야지", 마지막은 "(양치하러) 얼른 와." 어쩌다 한 번에 오는 경우도 있지만, 양치는 아빠의 인내심을 거듭 확인한다. 양치를 통해 알게 된 것이 있다면, 아빠는 심성이 곱지만 곧고, 웬만한 어려움은 노력에, 노력을 거듭해보는 꽤 괜찮은 사람이라는 것이다(두 번째, 지극히 주관적인 생각이다). 오늘도 여차여차하여 양치를 하는데, 양칫물을 세면대가 아닌 욕조에 뱉는다. "똑바로 해야지"라고 하니, 녀석은 "신경 쓰여서 그랬어"라고 답한다. 욕조를 슬쩍 보니, 머리카락 한 가닥이 붙어있다. 어쩔 수 없다. 이건 아빠를 닮아서 그런 거니까. 아빠도 신경에 거슬리는 것은 먼저 말끔히 해결해야 마음이 편안한 사람이니까. 녀석이 아빠를 닮은 건 뭐가 또 있는 걸까. 곧 알게 되겠지만, 먼저 궁금하다.

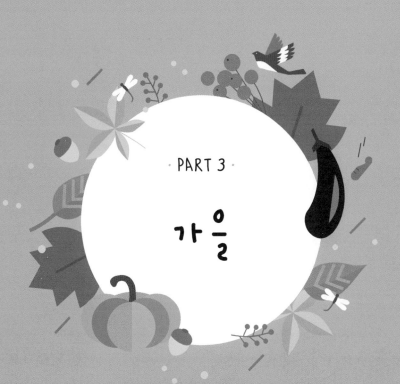

PART 3

가을

# 믿음을 준다는 것은

간결하지만 부드러운 손길, 진지하지만 따뜻한 눈빛, 소박하지만 정중한 태도, 조용하지만 정갈한 말씨…. 그의 모든 것이 좋게 보이고 또 그렇게 보고 싶다. 그의 처방에 아들은 기운을 차리고 그제야 엄마, 아빠는 안심한다. 큰 병이 아니 작은 감기에도 아이가 아프면 엄마, 아빠는 근심 반, 걱정 반이다. 그가 다른 이들에게 어떤 평가를 받고 있는지 정확히 알 수 없지만 엄마, 아빠에게 그는 진짜 전문가이다. 짧은 시간에 상대방에게 믿음을 준다는 것은 생각보다 쉽지 않다. 오직 냉철하게 자신의 실력으로 승부하고, 냉정하게 그 결과를 받아들여야 한다. 전문가라고 기대하는데 실력(전문성)이 없다면 다른 것들이 무슨 소용이 있을까? 요 며칠 아이가 아프면서 문득 회사 생활을 돌아본다. 십여 년 이상을 비교적 부지런히, 성실히 일했는데 그렇다면 전문가라 할 수 있을까? 그렇게 말해도 될까? 믿음을 주었고, 줄 수 있을까?

아들과 외출 후 집으로 돌아오는 길, 마음이 급하다. 녀석은 좋아하는 것들을 여기저기 뛰어다니며 이것저것 실컷 봤다. 이 정도면 됐다 싶어 기분 좋게 돌아오는 길, 녀석이 슬금슬금 졸려 하더니 어느 샌가 카시트에 앉아 꾸벅꾸벅 졸고 있다. 밖에서 저녁을 먹었다면 마음 편하게 집 주변을 어슬렁거리며 시간을 보내다 잠이 푹 들었을 때 집에서 마저 재우면 된다. 저녁을 먹지 않았다면 잠이 푹 들기 전에 얼른 집으로 돌아와 밥을 먹어야 한다. 아직은 이것저것 왕성하게 먹지 않는 까닭에 한 끼라도 잘 먹어야 하는데 저녁을 먹지 못한다면 하루 식사량이 절대 부족하다. 옛말에 잠이 보약이라지만 그래도 밥이 더 보약이라 생각한다. 다행히 만화 한 편이면 녀석은 잠이 번쩍 깨는 경우가 대부분이라 부족하나마 밥은 먹는다. 그렇게 졸려 하더니 만화 보고, 밥 먹으면, 이제는 제발 잤으면 할 때까지 논다는 것은 언제나 신기하다.

누가 강요한 것도 아니고, 그저 좋아서 한 공부지만, 박사학위를
받기까지 육체적, 정신적 고비가 있었다. 그때 아내와 아들이 곁
에 있었다. 그들을 생각하며, 최선을 다해, 가능한 한 빨리 학위
를 받아야겠다는 절박함이라는 ㅇ기가 생겼다. ㄱ때의 절박함이
너무나 강렬했기에 다시는 떠올리고 싶지 않다. 육아휴직을 하
고, 대부분의 시간을 아이와 함께하면서(아이는 어린이집에 다니
지 않는다) 중간중간 뜻하지 않게 감정의 기복을 느낀다(사실 육
아는 아내가 거의 다 하는데도). 좋은 아빠가 되려는 욕심이 과한
것인지, 녀석의 눈높이에 적응하기가 생각만큼 쉽지 않다. 그럴
때면 그냥 조용히 혼자만의 감정을 놓아준다. 음악을 듣고, 책을
읽으며, 글을 쓴다. 그러면 마음이 한결 편안해진다. 아내에게도
얘기해본다. 육아 참 어렵다고. 어쩌면 스스로에게 절박한 육아
를 강요하고 있는 것인지도 모르겠다. 다시 한번 살펴야겠다.

아들과 즐겁게 놀다가, 더 신나게 논다는 것이 녀석의 울음을 터트린다. "아빠, 하지 마요. 그건 너무 싫은 방법이야." 녀석의 애기만 들으면 아빠가 엄청 혼내는 줄 오해하겠다. 상황은 이렇다. 녀석의 공룡 장난감 중에 하늘을 날아다니는 익룡(엄밀히 말해 공룡이 아니다)이 있다. 녀석의 머리 위에서 훨훨 날아다니는 것처럼 해주니 너무 좋아한다. 아들이 좋다면 소파 위로 올라가 더 높은 곳에서 날게 해준다. 여기까지도 녀석이 정말 즐거워한다. '역시, 남자아이와 노는 것은 아빠가 최고지'라고 생각하며, '그렇다면 익룡을 가장 높은 곳, 거실 천장에 딱 붙이면 더 좋아하겠지'라는 생각까지 하게 된다. 테이프를 찾아 익룡을 천장에 딱 붙이려 하는데, 녀석은 기대와 달리 "그건 너무 싫은 방법이야"라며 울먹인다. 과유불급(過猶不及)이라 했다. 아이들도 안다. 무엇이든 지나치면 안 된다. 놀이도 적당히 자연스러워야 한다.

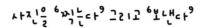

사진을 '찍는다' 그리고 '보낸다'

육아휴직 전, 한참 업무에 필요한 자료를 작성하거나 팀원들과 회의를 하고 있을 때면 주머니 속 전화기의 진동을 느낄 때가 있었다. 이 경우 대부분은 아내가 아이의 사진을 보낸 것이었다(휴직 전까지 피처폰(2G폰)을 사용했기에 전화기의 주된 용도는 아내와의 문자 주고받음이었다). 얼른 슬쩍 보고, 씩 한 번 웃고, 조용할 때 자세히(몇 번) 봤다. '집에서 보여줘도 되는데'라는 생각과 함께. 육아휴직 후, 아이와 이곳저곳 다녀보니, 아니 딱히 어디를 가지 않더라도 자연스레 사진을 찍는다. 녀석의 이런저런 모습들이 그 나름 재미있고, 꽤 귀엽다(아빠 눈에만 그럴 수도 있지만). 아내가 다른 일들(병원진료, 교육 등)로 함께하지 못하면 아내에게 얼른 녀석의 사진을 보낸다. 몇 글자 쓰고 녀석의 사진 하나 첨부해서 전송 버튼을 누르면 왠지 모르게 뿌듯하니 기분이 좋다. 늦었지만 조금 알겠다. 아내도 딱 이 마음이었을 것이다.

이름을 불러야지

아들과 외출을 하려고 잠시 현관에 서있다. 이유는 언제나 변함없다. 녀석이 손에 장난감을 쥐고 있기에 신발을 신는 데 조금의 시간이 필요하다. 한동안 장난감 없이도 잘 다녔는데, 언제부턴가 장난감을 꼭 챙겨 나선다. 그러지 말았으면 하고 몇 번 얘기하다가 너무 좋아하면 그럴 수도 있겠다 싶어 그냥 둔다. 그렇게 기다리고 있다가 "신발을 신을 때 이런 거(장난감)는 바닥에 두고, 두 손으로 집중해서 신어야지"라고 얘기해본다. 그랬더니 "아빠, 이런 거 말고, 이름을 불러야지. 이름들이 있어"라고 하면서 장난감 이름을 또박또박 얘기해준다. 몇 번 생각해봐도 녀석의 말이 천 번, 만 번 맞다. 무엇이 되었건 고유한 이름이 있다면 그렇게 불러주어야 하는데 아이들 장난감이라고 그저 뭉뚱그려 불렀다. 앞으로 꾸준히 노력해야겠다. 다시 묻고, 또 되물어서라도 이름은 정확히 불러야 한다. 그게 세상살이 기본 중의 기본이니까.

# 10초 후 반응이 온다

아들은 평상시에는 그러지 않은데, 아주 가끔은 무엇인가 골똘히 생각하는 것처럼 보일 때가 있다. 매우 짧은 시간이지만 그 표정이 사뭇 진지하고, 꽤나 엄숙하다. 예를 들어 보통의 경우라면 양치하고, (손 씻고,) 얼굴 씻고, 물기를 닦고, 그 수건은 제자리에 걸어두고, 밖으로 나와, 슬리퍼를 다음에 신기 좋게 정리하고, 전등을 끈다(물론 아빠가 중간중간 얘기하고, 슬쩍슬쩍 도와주기도 한다). 이번에도 이런 순서로 움직이다 슬리퍼를 정리하지 않고 나서기에 "정리하고 가야지"라고 했더니 거실 소파에 기대어 아무런 말 없이 멈춘다. 그러다 10초 후 반응이 온다. 녀석은 다시 돌아와 슬리퍼를 반듯하게 정리해둔다. 이럴 때 아빠는 정말 궁금하다. 짧은 시간 동안 무슨 생각을 했을까? 아빠의 얘기? 아니면 그저 잠시 딴생각? 10초 동안 녀석의 머릿속에서는 무슨 일이 일어났던 것일까? 영원히 알 수 없겠지만 언제나 궁금하다.

거창하진 않아도 꽤나 소박하니, 재미있고, 알뜰한 기차여행을 다녀왔다. 준비물은 녀석을 위한 꼬마 생수 한 병이다. 집을 나선다. 조금 걷는다. 조금 길게 지하철을 탄다. 조금 더 길게 기차를 기다린다. 다시 조금 길게 기차를 탄다. 다시 조금 더 길게 버스를 탄다. 다시 조금 걷는다. 다시 집이다. 이 모든 것이 넉넉하게 5시간 미만, 아이 포함 7,000원 내외이다(기차역에서의 뽑기 2,000원은 미포함이다). 회사 다닐 때 아이와 한 번 시도해본 코스라 그런지 제법 익숙하다. 이런저런 탈것을 좋아하는 녀석에게 종합선물세트 같은 일정이다. 캘리그래피 수업을 마친 아내도 운 좋게 딱 맞추어 합류한다. 오랜만에 기차를 타고 차창으로 바라본 하늘은 너무나 선명하니, 뚜렷하다. 이리저리 흔들리는 나무들을 보니 바람도 제법 분다. 하늘도 좋고, 바람도 좋고, 함께한 아내, 그리고 아들은 더 좋다. 그러니 모든 게 다 좋은 하루다.

# 22시간의 외출

어느덧 육아휴직도 반년이 지났다. 볕이 좋은 어느 봄에 시작해, 바람이 좋은 어느 가을을 맞이한다. 봄이 가고, 여름이 지나, 가을이 오기까지 아들과 같은 공간, 같은 시간에서 하루하루를 채워나간다. 가끔은 녀석에게 목소리를 높이기도 하지만, 녀석은 언제 그랬냐는 듯 아빠를 보며 까르륵 웃는다. '그래, 아들아, 너 때문에 산다'라는 마음으로 그렇게 하루가 간다. 모처럼 외출이다. 녀석과 떨어져 집이 아닌 공간에서 잠을 잔다. 회사에서 지원하는 건강검진을 받아야 하기 때문이다. 갑작스러운 공공기관 이전으로 지금은 대전에 살지만, 직장생활을 서울에서 시작한 까닭에 검진은 가능하면 이력 관리가 되는 서울에서 받는다. 오후 6시에 집을 떠나 다음 날 오후 4시에 다시 집으로 돌아온다. 짧은 외출, 그렇게 길지 않은 시간이지만 왠지 모르게 기분이 조금 묘하다. 아이 곁을 잠시 비워야 하는 엄마의 마음도 이럴까?

# 무심코 쓴 이름

동그라미 그리려다 무심코 그린 얼굴…. 이런 노래(가곡 '얼굴')가 라디오에서 흘러나온다. 무심코 틀어둔 라디오에서, 무심코 흘러나온 노래를, 무심코 따라 불러본다. 그러다 '무심코'라는 단어가 궁금하다. 사전을 찾아보니 '무심코=아무런 뜻이나 생각이 없이'라고 한다. 어쩌면 '본능'에 가까운 '자연'스러운 행동이 아닐까. 녀석과 글자 놀이를 하면 언제나 무심코 한 번은 쓰게 되는 것. 그것은 아들, 엄마, 아빠의 이름이다. 무엇을 쓸까 고민하기도 전에 이미 그렇게 아홉 글자를 쓰고 있다. 이름, 지금까지 살아오면서 얼마나 많이 썼을까. 앞으로 얼마나 많이 써야 할까. 녀석이 태어나기 전, 엄마와 아빠는 이미 녀석의 이름을 지어두었다. 가장 많이 부르고, 불릴 이름이니 그렇게 하고 싶고, 해야만 한다고 생각했다. 아이와 함께하니 정말 잘한 것 중에서 하나가 녀석의 이름을 직접 지어준 것임을 알게 되었다. 그것, 참 잘했다.

볕도, 바람도 너무 좋은 날, 아들과 집 근처 공원을 걸어본다. 평일 오전이라 한적하니, 이리저리 거닐기 좋다. 아빠는 '좋다, 좋구나, 좋아'라고만 생각하는데, 녀석은 뜬금없이 "아빠, 하늘에는 바다가 있다"라고 한다(말두 안 되는 소리라 생각하지만). "하늘에 바다가? 어디? 아빠에게도 보여줘"라고 답한다. 그랬더니 하늘을 가리키며 "파란 데는 물이고, 하얀 데(구름)는 벽에 물이 부딪힌 거야"라고 한다. 그렇게 보니 잔잔하게 파도가 밀려오는 것처럼 보인다. '하늘과 물이 맞닿아 경계를 이루는 선'을 의미하는 수평선, 그것의 주체는 언제나 바다라 생각했다. 그러니 바다에는 하늘이 있고, 바다가 하늘을 너그럽게 품는 것이라고. 그래서 사람들은 삶이 힘들고 외로워 위로가 필요할 때 바다를 찾는 것이라고. 그런데 어쩌면 바다가 보고 싶은 것은 그 하늘이 더 간절히 보고 싶기 때문일지도 모르겠다. 하늘에는 바다도 있으니.

밖에 나가기 싫다는 아들을 설득해본다. "아들, 지금 밖에 나갈까? 바람도, 볕도 너무 좋은데. 산책하고 와서 엄마한테 맛있는 것 만들어달라고 하자(이후에도 이런저런 설득은 계속된다)." 집요한 아빠의 설득에 녀석도 마음이 조금은 움직였던지 "그래, 그럼 나갈까"라고 한다. 이때다 싶어 얼른 가방 하나 둘러메고 후다닥 집을 나선다. 산책 코스는 녀석에게도 익숙한 동네 도서관으로 한다. 언제나처럼 시작은 좋았는데, 도서관 근처에 다다르니 녀석의 움직임이 조금씩 더뎌진다. 이럴 때 육아휴직 전이라면 끝끝내 녀석을 설득해 중간에 안고 오는 한이 있더라도 걸어서 돌아오겠지만, 이제는 아이 마음을 조금은 안다(고 하고 싶다). 아빠 나름의 요령이 생겼다. 오는 길은 고민 없이 지하철을 탄다. 도서관에서 집까지는 딱 한 정거장, 2분이면 된다. 사서 고생할 필요 없다. 아이나 아빠나 몸이 편해야 마음까지 더 편해진다.

한번 가볼까 했더니 오늘은 운영하지 않는다고 한다. 그래, 맞다. 모두가 다 아는 월요일이다. 아빠만 잠시 몰랐다(아니 '혹시나' 했다). 박물관도, 미술관도, 동물원도 아들과 갈 만한 곳은 모두 다 쉰다. 회사에 다닐 때는 너무도 당연하게 월요일이 제일 바쁜 하루였다. 일요일 저녁이면 이미 마음은 월요일 같은 기분이었다. 아들과 아내와 어디 조금 멀리 다녀올 때도 가능하면 일요일 저녁식사 전에는 돌아오려 했다. 그래야 다가올 한 주가 조금은 수월하니. 그런데 육아휴직을 하고, 월요일이 제일 여유롭다. 여유롭고 싶어서 그런 게 아니라 어디를 가고 싶어도 모두 '금일휴업'이다. 남들 다 쉬는 주말에 운영을 했으니, 그곳의 근무자들 입장에서는 월요일에는 꼭, 반드시 쉬어야(만) 한다. 어쩔 수 없다. 녀석이 좋아할 다른 곳을 열심히 찾아야(만) 한다. 이럴 때 육아도 '금일휴업'을 하고 싶지만, 아직은 '연중무휴'만 있을 뿐이다.

# 손 안 놓을 거예요

계단을 걷기도, 엘리베이터를, 에스컬레이터를 타기도 한다. 지하철을 이용할 때, 가능하면 녀석에게 다양한 방법을 경험하게 하려 한다. 그중 녀석의 반응이 가장 확실한 것은 에스컬레이터. 한 칸에 둘이 나란히 있기에는 자리가 좁아, 보통은 녀석이 아빠보다 한 칸 위에 있다. 그래도 아직 아빠 키가 (훨씬) 더 크다. 녀석의 키가 얼마나 컸나 궁금해서 "아들, 아빠가 한 칸 밑으로 내려갈게"라고 하고, 내려가려는데 녀석은 "아빠, 안 돼요. 손 안 놓을 거예요"라고 답한다. 아직 녀석에게 아빠와 두 칸 거리(높이)는 조금 두려운 것 같다. 가만히 있는데 몸이 위아래로 오르내리니 이상할 수도 있겠다. 그때 아빠와 손마저 닿지 않는다면 아이는 무서울 것 같다. 잠시 녀석을 꼭 안아준다. 녀석도 아빠가 곁에 있어 좋은지 "조심조심, 내릴 때 조심, 아빠도 조심"이라며 발을 내딛는다. 아빠는 아들의 손, '절대', '절대', '절대' 놓지 않는다.

살짝 아프다가 조금 귀찮다. 다행히(?) 아들은 아니다. 이번에는 아빠다. 병명은 '유행성 각결막염(아데노바이러스 8형으로 일어나는 전염성 결막염)'이란다. 엄청 심각해 보인다. 쉽게 말해 '눈병'이다. 정확한 원인은 알 수 없다. 짐작건대 지난번 물놀이다. 아들은 물놀이 후 일주일을 끙끙 앓았다. 아빠는 '끙끙' 정도는 아니다. 약 먹고, 안약 두 방울 넣는다. 의사 선생님은 대부분 가족에게 전염된다고 한다. 아들과 아내에게 전염될 수 있다는 얘기다. 그러나 '대부분'이라는 말에는 드물게 그러지 않은 사람이 존재한다는 의미도 있다. 그렇다면 아빠는 그 사람이 되려(되어야) 한다. 전염병(?)으로부터 당당히 가족을 지켜낸 아빠. 주변에서는 아무도 관심 없지만 가족에게만은 작은 영웅. 2주는 지나야 완전히 낫는다고 한다. 그때까지 마음을 굳게 먹고 조심한다. 딱 두 가지다. 눈은 절대로 만지지 않고, 손은 최대한 자주 씻는다.

'오늘만' 생각한다

언제부턴가 아들은 아빠가 어딜 가나 졸졸 따라다닌다. 함께하
는 날들이 길어지면서 자연스럽게 아빠가 부쩍 좋아진 것이라 생
각해본다. 아빠가 잠시 다른 일들(육아휴직자도 당연히 직장인이
라 중간중간 회사가 어떻게 돌아가는지 확인해야 하고…)을 처리
하고 있으면, 녀석은 어느 샌가 옆으로 다가와 찰싹 붙어 앉는다.
그러더니 장난감을 이리저리 변신시키며, 생소한 이름을 붙여준
다. "아빠, 이거 신기하지. 이름이 스피드야"라고 하기에, "스피
드?"라고 되물으니, 녀석은 "어제 얘기했지. 아빠는 기억하지 못
하는구나"라고 답한다. 솔직히 기억하지 못하겠다. 아빠는 너와
함께하는 '오늘만' 살기에도 아직은 정신을 바짝 차려야 하는 수
준이니. 어제를 '잘' 기억하고, 내일을 '잘' 준비하기에는 여전히
시간이 '더' 필요하다. 당분간 '오늘만'이라도 잘 살아보려 한다.
그런 오늘들이 차곡차곡, 가득가득 쌓이고, 또 쌓이면 좋겠다.

아들과 아내와 동물원 구경을 위해 집을 나서려는데, 현관문에 작은 쪽지 하나가 붙어있다. 무엇인가 봤더니 도시가스 관련 안내문이다. 내용인즉, '귀댁의 도시가스 요금 부과를 위해 사용량 검침을 하고자 하였으나 상황상 못 하였으니, 자체적으로 사용량을 확인하여 연락 달라'라는 것이다. 거기에 큰 글씨로 굵고 진하게(제일 중요한 내용이니) '문자 환영'이라고 쓰여 있다. 속으로 '참 편하네. 하루 종일 집에 있었는데, 쪽지 하나 슬쩍 붙여두고 가면 되니. 이렇게 하면 하루에 아파트 한 단지를 다 하고도 남겠네'라고 생각한다. 그러다 잠시 후 피차 서로 불편하니 전화보다 문자로 처리하는 것이 좋겠구나 정도로 이해한다. 생각해보니 아들과 목욕을 하거나, 밥을 먹거나, 일찍 자거나 할 때 전화가 오면 (녀석의 흐름상) 곤란할 때가 있다. 이럴 때 엄마도, 아빠도 '문자 환영'이다. 그래, 맞다. 내 일이라 생각하면 쉽게 이해할 수 있다.

아빠가 되면, 아니 솔직하게 아들이 있다면 꼭 한 번 해보고 싶었던 것이 있다. 그것은 축구. 참 좋아했다. 하지만 최근에 축구공조차 만져보지 못했다. 회사에 동호회가 있으니 마음만 먹으면 충분히 할 수 있었지만 이런저런 이유로 하지 못했다. 그렇다고 텅 빈 운동장에서 정신 나간 사람처럼 혼자 이리저리 달리고, 가끔 골대를 향해 또 혼자 힘껏 공을 찬다는 것은 조금 이상할 것 같았다. 그저 막연히 '언젠가'를 생각하며 잊고 지냈다. 그런데 아들과 축구를 했다. 사실 공놀이에 더 가깝지만 아빠가 공을 차면 다시 돌아온다. 방향도 비교적 정확하다. 아빠가 공을 차며 달리면 녀석이 부지런히 따라온다. 공을 뺏겠다고 진짜 열심히 달린다. 그러니 '차고', '달리는' 축구의 기본은 충분하다. 비록 10분 내외의 짧은 시간이었지만 기분이 너무 좋다. 아직은 아이들 고무공이지만 조만간 진짜 축구공으로 바뀔 날을 상상해본다.

도와줘야지

최근 아들이 "아빠, 도와줘야지"라는 말을 자주 한다. 옷을 입거나, 양치를 하거나, 밥을 먹거나 등등. 어떨 때는 도움이 정말로 필요한 경우도 있다. 예를 들어, 코팅으로 처리된 장난감의 포장을 제거하는 일은 아이가 어찌할 수 없다. 이럴 때의 도움은 지극히 자연스럽다. 그런데 혼자서 충분히 입을 수 있는 바지를 앞에 두고 도와달라고 울먹이면 조금 당황스럽다. '왜 그럴까? 아빠, 엄마의 관심이 필요한가? 혼자서 하기 싫은가? 아빠가 도와주는 게 편한가? 그럼 그동안 혼자 한 것은 뭐지?' 등등의 생각으로 잠시 머리가 복잡하다. 도움이라는 것이 한 번은 편하겠지만 그것이 반복되면 그에 대한 기대와 실망도 커진다. 도움은 도움으로 끝나야 한다. 그것의 주체는 도움을 요청하는 사람이어야 한다. 아이에게 아빠, 엄마가 할 수 있고, 해야만 하는 가장 중요한 일은 아이의 자립심과 자존감을 길러주는 것인데, 그게 참 어렵다.

아침부터 저녁까지(눈 뜨고 눈 감을 때까지) 쉴 틈 없이 놀고 있는 아들을 보면서 딱 한 가지 생각을 했다(많은 생각을 할 수 없을 만큼 긴 하루였다). '녀석, 참 체력도 좋다.' 아빠는 이래저래, 중간중간, 요령껏, 재주껏, 잠시라도 휴식을 취해보려 하는데, 녀석에게 휴식이란 없다. 하나가 끝나면, 다시 또 다른 하나가 시작된다. 그렇게 쉼 없이 계속 놀자고 한다. 사실 집에서 하는 놀이는 제약이 많아 그 종류가 다양할 수 없다. 이럴 때 녀석이 좋아하는 것, 무한반복이다. 마치 음악의 도돌이표를 만난 것 같다. '동음, 동음형, 또는 동일 마디의 반복을 지시하는 기호를 의미'한다는 도돌이표가 음악에서는 그 나름의 중요한 역할을 하겠지만, 아빠에게는 체력과 인내심을 확인하는 정도로 쓰일 뿐이다. 이제 곧 아들도 도돌이표 같은 삶에 마주 설 것이다. 그때도 지금처럼 지치지 말고, 즐겁게 '다시 또 하자'라고 할 수 있었으면 좋겠다.

# 도토리를 줍다

아들이 좋아하는 놀이터는 수목원 안에 있다. 신나게 놀아야 하니 바나나, 사과, 고구마, 음료와 과자를 준비했다. 그런데 쉬는 날이란다. 그렇다면 주변 산책이라도 해야겠다. 걷기 싫어하는 녀석은 자전거만 탄다(아빠는 민다). 일단 조금 움직여본다. 곧 간식을 먹는다(못 먹고 집으로 돌아가면 준비한 게 억울하다). 조금 더 움직여본다. 아빠라도 더 열심히 걷는다. 도토리 몇 개가 보인다. 녀석에게 툭 던져본다. "아들, 도토리 보여?" 녀석은 "응? 도토리?"라고 답하며 흥미를 보인다. 자전거에서 내려 이리저리 열심히 찾는다. "이 녀석 어디 숨었나. 엄마 보여줘야지." 그렇게 두리번거리더니 "찾았다. 찾았어"라며 신이 난다. 하나, 둘 줍기 시작하더니 "아빠, 처음에는 주머니가 비었는데, 이제 가득 찼어요"라며 즐거워한다. 산책도 좋지만 생각지도 못한 녀석의 도토리 줍기에 아빠도 신난다. 역시 길을 나서면 뭐라도 된다.

하늘, 땅, 돌, 깃발, 유리

아들과 외출할 때 차 안에서 딱히 할 것이 없다. 녀석은 뒷자리 카시트에, 아빠는 그 앞자리 운전석에 나란히 앉아있으니 침묵만이 흐른다. 아빠는 이내 라디오를 켜고 같이 듣거나, 녀석에게 동화책을 건네준다. 그러면 녀석은 휘리릭 훑어본다. 그러다 습관적으로 한마디 건넨다. "아들, 밖에 뭐가 보여?" 딱히 무엇을 기대하고 묻는 것은 아니다. 그저 아들과의 대화를 이어가기 위함이다. 그랬는데 녀석이 "하늘, 땅, 돌, 깃발, 유리"라고 답한다. 하나 또는 둘 정도 말할 것이라 생각했는데 제법 여러 가지를 이야기한다. 아마도 자주 다니는 길이니 평소에 많이 봐둔 것 같다. "하늘, 땅, 돌, 깃발, 유리", 아빠도 따라 해본다. 곰곰이 생각해보니 아빠가 더 자주 다니는 길이다. 그동안 아들에게 물을 줄만 알았지, 정작 아빠는 아무것도 보지 못하고 있었다. 아들이 "아빠, 밖에 뭐가 보여?"라고 물으면 무엇을 답할 수 있을까?

## 시간 나서 vs 시간 내서

무엇을 (집중해서) 하기가 참 애매하다. 아들과 함께하고 싶어 육아휴직을 했는데, 막상 함께하려니 어떨 때는 시간이 너무 더디게 흘러가고, 또 어떨 때는 눈 깜짝할 사이에 지나간다. 그러니 감을 잡기도 어렵고, 리듬을 타기도 쉽지 않다. 처음에는 '틈'과 '짬'을 이용해 무엇이든 하려 했는데, 돌이켜보니 그 순간 그저 아이에게 집중해서 함께하는 것이 보다 현명했다. 녀석과 최대한 즐겁게, 신나게 시간을 보내고, 그 이후 아빠는 어떻게든 시간을 내어야만 하는 것이었다. 욕심 부리지 말고, 하나라도 꾸준히, 집중해서 또박또박. 시간이 나서 하는 일은 없다. 설령 시간이 난다고 해도 그렇게 하는 일은 밀도가 그다지 높지 않다. 시간을 내서 하는 일은 그렇지 않다. 간절함, 절박함, 소중함 등등이 있다. 아이와 함께하며 짧은 시간의 가치, 짧은 시간 계획의 절실함을 배우게 된다. 삶은 '시간 나서'보다는 '시간 내서' 살아야 한다.

휴직을 하면 조금은 게을러질 것이라 생각했고, 처음에는 그랬다. 휴직 전 여섯 시면 일어났지만, 휴직 후 눈이 떠질 때 일어났다. 아들과 아내와 여행을 다니는, 참 좋은 날들이었다. 어느 정도 시간이 지나니(집에서 보내는 시간이 늘어나면서), 아침에 아빠와 함께 누워있는 아들이 보였다. '아이에게 좋지 않은 습관만 만들어주는 것은 아닐까'라는 고민도 있었지만, '그래봐야 일 년'이라는 아내의 격려(?)와 응원(?)에 비교적 여유로운 마음으로 지내왔다. 그런 시간들이 조금 더 흐르니, 아이보다 아빠 걱정이 앞선다. '다시 휴직을 할 수 있을까'라는 생각에 뭐라도 부지런을 떨어야 할 것 같다. 이럴 때 다시 한번 마음을 다잡는다. 아빠는 열심히 살았고, 아들은 열심히 살아야 한다. 그러니 '달콤한 게으름'도 필요하다. 그래도 된다. 그래봤자 많이 게을러지지 않는다. 삶의 중심만 꽉 잡고 있으면, 사람은 그렇게 쉽게 변하지 않는다.

아들과 함께하는 것 중에 아빠가 제일 좋아하고, 또 제일 잘하는 것은 책 읽기이다. 아빠가 책을 좋아하기도 하지만, 책을 읽을 때 녀석이 곁에 찰싹 붙어있는 그 느낌이 좋다. 장난꾸러기 꼬마 녀석이 아빠의 겨드랑이 밑을 파고드는 그런 간질간질하면서 왠지 모르게 따뜻하고, 포근한 느낌. 또래와 비교해 이런저런 읽을거리들을 일찍 접해서인지 녀석도 책 읽기를 참 좋아한다(어렸을 때부터 신문의 기사 몇 개, 논문의 몇 단락, 아빠의 책 몇 장 등등 종류에 관계없이 읽어주었다. 물론 그 중심은 동화책에 두었다). 녀석이 요즘 들어 부쩍 관심을 가지는 것은 '말풍선'이다. 책 속에 커다란 글자나 그림보다는 작고, 짧게 쓰인 것이 무척 궁금한 눈치다. "아빠, 여기(말풍선) 모르는 말이 있어. 읽어줘." (물론 알 수 없는 내용이겠지만) 아빠는 손으로 짚어가며 부지런히 읽어본다. 아이의 '모르는 말'이라는 표현이 새롭고, 재미있다.

추석이라 시골집을 다녀왔다. 언제나처럼 아들과 아내와 함께.
그곳에는 또 언제나처럼 녀석의 할머니, 할아버지가 계신다. 할
머니는 또 언제나처럼 두부를 만드신다. 아들이 좋아하기도 하
고, 손자가 좋아하기도 하니, 할머니는 아들과 손자를 위해 더 열
심히 만드신다. 마당 한편에 큰 솥을 걸어놓고 부지런히, 정성을
다하신다. 그러면 집에서 만든 따끈따끈한 두부를 먹을 수 있다.
세상 더없이 정말 맛있다. 그런데 그 두부를 먹을 때마다 여러 가
지 감정이 교차한다. 할머니는 아들과 손자가 좋아하니 매번 더
열심히 만드시는데, 정작 그 아들은 녀석의 할머니와 조금이라도
더 얘기를 나누고 싶지만, 두부 때문에 바쁜 할머니와 조용하게
얘기를 나눌 시간이 없다. 추석이 아니더라도 시골집에 가면 언
제나 바쁜 녀석의 할머니. 평생을 부지런히 사셨는데 이제는 쉬
엄쉬엄, 느릿느릿, 그저 그 자리에 계시기만 해도 좋은데.

아빠에게는 시골에서 합기도라는 운동을 함께 한 '남경태'라는 마음씨 좋은 형이 있다. 아빠의 좋은 모습만을 보려 하는 사람, 아빠의 실수도 너그럽게 이해해주는 사람. 그저 사람 같은 사람이어서 더 좋은 사람. 이번 추석에도 만났다(매년 설, 추서 전날에 체육관 선후배들이 모이는데 어쩌다 보니 이번에는 경태 형과 둘이서만 만났다). 거기에 그의 두 딸도 아빠 따라 집 앞에 잠시 나왔다가 내복 차림에 체육관까지 함께 갔다. 체육관에서 언니와 동생이 신나게, 즐겁게 뛰어다니며 장난치는 모습을 보니 아들 녀석과 함께 왔으면 좋았겠다는 생각에 아쉽다. 녀석도 몇 번 본 적이 있는 누나와 여동생이니 더없이 재미있게 놀 수 있었을 것이다. 삶은 다양한 사람과 만나고, 또 다양한 사람과 헤어짐을 반복하며 살게 된다. 앞으로 녀석도 다양한 사람들과 만남과 헤어짐을 경험할 것이고, 그 가운데 삶에 좋은 인연이 될 사람도 하나 둘 나타날 것이다.

# 외할아버지의 배추밭

아들의 할아버지는 시골에, 외할아버지는 도시에 사신다. 그러니 명절을 전후로 녀석은 시골과 도시를 모두 경험한다. 시골에서는 단독주택을, 도시에서는 아파트를, 시골에서는 고모들과 큰아빠와 형과 누나가, 도시에서는 외삼촌이 있다. 시골에서는 큰집으로 차례를 지내러 가면, 그곳에서는 더 많은 사람들을 만난다. 도시에서는 그저 조용히 외할머니, 외할아버지를 만난다. 이렇게 친가와 외가는 조금은 다른 환경이다. 엄마와 아빠는 녀석이 '도시만', '시골만' 경험하는 것보다 좀 더 다양한 환경을 접할 수 있다는 것이 더없이 좋다. 그런데 이번 추석에는 조금은 낯선 모습이 있었다. 녀석이 시골에서도 접해보지 못한 배추밭을 도시에서 경험한 것이다. '실버농장'을 경작하시는 외할아버지의 작은 배추밭을 아빠와 함께 구경하게 된 것이다. 도시에서 접하는 배추밭, 가끔은 이런 엉뚱한 재미에 삶은 한 뼘 더 흥미롭다.

# 내일은 반드시 이기고 말겠어

추석 명절은 활기찬 듯 지루하다. 텔레비전에서는 이런저런 특집 방송을 내보내지만 딱히 집중해서 볼 만한 것들은 많지 않다(생각하기 나름이지만 다섯 살 꼬마와 함께하니 그렇기도 하다). 녀석, 외할아버지와 산책을 나선다. 역시 도시는 산책길이 반듯반듯하고, 중간중간 그늘도 좋다. 기쁨도 잠시뿐, 녀석의 "안아줘" 한마디에 산책이 아니라 운동이다. 힘을 다해 집으로 돌아오는 길, 녀석과 외할아버지가 오락(하키게임–사각 모양 틀에서 동그란 공을 상대편 골대에 넣는 게임)을 한다. 녀석도 번쩍이는 불빛에 금세 재미있어 한다. 외할아버지도 요령껏 녀석의 수준에 맞추어 공을 넘긴다. 녀석은 열심히 했지만, 자책골 등으로 졌다. 그러더니 뜬금없이 "내일은 반드시 내가 이기고 말겠어"라고 한다. 자책골만 없으면 된다. 그건 외할아버지도 어쩔 수 없으니. 살다 보면 간절히 져주고 싶어도 그게 더 어려운 게임도 있다.

'개굴개굴 개구리 노래를 한다. 아들, 손자, 며느리 다 모여서…' 라는 동요(청개구리, 홍난파 작사·작곡)가 있다. 가사는 조금 슬 프지만, 명절이라 그런지 내용에 관계없이 '아들, 손자, 며느리 다 모여서'라는 부분이 입에서 맴돈다. 아빠, 엄마와 함께하는 아 들을 보고 있으니, 문득 반드시 셋이 있어야만 '완결체', '완성체' 가 되는 무적의 용사, 딱 그런 느낌이다. 가족이라는 이름으로 더 큰 가족인 할아버지, 할머니를, 또다시 외할아버지, 외할머니 를 만나고 있는 녀석을 보면서, '가족이란 무엇일까'라는 생각을 잠시 한다. 녀석이 태어나기 전, 엄마와 아빠가 만나기 전, 그때 도 엄마와 아빠에게는 가족이 있었고, 그 가족은 여전히 존재하 는데, 진짜 가족이 생긴 것이다. 기쁨과 노여움, 슬픔과 즐거움을 함께하는 가족, 오고 또 와도, 가고 또 가도 서로가 서로를 그리 워하는 가족. 엄마, 아빠, 아들에게도 그런 가족이 있다.

# 아빠, 응가했어

모처럼 늦잠을 자고(엄마는 공부하러 갔다), 아들과 아침을 먹고, 라디오를 들으며, 설거지를 하고 있는데, "아빠, 응가했어"라는 녀석의 외침이 들린다. 뒤를 돌아보지 않았지만, 순간 '아, 바지에다 응가를 했나 보구나. 요즘은 응가할 때 아빠, 엄마를 꼭 찾았는데…. 그렇다면 씻기고, 옷을 갈아입혀야겠구나. 일단 설거지를 멈추고, 바삐 움직여야겠구나'라는 생각이 머릿속을 빠르게 지나간다. 마음을 다잡고 녀석에게 '괜찮아, 아빠가 있잖아'라고 말해야지 생각하고, 뒤를 돌아보며 녀석을 불러본다. 그랬더니 녀석은 유아용 변기통에 앉아 세상 시원한 표정으로 응가를 마친 상태다. 아빠를 부른 이유는 단지 뒤처리만 해달라는 것이다. 이럴 때 마냥 기쁘고, 뭔가 모르게 보람차다. 역시 아빠의 아들이구나 싶다. 휴직을 하고, 가끔 '왜 이러고 살고 있나'라는 생각이 들 때도 있지만, 그 대답은 '이런 작은 기쁨에 산다'로 충분하다.

아내와 함께 아들이 좋아하는 생선을 사러 마트에 갔다가 계산대 근처에서 학습지 선생님들과 대화를 나누게 되었다. 기분 좋게 간단한 기념품을 몇 개 받고, 아이 교육에 대한 짧은 상담과 아이들을 위한 체험 수업이 있으니 참석해보라는 권유를 받았다. 주말에 선약이 있는 것도 아니고, 녀석 또래 아이들의 수준도 궁금해서 선뜻 참석하기로 했다. 아침을 간단히 해결하고 약속된 시간에 체험장에 도착했다. 날씨 좋은 주말 오전임에도 제법 사람들이 많았다. 아이들 교육 과정의 변화와 교육(학습지)의 필요성(장점)을 듣고 만들기 수업에 참석했다(녀석도 제 나름 집중해서 열심히 했다). 집으로 돌아오는 길, 아이를 위한 것이 무엇일까 생각했다. 녀석에게 빨간펜 선생님은 누굴까? 누구여야 할까? 아이? 엄마? 아빠? 아니면 또 다른 그 누구? 찾아야 할까? 자연스레 나타날까? 아빠(엄마)의 역할은 무엇일까? 어디까지일까?

주말이지만 딱히 할 것이 없는 날이다. 이럴 땐 집 주변을 산책한다. 아들이 좋아하는 세발자전거를 타고 길을 나선다(녀석이 직접 운전하기보다는 아빠가 열심히 밀어야 한다). 볕은 좋은데 생각보다 바람이 많다. 그래도 '안'보다는 '밖'이 옳다. 산채로를 따라 걸으니 징검다리가 보인다. 작은 시내에 커다란 돌덩이 몇 개 있다. 녀석도 좋아하는 곳이라 자전거에서 내린다. 그러더니 "아빠, 먼저 건너봐"라고 한다. 아빠가 간단히 성큼성큼 반대편으로 건넌다. 녀석도 아빠를 따라 건너나 했더니 주저주저 망설인다. 물살이 세지 않지만 물에 빠지는 것이 두려운 눈치다. "괜찮아, 건너봐. 할 수 있어"라고 말하며 녀석을 응원해본다. 그랬더니 녀석은 "아빠, 같이 건너보자"라고 답한다. '뭐 이 정도도 못할까' 싶지만 반대편으로 다시 건너가 녀석의 손을 잡는다. 그리고 징검다리를 왔다 갔다 해본다. "별거 아니지"라고 하면서.

누군가의 곁에서 그(그녀)를 지켜주는 수호신이 되어본 일이 있는가? 뜬금없이 이런 생각이 든다. 그것도 화장실에 쭈그리고 앉아. 아들과 함께하면서 군대 제대 후, 또다시 화장실이 아주 사적이고, 지극히 편안한 공간임을 절실히 실감 중이다. 녀석과 쉼 없이 놀다가 잠시 화장실에 다녀올 때면 긴 휴식시간을 갖는 느낌이다. 그런데 언제부턴가 녀석이 화장실 문 앞까지 따라온다. 그러더니 "아빠, 문 앞에 있을게"라고 한다. 거기에 "아빠, 어디 안 가고 여기 기다리고 있을게"라며 보탠다. 녀석이 무슨 마음으로 아빠를 지키고 있는지 알 수 없지만(아내는 아이가 아빠와 잠시라도 떨어지기 싫어서 그런 것이라고 한다), 곰곰이 생각해보니 아들이 아빠의 수호신 같은 느낌도 든다. 어딜 가든 든든히 아빠를 지켜주는 아들. 이렇게 생각하니 기분 좋다. 그렇게 서로가 서로의 수호신이 되기로 하고, 엄마는 함께 지켜주기로 한다.

## 고속도로를 달리며

아들과 아내와 전주동물원, 전주한옥마을, 전주고등학교를 다녀왔다. 그냥 보내긴 더없이 좋은 가을볕이 안타까워, 집이 아닌 그 어느 곳이라도 다녀와야겠다는 새벽 결심에 길을 나섰다. 처음 가본 동물원은 시원스러운 개방감이 기대 이상이었고(가격도 저렴했다), 몇 번 가본 한옥마을은 추억을 떠올릴 수 있어 괜찮았고(번잡스럽긴 했다), 돌아오는 길에 잠시 들어가 본 전주고는 그 규모에 깜짝 놀랐다(학생들도 활기찼다). 그렇게 짧은 여행을 마치고 고속도로를 달리며, 어두컴컴한 창밖을 바라봤다. 조금 천천히 달리고 싶어 2차선에 들어섰다가 출출한 느낌에 이내 1차선으로 옮겨 계속 달렸다. 삶을 살아가는 것도 고속도로 위를 달리는 것과 같다. 잠시 쉬어가고 싶다며 1차선을 달리는 것도, 조금 빨리 달리고 싶다며 휴게소에서 쉬는 것도 안 된다. 오롯이 자신의 선택에 따라, 후회 없이 주어진 길로 들어서야 한다.

아침부터 '토이 스토리 3(리 언크리치 감독, 2010)'을 보자는 아들. 어제 막 1편과 2편을 봤다. 이런 영화를 아들이 좋아할까 하는 생각을 잠시 했지만, 우려와 달리 너무 좋아한다. 그런데 함께 보니 아빠가 더 재미있다. 그중에서 특히 3편이 좋았다. 영화는 아이들이 성장하면서 어린 시절 항상 가지고 놀던 장난감들과 이별하는 과정을 장난감의 관점에서 매우 사실적으로 그렸다(이런 생각을 어떻게 하는지, 세상에는 천재가 너무 많다). 아들이 꼬물 꼬물 장난감을 가지고 노는 모습을 보면서 몇 차례 비슷한 생각을 했다. 언제쯤 장난감이 아닌 다른 것들에 더 흥미와 관심을 가지게 될까. 장난감이 주는 재미와 기쁨은 무엇일까 등등. 막연하게 생각만 하던 것들을 영화로 접하니, 아이가 커간다는 것이 주는 의미가 성큼 다가온다. 아내의 말처럼 '예쁜 우리 새끼', 벌써 성큼성큼 자라고 있다. 어느덧 다섯 살이다. 참 많이 컸다.

학습지 회사의 독서특강을 듣기 위해 아침부터 바빴다. 지난번 마트에서 만난 학습지 선생님의 추천으로 주말의 체험 수업에 이어, 이번 특강까지 참여하게 되었다(아들이 학습지를 하는 것은 아니다). 엄마, 아빠의 사랑만으로 아이가 쑥쑥 클 것이라 생각하지는 않았지만, 지난 수업 참여로 '세상 참 많이 변했다'라고 생각하게 되었다. 평일 오전에 진행하는 '창의력을 향상시키는 융합독서'라는 주제의 특강, 강의장에서 남자(아빠)는 혼자뿐이었다. 잠시 낯설고, 당황스럽지만, 스스로 대견해하며 더 열심히 들었다(원래 무엇이든 학습하는 것을 좋아한다). 요즘 아이들 교과서와 수업 내용, 창의력과 융합독서, 이를 위한 엄마의 역할 등에 대한 알찬 강의였다. 많이 배웠고, 더 많이 느꼈다. 이 배움과 느낌을 어떻게 실천해야 할지 만만치 않은 과제를 안고 서둘러 집으로 돌아갔다. 생각보다 세상은 '더' 많이, '더' 빠르게 변하고 있다.

아빠표 독서학교

어제와 같이 학습지 회사에서 주관하는 독서 특강에 다녀왔다. 비가 제법 많이 오는 금요일 오전, 역시나 아침부터 바빴고, 또 역시나 남자(아빠)는 혼자였다. '엄마표 독서학교'라는 주제의 특강, 역시나 재미있고, 알찼고, 흥미로웠다. 마음 같아서는 이런저런 질문도 하고 싶은데, 아쉽게도 그런 시간은 없었다. 아들에게 책을 읽어주는 것이 (그나마) 가장 자신 있는 아빠인데, 막상 강의를 듣고 보니 그동안 잘하고 있었던 것보다 그러지 못한 것이 많았다. 또 역시나 생각거리를 가득 안고 집으로 돌아왔다. 책으로 놀아주고 있는지, 단순히 책을 읽어주고만 있는지, 연계독서는 어떻게 해야 하는지, 책을 읽고 나서 질문은 막연하지 않게 구체적으로 잘 하고 있는지, 아빠(엄마)가 책을 먼저 읽은 후 아이와 함께 읽고 있는지, 좋은 책과 나쁜 책을 잘 구분하여 읽고 있는지 등등. 아빠도 독서 관련 책을 썼지만 배운 게 많은 하루였다.

비가 쏟아지는 날

아침부터 비가 쏟아지는 날, 집을 나선다. 안전을 위해 대중교통을 이용한다. 오른손에는 커다란 우산을, 왼손에는 책 한 권을 든다. 몸을 잔뜩 웅크리고 걷는다. 우산 아래 작은 공간, 그곳은 지켜내야만 한다. 우산으로 몸은 최대한 가리고, 책은 바짝 끌어당겨 품에 안는다. 눈은 앞을 보는 것이 아니라 바닥보다 조금 앞, 어쩌면 오른쪽, 왼쪽 운동화만 쳐다본다. 그렇게 이리저리 빗줄기를 피해봐도 운동화에는 서서히 물이 스며들고, 양어깨는 조금씩 축축해진다. 그러다 문득 생각한다. 햇볕이 쨍쨍하던 날, 이렇게 책을 꼭 안은 적이 있었나? 이렇게 집중해서 걸어본 적이 있었나? 비가 알려준다. 정신 바짝 차리고 걸어야 조금이라도 비를 덜 맞고, 비가 덜 스며든다고. 어쩌면 아이와 함께하는 삶도 그렇다. 조금 아프면 그때야 꼭 안아주고, 더 살펴본다. 한결같기는 어렵지만 한결같기를 소망한다. 평소처럼, 처음처럼, 마음처럼.

# 도토리를 심다

아들과 보름 전쯤에 주웠던 도토리를 아파트 산책길 주변에 심는다. 1층에 살고 있어 녀석은 집 안에서 그 모습을 유심히 지켜본다. 날씨가 좋으면 함께하려 했는데, 비를 본 녀석은 "아빠, 혼자서 심어"라고 한다. 엄마는 아들과 아빠가 함께하는 모습을 보고 싶어 몇 차례 녀석에게 "아들, 아빠랑 같이 심고 와. 갔다 와서 맛있는 것 먹자"라고 유혹해보지만 녀석은 한결같이 "나는 집에 있어"라고 답한다. 지난번에 주워온 도토리를 네모난 통에 넣어두었더니 다음 날 싹이 돋았다. 그것이 너무 신기하고, 재미있어서 베란다 창가에 두고 하루하루 관찰했더니 싹은 13개까지 늘어났다. 그래서 아들과 땅에 심어주기로 했다(물론 도토리나무가 되리라 생각지는 않는다). 도토리를 심으며 녀석이 50살이 되었을 때 아빠, 엄마와 함께 또다시 도토리를 줍기로 한다. 그렇게 무럭무럭 자랐으면 좋겠다. 도토리도, 아들도, 엄마도, 아빠도.

지난주 공주에 있는 마곡사에 다녀왔다. 적당히 볕이 좋은 날, 적당히 떨어져 있어, 적당히 차를 타고, 적당히 걸어야 하는 곳. 이래저래 '적당히' 다녀오기 좋은 곳이다. 대전에 살면서 그동안 잘 알지 못했는데, 몇 년 전 회사 워크숍을 통해 알게 되었다. 그 후 아내와 아들과 가봤더니 그 느낌이 좋았다. 그때부터 가끔 생각났다. 이미 오전은 지났지만, 너무 멀지도, 너무 가깝지도 않은 곳으로 문득 바깥 구경이 하고 싶을 때. 주어진 길을 따라 아들과 아내와 산책을 했고, 개울에서는 물에 발도 담가봤다. 물은 기분 좋을 만큼 찼고, 운 좋게 다슬기도 제법 주웠다. 하나, 둘 잡은 다슬기를 작은 물병에 넣어 돌아오는 길, 녀석들이 슬금슬금 위쪽으로 올라왔다. 그 모습을 본 아들이 "아빠, 이 녀석들이 바깥 구경이 하고 싶은가 봐"라고 했다. 그렇다. 사람이나 동물이나 '바깥 구경'을 해야 산다. 때로는 소박하게, 때로는 절박하게.

# 나무를 보고, 만지고, 나무로 놀고, 만들고

영주에 있는 시골집에 다녀왔다. 칠십이 넘어서도 여전히 일하시는 아들의 할아버지, 할머니에게 아내가 정성껏 준비한 고깃국들을 전하기 위해. 돌아오는 길에는 봉화에 있는 국립백두대간수목원에 들러 아들에게 호랑이를 구경시켜 줄 계획이었다. 그런데 우연히 시골 친구들에게 연락이 왔고, 모처럼 함께하기로 했다. 시골에 사는 친구가 셋, 그렇지 않은 친구가 둘이다. 어디로 갈까 고민하다 어린아이들이 체험도 할 수 있는 봉화목재문화체험장에 다녀오기로 했다. 처음에는 나무로 무엇을 할 수 있을지, 막연히 재미없을 것 같은 느낌이었다. 그래도 친구들과 아이들을 위해 시간, 거리 등을 고려해서 결정한 것이니 일단 이동했다. 도착하니, 예상 밖으로 건물도 널찍하니, 깔끔했다. 아이들이 나무를 보고, 만질 수 있고, 나무로 놀고, 만들기도 해볼 수 있어 좋았다. 좋은 사람들과 뜻하지 않은 곳에서 즐거운 시간을 보냈다.

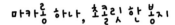

# 마카롱 하나, 초콜릿 한 봉지

아들에게 자원 재활용의 소중함과 그 필요성을 알려준다. 말보다는 행동이 중요하다. 현관 한편에 폐지는 버리지 않고 차곡차곡 쌓아두고, 헌 옷은 잘 정리해 모아둔다. 한 달 정도 지나니 제법 양이 많다(아파트에서 분리수거를 하지만, 아들에게 체감 정도가 크지 않을 것 같아 별도로 해본다). 차 트렁크부터 뒷좌석까지 구석구석 빈틈없이 모아둔 폐지와 헌 옷으로 채운다. 아들에게 "이거 팔면, 그 돈으로 맛있는 것 사줄게"라고 한다. 그랬더니 아내는 "아들, 마카롱 먹으면 되겠네"라며 거든다. 집 근처에 있는 고물상(**자원)을 방문한다. 사장님은 무게를 확인하고 7,000원을 건넨다. 현관 한편에 가득했던 폐지와 헌 옷으로 딱 그만큼 돌려받는다. 아들에게 마카롱 하나, 초콜릿 한 봉지를 사준다. 아이와 함께하며, 때로는 돈보다 더 소중한 일들이 있음을 알려준다. 그것은 제법 많은 시간과 노력을 필요로 하기도 한다.

아들과 아내와 더 추워지기 전에 더 움직여야 한다. 어차피 추워
지면 어쩔 수 없이 집 안에서(만) 지내야 한다. 그러니 더 부지런
히 놀아야 한다. 이제 우리나라는 '사계절이 뚜렷한 나라'가 아니
라 오직 여름과 겨울, '두 계절만 뚜렷한 나라'이다. 그사이 아주
잠시 봄과 가을이 스쳐 지나갈 뿐이다. 그런 마음으로 안면도쥬
라기박물관을 다녀왔다. 원래 계획은 무더위가 지나가면 해남공
룡박물관을 가려 했다. 그곳을 구경하고, 진도나 완도 근처의 섬
들을 두루두루 다니면 좋겠다고 생각했다. 그런데 갑자기 너무
추워졌다. 아무래도 아이와 함께하는 여행은 날씨가 중요하다.
춥다고 집에만 있을 수는 없지만 엄마, 아빠 욕심에 무모하게 집
밖으로만 돌아다닐 수도 없다. 올여름은 정말 지독한 더위였다.
그 더위를 경험하니, 올겨울은 벌써부터 겁이 난다. 폭설, 한파,
강추위…. 이런 단어들을 또 얼마나 들어야 겨울이 지나갈까.

무엇을 함께 할 수 있을까

육아휴직을 하니 가끔은 평일에 진행되는 다양한 특강을 들을 수 있어 좋다(물론 아내의 배려와 아들의 이해가 필요하다). 요즘은 컴퓨터 또는 스마트폰을 이용해 좀 더 편하게 다양한 강의를 들을 수 있지만, 강의는 현장감이 중요하다. 주제를 다루는 강사의 자세와 현장의 고유한 느낌으로 강의는 한층 충실하고, 풍성해진다. 또한 훌륭한 강의는 훌륭한 청중이 만든다. '고전 인문학으로 읽는 사마천의 史記'라는 주제의 특강, '사기'는 52만 6,500자에 중국(이웃나라 포함)의 3천 년의 역사(인물, 시대 등)를 정리한 방대한 저작이다. 저자인 사마천의 개인적 굴욕(궁형)으로 더 유명해진 것도 사실이지만, 아버지 사마담과 50여 년 동안 쓴 최고의 고전 중의 고전이다. '사기'와 관련된 다양한 지식을 접하고 집으로 돌아오는 길, 생각해본다. '사기'까지는 아니더라도 비교적 긴 호흡으로 아들과 '무엇을 함께 할 수 있을까.'

## 속일 수 없는 것

그렇게 심각하지도, 또 그렇다고 그렇게 가볍지도 않다. 아들이 비교적 오랜 기간 기침을 한다. 낮 동안에는 아무런 증상이 없는데, 아침에 일어났을 때와 저녁에 자려고 할 때 잠시 잠깐 기침을 한다. 그래서 녀석에게 "약을 잘 먹어야, 감기가 얼른 나아서, 더 신나게 놀지"라고 하며, 약 먹기를 권한다(사실 녀석은 비교적 약을 잘 먹는다). 그랬는데 아침에는 꽤 오랜 시간 기침 소리가 들리지 않는다. 그 모습에 아내는 "아들, 다 나았나 봐. 놀러 가도 되겠어"라고 한다. 녀석은 "엄마, 나 이제 기침 안 하지. 다 나았지"라고 신이 나서 대답하는데, 그와 동시에 '콜록콜록'한다. 녀석은 "이상하네. 나 이제 다 나았는데"라며 머쓱해한다. 누가 그랬다. 사랑에 빠진 것, 술에 취한 것, 나이가 들어가는 것은 속일 수 없다고. 하나 추가한다. 다섯 살 꼬마의 기침도 그렇다고. 이렇게 속일 수 없는 것들이 존재하기에 삶은 더 진실해진다.

제주에서 사진을 업으로 하는 친구의 아들에게 깜짝 놀랐던 기억이 있다. 친구는 사진이나 관련된 글들을 자신의 홈페이지에 게시한다. 사진도 잘 찍고, 글도 잘 쓰는 친구라 매번 새 사진이나 글이 올라오기를 기다리던 중이었다. 어느 날 자신의 아들이 찍은 것이라며 몇 장의 사진을 올렸다. 그 사진들을 보며, '여섯 살 꼬마의 사진이 꽤 멋지구나. 역시 피가 무섭구나'라고 생각했다. 그런데 아들과 동네 놀이터에서 놀다가 깜짝 놀랐다. 엄마, 아빠가 사진 찍는 것을 보기만 했던 녀석이 사진을 찍겠다며 아빠에게 놀이기구 위로 올라가라고 한다. "아빠, 이쪽으로 움직여봐"라며 위치까지 지정해준다. 그러더니 "아빠, 엄마가 재미있어하겠지"라며 동영상도 찍어보겠다고 한다. 녀석의 작품은, 사진은 얼굴이 (겨우) 나와 엄마도 알겠지만, 동영상은 발 끝부분만 나와 엄마만 알겠다. 그래도 모델이 된 아빠는 기분 좋은 하루다.

아침에 일어나니 아내가 한마디 한다(아들은 아직 잔다). "해남 땅끝마을 가자." 전라도에 사는 것도 아니고, 대전에 살고 있는데, 다 늦은 아침에 정말 뜬금없다. 이유는 단순하다. 아들과 해남공룡박물관에 가고, 주변의 섬들도 둘러보자는 것이다. 구체적으로 어디를, 어떻게 움직일지에 대한 정보는 없다. 일단 "응, 알았어"라고 얘기하고, 샤워를 하며, 정신을 차리고, 부지런히 짐을 챙긴다. 그리고 열심히 달려본다. 숙소는 이동 중인 차에서 예약하고, 먹거리는 해남의 마트에서 몇 가지 준비한다. 그렇게 네 시간을 달려 저녁이 다 되어서야 숙소에 겨우 도착한다. 조금 아쉽고, 허전해 숙소 근처의 천년고찰이라는 '대흥사'를 둘러본다. 인적이 드문 시간, 낯선 방문객을 스님은 조용히 미소로 맞이해 주신다. 아들도, 엄마도, 아빠도 그저 미소로 답한다. 미소에는 미소로. 낯선 곳에서의 기분 좋은 고요함, 오랜만에 참 좋다.

전라남도 해남이다. 이른 새벽이다. 아들과 아내는 잔다. 밖에서 개가 짖는다. 고양이가 대꾸한다. 거기에 알 수 없는 외국어. 중국어도, 태국어도 아니다. 베트남어 아니면, 그 비슷한 것이다. 정확히 알 수 없지만, 딱 그 정도 느낌이다(이른 새벽의 음식을 준비하는 소리, 대화를 하고 있으니 둘 이상이다. 그만큼 우리나라 곳곳에 외국인이 많다). 국내여행을 하고 있는지, 국외여행을 하고 있는지 눈을 뜨고 자세히 보지 않으면 알 수 없다. 한국산 개와 고양이의 울음을 또렷이 구분할 재주가 없으니. 어둠 속 오롯이 두 귀에 의지할밖에. 육아휴직을 하고 아들과 아내와 우리나라 구석구석을 돌아보고 있다. 혼자 가본 곳도, 아내와 둘이 가본 곳도. 아들과 함께 가보는 곳은 당연히 처음이다. 그러니 모든 것이 새롭다. 삶도 하루하루 익숙한 듯 흥미롭다. 그렇게 채워본다. 여전히 낯설지만 이제는 익숙해진, 삶은 진행 중이다.

우리나라 구석구석 '웬만한' 곳은 '거의' '다' 둘러봤다고 얘기하고 다녔다. 그만큼 많은 곳을 돌아다녔다. 그런데 '완도'에 도착하니 그 생각이 착각이었음을 알게 된다. 제주도, 마라도, 울릉도, 독도, 백령도, 거제도 등등 이런저런 섬들도 그런대로 잘 알고 있다 생각했는데… 완도에 오니 새로운 여행지를 추가해야 한다. 이제 노화도를 둘러보고, 장사도를 지나, 보길도로 간다. 갈 수도 있고, 여의치 않으면 다음에 가도 좋다. 완도는 아이와 아내와 조용히 여유를 가지고 둘러보는 것도 제법 괜찮은 곳이라 생각한다. 숙소의 창밖으로 바라보는 완도의 밤바다는 조용하니 좋고, 거기에 시원한 바람은 창가에 머문다. 아내와 아이는 과자를 먹으며, 텔레비전을 본다. 집을 떠나 여행을 다니면 하루 종일, 24시간 함께한다. 이렇게 꼭 붙어 다니며, 함께 먹고, 함께 보고, 함께 잔다. '함께'하는 시간만큼 딱 그만큼 가족은 단단해진다.

보길도의 윤선도가 아닌 윤선도의 보길도로 길을 나선다. 완도의
숙소에서 간단히 아침을 해결하고, 인근의 화흥포항으로 출발한
다. 노화도의 동천항까지는 배로 50분 내외라는데, 생각보다 금
세 도착한다(완도에서 보길도를 가려면 노화도를 거쳐야 한다).
동천항에 도착해 돌아오는 배 시간을 확인하고, 차로 돌아와 아
내와 아들과 시원한 바닷바람을 함께하며 기분 좋게 달린다. 노
화도 시내를 지나, 보길대교로 진입해, 장사도를 거쳐, 이내 보길
도에 닿는다. 학창 시절, '어부사시사', 최근에는 다산 정약용의
외가 정도로만 알고 있었는데, 보길도 곳곳의 윤선도 관련 유적
지를 둘러보며, 역사를 정확히 알고, 그것을 잘 이해한다는 것이
무엇일까 생각한다. '속세가 아득해졌으니 마음이 청량도 하다'
라는 고산 윤선도. 아들과 아내와 집을 떠나 멀고 먼 섬까지 왔으
니, 속세는 조금 아득해졌고, 이제 마음이 청량할 일만 남았다.

## 닻은 올리고, 돛은 펼쳐라

완도에 왔으니 장보고기념관을 둘러보기 위해 길을 나서려는데, 아들이 숙소 인근의 모노레일을 보고, "저거 타보자"라고 하기에, "그래, 한번 타보자"라고 답한다(엄마, 아빠의 속마음은 '그냥 가지… 언제 또 그걸 봤는지… 속는 셈 치고 타보자' 정도다). 모노레일을 타고 완도타워 근처까지 오르니 바다경치가 장관이다. 거기에 국화축제도 진행 중이다. 엄마는 "아들 말 듣기를 정말 잘했네"라며 좋아한다. 흐뭇한 마음으로 다시 기념관으로 향한다. 완도에 청해진을 설치해 해적을 소탕하였으며, 동북아 해상무역을 장악한 해상왕. '바다를 지배하는 자가 세계를 지배한다'라는 신념을 가졌다는 장보고. 그의 삶을 찬찬히 따라가며, 우리 역사에도 제법 멋진 인물이 있었음을 아들에게 알려준다. 장보고의 사진을 한동안 보고 있는 아들에게 '아들아! 멋진 인생, 닻은 올리고, 돛은 펼쳐라'라고 마음속으로 힘껏 응원한다.

# 뭍으로 보내야지, 대학도 보내야지

완도와 육지로 연결된 섬들을 차로 둘러본다. 신지도, 고금도, 약산도, 이렇게 다녀본다. 신지도에서는 명사십리해수욕장을. 고금도에서는 이충무공 유적지라는 충무사를. 그리고 약산도에서는 가사해수욕장을 가본다. 그렇게 섬과 섬을 순간순간 이동하는 재미를 만끽한다. 명사십리해수욕장(신지도)에서 아들과 아내와 모래놀이 후, 충무사(고금도)를 찾지 못해 두리번거린다. 마침 일을 마치고 집으로 향하는 할머니에게 길을 여쭤본다. 할머니는 바로 앞이라며 친절히 알려주신다. 잠시 녀석을 보시더니, "참 이쁘게 생겼네. 아들이지? 엄마 닮았나? 아빠 닮았나?(사투리를 사용하셔서 끝말을 정확히 알아듣지는 못했다)"라고 하신다. 그러더니 "자식은 뭍으로 꼭 보내야지. 대학도 꼭 보내야지. 그게 자식 잘되는 길이지. 꼭 그렇게 해"라고 보태신다. '뭍으로', '대학도'라는 단어 속에 할머니의 간절한 자식 사랑이 느껴진다.

내년이면 여섯 살이 되는 아들. 엄마와 아빠는 고민 끝에(아빠의 내년 상반기 복직과 아이의 보육 환경 등) 녀석이 공동 직장 어린이집에 다니는 것으로 했다. 요즘은 태어난 지 얼마 되지 않은 영아들도 어린이집으로 향하니, 다섯 살이면 그리 이상할 것은 없는 나이다. 오히려 어린이집에 다니지 않고, 엄마, 아빠와 함께하는 아이의 지금 모습이 평균적인 시각으로 보면 조금 낯설 수 있다. 육아휴직을 하고 7개월을 아이와 함께했다. 서울에서 건강검진을 하던 날, 딱 하루를 제외하고는 늘 붙어있었다. 그런데 다음 주부터 아이가 어린이집에 간다고 생각하니, 낯설고, 어색하다. 멀리 가는 것도 아니고, 집에서 차로 10분 내외, 복직하면 회사에서 걸어서 10분 내외의 거리다. 다음 주가 되고, 또 그다음 주가 되어 아이가 그곳에 잘 적응하면 그때는 조금 홀가분한 마음이 될 수도 있겠다. 어쩌면 그때, 조용히 크게 기뻐할지도….

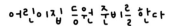
어린이집 등원 준비를 한다

보통은 2월에 어린이집 등원 준비를 한다. 하지만 엄마, 아빠는 다음 주부터 어린이집에 다닐 아들을 위해 10월에 등원 준비를 한다. 생각보다 준비할 것이 많다. 선생님과 사전 면담을 통해 전달받은 것들을 하나하나 꼼꼼히 챙겨본다. 양치컵 1개(스테인리스), 칫솔 6개, 치약 2개, 핸드워시 2개, 물티슈 6개, 갑 티슈 4개, 위생팩 1개, 수건 1장, 위생장갑(100매입) 1개, 개인물병, 수면이불 등등. 모든 준비물에 이름을 꼭 기입해야 하고, 양치컵, 칫솔은 소독기 사용이 가능한 제품으로, 물티슈는 방부제 기준치가 낮은 제품으로 해야 한다. 또 하나, 유통기한은 잘 확인해야 한다. 쇼핑카트에 담기 시작하니 제법 수북이 쌓인다. 마지막으로 이름표 스티커까지 출력하니 웬만한 준비는 끝났다. 이제 남은 건 집에서 준비물을 다시 한번 꼼꼼히 확인해 아이가 등원할 때 가져가는 것이다. 이래저래 엄마, 아빠는 할 일이 정말 많다.

## 바꾸고, 바꾸어도 결국엔 쉽지 않은 것

지난 영유아건강검진 때, 아들의 경우 '그리기'와 '오리기'가 부족하다고 했다. 그래서 며칠 전부터 오리기 책, 그리기 책을 한 권씩 사서 하루에 한 장씩 한다. 먼저 그리기는 색연필로 주어진 그림을 따라 해보는데 아직 손에 의한 강약 조절이 부족하다. 색은 희미하고, 모양은 쉽게 구분되지 않는다. 다음으로 오리기는 처음 사용해보는 가위가 익숙하지 않아 쉽지 않을 것이라 생각했는데, 곧잘 따라 한다. 그런데 아이들 가위는 안전을 고려해서 그런지 섬세하게 잘리지 않는다. 녀석도 몇 차례 해보고, 마음처럼 종이가 잘리지 않자, 아빠의 가위가 더 잘 잘린다고 생각하는지 "아빠, 바꿔"라고 한다(엄마는 아이와 아빠가 같은 가위로 해야 한다고 색깔만 다른 것을 두 개 사주었다). 얼른 녀석과 가위를 바꾸고, 다시 한번 해본다. 그렇지만 세상에는 바꾸고, 바꾸어도 결국엔 쉽지 않은 것이 있다. 지금 녀석에게 가위질처럼.

# '자동'이 붙었어요

아들과 아내와 집 근처 마트에 간다. 운동 삼아 쉬엄쉬엄 걸어갈까 했더니, 날씨도 제법 쌀쌀하고, 이래저래 살 것들이 많아, 차를 타고 가기로 한다. 잠시 잠깐의 거리지만, 길에서 두 번의 신호를 기다린다. 그때마다 뒷자리의 아들은 엄마와 대화를 주고받는다. "엄마, 마트에 '마'가 있지. 도로에 '도'가 있지. 사람에 '사'가 있지…"라며 신나서 얘기한다. 엄마도 녀석의 모습이 재미있는지 "아들, 신호등에는 '신'이 있지…"라며 대답해준다. 엄마의 호응에 신이 난 아들이 "엄마, 자동차에는…"이라고 하기에 당연히 "'자'가 있지"라고 할 줄 알았는데, 예상 밖으로 "'자동'이 붙었어요"라고 한다. 그 모습에 아빠도 덩달아 신이 난다. "그렇네, '자동'이 붙었네. 그리고 아들, 어쩌면 '동차'가 붙어 있는 건지도 몰라"라고 답해본다. 아이와의 짧은 대화는 많은 생각거리를 준다. 세상을 보는 아주 조금 다른 시각, 오늘도 아이에게 슬쩍 배운다.

아들이 어린이집에 처음 가는 날, 아침부터 부산스럽다. 아빠는 아빠대로, 엄마는 엄마대로. 어제저녁, 다 준비해두었는데도 왠지 바쁘다. 아들도 아들대로 바빠야 하지만, 그저 잠만 잔다. 천연덕스럽고, 태평스럽게 잘도 잔다(평소 10시가 지나야 일어나는데, 어린이집은 9시 40분까지 등원하기로 했다). 엄마와는 아이의 리듬을 최대한 존중해주자고 얘기했기에 9시 20분까지 기다렸다가, "아들, 친구들 많은 재미있는 곳에 가볼까?"라며 살며시 깨워 후다닥 준비한다. 어린이집에 도착해 아이의 반이 있는 2층까지 함께한다. 이미 시끌벅적, 친구들은 거의 온 듯하다. 선생님과 인사를 나누고, 아이는 남고, 엄마, 아빠는 주차장의 차로 돌아온다. 며칠은 아이가 오전만 있기로 했기에, 엄마는 온라인 강의를 듣고, 아빠는 책을 읽으며 기다린다. 이런 기분 오랜만이다. 바빴고, 다시 바쁘겠지만, 잠시 찾아온 여유가 좋다.

아들이 어린이집에 다니기 시작하면서, 엄마, 아빠는 덕분에 다시 부지런해졌다. 자연스럽게 아침에 일찍 일어나고, 아이가 어린이집에 있는 동안(적응기간)은 꼼짝없이 주차장의 차에서 녀석을 기다린다. 지난 경험을 살려 아빠는 두 권의 책을 준비해 읽고, 엄마는 따뜻한 커피 한잔을 마신 후, 동영상 강의를 듣는다. 아이의 적응기간이 지나면 녀석을 어린이집에 데려다주고, 집으로 돌아오거나 도서관 또는 그 어느 곳에서 엄마, 아빠만의 시간을 보내려 한다. 그것은 공부가 될 수도 있고, 휴식이 될 수도 있고, 또 다른 그 무엇이 될 수도 있다. 이렇게 생각하니 육아휴직의 2막이 시작된 기분이다. 이제 5개월 후, 아빠는 회사로 복직할 것이고, 그때까지 의미 있는 시간들로 하나하나 채워보려 한다. 우선은 독서와 관련된 자격증을 취득하고, 외국어를 공부하며, 책을 한 권 써보려 한다. 그렇게 아빠도 조금씩 성장하려 한다.

늦은 밤, 밤을 깎다가 손을 베었다. 다행히 왼손 엄지손가락이라 생활에 큰 불편은 없다. 그러니 잊고 지내다, 문득 사용한다. 그때마다 따끔하면서 '맞다, 다쳤지'라고 생각한다. 또 그러니 조금 더디게 낫고, 며칠은 불편할 것이다. 늦은 밤, 밤을 깎은 이유가 있다. 원주에 있는 아이의 큰 고모가 지난주에 주운 밤을 큰 박스로 하나 가득 보냈다. 크고 튼실한데, 간혹 벌레 먹은 것들이 있다. 또 하나, 아들은 밤을 아주 잘 먹는다. 그러니 부지런히 까야 하는데, 너무 많다. 지난 주말, 딱딱한 겉껍질만 겨우 제거했고, 2차로 부드러운 속껍질을 깎은 것이다. 맨손에 커다란 식칼 하나 들고, 강의를 들으며, 밤 수백 개를 깠으니, 크게 다치지 않은 것이 다행이다. 평소 아이에게는 '조심해야지'라는 말을 수백 번 하면서 정작 아빠는 겁도 없었다. 그 대가로 며칠은 고생하겠다. 상처 난 손을 보며 반성한다. '아빠도 조심했어야지'라고.

어린이집 4일째. 아들은 세 번 울었다(고 한다). 아직은 적응 기간이라 오후 1시 30분에 '녀석이 잘 놀고 있겠지' 하는 마음으로 다시 어린이집에 들어선다. 마침 입구에서 마주친 녀석의 선생님은 "어머님, 아버님, 오늘 아이가 울었어요"라고 하시며, 그 과정을 얘기해주신다. 듣고 보니 녀석은 낯선 친구들과도, 낯선 어린이집에도 적응하는 중이다. 다만 아직 시간 지키기에 익숙하지 않다. 엄마, 아빠와 너무나 자유롭게 지내다가 요 며칠 어린이집 나름의 계획된 일정을 따르려니 많이 낯설고, 어색한 것이다. 거기에 녀석 혼자만 적응 과정을 경험하고 있으니 이래저래 쉽지 않다. 어른인 아빠도 지금 당장, 낯선 회사에 다녀야 한다면 아마도 하루에 한 번 아니 열 번은 울고 싶고, 어쩌면 그만두고 싶을 것이다. 그래도 엄마, 아빠를 보고 아무 일 없다는 듯 활짝 웃는 녀석이 참 안쓰럽지만, 참 고맙고, 참 대견하다.

## 하늘의 별만큼

금요일 오후 2시. 동네 도서관에서 인문학 강의가 열린다. 최근에는 사마천의 '사기'를 재미있게 듣고 있다. 아들을 어린이집에서 데려오니, 이미 1시 30분. 녀석의 손을 씻기고, 옷을 갈아입힌다. 비가 와서 쌀쌀해진 날씨에 아내는 서재와 거실에 카펫을 깐다. 한 주 동안 낯선 어린이집 생활에 적응하느라 고생한 녀석. 좋아하는 만화를 보여주기 위해 이리저리 텔레비전의 채널을 확인한다. 녀석이 딱히 좋아하는 것은 없지만, 그중의 하나를 선택한다. 시간이 되어 서둘러 집을 나서려는데 만화 주인공의 대사가 귀에 스친다. "하늘의 별만큼 가보지 못한 곳이 있어." 잠시 생각한다. '그래, 만나지 못한 사람도, 먹지 못한 음식도, 읽지 못한 책도… 한 것보다 못 한 것이 많다. 그게 삶이다.' 녀석이 '하늘의 별만큼'까지는 아니더라도 세상의 다양한 것들을 '조금 더' 보고, 느끼며 살았으면 좋겠다는 생각을 하며, 다시 집을 나선다.

잠이 많은 편은 아니지만 육아휴직을 하고 초반에는 비교적 많이 잤다. 그런데 최근에 아들이 일찍 자기 시작하면서(올바른 수면습관을 위한 엄마, 아빠의 노력이기도 하다) 밤에만 두 번 잔다. 아들이 잠자리에 들 때면 엄마, 아빠 그리고 아들이 역할 분담이 있다. 엄마는 각종 집안일하기(빨래, 설거지, 그 외 끝이 없는 일들), 아빠는 아들과 함께 누워있기, 아들은 아빠와 함께 누워서 자기. 문제는 엄마와 아들은 주어진 역할에 성실히 임하는데, 아빠는 누워있기만 하지 못하고 아들보다 먼저 잠든다. 그러면 쭉 자야 하는데, 새벽 1시 또는 2시에 번쩍 눈이 떠진다. 그렇게 한 달 이상 지내다 보니, 이제는 그 시간이 익숙해져, 대개는 글쓰기, 책 읽기, 공부(독서지도사 공부를 2주 정도 했는데, 최근 시험에 합격했다)를 하고 두 번째 잠을 잔다. 어서 빨리 바꾸어야 할 텐데, 새벽의 고요함이 주는 편안함에 조금 망설이고 있다.

돌풍이 분다

잠시 웃는다. 텔레비전의 날씨 표현 중에 '요란한 바람'이라는 자막 때문이다. '바람이 요란하면 얼마나 요란하기에…'라고 생각하며, 먹던 밥을 계속 먹는다. 그렇게 잠시 웃고 잊었는데, 밖을 보니 심상찮다. 볕이 나더니, 갑자기 비가 오고, 그러다 또 바람이 분다. 그저 그런 바람이 아니라 곳곳에 걸터앉은 가을을 한 번에 날려버릴 기세인 양 세차게 휘몰아친다. '돌풍이 분다'라고 하면 딱 맞겠다. 돌풍… 돌풍… 돌풍… '갑자기 세게 부는 바람'을 뜻하기도 하고, '갑작스럽게 사회적으로 많은 관심을 모으거나 영향을 끼치는 현상'을 이르기도 하는 말. 아이와 함께하며, 때때로 아이에게 돌풍이 불 때가 있다. 조용하던 아이가 갑자기 정신을 못 차릴 정도로 운다. 이유가 있을 때도 있지만, 딱히 적당한 이유를 찾지 못할 때도 많다. 그럼 엄마, 아빠는 갑자기 더 많은 관심을 아이에게 보여준다. 그러니 아이는 가끔 돌풍이 된다.

매일 보는 아들은 자라지 않는 것 같은데, 가끔 보는 (사진 속) 아들은 쑥쑥 잘도 자란다. 모처럼 휴직 기간 동안 아들과 아내와 찍은 사진들을 꼼꼼히 본다. 지난 3월부터 10월까지의 추억이다(휴직을 하기 한 달 전 휴대폰을 개통했기에 딱 그만큼이 사진이 있다). 크게 보면 3월의 제주도, 4월의 울릉도, 5월의 베트남, 6월의 라오스, 7월의 영주와 인천, 8월의 대전, 9월의 영주와 인천, 10월의 해남과 완도까지. 그리고 더 많은 날들을 집에서, 집 주변 산책길에서 함께했다. 사진을 보니, 이런저런 기억과 추억이 새롭다. 한 장의 사진 속에는 다른 이들이 알 수 없는 작지만 소중한 이야기가 가득하다. 그 시간과 그 공간을 함께한 아빠, 엄마, 아들, 세 명만이 오롯이 기억하고 추억하는 것들. 앞으로 또 다른 사진들이 하나, 둘 차곡차곡 쌓여가면 언젠가 그 사진을 꺼내보며, 기쁜 일, 즐거운 일, 행복한 일들을 다시 추억하게 될 것이다.

(입이 짧은) 아들이 (그나마) 좋아하는 반찬은 두부, 계란, 치즈, (모든) 생선과 육류 정도이고, 과일은 사과와 밤을 특히 좋아한다 (이것도 최근에 많이 늘어난 것이다). 그러니 엄마는 제한된 재료를 가지고 다양한 요리를 해야만 한다. 녀석에게 하나라도 더 먹이기 위해. 엄마 사전에 인스턴트 요리는 용납할 수 없다(물론 가끔 먹기도 하지만, 웬만하면 직접 요리한다. 잘하기도 하고, 좋아하기도 한다). 오늘도 녀석의 저녁 반찬은 두부 부침과 소고기 볶음이다. 녀석은 좋아하는 반찬에 신이 나는지, "엄마, 이거(두부) 무슨 맛이야?"라고 묻는다. 엄마는 "두부가 무슨 맛일까?"라며 되묻는다. 아빠는 옆에서 듣고 있다가, 아마도 '맛있어. 고소해요'라고 얘기하지 않을까 생각하고 있는데, 녀석의 대답은 "엄마, 이거 꿀맛이에요"이다. '꿀맛'이라는 표현을 어디서 들었는지, 응용이 제법이다. 녀석의 말재주에 엄마는 너무 신난다.

## 친구들은 못 보잖아

지난주부터 어린이집에 다니는 아들. 엄마, 아빠는 녀석의 적응을 돕고자 나름 열심히 노력 중이다. 먼저, 아침에 일어나 어린이집으로 출발할 때까지 최대한 녀석의 리듬에 맞춘다. 다음, 적응 기간 동안 친구들보다 일찍 어린이집을 나선다(물론 들어가는 시간도 가장 늦다. 직장 어린이집이라 아침 7시 30분부터 저녁 9시 30분까지 운영하는데, 녀석은 오전 10시부터 오후 1시 30분까지만 다닌다). 그리고 어린이집이 끝나도 곧장 집으로 오지 않는다. 박물관, 산림욕장, 동물원 등 어디든 녀석이 즐겁게 놀 수 있는 곳으로 향한다. 오늘도 동물원에서 악어, 사자, 호랑이, 하마, 기린 등을 본 녀석은 신난다. 그때, 길가의 아기염소를 본 엄마가 장난처럼 "귀엽다. 집에 데려가고 싶다"라고 혼잣말한다. 그 소리에 녀석은 사뭇 진지하게 "엄마, 그러면 친구들은 못 보잖아"라고 답한다. 가끔은 아이들의 생각이 참 의젓하고, 따뜻하다.

군더더기 같은 말

어느 날인가 세수를 하고 스킨과 로션을 바르다가 문득 본 화장실 비데 커버. 이렇게 쓰여 있다. '사용하기 전에 사용 설명서를 자세히 읽고 사용해 주십시오.' 잠시 잠깐 생각한다. '뭐 이런 말 같지도 않은 말이 있어'라고. 물론 말은 된다. 그리고 이해도 된다. 그런데 군더더기 같은 말이 있다. '사용하기 전에 설명서를 자세히 읽어 주십시오' 정도로 바꾸어도 충분히 그 의미가 전달될 텐데. '사용'을 강조하려 그랬는지, 아니면 아무런 고민 없이 그저 생각나는 대로 썼는지. 어쨌든 그때 이후로 화장실에 갈 때마다 꽤나 눈에 거슬린다. 괜히… 쓸데없이… 덧붙여 놓아서… 아이와 함께하며, 비데 커버의 문구처럼 쓸데없이 덧붙이는 것들이 많다. 밥을 막 먹으려는 아이에게 '밥 먹자'하고, 신발을 막 신으려는 아이에게 '신발 신어야지'라고 한다. 아빠가 조금 더 간결하게, 기다리며, 함께하면, 아이는 조금 더 스스로 하게 될 텐데.

역시 아들은 아직 다섯 살 꼬마가 맞았다. 어린이집에 '너무', '잘' 적응한다고 생각했는데, 아침에 "어린이집 가기 싫어"라고 하기에, "왜"라고 물으니, "거기는 엄마, 아빠가 없잖아"라고 답한다. 그렇게 울먹이더니, 마침내 엉엉 운다. 그래도 어린이집은 보내야겠기에 아빠는 부지런히 달래고, 엄마는 꼭 안아준다. 그렇게 조금의 시간이 흐르고, 엄마의 사랑으로 아이와 집을 나선다. 어린이집으로 가는 길, 녀석은 차에서 좋아하는 공룡 노래를 듣는다. 금세 기분이 좋아졌는지, 엄마와 이런저런 얘기를 나눈다. 잠시 후 어린이집에 도착한다. 차에서 안 내리면 어쩌나 생각하고 있는데 "엄마, '멈춰라' 해놓자. 그리고 집에 가면 다시 틀어줘야 돼"라고 하며, 아무 일 없다는 듯 어린이집으로 들어선다. 가끔은 딱 지금, 그대로의 아이를 '멈춰라' 해놓고 싶다. 훌쩍 커버리면 너무 그립고, 너무 보고 싶을 것 같다. 다섯 살 귀여운 꼬마 녀석이.

독감예방접종

올여름 불볕더위를 경험하고 나니, 벌써부터 다가올 겨울은 얼마나 추울지 걱정부터 앞선다. 사실 강추위가 온다고 별달리 준비할 것은 없다. 그나마 생각난 것이 독감예방접종이다. 엄마는 예방접종 후에도 한 해에만 지독한 독감을 두세 번 경험한 까닭에, 아빠는 예방접종의 효능을 알 수 없다는 이유로 아들만 하기로 한다. 녀석은 병원에 들어가기도 전에 이미 단호하다. "주사, 싫어." 그래도 정체를 알 수 없는 겨울이 슬금슬금 다가오고 있으니, 어른들은 몰라도 아이는 지켜내야 한다. 그것이 엄마, 아빠의 양심이자, 일종의 사명감이다. 주사 맞기 전 두려움에 흐른 눈물은 팔뚝에 주사 한 방 맞으니, 주체할 수 없는 아픔의 크기만큼 마구마구 쏟아진다. 독감도 양심이 있다면, 녀석이 이번에 흘린 눈물을 생각해서라도 비켜가야 한다(똑똑히 지켜볼 것이다). 그럼 녀석에게 이번 겨울은 더없이 포근한 날들로 가득할 것이다.

# 핵심인지능력검사 & 유아부모역할검사

길에서 우연히 아동도서를 홍보하는 선생님을 만났고, 그들의 권유로 며칠 후 아들은 핵심인지능력검사를, 아빠(엄마)는 유아부모역할검사를 받았다. 아들은 꽤 오랜 시간 동안 선생님의 질문에 대답했고, 아빠는 주어진 문항에 부지런히 답했다. 검사결과 아들은 예상 밖의 내용이 몇 가지 있었고, 아빠는 예상대로 비교적 정확했다. 아들은 수리영역과 분석능력은 상대적으로 뛰어났고, 창의능력은 조금 더 성장이 필요했다. 아빠는 정서적 공감과 수용적 존중은 좋았지만, 합리적 권위는 생각만큼 수치가 높지 않았다. 그 밖에 너무나 자세한 검사결과가 항목별로 기록되어 있었다. 그 내용들을 보면서 '아이는 자신의 엄마, 아빠를 닮을 수밖에 없고, 그 엄마, 아빠는 그들의 어머니, 아버지를 닮을 수밖에 없다'라는 지극히 당연한 생각을 했다. 그러니 반듯한 아이로 키우고 싶다면, 그 곁에는 더 반듯한 엄마, 아빠가 있어야만 한다.

# 입도 뻥긋 못 하고, 속수무책으로

오전 10시부터 오후 1시까지, 딱 3시간. 아이는 어린이집에, 엄마, 아빠는 도서관에 있다. 모처럼 편안히 집중해서 정신없이 책을 읽는데, 누군가 살며시 인사한다. '누구지?'라고 생각할 틈도 없다. 중년의 아주머니가 씽긋 웃더니, 포스트잇 같은 기념품을 건넨다. '안 주셔도 돼요'라고 말할 겨를도 없다. 조용한 열람실이라 그저 머쓱하게 눈으로만 '네' 하는 정도다. 아주머니는 익숙하게 주변 사람들에게도 똑같이 행동한다. 그(녀)들 또한 쳐다만 볼 뿐, 그 어떤 대꾸도 없다. 가만히 보니 기념품은 인근 교회의 홍보물이다. 대부분 지하철 입구나 길거리에서 나누어 주는데, 그럼 잘 받지 않고 지나치는데, 도서관 열람실에서는 꼼짝없이 받게 된다. 입도 뻥긋 못 하고, 속수무책으로. 아들에게도 한번 써먹어 봐야겠다. 녀석이 '어, 이건 뭐지?'라고 생각할 틈도 없이 자연스럽게 무엇인가 슬쩍 전하고, 살짝 미소 짓기. 그 나름 재밌겠다.

아들이 어린이집에 다니기 시작하면서, 한 주가 회사에 다니는 것처럼 정신없이 흘러간다(어린이집이 회사와 걸어서 10분 내외의 거리니, 출퇴근처럼 느껴지는 기분도 당연하다). 주말에는 늦잠을 자야지 계획하는데, 어쩌다 보니 매주 게으름을 피울 수 없는 일들이 생긴다. 이번 주는 아내가 조금 멀리 떨어진 아파트 벼룩시장에 페이스페인팅을 하러 간다. 아침 일찍 나서야 하는데 갈 때는 혼자 가지만, 올 때는 함께 하기로 한다. 12시에 끝난다고 하니, 그전에 도착하자면 아들과 부지런히 움직여야 한다. 이제 조금은 여유롭지만, 아직 조금은 부산스럽다. 아들의 외출복을 결정해야 하기에 설거지를 하며 "아들, 텔레비전에서 날씨 뭐래?"라고 물으니, 녀석의 대답이 능청스럽다. "아빠, 나가봐, 아빠가 나가보면 알지"라고 한다. 기대했던 대답은 아니지만, 맞는 말이긴 하다. 그래, 창밖의 사람들 옷차림으로 어림해야겠다.

## 끝없이 서로 돌고 돈다

고향 선배의 배려로 겨울바다가 훤히 보이는 곳에 며칠 머물 예정이다. 이른 아침, 아이는 지쳐서 자고(따뜻한 온돌방이 낯설어 밤새 뒤척이다 새벽녘에야 겨우 잠들었다), 아내는 책을 읽는다. 바다를 등지고, 머리로는 아이를 생각하고, 눈으로는 아내를 바라본다. 아이는 어린이집을 잠시 쉬고, 아내는 바쁜 일상을 잠시 멈춘다. 그렇게 별다른 계획 없이 바다를 보며, 시간을 보내려 한다. 그러다 문득 생각났다. 어떤 아들과 그의 어머니가 동해바다의 멋진 풍경을 먼저 보려고 잠시 들른 대관령전망대. 아들과 (남자)화장실에 갔다. 어떤 아저씨가 두리번두리번했다. '몸이 불편한가?'라고 생각하고 있는데, 화장실 안쪽에 그의 어머니가 계셨다. 여자화장실을 혼자 가시기엔 힘든 몸이라, 어쩔 수 없이 아들과 남자화장실로 오셨을 것이다. 자식이 부모를, 부모가 자식을 생각하는 마음, 그것은 끝없이 서로 돌고 돈다.

아들은 전화기 놀이에 바쁘다. 멀고 먼 길을 달려 넓은 바다로 왔지만, 녀석에겐 숙소의 방 한 칸이면 충분하다. 그저 유선전화기가 재미있을 뿐이다(녀석과 여행을 다닐 때, 가장 먼저 하는 일이 객실에서 프런트 데스크로의 불필요한 전화를 방지하기 위한 코드 뽑기다). 예전에는 집집마다 유선전화기가 있었는데, 요즘은 휴대폰만 사용하는 집도 많으니 녀석이 이런 종류의 전화기를 보기는 쉽지 않다. 녀석은 "다 묶어버리겠다"라고 크게 외치더니, 수화기와 본체 사이에 온갖 물건들을 집어넣고, 빙 둘러 묶는다. 거기에는 생수병도, 과자도 있다. 그러더니 전화기 본체마저 묶겠다며 안간힘을 쓴다. 전화기 선이 전화기 몸체를 묶을 수 있을까? 그래도 될까? 둘이 힘을 합쳐야 다른 것들을 꽁꽁 묶지 않을까? 스스로 제 몸을 묶으면 안 되는데, 둘은 한 몸인가? 서로 다른 둘인가? 묶인 선을, 찬찬히 풀어가며, 잠시 생각한다.

짙은 동해 바다를 그저 눈으로만 보고 있기에는 못내 아쉬워, 아들과 아내와 바다 곁으로 간다. 녀석이 좋아하는 모래놀이 장난감, 슬리퍼, 간식 등 이것저것 챙긴다. 평일 오후, 제법 쌀쌀한 바다는 낚시하는 아저씨들만 간혹 보일 뿐, 가족, 연인, 친구와 같은 사람들은 보이지 않는다. '파도에서 떨어져서 놀아야지'라고 생각하는데, 엄마는 파도 가까이에서 놀아야 재미있다며 아빠와 아들을 부추긴다. 그러니 어쩔 수 없이 맨발로 파도 곁으로 다가선다. 아들과 엄마는 조개껍데기를 부지런히 주워, 모래로 만든 공룡에게 눈과 이빨을 만들어준다. 아빠는 (날씨를 감안하면) 충분히 놀았다 생각하고 돌아서려는데, 녀석은 공룡들을 보며 "다시 보고 싶잖아", "파도에 사라지면 안 되잖아"라며 서운해한다. 사실 아빠도 엄마도 동해가, 바다가, 파도가, 다시 보고 싶을 거다. 그리고 동해의 선배와 그의 따뜻한 가족들도.

이번 3박 4일 동해 여행의 마무리는 기차를 타고 바다 경치를 구경하는 것으로 한다. 아들의 감기가 심해져 '그냥 대전 집으로 돌아갈까'라는 생각도 잠시 해보지만, 그래도 녀석이 기차를 한번 타보고 싶다니 그렇게 하기로 한다. 동해에 살고 있는 선배와 상의해서(기차역에 차를 두고 여행 후 다시 돌아올 것을 생각하면), 너무 멀리 가는 것보다는 가깝지만 바다 경치를 구경하기 좋은 '묵호~정동진' 코스로 한다. 시간은 20분, 요금은 아빠, 엄마, 아들, 이렇게 셋 합쳐서 6,500원이다. 정동진에 도착해 다시 돌아오는 기차까지 1시간 20분 정도의 여유가 있으니 점심 먹기에도 적당하다. 조금 더 시간이 있다면, 조금 더 긴 코스를 생각해보겠지만, 기차여행 후 대전까지 4시간을 곧장 달릴 것을 생각하면, 그 나름 최선의 선택이다. 다행히 녀석도 기차의 창밖을 한동안 바라보며 좋아한다. 바다야, 잠시 안녕. 언제든, 또다시 보자.

아들 또래 아이들이 대부분 그런지 잘 모르겠지만, 녀석은 얼마 전부터 집에서 목욕하는 것을 그다지 좋아하지 않는다(호텔 사우나는 좋아하면서). 씻기 위해 옷을 벗는 것이 불편한지, 머리를 감거나 얼굴을 씻을 때 눈이 매워 그러는지, 더 놀고 싶어 내키지 않은지 추측할 뿐이다. 어쨌건 녀석을 잘 구슬려야 한다. 다행히 최근에 성공률 100%의 방법이 있다. 녀석에게 "아들, 공룡 장난감 목욕시켜 줄까?"라고 하면, 녀석은 "응, 목욕시켜 주자. 아빠, 다섯 마리 시켜주자"라며 냉큼 따라나선다. 그러다 뜬금없이 확인하는 것이 있다. "아빠, 이 녀석은 어디서 왔어?" 처음에는 어느 시대 공룡인지 묻는 것이라 생각했는데, 알고 보니 장난감에 표시된 "made in china", "made in vietnam"을 확인하는 것이다. 그러고 보니 쥐라기, 백악기 시대 공룡도 장난감이 되니, 죄다 중국, 베트남에서 온다. 그나저나 아들, 넌 어디서 왔어?

## 마음이 바뀌었네

대형마트 구경을 누구보다 좋아하는 녀석이 웬일인지 그냥 집으로 가겠다고 한다. 그래서 엄마는 마트 앞에 내려주고, 아빠와 아들은 집으로 향한다. 후다닥 손을 씻고, 옷을 갈아입고, 재미있게 놀아야지 생각하는데, 녀석의 표정이 심상찮다. "아빠, 마음이 바뀌었네"라고 하더니, 울음이 터져 나오려 한다. "엄마 혼자 가는 거 싫어. 우리 같이 가"라며 힘껏 울기 시작한다. 이미 옷도 다 갈아입었으니, 다시 마트로 가기는 곤란하다. "아들, 집에서 엄마 기다려볼까? 아빠 생각에는 엄마가 조금 있으면 올 것 같은데"라며 설득해본다. 배가 고파서 그럴 수 있으니 과자도 조금 건네본다. 녀석은 아빠 차에 있을 때는 집에 가는 것이 좋았는데, 집에 와서 생각하니 엄마가 보고 싶은 것이다. 이럴 때 떠오르는 단어들이 있다. 마음이 하는 일은 한 번 더 '곰곰이', '신중히', '차분히', '침착히', '조용히', '냉정히'… 생각해보아야 한다.

# 발버둥 치다가 한 대 때릴 뻔

아들이 일찍 잠을 잔다. 기분이 좋다. 읽은 책을 정리하고, 글을 쓰고, 강의를 듣는다. 심리상담 관련 강의는 유익해서 좋고, 다산 정약용 관련 강의는 수십 번을 들어도 흥미롭다. 마음 같아선 밤을 새워서라도 더 듣고 싶지만, 아침이면 아들과 활기차게 놀아야 하기에 아쉬운 마음을 뒤로하고 녀석의 옆에 조용히 눕는다. 그렇게 곁에서 기분 좋게 자다가 꿈을 꿨다. 세세한 부분은 기억나지 않는데, 핵심은 아들에게 팔이 눌려 너무 고통스러워 발버둥 치다가 (녀석을) 한 대 때릴 뻔했다. 비록 꿈이었지만 팔이 미치도록 아팠고, 참을 수 없을 만큼 고통스러웠다. 그러다 지쳐서 깼다. 녀석은 조용히 잘 자고 있는데, 아빠만 꿈속에서 난리를 쳤다. 녀석을 끌어당겨 이불을 함께 덮고, 살짝 안아본다. 꿈에서라도 녀석을 한 대 때렸다면 괜히 미안할 뻔했다. 다행이다. 꿈에서라도 꾹 참았으니. 그렇게 오랜만에 발버둥 한 번 쳤다.

아들은 손이 많이 간다. 함께 있으면 이것저것 챙길 것들이 많다. 너무도 당연하게 엄마, 아빠의 관심과 보살핌이 필요한 시기라 그렇다. 그래도 가끔은 녀석이 혼자 스스로 잘했으면 좋겠다. 도움이 필요한 시기라는 것을 잘 알고 있지만, 녀석이 작은 행동하나를 스스로 잘해내면 또 다른 행동들도 스스로 잘했으면 하는어쩔 수 없는 욕심이 생긴다. 육아 관련 어느 강의를 들으니, 아이는 엄마, 아빠의 절대적인 보호와 관심이 필요한 보육기를 지나, 어느 정도의 자립심을 키울 수 있고, 또 반드시 키워야만 하는 양육기를 거쳐, 또래 또는 주변인과 사회성이 형성되고, 생활의 규칙과 질서를 학습하는 훈육기 등의 과정을 겪으며 성장해간다고 한다. 생각해보니 녀석은 그렇게 차곡차곡 잘 크고 있다. 새신발을 사며, 아직은 조금 헐렁하지만 그 공간만큼 자라야 할 녀석의 발을 보며, 문득 아빠의 '욕심'에 관해 생각해본다.

아이들이 어른들보다 지식이 얕거나 지혜가 부족하다는 생각, 그
것은 어쩌면 착각이다. 아들과 함께하며 오히려 아이에게 배우는
것들이 많다. 물론 전체적인, 수평적인, 절대적인 상식은 아빠가
많다. 하지만, 특정 분야에 대한 호기심과 관심을 통한 상식, 세
상을 편견 없이 바라보는 시선을 통한 삶의 지혜는 어른인 아빠
가 꼬마인 아들을 당해낼 수 없다. 그것은 의지만 가지고 노력한
다고 되는 것이 아니다. 집에서 녀석과 목욕을 하다가 따뜻한 물
에 몸을 푹 담그고 싶어 잠시 비스듬히 누워본다. 그러다 "아들,
아빠가 물에 빠지면 어떻게 하지?"라고 말하며 녀석의 대답을 기
다려본다(예상은 '아빠, 내가 구해줄게' 정도). "아빠, 혼자 물에
서 나와야지. 아니면 문밖에 있는 사람들에게 얘기해야지. 아니
면 뒤에 있는 사람한테 말하든가. 음… 아니면 그냥 빠져 있어야
지." 녀석의 네 가지 답변 중에 세상살이 지혜가 있는 듯하다.

# 형아가 되고 싶어

양치를 하다가 느닷없이 "아빠, 형아가 되고 싶어"라고 얘기하는 아들에게 "그래, 이제 조금만 있으면 여섯 살이야. 그럼 형아가 되는 거야"라고 말하니, 녀석은 "여섯 살 되는 건 싫어"라고 답하며, "동생들 아기 때 다 봤어. 내가 (형아가 되면) 동생들 잘 돌봐줄 거야"라고 덧붙인다. 어쩌다 보니 이제 두 달도 채 남지 않았다. 올해가 가는 것을 그다지 실감하지 못하고 있었는데, 어느덧 2018년도 슬슬 안녕이다. 열심히 살았건, 그러지 못했건 그렇게 지나간다. 아빠도 어렸을 때는 '어서 빨리 컸으면', '어서 빨리 어른이 되었으면' 했던 때가 아주 드물게 있었던 것 같다. 그런데 막상 어른이 되고 보니, 이제는 과거의 '그 어느 때'로 돌아가고 싶지 않다. 이런저런 아쉬움은 있지만, 그저 지금이 딱 좋다. 형아는 되기 싫어도 된다. 그것이 인생이다. 세월은 그렇게 자연스럽게 다가왔다, 지나가고, 또 설레며 기다리기를 반복한다.

같지만 다르다

아빠는 미술에 소질이 (전혀) 없다. 엄마는 미술에 소질이 (누가 봐도) 있다. 아들은 아직 잘 모르겠다. 엄마를 곁에서 보고 있으면, 가끔 이런 생각이 든다. '어쩌면 저렇게 쉽게, 그러면서도 잘 표현할 수 있을까?' '그런데 왜 (아빠는) 저렇게 안 될까? 게다가 어렵고, 하기 싫을까?' 등등. 그러다 아들을 보고 있으면, 자연스럽게 '미술은 제발 엄마를 닮아야 하는데…'라는 생각이 든다. 녀석을 데리러 어린이집에 갔더니 출입구 벽에 아이들이 은박지로 만든 사람 모형들이 전시되어 있다. 엄마가 선생님과 잠시 얘기하는 동안 녀석이 "느낌이 이상해. 만져봐"라고 하며, 아빠의 손을 은박지로 가져간다. 정말 신기하게도 아이들이 만든 똑같은 모형의 느낌이 모두 다르다. 어떤 것은 딱딱하고, 어떤 것은 말랑말랑하다. 또 어떤 것은 춤을 추는 것 같다. 모두 같은 것에서 시작했지만 그 결과물은 제각각이다. 그러니 같지만 다르다.

'악당'은 '악한 사람의 무리' 또는 '나쁜 짓을 일삼는 사람'을 의미한다. 작년까지는(육아휴직을 하기 전까지라고 해도 될 것 같다) 그다지 많이 접해보거나 사용한 기억이 없는 단어다. 그런데 아이와 함께 가끔 만화를 보니 악당이 반드시 한 번은 등장(해야)한다. 물론 그러지 않을 때도 있지만, 이야기의 흥미로운 전개를 위해서는 주인공에 맞서는 악당이 필요하다. 사실 그들의 역할은 대부분 비슷하고, 상투적이다. 당연히 아이들을 대상으로 하는 것이니, 반전이 있을 수 없고, 권선징악이 요구되기 때문이다. 그래도 녀석이 만화를 보며 "악당이다"라고 외칠 때면 스치는 생각들이 있다. 그것은 삶에서 언제나 주인공일 수는 없고, 주인공이라 해도 반드시 승리할 수도 없다. 반대로 악당이라고 항상 괴팍하거나, 심술궂거나, 욕심만 많거나, 어찌 됐건 (착한 사람과 비교하여 상대적으로) 이상해 보이는 것은 아니라는 점이다.

손톱을 깎다가 아들이 툭 던진 말. "아빠, 손에 싹이 나잖아." 매번 자르고, 잘라도 며칠만 지나면 어김없이 또 잘라야 하는 녀석의 손톱을 보면서 한 번도 그런 생각을 해보지 못했다. '손에서 싹이 자란다'라는 생각을 하고 있는 녀석과 얼굴을 마주하고 있으니 기분이 묘하다. 도대체 녀석의 머릿속에는 어떤 생각들이 있을까? 그동안 회사에 다니느라 녀석의 좀 더 많은 생각들을 함께하지 못한 것이 아쉽고, 휴직을 하고 (더 늦기 전에) 지금이라도 그 생각들을 곁에서 들을 수 있고, 잠시 잠깐 미소 지을 수 있다는 것이 기분 좋다. 아직도 기억이 또렷하다. 녀석의 손톱을 처음 깎아주던 날. 작은 손가락을 꼼지락거리던 녀석이 혹시나 놀랄까, 아니면 울까 걱정되어 곤히 잠들었을 때 몰래몰래 하나씩 깎아주던 일. 그랬던 녀석이 이제는 손톱을 깎을 때면, 아빠와 마주 보고 앉아 또렷이 지켜보며 슬쩍슬쩍 장난도 친다.

쌀쌀한 주말 오전, 아파트 단지 내 놀이터는 한산하다. 녀석은 좋아하는 미끄럼틀을 혼자 반복해서 탈 수 있어 신난다. 옆 동 놀이터에도 가본다. 녀석보다 두세 살 많아 보이는 여자아이는 그네를 타고, 그녀의 엄마, 아빠는 주변에서 스마트폰으로 게임을 하고 있다. 녀석이 미끄럼틀을 타려고 계단을 부지런히 올라가는데, 여자아이가 후다닥 녀석을 앞질러 미끄럼틀을 타고 내려간다. 뒤에서 그 모습을 지켜보던 녀석이 "아빠, 저 누나 뚱뚱해"라고 좀 크게 말한다. 그러면서 다시 계단을 올라오는 누나를 빤히 쳐다본다. 순식간에 벌어진 일이라 그저 셋 모두(여자아이, 아이의 엄마, 아빠) 듣지 못했기를 바라며, 녀석과 엉뚱한 얘기를 크게 해본다. 사실, 많이 통통했으니, 맞는 말이긴 한데, 조금 난처하고, 당황스럽다. 가끔은 모두가 알고 있는 것도 혼자 조용히 마음속에 담아두면 더 좋은 것이 있음을 녀석도 알아야 할 텐데….

# 다른 그 무엇

항상 그렇듯 월요일이 문제다. 아들을 어린이집에 데려다주고 늘 그랬듯 도서관으로 향한다(가는 길에 아내는 좋아하는 커피 한잔을 마신다). 월요일에는 자료실은 운영하지 않지만, 열람실은 격주로 이용이 가능하기 때문이다. 하지만 아쉽게도 이번 주는 도서관 전체가 꽁꽁 잠겨있다. 좀 난감하다. 아들에게 돌아가야 하는 시간까지는 두 시간 정도 남았다. 애매한 시간이다. 처음부터 도서관으로 향하지 않았다면 다른 무엇이라도 할 수 있을 텐데. 도서관 주변에 아내가 좋아하는 빵집도 문을 닫아 어쩔 수 없이 집으로 향한다. 집으로 돌아가는 길, 다음부터 월요일은 무조건 '다른 그 무엇'을 하기로 아내와 다짐한다. 둘이서 영화를 보든가, 사우나를 가든가, 서점에서 책을 읽든가…. 잠시나마 둘만의 시간을 기분 좋게 보내기로 약속한다. 돌이켜보니 영화관 가본 지도 꽤 되었다. 그렇게 생각하니 벌써부터 다음 주가 기대된다.

마트에 앉아있으니

시간이 애매하거나 딱히 생각나는 놀거리가 없을 때 대형마트로 간다. 핑계 아닌 핑계라면 어차피 반찬도, 과일도 며칠 내 사야 한다. 거기에 사람들로 북적이니 삶의 활기도 느낄 수 있다. 물론 녀석이 좋아하는 큼직한 장난감 코너가 중요한 이유다. 며칠 전 마트에 갔다가, 몇 달 전 마트에 갔던 기억이 문득 떠올랐다. 8월 의 폭염에 지쳐 무엇을 할까(무엇이라도 해야 하는데) 고민하고 있을 때 녀석은 탕수육이 먹고 싶다고 했다. 둘이서 중국집에 가 기도 마땅치 않아 마트의 분식 코너로 갔다. 녀석은 탕수육, 아빠 는 순대를 시켜 먹었다(불행히도 맛은 없었다). 마트에 앉아 있으 니, 그동안 보지 못했던 것들이 보이고, 듣지 못했던 것들이 들렸 다. 평일 퇴근시간 전이라 많지 않은 사람들, 바쁜 듯하지만 딱히 할 일은 없어 보였고, 라면 신제품을 홍보하는 아주머니는 같은 말을 하고, 또 하고, 또 했다. 그렇게도 세상을 채워갔다.

## 마술에 담긴 철학

육아휴직을 하고 조금씩 짬을 내어 개인적으로 하고 싶었던 것들을 하나씩 하고 있다. 이왕이면 자격증까지 취득하면 좋을 것 같아 욕심내 본다. 먼저 독서와 관련된 자격증은 무엇이든 꼭 하나 가지고 싶어(아들을 위해서라도) '독서지도사' 자격증을 취득했다. 그리고 녀석과 함께하며 아이들의 마음(심리)에 대한 이해를 높이고 싶어 '심리상담사' 자격증도 취득했다. 지금은 아내의 권유로 생뚱맞게 마술을 배워보기로 하고 열심히 수강하고 있다. 처음에는 썩 내키지 않았지만, 마술에 대한 강사님의 철학이 마음에 든다. '마술은 누구를 속이기 위한 것이 아니라, 즐거움을 함께하기 위한 것이다. 그 과정에서 관객과 대화하며, 여유롭게 미소 짓고, 눈빛을 교환하며, 끊임없는 노력을 통한 연습의 결과로 상대를 속이는 것이 아닌 자연스럽게 믿게 하는 것이다.' 그렇게 마술에 담긴 철학에 푹 빠져버렸다(물론 잘 되지는 않는다).

**엄마가 다 먹어**

아내는 몇 주째 감기로 고생한다. 옆에서 지켜보기 안쓰러울 정도로 별다른 이유 없이 오래간다. 아내는 나름 건강 체질이라는데, 올해는 유독 아픈 날들이 많다. 그래도 본인의 강력한 의지로 아들과 여기저기 여행을 다니고, 이래저래 신나게 잘 논다. 엄마(아내)로서 할 건 다 하는데, 무엇이든 더 잘하고 싶은데, 가끔 몸이 안 따라주니 조금 짠하다. 집 근처 마트에서 감기로 고생하는 아내를 위해 귤 한 박스를, 채소를 싫어하는 아들을 위해 사과 한 봉지를 산다. 저녁을 먹기 전, 셋이서 오붓이 영화 한 편 봐야지 생각하며 거실 소파에 앉는데, 녀석이 테이블 위의 귤을 엄마에게 건네며 한마디 한다. "이거 엄마가 다 먹어. 다 먹으면 나을 거야. 도둑이 못 먹게 다 먹어." 눈대중으로 얼른 세어보니 11개다. 아내는 몸은 아파도 아들의 마음 씀씀이에 배부르겠다. 녀석이 어른이 되어서도 엄마를 살뜰히 챙기는 아들이 되었으면 좋겠다.

'관철(貫徹)'은 '어려움을 뚫고 나아가 목적을 기어이 이룸'을 의미한다. 자신의 말과 글, 행동 등으로 상대방을 설득한다는 것은 생각만큼 간단치 않다. 아들과 놀이를 하다 보면 아빠(엄마)의 생각과 녀석의 생각이 서로 다른 방향으로 나아갈 때가 있다. 어른의 생각이 무조건 옳은 것은 아니지만, 그래도 다섯 살 아이보다는 그나마 조금은 옳을 때가 많다. 그러니 이리저리 설득해서 조심스레(때로는 적극적으로) 생각의 변화를 '관철'해본다. 처음에는 곧잘 따르던 녀석이 요즘 들어 자주 하는 말이 있다. 엄마가 일을 하고 있어 지금은 함께 놀기가 어렵다고 하면, "아니면 이렇게 하자"로 시작하고, 이후에 조건을 보태어 오히려 자신의 생각을 '관철'한다. "그럼, 아빠랑 책 한 번 더 보고, 엄마 일 다 하면 엄마가 책 읽어줘"라고 한다. 다섯 살 꼬마도 곧장 나아가는 것보다 때로는 둘러 가는 길이 더 빠르다는 것을 안다.

세상에는 다양한 종류의 이야기가 있다. 웃기는 이야기, 아름다운 이야기, 황당한 이야기…. 이렇게 쓰기 시작하니 끝이 없다. '이야기' 앞에 그 어떤 형용사를 붙여도 될 만큼 인간의 삶이 곧 이야기이다. 그러니 가끔은 어떻게 저런 일이 일어날 수 있을까 싶은 이야기도 있다. 어쩌면 우리의 삶이 그저 평범한 이야기들로만 가득하다면 세상은 조금 밋밋하고, 조금 단조로워, 조금 지겹다는 느낌도 지울 수 없을 것이다. 그러니 다섯 살 꼬마에게도 이야기가 있다. 녀석이 목욕을 하다가 뜬금없이 "아빠, 슬픈 이야기 해 줄까?"라고 하더니, "고양이가 가시를 먹고 이를 안 닦았대"라고 한다. 듣고 있자니 슬프지는 않고 엉뚱한 느낌만 들어 "아들, 그런데 어디가 슬프다는 거야?"라고 물으니, "응, 아무도 안 알려줬대. 아빠, 그러니까, 슬프지?"라고 답한다. 마저 듣고, 잠시 생각해보니, 어쩌면 조금은 '슬픈 이야기'라는 생각이 든다.

백화점이다. 최근에 대형마트는 열심히 다녔는데, 백화점은 그다지 갈 일이 없었다. 집 주변에 대형마트가 있어서 그런 것도 있지만, 아무래도 녀석이 좋아하는 장난감 코너가 백화점에는 없기 때문이기도 하다(다른 지역도 그런지는 잘 모르겠다). 백화점에 온 목적은 하나다. 회사에 복직 후 조금 편하게 신을 수 있는 구두 한 켤레를 사기 위해서다. 그러니 마음 편히 구경하려면 먼저 녀석의 배를 든든히 채워두어야 한다. 식품 코너에 들러 맛있어 보이는 빵을 몇 개 사서 아빠, 엄마, 아들이 사이좋게 나누어 먹는다. 주변을 둘러보니 다양한 먹거리가 있다. 그때 녀석이 "엄마, 밥이 움직인다"라며 신이 난다. 주변을 슬쩍 둘러보니 이유를 알겠다. 회전초밥을 본 것이다. 녀석은 "밥이 아닌 게 움직이는 것도 봤는데, 진짜 봤는데"라며 엄마를 잠시 쳐다본다. 녀석과 조금 더 다양한 장소를 다녀야겠다. 새로움은 또 다른 즐거움을 준다.

# 마음대로 생각하는 날

언제나 그런 것은 아니지만, 아주 가끔은 다섯 살 꼬마의 눈으로 세상을 바라보려고 노력한다. 녀석의 눈높이에서 바라보는 세상은 어떨까, 그러면 무엇이 보일까, 그때는 어떤 기분일까… 이런 저런 생각들을 해본다. 아침에 문득 동심으로 돌아가 보니, 이런 생각이 들었다(왜 그런 생각이 들었는지 지금도 알 수 없다). 안개와 미세먼지로 가득한 아침, 녀석과 어린이집에 가기 위해 차를 타려는데, 차는 땀을 뻘뻘 흘리고, 집 앞의 산은 사우나를 하는 것 같았다. 시동을 걸고 잠시 와이퍼로 창의 물기를 제거하며 '시원하게 사우나 한번 잘 했겠구나. 아침부터 기분 좋게 잘 씻었네'라는 생각을 혼자 해봤다. 옆자리의 아내와 뒷자리의 아들은 무슨 생각을 하고 있을까 궁금했지만 아무것도 묻지 않았다. 가끔은 그저 조용히 혼자만의 생각으로 가득한 아침을 즐기고 싶을 때도 있으니. 그냥 '마음대로 생각하는 날'이었다.

아들은 신나는 날이다. 녀석과 딱 하루 차이가 나는 친구와 신나게 노는 날이기 때문이다. 바꾸어 이야기하면 엄마와 함께 산후조리원 친구를 만나는 날이다. 그러니 또 바꾸어 이야기하면 아빠에게는 잠시 혼자만의 시간이 주어진 날이다(여섯 시간 정도). 딱히 별다른 것을 하지는 않는다. 언제나처럼 자연스럽게 도서관으로 간다. 오전에 읽었던 책을 마저 본다. 더 읽을까 고민하다 집으로 돌아간다. 혼자서 조용히 '마술지도사' 필기시험을 친다. 또 무엇을 할까 잠시 고민하다 인터넷에 '감동영상'을 검색해 이것저것 살펴본다. 편안한 마음에 하나둘 보다 보니 코끝이 빨개졌다. 5분 내외의 짧은 영상에 정말 눈물이 쉴 새 없이 흐른다. 그동안 몇 차례 본 영상이지만 다시 봐도 찡하다. 어머니, 아버지 또는 아들, 딸로 상징되는 가족 이야기, 마음이 따뜻한 사람들 이야기. 그렇게 기분 좋게 울었다. 그리고 잠시 눈을 감았다.

가끔은 상상한다. 그 어떤 장난감도 없는 날을. 그때는 아들과 무엇을 하며 즐겁게 놀 수 있을까. 장난감이 아이들의 기발하고, 천진난만한 '상상(想像)'을 방해한다는 전문가의 의견도 있다. 그럼에도 다섯 살 아들 하나 있는 집에 너무나 많은 장난감들이 있다. 어떤 것은 할아버지, 할머니가, 또 어떤 것은 외할아버지, 외할머니가, 그리고 또 어떤 것은 큰 고모, 작은 고모, 큰아빠가, 거기에 외삼촌까지. 온 집안의 사람들이 제각각 다섯 이상은 이름표를 달겠다. 물론 가장 많은 이름표는 엄마, 아빠 것이다(주변에서 물려받은 것들도 제법이다). 그러니 녀석이 다양한 장난감을 정리하며, 좋은 생활태도를 기른다면 더없이 좋겠다. 어느 날 녀석은 거실의 매트를 보더니 "파랑(색)은 바다, 하늘(색)은 강, 녹색은 숲, 노랑(색)은 정글"이라며 그곳에 어울리는 장난감들로 칸칸이 채워갔다. 이런 생각도 장난감이 있어야만 가능한 것일까?

잠시 자전거를 탄다. 그냥 마구 달려본다. 그리 길지 않은 길이다. 정신없이 좀 더 달린다. 턱밑까지 숨이 찬다. 기분이 제법 상쾌하다. 이런 기분 오랜만이다. 요 근래 별다른 운동을 하지 못했다. 이렇게라도 몸에 기운을 불어넣는다. 문득 생각한다. 언제나 그랬다. 몰입이다. 아들과 함께하는 날들도 집중, 정신을 바짝 차린다. 할 일 없이 바쁘다. 그러다 한참을 웃는다. 또 그러다 한동안 시무룩하다. 아들의 이야기가 아니다. 아빠의 이야기다. 정신없이 그렇게 시간이 흘렀다. 한 해가 딱 한 달 남았다. 시간은 잘도 갔고, 잘도 왔다. 이제 또다시 온다. 미련을 남기지 않는다. 책을 더 읽고, 글을 더 쓴다. 읽었던 책들이, 읽고 있는 책들이 손가락 끝을 간질인다. 그저 글을 쓴다. 지금은 녀석의 이야기만 써본다. 잘 써지든, 그러지 않든 키보드의 자판을 두드려본다. 한 글자, 한 글자 꾸역꾸역. 왼쪽에서 오른쪽으로. 그렇게 밀어내 본다.

PART 4

겨울

물건을 전면적으로 지배할 수 있는 권리를 의미하는 '소유권(所有權).' 그렇다면 물건은 아니지만 아들은 아빠의 것이라 할 수 있을까? 반대로 아빠는 아들의 것이라 할 수 있을까? 전체적인 소유권을 인정하기 어렵다면 부분적인 소유권은 가질 수 있을까? 아들에게 아빠는, 아빠에게 아들은 소유권의 관점에서 어떤 의미일까? 엉뚱해 보이는 생각에 몇 가지 철학적인 개념들을 추가한다면 좀 더 깊숙이 들어갈 수도 있겠지만, 이렇게 생각하게 된 이유는 단순하다. 아들에게 로션을 발라주는데, 귀가 보들보들하니 촉감이 너무 좋다. 녀석에게 "아들, 이 귀 아빠 것으로 하자"라고 하니, 녀석은 "아빠, 그건 안 되지. 그건 내 거니까"라고 답한다. "그걸 어떻게 알아?"라고 되물으니, "왜냐, 그건 나한테 달려 있는 것이니까"라고 되받는다. 그러다 문득, 특정 물건이 아닌 지식 또는 지혜를 가지고 '누구 거야?'라고 묻는다면 '누구 걸까?'

아들이 욕조에서 물놀이를 하며 문제를 낸다. 처음에는 주변의 장난감을 맞히는 것이라 아주 쉽게 정답을 얘기한다. 다음에는 소리를 듣고, 정답을 얘기하는 것이다. 역시나 다섯 살 꼬마가 내는 문제라 다 큰 어른이 맞히기에 별다른 어려움은 없다. 녀석이 "꿀꿀 소리를 내"라고 하면, 잠시 고민하는 표정을 보이다가 "돼지인가?"라고 말하면 되는 정도다. 그렇게 요령껏 맞혀주고 있는데, 이번에는 하나씩 힌트를 주는 스무고개 형식이다. 녀석이 "아빠, 바다에 살아", "헤엄을 쳐"라고 하기에 "상어, 고래, 거북이…." 온갖 종류의 바다생물을 얘기해본다. 그랬더니 뜻밖에도 정답은 "오리"라고 한다. "오리는 바다에 살지 않는 것 같은데"라고 말하니, 한발 물러선다. "그럼, 가오린가…." 그러더니 "맞혀줘서 고맙습니다"라며 씩 웃으며, 서둘러 마무리한다. 퀴즈인데 '맞혀줘서', '고맙다'니. 어쩌면 삶은 이렇게도 간단, 유쾌할 수 있다.

**하브루타(havruta) 교육**

아내가 캘리그래피 수업을 받는 동안, 근처 도서관에서 책을 읽으려다 계획에 없던 강의를 들었다. 그런데 '하브루타로 10공 100행'이라는 강의 제목만으로는 그 내용을 좀체 짐작할 수 없다. '하브루타', 처음 접해본다. 이럴 땐 일단 들어본다(책은 집에서 더 읽으면 된다). 강의를 듣고 보니, '하브루타'는 짝을 이뤄 서로 질문을 주고받으며 공부하는 것으로 유대인들만의 독특한 교육법이다. 그리고 '10공'은 10년을 공들이면(지속하면), '100행'은 100년이 행복하다는 의미로 강사님의 작명이다. '하브루타 교육'의 핵심을 나름대로 재정리하면 상대방과 말하기(토의, 토론 등)를 통해 지식(또는 지혜)을 구하는 것으로, 그 과정에서 상대방의 얘기를 경청하고, 서로가 질문을 주고받기를 수차례 반복하며, 지식을 체계화하는 것이다. 짧지만, 열심히 배웠다. 아들의 이야기를 잘 들어주고, 좋은 질문을 많이 하는 아빠가 되어야겠다.

노력을 해야지

아무리 노력해도 천성적으로 타고난 역량(자질)이 부족한 경우가 있다. 아빠에게 노래 가사를 암기하는 것이 그렇다. 대부분 같은 노래를 몇 번 들으면 흥얼흥얼 얼추 원곡과 비슷하게 따라 부른다. 그런데 몇십, 몇백 번을 들어도 노래 가사가 잘 외워지지 않는다. 그렇다고 노래를 싫어하는 것도 아니다. 휴직 전, 매일 12시 40분부터 1시까지 이어폰을 귀에 꽂고, 좋아하는 노래를 들으며, 낮잠을 달게 잤다. 그렇게 오전과 오후를 구분했다(마치 골프 선수가 스윙 전에 행하는 일련의 습관화된 루틴처럼). 아들에게 동요를 불러주다 가사가 들쭉날쭉 마구 엉킨다. 녀석이 "아빠, 그게 아니야"라고 하기에, "가사를 잘 몰라서 그래"라고 말하니, 녀석은 "방법이 있어"라고 받으며, "노력을 해야지"라고 답한다. 그래, 어쩌면 습관화된 반복을 노력이라 착각했고, 그것은 부족한 역량을 채워줄 만큼 간절하지 않았다. 제대로 노력해야겠다.

예상은 했지만, 역시나 이렇게 차이가 난다. 아픈 엄마의 밥상이 멀쩡한 아빠의 그것보다 몇 배는 더 훌륭하다(사실 비교 불가다). 멀쩡한 아빠가 준비했다면, 아들에게는 장조림(냉장고에 있는 것)을 데위주고, 계란 프라이를 추가했을 것이다. 그리고 아빠는 김치찜(냉장고에 있는 것)을 데워 먹었을 것이다. 거기에 엄마에게는 무엇을 먹고 싶은지(먹을 수 있는지) 물어보았을 것이다. 하지만 아픈 엄마는 후다닥 준비했다. 아들에게는 두부를 들기름에 부쳐주고, 생선을 한 마리 구워준다. 시래깃국도 추가한다. 그리고 아빠에게는 수육과 김치를 내준다. 거기에 몇 가지 반찬을 보탠다. 하지만 엄마는 자신이 먹을 것은 별달리 준비하지 않는다. 이러니 아이는 엄마의 밥심(밥을 먹고 나서 생긴 힘, 밥을 준비하는 정성스러운 마음)으로 자란다. 밥을 꾹꾹 씹는데, 마음이 짠하게 얘기한다. '어쨌든, 엄마가 얼른 나았으면 좋겠다.'

아침에 일어나 처음에 드는 생각은 '조금 추운데.' 다음으로 드는 생각은 '겨울이 왔나 보네.' 그다음으로 드는 생각은 '그럼 눈이 올 때가 됐는데.' 그리고 다음, 다음으로 드는 생각은 '눈 오면 어린이집 갈 때 차가 많이 막히는데.' 그렇게 생각하며, 창밖을 보니 눈이 제법 왔다. 녀석이 일어나길 기다린다. 잠시 후 겨우겨우 정신을 차린 녀석에게 "아들, 눈 왔어"라고 하니, 예상보다 반응이 신통찮다(잠이 번쩍 깰 줄 알았다). 이럴 땐 직접 보여줘야 한다. 녀석을 번쩍 들어 베란다 쪽의 창으로 함께 간다. 그제야 반응이 온다. "아빠, 진짜 눈이다. 진짜 눈. 엄청 많다." 녀석의 신나는 표정을 보니, 아빠도 아침부터 즐겁다. 그러다 문득, '그런데 가짜 눈도 있나? 눈이면 다 같은 눈이지 '진짜 눈'은 또 뭐야? 제법 많이 왔다는 의미인가?'라고 혼자 생각해본다. 세상에 가짜가 너무 많아서 그런지, 진짜라는 녀석의 외침이 조금 새롭다.

가끔은 아들의 엉뚱한 소리에 잠시 고민을 하게 된다. 아주 깊고, 깊게, 논리에, 논리를, 어쩌면, 아주 어쩌면, 보통 사람 수준에서는 상상하기조차 쉽지 않은 이야기를 하고 있는 것은 아닐까 생각한 때가 있다(물론 아들에 대한 아빠의 과한 사랑이라 해도 따히 할 말은 없다). 부쩍 싸늘해진 날씨에 얼른 주차를 하고 집으로 들어가야지 생각하는데, 녀석이 뜬금없이 "아빠, 아파트가 높아서 무서워"라고 한다. 너무 추워 녀석을 얼른 둘러업고 집으로 들어가고 싶지만 꾹 참고 "왜?"라고 묻는다. 녀석은 "밤이 되면 귀신같거든. 그리고 밤이 되면 뒤로 가니까"라고 답한다. "그럼 낮에는?"이라고 다시 물으니 "낮이 되면 앞으로 가니까 괜찮아"라고 답한다. 그러다 "그런데 어떻게 아파트에 발이 있지"라고 하더니 "아빠, 그냥 그런 거예요"라며 마무리한다. 다섯 살 꼬마의 이야기가 알 듯 말 듯 어리둥절하지만 일단 더 듣기엔 너무 춥다.

말장난 같기도 하고, 능글능글해진 거 같기도 한 것이 아들이 제법 말재주가 늘었다. 과일을 먹어볼까 생각하고 거실에 앉는다. 귤은 녀석이 좋아하지 않는 과일이라, 녀석에겐 아내가 만들어놓은 고구마탕을 건네 본다. 그랬더니 장난감 놀이에 바쁜지 그다지 관심 없는 눈치다. 녀석이 "아빠 안 먹어"라고 하기에, "아들, 그럼 아빠가 이거 먹는다"라고 말하며, 고구마탕을 집어서 먹으려 하는데, "아빠, 먹을 거예요. 아빠는 안 먹어"라고 말한다. 녀석이 무슨 말을 하고 있는지 곰곰이 생각해본다. '아빠 안 먹어'의 주어가 녀석이 아니라, '안 먹어'의 주어가 아빠라는 이야기다. 그러니 '아빠, (나는) 안 먹어'가 아니라, '아빠(는) 안 먹어'라고 말하고 있는 것이다. 자신이 먹을지 그러지 않을지 알려달랬더니, 질문을 하고 있는 아빠가 먹어야 하는지 그러지 않은지를 얘기한다. 슬슬 다섯 살 꼬마가 말의 재미를 알아가고 있다.

녀석이 잘 자는가 싶더니 깼다. 울음소리에 후다닥 달려간다(녀석의 방에서 함께 누워 있다가 잠이 든 것 같아 서재로 나와 책을 읽고 있었다). 컴컴한 방에 측은하게 앉아있다. 아빠를 보더니 "아빠, 아니야. 엄마를 불렀어"라며 더 크게 운다. 달래보려고 열심히 노력하는데 "내일 자기 싫어"라며 다시 울먹인다. 그제야 이유를 알겠다. 어제 엄마가 '세 밤 자면 흰색 공룡 장난감이 생길 거야'라고 한 얘기를 기억한 것이다. 세 밤이니, 오늘 잠을 자도, 내일 또 자야만 한다. 그러니 그때까지는 좋아하는 공룡 장난감을 가질 수 없다. 녀석이 잠들었다고 생각한 지 4시간이 지났다. 그럼 잘 자다가 문득 생각난 건가? 계속 생각하다가 잠깐 잠든 건가? 아니면 지금까지 안 자고 그 생각만 한 건가? 어둠 속에서 녀석을 꼭 끌어안고 달래는데, 녀석이 찾던 엄마가 들어온다. 엄마 품에 안긴 녀석을 보며 아빠는 조용히 서재로 돌아갈 뿐이다.

# 눈도 사람 되는 날

다른 지역은 모르겠지만, 대전에는 눈이 제법 왔다. 어린이집으로 녀석을 데리러 가며, 플라스틱 썰매판을 두 개 준비했다. 아침에 운동화를 신고 간 녀석을 위해 따뜻한 부츠도 챙겼다. 준비는 다 됐다. 신나게 놀 일만 남았다. 우여곡절이 있었지만 집으로 돌아와 주변 공원으로 갔다. 부슬부슬 눈을 맞으며, 잘 놀아보겠다고, 조금은 비장하게 걸었다. 평일 오후 3시가 조금 넘은 시간이라 아무도 없었다(주말이라 해도 사람이 없을 장소다). 눈썰매를 탈 수 있는 오르막으로 갔다. 아무 생각 없이 몸을 맡겨 내달렸다. 생각보다 너무 신났다. 체급이 맞진 않지만 우리 나름의 눈싸움도 했다. 그리고 "아빠, 눈사람도 만들어요"라며 신이 난 녀석을 위해 땀을 뻘뻘 흘리며 눈사람도 만들었다. 성인이 되고 눈사람을 만든 기억이 없으니, 적어도 20년 만이었다. 그간 잊고 살았다. '눈도 사람 되는 날', 아들이 알려줬다. 이렇게 살아도 된다는 것을.

춥다. 너무 춥다. 생각할수록 더 춥다. 그래도 집 밖으로 나간다. 쓰레기는 버려야 한다. 버리고, 또 버리고, 가볍게, 더 가볍게 살아야 한다. 그러니 추워도 나가야 한다. 30분? 1시간? 그렇게 길지 않다. 1분이면 충분하다. 아파트 1층이다. 냅다 뛰면 된다. 그럼 30초에도 가능하다. 하지만 어제 눈이 왔다. 미끄럽다. 조심해야 한다. 무엇보다 다 큰(너무 큰) 어른 체통과 위엄을 지켜야 한다. 춥다고 경망스럽게 뛸 수 없다. 갈 때는 그런 마음이다. 잘 지켜진다. 그런데 쓰레기를 버리는 순간, 모든 생각이 싹 사라진다. 몸이 먼저 움직인다. 냅다 뛴다. 머리로는 생각지 못한 일이다. 몸이 알아서 움직인다. 나쁠 건 없으니 그냥 둔다. 몇 걸음 안 되는 거리다. 잽싸게 뛰어본다. 즐겁기까지 하다. 아들에게 항상 강조한다. 차 조심, 길 조심, 서두르지 말고, 천천히, 천천히 움직이라고. 좋은 말이다. 말은 쉬웠다. 쉬웠는데 어려울 때도 있다.

일주일이 더 지났다. 순간 당황했고, 순간 후회했고, 순간 미안
했다. 짧은 시간에 많은 감정들이 교차했다. 좀 피곤했던 날, 녀
석이 일찍 잤으면 했다. 그랬기에 녀석이 잠이 온다(자야 한다)
고 생각이 들었을 때, 얼른 녀석의 방으로 가 함께 누웠다. '자겠
지' 하는 마음이, '자야지' 하는 마음으로 바뀌는데 시간은 하염없
이 흘렀다. 그렇게 한 시간이 더 지났다. 다시 나가 놀기도 애매
하고, 계속 누워있기도 난감했다. "아들, 자야지. 잠이 온다(자야
한다)고 누워있는 거잖아. 얼른 자야지"라고 말했더니, 녀석은
"아빠, 그렇게 말하지 마. 그렇게 말하는 거 싫어"라고 답했다.
불편한 마음이 아빠의 말투로 그대로 전해졌고, 녀석이 아빠의
감정을 적나라하게 읽어버렸다. 그러더니 "잘 거야"라고 말하고,
거짓말처럼 잠시 후 잠이 들었다. 무엇이 그렇게 급하다고, 무엇
이 그렇게 중요하다고 나란히 누워 아들의 마음 하나 못 읽었다.

## 아파트 1층에 산다

알지 못했고, 알고 싶지 않았다. 2년 이상 살아보니 이제 알겠다.
아파트 1층 살이는 장점도 많고, 단점도 많다는 것을. 다행인 것
은 다섯 살 남자아이를 키우면서 단점보다는 장점을 더 많이, 더
자주 생각하게 된다. 이곳으로 오기 전, 전망이 너무나 좋은 아파
트 13층이었다. 다 좋았는데, 어느 날부터 아래층의 할머니가 층
간 소음으로 인한 불편을 이야기했다. 지금 녀석이 다섯 살이니
2년 전이면 세 살 때라 크게 뛸 일도 없었지만, 엄마와 외갓집에
서 지낼 때였고, 안방은 서재로 쓰고 있었다. 우리 집에서 발생하
는 소음이 아니었다. 하지만 몇 차례 계속된 방문이 불편했다. 외
식을 하러 갔던 어느 날 집을 계약했다. 살고 있는 집을 팔지도
않고, 또 다른 집을 샀다. 1층에 살아보니 겨울이 춥지만, 사계절
이 자유롭다. 낮이 어둡지만, 삶이 여유롭다. 몇 가지 부족하지
만, 대부분 평화롭다. 그렇게 녀석과 아파트 1층에 산다.

단순하게 살고 싶은데, 그게 생각처럼 쉽지 않다. 어른이 되어간 다는 것, 어쩌면 이미 (돌이킬 수 없을 만큼) 어른이 되었다는 것 은 '당신은 이제 단순하게 살 수 없다'라는 사실을 강조해서 얘기 해주는 것 같다. 아이와 함께하며 다섯 살 꼬마에게 많은 것을 느 끼고, 감동하며, 배운다. 블록 장난감을 가지고 놀던 녀석이 잠 시 심각하다. 무엇 때문에 그런지 슬쩍 살펴보니, 만들고 있던 장 난감이 부서졌다. 옆에서 보기에도 제법 노력해서 만든 것처럼 보인다. 안타까운 마음에 "아들, 어떡해? 다른 장난감 가지고 놀 래?"라고 물으니, "아빠, 그냥 이거 가지고 놀래. 다시 만들면 되 지 뭐"라고 답한다. 속으로 '단순해서 좋다'라는 생각이 든다. 그 러다 잠시 후 녀석이 "아빠, 토마토빵 드세요"라며 달려온다. "아 들, 이건 이름이 왜 토마토빵이야?"라고 물으니, "응, 토마토 위 에 빵이 있거든. 그럼 토마토빵이잖아"라고 답한다. 역시나 단순 해서 좋다. 그래, 아빠도 조금 단순하게 살아야겠다.

잘 되니, 더 하고 싶고, 그러니 계속하게 된다

제법 그럴듯하다. 얼마 전까지 아들의 색칠하기는 영 엉성했다. 다섯 살 남자아이 수준을 백번 양보하더라도 '부지런히', '열심히', '더 노력해야겠다'라는 생각이 (많이) 들었다. 사실 그다지 신경 쓰지 않고(못하고) 있다가 영유아발달검사를 통해 오리기, 색칠하기 등에 대한 관심이 필요하다는 것을 알았다. 그렇다고 그 이후로 특별히 관심을 더 가진 것은 아니었다. 그저 녀석이 하고 싶다고 하면 함께 했다. 그랬더니 처음에는 그다지 변화가 없었는데, 요즘은 제법 잘 오리고, 잘 붙이고, 잘 색칠한다. 이게 선순환이라 잘 되니, 더 하고 싶고, 그러니 계속하게 된다. 가끔은 부작용(?)도 조금 있지만(아침에 어린이집 갈 때도 오리기는 꼭 한 번 하고 간다. 물론 자기 전에도 두 번은 더 한다), 그 정도는 충분히 즐거운 마음에 할 수 있다. 그러다 문득 이런 생각도 든다. 솔직히 어른이라고 오리기, 붙이기, 색칠하기 등등을 다 잘하는 것은 아니다. 그냥 나이만 더 많은 어른일 뿐인 경우도 제법 있다.

# 치킨을 먹다가

여느 때처럼 점심이 조금 지나 아들을 어린이집에서 데려온다. 집으로 돌아오는 길, 아내가 치킨을 먹자고 한다[아내는 치킨을 좋아하지(먹지) 않는다]. 녀석이 치킨을 곧잘 먹기에 바깥 놀이가 쉽지 않은 겨울에 엄마가 주는 작은 선물이라고 생각한다. 아내가 전화로 주문을 하고, 치킨집 앞에서 차를 세워두고 잠시 기다린다. 10분쯤 지나 가게로 들어선다. 조금 남루하고, 제법 나이가 들어 보이는 부부가 운영하는 유명 체인점, '장사는 잘될까? 오늘은 그 어느 때보다 잘됐으면 좋겠는데…'라는 생각이 잠시 스친다. 치킨을 먹다 생각한다. 올해도 이제 10여 일 조금 남았고, 내년 4월이면 복직이다. 회사에 다니고 있다는 것이 어떤 의미일까 생각해본다. 장사는 영 소질도 없고, 도무지 적성에도 안 맞는다. 그러니 참 다행이다. 회사 일은 아주 썩 잘하지는 못해도, 지금까지는 그런대로 했고, (아주) 가끔은 잘했던 경우도 있었으니. 치킨을 먹으며 뜬금없지만 결론은 세상사(람) 모두 다 잘됐으면 좋겠다.

# 공룡아, 어딨어?

토요일 오전에는 대전에 있었다. 토요일 오후에는 경주에 있었다. 일요일 오전에도 경주에 있었다. 일요일 오후에는 대전에 있었다. 월요일부터 화요일 오전까지는 대전에 있었다. 화요일 오후부터 수요일 오전까지는 인천에 있었다. 수요일 오후에는 화성에 있었다. 수요일 저녁에는 다시 대전에 있다. 요 며칠 사이 경주와 인천을 다녀와야 할 일들이 있었다. 거기에 화성을 슬쩍 끼워 넣은 이유가 있다. 화성에는 아들이 좋아하는 '공룡알 화석지'가 있기 때문이다. 화석지는 녀석이 외갓집을 가는 길에 고속도로 위에서 항상 바라보기만 했던 곳이다. 올해가 가기 전에 꼭 한번 가겠다 약속하고 미루어두었는데, 10여 일 지나면 해가 바뀌니 더 이상 미룰 수 없었다. 이틀 전에도 '경주 백악기 월드'를 다녀왔으니, 공룡의 흔적을 찾아 전국을 돌아다녔다고 해도 되겠다. 그동안 제주, 고성, 해남, 공주, 대전, 태안, 경주, 화성 등등 공룡과 관련된 박물관이나 전시관은 참 부지런히 다녔다. 그때마다 녀석은 말했다. "공룡아, 어딨어?"

## 가장 많이, 가장 자주 가는 곳
### (영주, 인천, 원주, 대구)

대전에 살면서 좋은 점도, 그렇지 않은 점도 제법 있다. 좋은 점이라면 우리나라 중간에 위치하는 곳이라, 전국 어디라도 어지간하면 3시간 안쪽으로 이동할 수 있다는 것이다(물론 강원도 동해쪽은 4시간 이상 걸리기도 한다. 그리고 좋지 않은 점은 어쩔 수 없다 생각하고 그러려니 하면서 살고 있다). 대전에 살면서 가장 많이, 가장 자주 가는 곳은 아들의 할아버지, 할머니가 계신 영주, 외할아버지, 외할머니가 계신 인천, 큰 고모와 아빠의 고등학교 친구(녀석의 친구와 동생)가 있는 원주, 아빠의 초등학교 친구(녀석의 형과 동생)가 있는 대구 정도다. 모두 대전에서 2시간 내외로 이동이 가능하다. 그러니 이동할 때 매번 비슷한 상황이 반복된다. 집에서 출발을 하면 엄마는 커피를 마시고, 아들은 동요를 듣는다. 그러다 아들이 20분 내외로 잠이 들면, 엄마는 미루어두었던 일들을 처리하고, 아빠는 운전을 하며 조용히 생각할 수 있는 시간을 갖는다. 그러다 휴게소에서 한 번 쉬고, 또 부지런히 달리다 보면 어느덧 목적지에 도착한다.

# 영상통화가 주는 행복

휴대폰의 존재를 처음 알았을 때가 생각난다. 집 전화에서 삐삐로의 변화(기술의 발전)도 놀랍기만 했는데, 거기서 한 단계 더 나아가 전화를 휴대하고 다닐 수 있음은 많이 신기했고, 가끔 경이로웠다. 세월이 흘러 지금은 카메라에, 인터넷까지 모두 되는 스마트폰을 사용하고 있으니 전화기가 어디까지 발전할 수 있을지 예측불가다. 그저 뛰어난 기술자들에 의해 또 다른 문명이 주어지면 그것을 감사한 마음으로 사용할 뿐이다. 이야기가 길어졌다. 아들을 키우며 전화기의 기술 발전이 모두 고맙지만 그중에서 최고는 '영상통화'라 생각한다(물론 사진을 찍으면서도 여러 번 깜짝 놀란다). 멀리 떨어져 계시기에 자주 찾아뵙지 못하는 (외)할아버지, (외)할머니에게 녀석의 짓궂은 모습을 잠시나마 실시간으로 함께할 수 있음은 더없는 기쁨이다. 화면으로 서로의 환한 웃음이 전해질 때 영상통화가 주는 행복은 이루 말할 수 없다. 그저 고맙다. 녀석과 함께하는 기쁨을 소중한 사람들과 다시 한번 함께할 수 있다는 것이.

아직은 그림을 그린다기보다는 색을 칠한다는 것이 보다 적당하고, 합당하며, 타당하다. 형태는 얼핏 나오지만 이런저런 색들만 잔뜩 칠해져 있다. 그래도 기분은 좋다. 꼬물거리던 녀석이 어느덧 색으로 자신의 마음을 표현하니 그 나름 대견하고, 기특하다. 인천 외갓집에서 스케치북을 펼치고 무언가를 열심히 그리고(칠하고) 있는 녀석에게 "아들, 뭐 그리는 거야?"라고 물으니, "응, 세상을 그리는 거야"라고 답한다. '세상을 그린다고? 이건 또 무슨 뚱딴지같은 소리야'라고 생각하고 있는데, 얼핏 보기에 땅 비슷한 것을 갈색으로 넓고, 크게 칠한다. 그러더니 크레파스의 여러 색깔들을 하나하나 꺼내어 긴 선을 쭉 긋는다. '이건 또 뭐 하는 거지'라고 생각하며, "아들, 이번에는 뭐 그리는 거야?"라고 물어보니, "아빠, 무지개를 그리는 거야. 세상을 그리려면 무지개가 있어야 하거든"이라며 되받는다. 다섯 살 아들에게 세상은 무지개다. 알록달록 맑고, 밝다. 그러니 그 마음이 좋겠다. 그래서 그 마음이 따뜻하다.

이겼다, 이겼어

토요일, 조금은 여유로운 마음이다. 아침을 간단히 먹고, 아들과 무엇을 해야 하나 생각한다. 그러다 '그냥 쉬어야지'라고 생각하는데, 아내가 "오후에 마트에서 마술공연 있는데, 점심 먹고 보러 가자"라고 한다. 생각해보니 재미있겠다. 역시 아들 생각하는 마음은 엄마를 당할 수 없다. 그렇게 마트에서 입장료 1,000원에 소방관이었던 마술사 아저씨의 다양한 마술을 아빠도, 엄마도, 아들도 정말 유쾌하고, 즐겁고, 신나게 봤다. 녀석은 무대에서 양 어깨에 비둘기를 올려놓기까지 했다. 무대로 안 나갈 줄 알았는데, 선뜻 나서는 걸 보니 많이 컸다. 이후 엉겁결에 마트에서 진행하는 이벤트 게임에 참가했다. 산타와 가위바위보 게임을 해서 끝까지 남는 사람에게 경품을 주는 것이었다. 지난 추석에도 고리던지기 게임에서 라면 다섯 봉지를 받았는데, 이번에도 마지막 게임에서 "이겼다. 이겼어"를 몇 차례 반복했더니, 마침내 커다란 치킨 한 통을 경품으로 받았다. 이 행운과 이 기세가 내년까지 쭉 이어졌으면 좋겠다.

크리스마스이브다. 월요일이라 평일인데, 왠지 주말 같은 기분이다. 아들도 어린이집 방학이다(원래는 가도 되는데, 선택사항이라 쉬기로 했다). 이래저래 뭐라도 해야 한다. 무엇을 할까 잠시 고민하다 몸과 마음을 살찌우기로 한다. 먼저 마음이다. 대형 중고서점으로 간다. 오늘만큼은 아빠도, 엄마도, 아들도 원하는 책을 넉넉하게 사보기로 한다. 아빠는 특정 분야의 직업을 가진 사람들의 이야기가 소개된 책으로 4권, 엄마는 최근 관심을 가지고 부지런히 배우고 있는 양초 만들기, 아이 요리책으로 3권, 아들은 다양한 공룡들이 등장하는 그림책으로 5권, 이렇게 총 12권을 구입한다. 다음은 몸이다. 외식을 하려다가 잠시 멈칫한다. 집 근처의 대형마트로 발길을 돌린다. 그곳에서 역시나 오늘만큼은 아빠도, 엄마도, 아들도 좋아하는 과자를 평소와 달리 욕심껏 산다(그래봐야 1~2개다). 크리스마스에 온 세상이 행복한 것처럼, 하루 전날, 미리미리 우리 가족의 몸과 마음도 한껏 행복해본다.

12월이 되면 이미 고민이 시작된다. 올해 크리스마스에는 아들에게 어떤 선물을 해야 하나…. '산타할아버지의 선물'이라는 이름으로 부지런히 찾아본다. 그러다 슬쩍 물어본다. "아들, 산타할아버지가 올해는 어떤 선물 주실까? 뭐 주시면 좋겠어?" 직접 물어보기는 좀 뭣하지만, 녀석이 받고 싶어 하는 것을 주고 싶은 마음이다(어쩌면 녀석도 이미 산타할아버지의 존재를 알고 있는지도 모른다). 그렇게 내일이면 산타할아버지의 선물을 받을 수 있다. 엄마, 아빠는 일단 녀석이 마음 편히 자기만을 기다린다. 그런데 이런 날일수록 잠자리를 뒤척이기 마련이다. 녀석은 침대에 누워서도 "아빠, 산타할아버지가 공룡메카드(공룡장난감) 주실까? 아니면 과자 주실까? 일단 자보면 알겠지. 아빠, 잠 와. 먼저 잘래"라며 쉼 없이 얘기한다. 그러다 잠깐 자나 싶더니 금세 다시 깬다. 이해된다. 그 기분. 다섯 살 꼬마에게 산타할아버지의 선물은 어김없이 도착(해야) 한다. 그러니 아들아, 제발 마음 편히 자거라. 그럼 다 된단다.

## 그땐 몰랐고, 이젠 알겠다

크리스마스의 이른 아침. 침대에 누워 비몽사몽으로 한껏 들뜬 표정과 목소리의 아들을 맞는다. "아빠, 이것 보세요. 산타할아버지가 선물을 잔뜩 주고 가셨어요. 얼른 뜯어주세요. 얼른이오." 녀석의 즐거운 표정을 좀 더 지켜보고 싶지만, 녀석을 위해서라도 (엄마가 정성스럽게 포장한) 선물들을 하나씩 확인하고, 함께 준비한 편지도 읽어본다. 다섯 살 아들의 크리스마스는 엄마와 아빠의 기대보다 훨씬 즐겁고, 유쾌하며, 보람차다. 녀석이 얼마나 또렷이 기억할지 알 수 없지만, 이 순간만큼은 잠시라도 아름답게 간직할 것이다. 신이 난 녀석을 보니, 어린 시절이 생각났다. 왜 그랬는지 모르겠지만, 그저, 그냥, 이유 없이, 왠지, 문득, 갑자기, 불현듯, 불쑥 떠올랐다. 넉넉지 않았고, 그것을 인식조차 못 했다. 그렇게 지냈고, 돌아보니 그렇게 살았다. 그땐 몰랐고, 이젠 알겠다. 녀석의 할아버지, 할머니는 때론 억척스럽게, 때론 미련하게 가족을 지켜내려 한껏 힘썼고, 한껏 버텼다. 머리 숙여, 참 고맙고, 참 감사하다.

# 순간 부끄럽다

이틀을 집 안에서만 보냈다. 먹고, 놀고, 자고의 반복이다(아들이 잠들면 잠시 책은 읽었다). 아들이 담임선생님의 휴가 기간 동안 어린이집을 함께 쉬고 있기 때문이다. 물론 그렇다고 집에만 있으라는 법은 없는데, 녀석은 자기 집이 그 어느 곳보다 좋다는 아이다. 집이 좋다니 나쁠 건 없지만, 그래도 더 이상 집에만 있으면 안 될 것 같아 "밖에 나가자. 오늘은!"이라고 얘기하며 주섬주섬 옷을 갈아입어 본다. 그랬더니 녀석도 "아빠, 어디 가는 거야?"라며 따라나설 기세다. 잘됐다 싶어 도서관에 가서 녀석이 좋아하는 공룡 동화책을 빌려오기로 한다. 신나는 마음으로 자동차에 올라 시동을 거는데, 배터리가 방전되어 꿈쩍도 않는다. 보험회사에 긴급출동 서비스를 요청하고, 아들과 차 안에서 기다린다. 추워서 꼼짝 않고 있는데, 10여 분 후 환갑은 훌쩍 지나 보이는 분이 출동차량에서 웃으며 내리신다. 순간 부끄럽다. 이렇게 추운 날씨에, 저렇게 웃으며 일하는 사람도 있는데… 아빠는 뭘 하고 있었던 걸까….

아들과 대전시립박물관에서 '2018 한국의 명가 IV 파평윤씨 특별전 「교목세가—시대의 부름에 답하다」'라는 전시를 보았다. 그러다 '고산구곡시화병(高山九曲詩畵屛)'에 마주섰다. '율곡 이이가 황해도 해주 석담에 은거할 때 조선의 산천 풍광을 시조형식으로 지은 '고산구곡가'와 우암 송시열의 한역시를 담은 12폭의 병풍이다. 이 병풍은 문인화가와 화원들이 그린 고산구곡의 그림과 문신들이 쓴 시를 모아 1803년에 만들어졌다. 각 폭의 최상단에는 유한지가 쓴 표제가 있고 상단에는 송시열의 한역시와 함께 서인계열의 기호학파 제자들의 시가 쓰여 있는데, 이는 안동김씨 문중의 문신들에 의해 쓰였다. 중·하단에는 고산구곡의 경지가 김가순 제시와 함께 담겨있다(출처: 문화재청).' 아빠는 나름 집중해서 열심히 읽으며, 어떻게 감상할까 고민하는데, 아들이 간단히 답을 건넨다. "아빠, 사람이 있는 게 제일 좋아. 옛날에도 사람이 있었어." 그래, 어제나 오늘이나 내일이나, 과거나 현재나 미래나, 언제나 '사람'이 답이다.

# 영어보다 국어가 먼저다

언어는 빠르면 빠를수록 보다 쉽고, 보다 효율적으로 습득하여, 보다 능숙하게 활용할 수 있다. 아들이 국어를 그 어떤 것보다 잘했으면 좋겠다는 생각은 녀석이 태어나기 전부터 변함없다. 다행히 엄마, 아빠가 보기에는(그리고 주변에서 하는 얘기로두) 녀석은 무난히 언어(모국어)를 습득하여, 이를 잘 활용하고 있다. 그런데 외국어의 문제라면 여느 엄마, 아빠들과는 조금 다르게 생각한다. 아들 또래의 아이들 중에 이미 영어 유치원에 다니고 있거나, 영어와 관련된 그 무엇(학습지, 동화책 등)이라도 하고 있다는 얘기를 자주 듣는다. 거기에 중국어까지 추가한 경우도 심심찮게 있다. 솔직히 아들이 영어를, 중국어를 유창하게 하면 좋겠다. 다만, 지금이 아닌 성인이 되어서 필요할 때, 필요한 곳에서 잘하면 좋겠다. 국어를 누구보다 잘했던 엄마, 아빠의 경험으로는 모국어에 대한 올바르고, 정확한 이해가 있다면 조금 늦더라도 다른 외국어도 충분히 학습할 수 있다. 그러니 영어보다 국어가 먼저다.

곤히 잠든 녀석을 확인하고, 서재로 돌아와 책상 앞에 조용히 앉아본다. 내일이 지나면 한 해는 사그라지고, 또 다른 한 해는 싹이 튼다. 그렇게 한 해를 마무리하며 슬쩍 지난날들을 돌아본다. 이런저런 생각이 난다. 녀석, 많이 컸다. 씩씩하고, 건강하고, 맑고, 밝게. 그러면 됐다. 그러면 됐어. 10개월, '기껏'이라 해도 좋고, '길고 긴'이라 해도 좋다. 지난 3월, 육아휴직을 시작하고 많은 일들이 있었다. 다사다난했다. 물론 휴직을 하기 전에도 많은 일들은 끊임없이 있었다. 하지만 아빠라는 이름으로 녀석의 성장을 바짝 곁에서 함께하며 하루하루 켜켜이 쌓아올린 날들이라 더 새롭고, 더 의미 있다. 그러니 뿌듯하다. 뭔가 벅찬 그 무엇. 막연한데, 왠지 기분 좋다. 홀가분하기도 하고, (내년에는 또 어떤 일들이 있을까) 궁금하기도 하고, 기대되기도 한다. 오롯이 녀석과 함께한 날들, 그 밀도와 강도는 한층 내밀하고, 견고했다. 내일 하루가 더 남았지만, 이만하면 됐다. 올해도 잘 살았다. 아내에게 고맙고, 아들에게 고맙다.

# 하루에 한 살

2018년의 마지막 밤, 아들은 엄마, 아빠와 나란히 눕는다. 평소보다 많이 늦은 시간이라 이미 꿈나라에 도착하기 직전이다. 하지만 한 해를 마무리하며 할 이야기는 꼭 해야 한다. 먼저 아빠가 얘기한다. "아들, 올해도 잘 자라줘서 고마워. 내년에도 건강하고, 더 신나게 놀자." 다음은 엄마다. "아들, 엄마, 아빠의 아들로 태어나줘서 고맙고, 사랑해." 마지막은 아들이다. "엄마, 오늘 밤만 자면 여섯 살 되는 거예요." 엄마, 아빠는 오늘 하루 종일 '내일이면 여섯 살 형아 되는 거야'라는 말을 입에 달고 살았다(여섯 살 얘기는 12월 중순부터 시작했다). '오늘 밤만' 자면 여섯 살이 되는 것은 맞는데, 생각해보니 어딘가 조금 어색하다. 사실은 어젯밤도 잤어야 했고, 그제 밤도, 그그그 그제 밤도 잤어야 했기 때문이다. 그렇게 364일이 쌓이고, 쌓여서 이제 마지막 하루, '오늘 밤'이 남았는데, 오늘 밤'만'에 너무 의미를 부여하니 다른 날들이 많이 서운하겠다. 참, 하루에 한 살씩 먹는다면, 세상이 참 신기하겠다.

휴직 중인 아빠에게 별다른 의미가 없는 휴일이다. 그래도 한 해를 시작하는 첫 번째 날이니 나름대로 의미를 담아 무엇이라도 해볼까 생각한다. 밥을 먹으며, 바람도 쐬고 산책도 하면 좋을 것 같아 인근 도시인 공주에 있는 '공산성'에 다녀오기로 한다. 그렇게 새해 첫 나들이 계획을 세웠더니, 딱히 이유는 없는데 슬슬 잠이 온다. 마음 편히 낮잠이나 한숨 자면 딱 좋을 만큼 몸이 찌뿌둥하다. 슬쩍 눈치를 보니 녀석도 잠은 무지 오는데 꾹 참고 있다. 그래서 잠시 녀석을 바라보며, '아빠, 잠 와'라고 얘기하기를 기다려본다. 그랬는데, 전혀 예상하지 못한 녀석의 선물을 받았다. 녀석은 "선물을 준비했습니다요"라고 하더니, 소파에 있는 아빠에게 달려와 뽀뽀를 한다. 그러더니 "아빠, 우리 같이 가지고 놀까"라며 장난감을 가리킨다. 녀석은 아빠와 같이 놀고 싶은 것이다. 새해 첫날부터 낮잠이나 자려 했던 아빠는 다시 정신을 바짝 차리고 아들과 함께 놀이를 시작한다. 그렇게 2019년의 첫날을 시작한다.

단순한데 좋다. 그래서 더 의미 있다. 아들이 어린이집에서 '금메달'을 받았다(물론 '금'보다는 '메달'에 의미를 두어야 한다). 메달의 앞면에는 녀석이 다니는 어린이집 이름이, 뒷면에는 '상'이라고 한 글자만 턱 하니 쓰여 있다. 연말에 다른 반 친구들과 함께한 체육대회에서 달리기를 잘해서 받은 것이라고 한다. 메달만 받았나 했더니 상장도 하나 받았다. 상장에는 '레고(장난감)'를 잘 가지고 놀아서 주는 상이라고 제법 길게 쓰여 있다. 녀석은 '상장'도 좋지만 아무래도 '메달'이 더 신기하고, 더 재미있는 눈치다. 이럴 때 어린이집에 다니는 것이 그 나름 괜찮다. 상장이나 메달, 꼭 무엇을 주어서 그런 게 아니라 엄마, 아빠들이 개인적으로 할 수 없는 것들을 아이들에게 틈틈이 해주어서 좋다. 아마도 녀석의 친구들도 다양한 이름으로 메달을 받고, 상장을 받았을 것이다. 아무래도 좋다. 아이들이 무엇인가 열심히 노력하고, 그 결과를 작게라도 보상받아, 그것을 유쾌하게 기억할 수 있다면. 그게 바로 금메달이다.

사람들은 '피는 물보다 진하다'라고 한다(문장의 상징적 의미를 생각하지 않더라도 피가 물보다 더 끈적끈적하니 진한 것은 맞다). 그런데 다섯 살 아들은 '물은 피보다 강하다'라고 말한다. 그냥 막연히, 아무런 이유 없이 하는 이야기가 아니다. 자기 나름의 근거와 소신, 그리고 확신을 가지고 하는 말이다. 집 안이 건조해서 그랬는지, 아니면 요즘 부쩍 키가 크려고 그랬는지, 그것도 아니면 단순히 코 안에 코딱지를 꺼내다 그랬는지, 녀석의 오른쪽 코에서 피가 주르륵 흐른다. 어른이 코피가 나도 당황스러운데, 아이가 코피가 나니 안쓰러움까지 더해진다. 일단 서둘러 지혈을 하고, 녀석의 손과 얼굴과 옷에 묻은 피를 제거하기 위해 화장실로 간다. 다행히 피가 그렇게 많이 나지는 않는다. 녀석은 세면대의 거울을 통해 자신의 모습을 확인한다. 그러다 얼굴에 묻은 피가 물에 조금씩 씻겨 나가는 것을 보더니 "아빠, 물이 피보다 힘이 훨씬 세다. 피가 다 없어졌어"라고 얘기한다. 그렇게 생각하니 피는 진한데, 물은 강하다.

# 100센티미터

여섯 살이 된 지 이제 겨우 육 일째 되는 아들. 갓난아기 때를 생각하면 '벌써' 이렇게 컸나 싶기도 하고, 주변의 초등학생들을 보면 '아직' 많이 커야겠구나 생각되기도 한다. 그러다 문득 녀석의 키를 생각해본다. 이제 딱 '100센티미터.' 좀 더 컸으면 하는 마음에 '아들, 밥이랑 반찬 더 열심히, 부지런히 먹어야겠다'라는 말을 입에 달고 살지만, 또 한편으로 생각해보니 100센티미터면 이미 녀석이 평생 자라야 할(클 수 있는) 키의 절반 이상이다(물론 2미터 이상 자랄 수도 있지만, 그것은 바라지도 않고 엄마, 아빠의 유전자를 고려하면 그럴 가능성은 매우 희박하다). 여섯 살이면 아직 귀엽기만 한 꼬마 같은데, 키로만 보면 이미 인생의 절반 이상을 자랐다 생각하니 기분이 묘하다. 아빠의 곁에서 개구쟁이 같은 표정으로 장난치는 모습을 보면 한참 더 자라야 할 것 같은데… 아직은 가야 할 길이, 해야 할 일이, 하고 싶은 것들이, 무엇이 되었건 무한한 가능성이 있다. 그러니 또박또박 자라서, 뚜벅뚜벅 가면 된다.

월요일 오후 세 시, 한겨울 칼바람을 맞으며 아내와 아들과 간식
거리를 사러 갔다가 돌아오는 길, 아들이 갑자기 그네를 타고 싶
다며 놀이터로 향한다. 휑하다 못해 으스스하기까지 한 놀이터,
여섯 살 아들과 마흔한 살 아빠가 나란히 그네에 앉는다. 충분히
예상했던 차가움, 서둘러 집으로 돌아가고 싶지만 꾹 참고 녀석
의 그네를 밀어준다. 녀석은 손에 장갑을 끼고 있어 그네의 줄을
잡기가 불편한 눈치다. "아빠, 줄 끊어지면 어떡하지"라고 걱정
하기에, "그럴 리 없어. 아빠가 타봤어"라고 안심시키고, "아빠,
다치면 어떡하지"라고 묻기에, "괜찮아. 아빠가 있잖아"라고 답
하고, "아빠, 손 놓으면 어떡하지"라고 말하기에, "아들, 그건 아
빠도 어쩔 수 없어. 손으로 줄을 꼭 잡아. 그럼 아무 일 없어"라고
받는다. 세상에는 아빠가 대신할 수 없는 것도 있다(많다). 그럴
땐 '혼자', '스스로' 해야만 한다. 앞으로 그런 일들이 많이 있겠지
만 당황하지 말고 한 번만 해보면 된다. 그럼, 두 번도, 세 번도,
네 번도 할 수 있다.

# '계단'과 '때'에 대한 생각

한 가지를 다시, 또 다른 한 가지를 달리 생각해본 하루다. 먼저 '계단'에 관한 이야기다. 아들은 아파트 주차장에서 계단을 오를 때, "아빠, 안아줘. 발 아파"라는 얘기를 자주 한다. 아빠에게 어리광을 부리는 것이라 생각했는데 사우나에서 조금은 다른 말을 한다. "아빠, 여기 계단은 나 혼자서 올라갈 수 있어. 그런데 아파트 계단은 어떨 때는 올라갈 수 있는데, 또 어떨 때는 아빠가 도와줘야 해"라고 또박또박 얘기한다. 단순한 어리광이 아니었음을 다시 생각해본다. 다음은 '때'에 관한 이야기다. 사우나를 좋아했던 이유는 때를 밀기보다 땀을 내기 위함이었다. 그러나 녀석과 함께 하며 땀을 내기보다 (물로) 노는 것으로 바뀌었다. 혹시나 해서 녀석의 팔을 문지르니 여느 때보다 많은 때가 있다. 꼬마의 작은 팔에서 나오는 때를 보니 '세상만사 다 때가 있다'라는 말이 생각나 씩 웃는다. 그 '때(알맞은 시기)'가 그 '때(피부의 분비물)'를 의미하는 것은 아니지만 언젠가 '그 때'가 둘 다 생각날 것 같아 또 웃는다.

서점으로 향한다. 조금 불편해도 자주 가는 곳보다 낯선 곳으로 간다. 제법 붐비는 실내를 이리저리 돌아다니며, 책 제목을 읽는 것으로 독서를 대신한다. 요즘 인기 있는 책들을 살펴본다. 약간의 새로움과 또 약간의 익숙함. 녀석의 책을 두 권 골라 서점을 나서려는데, 아내가 서점 안에서 아이들 책을 홍보하는 분을 만났다며 녀석과 함께 놀러 오라고 했단다. 저녁 시간 전이라 시간도 충분하니 가본다. '잠시 구경하고 가야지' 하는 마음 정도. 아이들 책이라면 웬만큼 읽었고, 또 이런저런 교육에도 부지런히 참석했으니, 별다른 차이는 없을 것이라 생각한다. 그런데 찬찬히 둘러보니 정말 잘 만들어진, 정말 잘 구성된 책들이다. 거기에 '정말 좋은 책 300권이면 아이의 인생이 달라진다고 믿는다'라는 그들의 철학이 좋다. 그들이 말하는 '아이의 미래를 바꾸는 1% 엄마들의 특별한 독서법'은 경험과 지식의 연결인 듯하다. 그것이 잘되면 '위대한 인생'이라고 한다. 부지런히 더 읽어야겠다.

별다른 이유 없이 '고정문'이라 쓰여 있는 반쪽. 그 의미를 정확히 알지 못하는 아들이 밀어본다. '옆에 있는 또 다른 반쪽을 밀어야지'라고 생각하는데, 순간 고정되어 있다는 문이 제 이름값을 못한다. 분명 열리면 안 되는데 쓰으 열린다. 꼼짝 않고 딱 버티고 있어야 하는데 별일 없다는 듯 공간을 내어준다. 순간 당황하며, '그럼 왜 (고정문이라) 써놓은 거지'라고 생각한다. 그러다 다음번에는 녀석을 따라 그 고정되어 있다는 문을 슬쩍 밀어본다. 자세히 보니 고정되어 있지 않은 반쪽보다 사람들의 출입이 잦다. '유쾌한 배신감'이다. 믿음을 저버렸는데 씁쓸하기보다 유쾌하다. '고정되어 있다. 그러니 건들지 마라. 움직이지 않는다'라고 해놓고, 그 약속을 지키지 않았는데 오히려 편리하니 좋다. 더 쓸모 있어졌다. 아이와 함께하는 것도 그럴 것이다. 때론 당연히 하지 못할 것이라 지레짐작하는데 한 번에 뚝딱 해버려 놀라기도 한다. 그런 배신(?)이라면 하루에 열 번이라도 좋다. 언제나 유쾌히 받아줄 것이다.

자꾸 시계만 쳐다본다. 아들이 오늘(1월 11일)부터 어린이집에 서 낮잠까지 자기 때문이다. 작년 10월부터 지금까지는 오후 1시 30분이면 하원했다(같은 반 친구들은 오후 5시 또는 더 늦게 하 원한다). 녀석은 연초가 아닌 연말에 어린이집을 처음 다녀보는 낯섦, 무엇보다 엄마, 아빠가 언제나 함께할 수 있다는 사실들로 인해 담임선생님과 상담 후 그렇게(서서히 적응) 하기로 했다. 그 렇게 쭉 지냈는데, 며칠 전 선생님께서 "아이가 친구들과 더 놀고 싶은 것 같아요. 이제는 (어린이집에 있는) 시간을 조금 늘려도 될 것 같아요"라고 했다. 처음에는 아이도 당황할 수 있으니 금 요일 하루만 오후 4시에 하원하기로 했다. 생각해보면 딱 2시간 30분인데, 그 시간을 처음으로 녀석과 떨어져 있으니 언제나 같 이 하원하던 1시 30분 전부터 이런저런 생각에 신경 쓰인다. 정 작 4시에 녀석을 만나니 선생님은 "너무 씩씩하게 잘 자고, 잘 놀 았어요"라고 한다. 괜한 걱정이었다. 그래도 괜히 걱정되는 게 엄마, 아빠 마음이다.

"아빠, 동물들도 싸움을 했을까?"라는 느닷없는 아들의 질문. 거실 소파에 앉아 따뜻한 볕을 느끼며 오래간만에 고상하게 책을 좀 읽어보나 했는데 역시나 틈을 주지 않는다. 녀석의 수준에 맞게 설명을 해주기 위해 고민하다가 "음, 여기 봐봐(녀석의 장난감 중에 덩치가 비슷한 동물 두 마리를 손에 들고). 이 두 마리가 배가 너무 고프면 밥을 먹어야겠지? 그런데 밥이 많으면 문제가 없는데, 밥이 한 그릇밖에 없어. 배는 너무 고프고. 그럼 동물들이 어떻게 해야 돼?"라고 아빠는 나름 논리적으로? 설명했다 생각하며 만족한다. 녀석에게 기대했던 대답은 '음, 그럼 동물도 어쩔 수 없이 먹이를 먹기 위해 싸웠을 것 같아.' 이랬는데, "아빠, 이거 봐봐. 여기 계란(장난감 모형) 하나가 있지. 그런데 동물이 두 마리야. 그럼 둘이서 사이좋게 나눠 먹으면 되지. 그럼 얼마나 맛있게 먹을 수 있는데"라며 냠냠 맛있게 먹는 시늉도 한다. 딱히 할 말은 없지만, 아빠가 살아보니 '전쟁과 평화'가 그렇게 말처럼 간단하지만은 않다.

세상 궁금한 것 중에 하나가 '감기는 도대체 언제, 어디서, 어떻게, 왜 걸렸을까?'이고, 다음이 '어디서(어느 병원), 어떻게(어느 약) 나을까?'이다. 세상 이치 알 만큼 아는 성인이 된 지금까지도 답이 없는 질문이다. 물론 의사 선생님들은 전문지식을 활용하여 이런저런 설명을 해주시지만, 감기에 걸린 사람 입장에서는 답답하기 그지없다. 생각해보니 감기에 '걸린다'라는 표현도 이런 답답함을 어느 정도 반영해주는 것이라 생각한다. 시름시름 앓게 만들어 '벽이나 못 따위에 딱 걸어두는 것' 같기도 하고, '자물쇠나 문고리를 채우거나 빗장을 지른 것' 같기도 하다. 어찌 됐든 평온한 일상은 잠시 안녕이다. 아들이 감기에 걸려 콧물을 줄줄 흘리기에 안쓰럽고 답답한 마음에 "도대체 언제 감기에 걸린 거야?"라고 말하니(딱히 대답을 기대한 것은 아니고, 콧물을 닦아주며 하는 혼잣말 정도), 녀석은 "이유 없어"라고 딱 잘라 답한다. 굳이 찾으려면 이유야 있겠지만, 지금 이 순간 아빠는 그 말에 전적으로 동의한다.

# 넘쳐야 비로소 유지된다

'책을 왜 그렇게 많이 읽는가?'에 대한 대답은 언제부턴가 '그냥 좋으니까' 정도다(30대 초반까지는 다른 말들도 많이 했다). 이런 저런 추가적인 설명이 필요 없는 대답이기 때문이다. 생각해보면 딱히 더 좋은 대답을 찾지 못한 것이 이유이기두 하다. 또 이렇게 대답하면 상대방도 '음, 그렇구나' 정도로 동의의 눈빛을 보내주는 것 같다. '그냥', '좋다'라니, '그냥', '됐어'라고 생각할밖에(가장 김빠지는 대답이라 그럴 수도 있겠다). 아들과 좁은 욕조에 물을 가득 받아놓고 나란히 앉으니 따뜻한데 녀석의 말캉말캉한 살들까지 느껴져서 참 좋다. 그런데 시간이 지날수록 따뜻했던 물은 참을 만큼만 미지근했다가 이내 조금은 차갑게 느껴진다. 녀석과 오붓한 시간을 위해서라도 따뜻한 물은 필요하다. 다시 물을 데우기 위해 조금은 뜨거운 물로 채워본다. 넘쳐야 비로소 유지된다. 다소 엉뚱하지만 '책을 왜 읽는가?'라고 다시 묻는다면, 이제는 '과하다 싶게 넘쳐야 조금 유지라도 되기 때문이다'라는 대답도 하겠다.

새벽 5시, 기분 좋을 만큼 맑은 정신에 눈을 뜬다. 침대에 누워 조금 더 잘까 잠시 고민하다 가볍게 스트레칭을 한다. 따뜻한 물로 샤워를 하고, 마지막은 찬물로 살짝 긴장감을 더한다. 가볍지만 포근한 옷을 입고, 서재의 책상에 앉는다. 커튼을 걷을까 말까 생각하다 그냥 두고, 스탠드만 살짝 켠다. 불빛 아래 혼자만의 시간이다. 다 읽은 책들은 느낌을 정리해두고, 못다 읽은 책들은 순서를 정해 읽어본다. 8시, 감자볶음과 계란 프라이를 김이 나는 밥에 올리고, 고추장을 한 숟가락 더해 쓱쓱 비벼본다. 김을 더해도, 뜨끈한 국물을 더해도 좋다. 9시, 달지 않은 차를 한잔 마시고, 신문을 꼼꼼히 살펴본다. 11시, 피트니스센터에 가서 땀을 흠뻑 흘리며, 영화를 보며 운동을 한다. 1시, 집으로 돌아와 호박과 계란 지단이 이쁘게 곁들여진 국수를 커다란 그릇에 잔뜩 담아 순식간에 먹는다. 2시, 서점에 가서 읽을 만한 책을 몇 권 고르고, 돌아오는 길에는 동네 도서관에 잠깐 들러 괜찮은 책도 몇 권 대여한다.

4시, 집으로 돌아와 구입하고, 대여한 책들을 펼쳐본다. 찬찬히 저자 소개와 목차를 확인하고, 먼저 읽을 책 한 권을 집어본다. 5시, 책이 너무 재미있어 저녁은 건너뛰기로 한다. 그렇게 시간 가는 줄 모르고 두 권까지 읽는다. '역시 책이 최고야.' '오늘도 좋은 선택이었어'라고 생각한다. 6시, 잠시 창밖을 바라보다 동네 산책을 하기로 한다. 멀지 않은 길을 가벼운 걸음으로 느릿느릿 걸어본다. 7시, 세상이 어떻게 돌아가나 잠시 텔레비전 뉴스를 확인하다 어쩔 수 없는 허기를 느낀다. 먹을까 말까 잠시 고민하다 치킨을 한 마리 주문한다. 8시, 그렇게 얼렁뚱땅 저녁 아닌 저녁을 먹고 노트북을 켠다. 좋아하는 철학 강의나 글쓰기 강의를 찾아 들어본다. 11시, 마음 가는 대로, 손이 가는 대로, 글을 써본다. 썼다 지웠다를 반복하며 혼자 좋아한다. 12시, 책을 한 권 더 읽어볼까 잠깐 생각하다 내일을 위해 잠을 청한다. 이상은 '꿈꾸는 하루'다. 여기에 '아들'과 '아내'가 중간중간 등장하며 '행복한 하루'를 만들어간다.

가만히 듣고 보니, 많기도 많다. 이걸 다 입으면 춥지는 않겠다. 어쩌면 오히려 덥고, 많이 불편하겠다. 아들이 "다 할 거야"라는 외침과 함께 모자, 스카프, 마스크, 장갑, 부츠, 점퍼를 줄줄이 얘기한다. 녀석은 "아빠, 내일 어린이집에서 쿠키 만들러 가는데, 나는 다 할 거야(입을 거야). 날씨가 춥거든. 추우면 안 돼"라고 말한다. 날씨가 추운 것은 사실이고, 어린이집에 갈 때마다 대부분 입었거나 착용했던 것이니 이상할 건 없다. 그래도 녀석이 스스로 그것들을 하나하나 얘기하니 조금 낯설다. 보통은 엄마나 아빠가 입혀주거나, 입어야 한다고 부지런히 설득해야 했기 때문이다. 그런데 가만 생각해보니 추운 날씨를 생각하면 '그 정도는 입어도 되겠구나'라고 생각되다가도, '그동안 좀 과하게 입혔구나'라는 생각이 들기도 한다. 몸이 편해야 마음도 편한데, 추위를 막자고 활기도 막은 것은 아니었을까. 세상살이가 모든 것이 다 준비되었다고 더 좋은 것도, 다 좋은 것도 아닌데… 그냥 그렇다는 이야기다.

긍정의 의미도, 부정의 의미도 다 들어있다. '보통 사람은 아니다'라는 말에는. 아내와 아들과 집 근처 대형마트에 갔다. 이런저런 물건들(대부분 아들과 관련된 것)을 구입하고 계산된 영수증을 보니, 이천 원 정도다. 마트에서 일정 금액 이상으로 구매한 사람들에게 오천 원 할인을 해주는데, 그것과의 차이다. 어차피 필요한 것을 이천 원어치 더 구매하면 오천 원을 할인해주니 삼천 원을 절약하는 것이다. 그렇다. 돈은 그렇게 꼼꼼하게 절약해야 한다. 아내는 서둘러 이천 원 정도 하는 물건을 찾아본다. 그런데 그 모습을 보며, 잠시 엉뚱한 생각을 한다. '그냥 오늘 산 물건 중에 제일 비싼 것 하나를 내려놓는다. 그럼, 오천 원 할인에 대한 생각도 사라진다.' 계산원에게 이런 생각을 이야기하니 "보통 사람은 아니네요"라고 받는다. 긍정의 의미보다 부정의 의미일 것이다. 그래도 아빠는 남들에게 불편을 주지 않는 보통 사람 아닌 보통 사람이다(엄마는 좀 불편하겠다). 보통 사람처럼 살기는 참 쉽기도, 참 어렵기도 하다.

# 전화가 왔다

발신자가 기록되어 있지 않은 전화가 왔다. 잘못 걸린 전화겠거니 생각하고 "네, XXX입니다"라고 짤막하게 말했다. "○○ 씨, AAA이에요"라는 답이 돌아왔다. 잠시 어리둥절하다 순간 알았다. 맞다. 육아휴직 중 다른 팀으로 발령 났는데 새로운 팀장님이었다. "잘 지내지. 애는 잘 키우고 있고? 팀 인력 운영 때문에 복직을 정해진 날짜에 하는지 전화한 거예요." 해가 바뀌고 복직이 예정된 날이 90일도 채 남지 않았으니, 꼭 필요한 전화였다. "네, 복직해야죠"라고 답하고 잠시 기다렸다. "그래, 1년이면 많이 쉬었어. 그럼 복직하고 봐"라는 말을 시작으로 서로의 일상적 안부를 재차 확인하고 전화를 끊었다. 안 그래도 해가 바뀌고 가끔 '조금 있으면 복직이구나. 시간 참 빠르다'라는 혼자만의 생각을 했었다. 그랬는데, 이렇게 통화를 하고 나니 더 실감 났다. 이미 예정된 일을 서로 확인하는 간단한 전화였는데, 뭔가 낯설고, 뭔가 새로운 일들이 일어난 것 같았다. 휴직도 이렇게 끝나가고, 복직도 이렇게 시작된다.

기분 좋게 하루를 마무리하고 꿈나라로 가기 전(아들만), 녀석이 책을 세 권만 읽자고 하기에 나란히 앉는다(동네 도서관에서 겉표지가 깨끗한 것으로 고른 책들이라 자세히 보지는 못했다). 첫 번째 책을 펼치니 '애완동물을 바르게 사랑하게 해주는 책'이다. 그림이 거칠고, 내용이 쉽지 않다. 아쉬운 마음에 두 번째 책을 펼치니 '유색인종(흑인)에 대한 편견과 차별을 다룬 책'이다. 작가의 자전적 이야기로 '누구나 자유롭게 들어올 수 있습니다'라는 공공 도서관을 주제와 연계하고 있다. 역시나 그림이 낯설고, 내용이 너무 어렵다. 오죽하면 녀석도 "아빠, 이거 재미있으라고 만든 책은 아닌가 봐"라고 말한다. 작은 기대를 가지고 세 번째 책을 펼치니 '앤디 워홀 화풍의 눈사람 이야기책'이다. 그림은 괜찮은데, 내용이 추상적이다. 난로를 사랑한 눈사람이라니… 그렇게 세 권을 읽다 보니 녀석도 지쳤는지 깜빡깜빡 졸고 있다. 그 나름 다 의미 있고, 수준 높은 책이겠지만 여섯 살 꼬마의 냉정한 평가는 "재미없어!"이다.

고속도로 위에서 있었던 일들. 아내가 과자를 먹는다. 뒤에서 그 모습을 본 녀석이 "엄마, 할 말이 있어"라고 말한다. 아내는 "응, 무슨 말?"이라 받는다. 녀석은 "엄마, 그 과자 나랑 나눠 먹자"라고 답한다. '그 말들이 참 귀엽다'라고 생각한다. 잘 달리다 급히 차의 속도를 줄이고 비상등을 켠다. 녀석에게 이유를 설명해준다. "차들은 말을 못하지. 그래서 서로 이렇게 약속된 신호를 보내는 거야"라고. 녀석은 "아빠, 약속을 안 지키면 차가 다 부서지지"라고 말한다. '길에서도, 일상에서도 서로 약속을 지키지 않으면 몸도, 마음도 다친다'라고 생각한다. 다시 부지런히 달리는데 '야생동물주의' 표지판이 보인다. 녀석은 "엄마, 저건 뭐예요?"라고 묻고, 아내는 "동물들이 사는 곳이니 조심하라는 표시야"라고 답한다. '동물들에게도 '사람주의' 표지판이 있을까?'라고 생각한다. 또 부지런히 달리다 '전방정체주의' 표지판을 지나친다. '삶에도 정체와 지체를 알려주는 표지판이 있으면 좋겠다'라고 생각한다.

# 코딱지 두 개

잠을 자는 것 같기도, 그러지 않은 것 같기도 하다. 운전을 하고 있으니 그저 소리로만 알 수 있는데, 도대체 분간이 안 된다. 아들은 차에 오르자마자 잠을 자는 것 같았는데, 양쪽 코가 모두 막혀서 그런지 코를 고는 소리가 영 시원하지 못한 것이 불편해 보인다. 그러니 운전하는 내내 신경이 쓰인다. 코딱지 두 개, 생각해보면 아주 작고 하찮은 것들이다. 여섯 살 꼬마의 콧구멍이 커봐야 얼마나 클까(어른도 별로 크지 않다). 속 시원하게 '흥' 하고 풀어버리거나, (조금 지저분하긴 하지만) 혼자 후비적후비적해서 깔끔(?)하게 파낼 수 있다면 좋으련만. (본인도, 옆 사람도) 불편하기에 집으로 돌아와 물놀이를 하자고 이래저래 설득해본다. 몇 차례 거부가 있지만 이내 순순히 "응, 좋아"라고 답한다. 우여곡절 끝에 따뜻하고, 촉촉한 기운을 모아 '흥' 한 번 하고, 잠시 후다시 '흥' 한 번 더 하니, 코딱지가 '쑥', '쑥' 나온다. 그 모습을 보고 있으니 짜릿하다. '아주 작고 하찮은 것들'이 주는 제법 커다란기쁨이다.

보통은 지하 주차장을 이용하는데, 최근에는 지상에 주차한다. 이유는 단 하나, 아침에 아들과 어린이집에 갈 때 좀 더 편리하기 때문이다. 1층에 살고 있으니, 현관문을 열고 나오면 1분 이내에 차를 탈 수 있다. 그러다 보니 어떨 때는 아파트가 아니라 단독주택에 살고 있는 것 같은 느낌이다. 그렇게 녀석과 차에 막 오르려는데 바로 옆에서 이삿짐을 나르기 위한 사다리차가 이미 분주하게 움직이고 있다. 잠시 그 모습을 보며 '어쩌다 보니 그동안 이사도 참 많이 했고, 정말 다양한 곳에서 살아봤다'라는 생각이 든다. 그러다 녀석을 보며 '아들도 알까? 엄마, 아빠가 결혼하고 지금까지 몇 번이나 이사를 했는지, 그때마다 어떤 이유로 이사를 하게 되었는지'라는 생각을 한다. 문득 다른 집은 몰라도 녀석이 태어나 처음으로 살았던 집은 꼭 한 번 다시 가보고 싶다. 그리고 엄마, 아빠의 신혼집도. 신혼집부터 지금 살고 있는 집 전까지, 모든 집들을 한 번씩 가보면 어떨까. 그때, 그곳, 그 집이 생각난다.

한 방향으로 계속, 애써 버티고, 버틴다. 아들이 뜻하지 않게 어린이집에 가지 않은 날, 시계만 쳐다보지만 시간은 더디게 흐르고, 또 흐른다. 1분이, 1초가 한없이 늘어진다. 제 딴에는 힘껏 채워보지만, 엉성한 시간들만 가득하다. 똑같은 듯 비슷한 놀이를 하고, 또 한다. 그렇게 버티고, 또 버틴다. 그렇게 채우고, 또 채운다. 그러니 지겹고, 또 지겹다. 몸은 즐거운 척하지만 마음은 겹겹이 흐릿하다. 이런 날이 있다. 이런 날이 온다. 불쑥, 아무런 예고 없이. 무엇을 해도 신이 나지 않고 그저 어서 빨리 저녁이 오기만을, 어서 빨리 밤이 되기만을 속절없이 기다린다. 내일이 온다고 달라질 것은 없지만 그저 오늘이, 어제라 불리기를. 그리고 그 어제는 그저 이유 없는 과거의 어느 날로 남겨지기를. 그렇게 1년 365일 중에 그저 그런 하루, 유난히 몸과 마음이 지치고, 힘들었던 하루였기를. 일상의 삶을 양껏 지켜내듯 그렇게 힘껏 시간을 밀어낸다. 그제야 조그만 자리 하나 차지하고 앉아 조용히 하루를 지켜본다.

어린이집에 가기 위해 부지런히 서두르고 있는데 전화가 온다. 이런 경우 보통은 확인하지 못해 부재중으로 넘어가는데 오늘은 받아본다. 웬 남자가 "아침부터 죄송한데, 잠시 나와 보셔야 할 것 같습니다"로 시작해서 얘기를 이어가더니 결론은 가만히 주차해둔 차를 들이받았단다. 그리고 생각보다 차가 많이 부서졌단다. '아파트 단지 내에서 속도를 얼마나 낼 수 있다고…'라고 생각하며 아들에게 "아빠 잠깐 차 확인하고 올게"라고 얘기하고 나가본다. 주차해둔 차 오른쪽 뒤꽁무니에 또 다른 차 하나가 딱 붙어 있다. 마치 고속도로에서 추돌 사고가 난 것처럼 상대방 차는 앞부분이 거의 다 부서졌다. 이래저래 뒷수습을 하며 '차가 없다고 크게 불편할 건 없지만, 며칠간(오늘부터) 버스 타고 어린이집을 다녀야겠구나' 정도 생각한다. 그래도 다친 사람은 없다니 액땜(앞으로 닥쳐올 액을 다른 가벼운 곤란으로 미리 겪음으로써 무사히 넘겨줌)이라 생각한다. 그러니 오늘부터 좋은 일만 있어야 한다!

# 한 방향으로 계속

아이들 장난감은 종류가 정말 다양하다. 어른들 상식으로는 '설마 이런 것까진 없겠지' 하는 것들도 대부분 이미 장난감으로 판매되고 있다. 아들이 장난감 공구 박스를 가지고 온다. 그러더니 톱질을 하고, 나사를 풀고, 망치질을 한다. 톱도, 나사도, 망치도 (아이들의 안전을 위해) 나무로 만들어져 있지만, 제법 정교하고, 치밀하다. 그러다 녀석의 나사 푸는 모습이 재미있어 잠시 지켜본다. 나사가 풀리는 것 같더니 다시 조이고, 조이는 것 같더니 다시 풀린다. 드라이버 사용이 낯설어 잘 되지 않는 눈치다. "아들, 나사 홈에 드라이버를 딱 밀어 넣어서 이가 꼭 맞으면 힘을 딱 주고 돌리면 돼"라고 방법을 알려준다. 녀석도 차근차근 따라 해보지만, 역시나 쉽지 않다. "아들, 한 방향으로 계속 돌려야지", "나사가 뚝 떨어질 때까지 한 방향으로 계속"이라고 말해본다. 맞다. 놀이도, 일도, 삶도, 그 무엇도 인내심을 가지고 '한 방향으로 계속' 해봐야 한다. 그러면 적어도 어떤 길에 서있는지는 알게 된다.

미세먼지도 많고 날씨도 추운 날, 아들과 집에서 놀기로 한다. 잠시 고민하던 녀석은 숨바꼭질 놀이를 하자고 한다. 녀석의 표현으로는 숨바꼭질이지만, 좀 더 정확히 하면 '보물찾기' 정도가 적당하다. 여기서 보물은 녀석의 장난감이다. 아빠가 눈을 감고 있는 동안, 녀석은 장난감을 거실 구석구석에 감춰둔다. 그렇게 다 숨기면 "아빠, 찾아봐"라고 한다. 여기까지는 여느 숨바꼭질(보물찾기)과 다를 것이 없는데, "아빠, 손잡아. 왜냐면 우리는 같은 편이야"라는 녀석의 말부터 좀 이상한 숨바꼭질이 된다. 녀석은 애써 숨겨둔 장난감들의 위치를 하나하나 알려준다. "아빠, 여기를 보세요", "아빠, 여기에 숨어있어요"라고. 처음에는 그런 모습이 낯설지만 이내 적응한다. 녀석은 무엇인가를 숨기고 찾는 것보다, 숨기고 찾는 과정을 같이, 함께 하고 있는 것이 더 재미있다. 그렇게 이상한 숨바꼭질 놀이는 몇 차례 계속된다. 녀석이 놀이를 통해 주변을 꼼꼼히, 자세히, 높게, 낮게 볼 수 있어 참 좋았다.

## 수건을 접다

건조기에서 옷가지를 잔뜩 가져와 거실 한편에 펼쳐놓는다. 여느 때처럼 옷더미에서 가장 정리가 쉬운 수건만(나머지는 아내가) 고르고 있는데, 장난감 놀이를 하던 녀석이 "아빠, 저 어린이집 에서 그거(수건) 접는 거 배웠어요. 내가 해볼게. 기다려봐"라고 말하며 곁으로 온다. '설마' 하는 마음과 '혹시나' 하는 마음이 반 반이지만, 녀석이 해보겠다니 수건만 죄다 건네준다. 제법 많은 (20개 내외) 수건을 쌓아두고 "아들, 그럼 한번 해봐"라고 말한다 (이때도 사실 '설마' 쪽이 강했다. 그래도 녀석에게 재미있는 놀이 가 될 것이라 짐작하고, '다시 하면 되지 뭐' 정도로 생각했다). 녀 석은 수건을 한 장 들고 가더니, 거실 바닥에 쫙 펼치고, 가장자 리부터 반듯하게 정리한다. 그러더니 반을 접고, 다시 반을 접고, 또다시 반을 접는다. 그렇게 마무리한 것을 소파 한쪽 끝에 쌓는 다. 하나, 둘, 셋… 착착 펼치고, 반듯반듯 접고, 차곡차곡 쌓고 (마지막 한 장까지), 모두 다 제법이다. 생각지도 못했는데 그새 또 컸다.

이런 표현이 적당한지 잘 모르겠지만, '질서 있는 어수선함'이라 하면 어떨까. 서로 순서를 잘 지키는 것 같은데, 뭔가 모르게 산만하다. 어린이집 주차장의 아침 풍경은 '급하다, 급해. 나 진짜 급해요. 몸도, 마음도. 그러니 다들 얼른 차 빼고, 비켜주세요. 볼일 보셨으면 다른 것 할 생각 말고, 얼른 차 빼주세요'라고 여기저기서 소리치는 것 같다. 육아휴직을 하지 않고, 아이들의 어린이집 등원 모습을 조금 멀찍이서 보았다면, '요즘은 엄마들이 운전을 정말 잘하네. 어떻게 한 번에 저렇게 좁은 공간에 주차를 하지. 진짜, 다들 운전 실력이 대단한데'라고 생각했을지도 모른다. 그런데 아들과 아침마다 어린이집을 다녀보니, 이제는 조금 알겠다. 직장을 다니는 엄마(아빠)들의 급한 마음을. 회사는 가야겠고(어쩌면 이미 늦었고), 아이는 차에서 내리지 않거나(안 내린다고 울고 있거나), 운 좋게 내렸더라도 발걸음이 더디다면 어떤 일들이 벌어질지. 그런데 가끔은 정말 모르겠다. 어떤 게 아이를 위해서 좋은 건지. 그리고 엄마(아빠)에게 좋은 건지. 둘 다 좋은 건 무엇인지.

길고 긴 설 명절이다. 토요일부터 금요일까지, 일주일 동안 집을
비운다. 아들의 할아버지, 할머니와 설날 점심까지 함께하고, 이
후부터 외할아버지, 외할머니와 함께한다. 그러면 딱 일주일이
지나간다. 어디 낯선 곳으로 여행을 떠나는 것이 아니니, 자는 것
걱정 없고, 당연히 먹는 것 걱정 없다. 하지만 여섯 살 아들과 여
행 아닌 여행인지라 이것저것 챙길 것들이 제법 된다. 물론 엄마,
아빠도 일주일을 그럭저럭 버텨야 하기에 짐이 많다. 그렇게 토
요일 오전부터 부지런히 짐을 챙기고 있는데, 녀석이 좋아하는
(잘 때 가끔 옆에 나란히 눕혀놓기도 하는, 그래서 잘 자는) 동물
인형이 눈에 띈다. 어떻게 할까 고민하다가 "아들, 이거 챙겨 갈
까?"라고 물으니, 녀석은 "응, 아빠, 그거 가져가"라고 답한다.
그래서 망설임 없이 거실 가운데 짐 무더기 쪽으로 휙 던졌다. 그
랬더니 녀석은 "아빠, 던지면 아파요"라고 하며, "내 친구란 말이
에요"라고 보탠다. 아차차, 아빠에게는 단순한 인형이지만 녀석
에게는 소중한 친구였다.

설날을 맞이하여, '가족'을 생각해본다. 가족이란 무엇일까? 누구까지를 가족이라 부를 수 있을까? 별달리 고민해본 적은 없지만, 그냥 한번 생각해본다. 아내와 아들이 있으니, 이제 우리 가족은 '아빠', '엄마', '아들' 세 명으로 이루어진 것일까? 그렇다면 아들에게 할아버지, 할머니는 가족일까? 외할아버지, 외할머니는 가족일까? 아들에게는 '할'이라는 앞 글자가 붙는 사람들이라 조금 멀게 느껴지기도 하겠지만, 엄마, 아빠는 여전히 '할'이라는 글자를 제외한 아버지, 어머니라는 이름으로 오랜 세월 함께하고 있으니 여전히 가족이라 할 수 있고, 해야 하지 않을까? 사전을 찾아보니, 가족(家族)의 의미가 '주로 부부를 중심으로 한, 친족 관계에 있는 사람들의 집단'이라고 한다. 차근차근 의미를 찾아 꼼꼼히 읽어본다. 거기에 결혼을 하면 분가(分家, 가족의 한 구성원이 주로 결혼 따위로 살림을 차려 따로 나감)를 한다. 여전히 잘 모르겠지만, 이것저것 종합하면 아빠, 엄마, 아들 이렇게 셋, 그냥 '우리 가족'이다.

명절 연휴, 아들은 며칠째 집 밖을 나가지 않는다. 외할아버지는 그런 손자를 보며, '집돌이'라고 부르시며 그저 웃으신다. 녀석은 집이 좋다. 대전에서도, 영주에서도, 인천에서도 밖보다는 안에서, 그렇게 하루 종일 집에서 논다(그것도 즐겁게). 엄마와 아빠의 결론은 집에는 다 있고, 집에서는 다 되기 때문이다. 녀석이 상상할 수 있는 범위에서(정확히 어디까지인지 알 수는 없지만) 세상 이보다 더 편한 곳은 없다(물론 구태여 찾으려면 많겠지만). 그렇게 집을 좋아하는 녀석이니, 하루 종일 온갖 놀이를 한다. 이번에는 모처럼 동물 이름(사자, 호랑이, 늑대 등) 맞히기 놀이를 한다. 사실 녀석의 나이(여섯 살)에 좀 유치한 감도 있다. 카드의 앞면에는 그림이, 뒷면에는 글자가 나온다(한글 익히기 놀이다). 그림을 보며 동물들 이름을 척척 잘 맞히는데, 양이 나온다. 녀석이 너무 쉽다는 표정으로 염소라고 외치기에, "아들, 한 글자야. 봐봐, 카드에 한 글자만 쓰여있잖아"라고 힌트를 준다. 그랬더니, 녀석이 "아빠, '염'이야, '염'"이라 답한다. 의기양양하게 '염'이라 외치는 아이, 참 신통방통하다.

거실에서 아들과 스케치북을 크게 펼쳐놓고 그림을 그리다가 놀라운 사실을 알았다. 지난 사십여 년 동안 모르고 살았다는 것이, 어쩌면 한 번도 그렇게 생각해보지 못했다는 것이, 조금 뜨끔했다. 아빠는 해를 그리면 항상 빨간색 동그라미, 달을 그리면 항상 노란색 동그라미, 별을 그리면 항상 (대부분의 사람들이 생각하고 있는 딱 그 모양 그대로의) 별 모양, 산을 그리면 항상 (대부분의 사람들이 생각하고 있는 딱 그 모양 그대로의) 산 모양이다. 이렇게 똑같은 문장을 그대로 쓰고 있어도, 전혀 어색하지 않고, 심지어 다음 단어, 그다음 단어까지 이미 예상된다. 아들과 같은 어린 시절에도 그랬는지 알 수는 없지만 확실히 지금은 그렇다 (딱딱하다). 그런데 녀석을 보니 생각이, 상상이 참 신선하고, 참 순수하다. 녀석이 동그랗게 해를 그리고 그 옆으로 빙 둘러 직선을 더한다. 그러더니 "아빠, 해가 땀이 나거든. 그럼 우리도 땀이 나. 그러니까, 이렇게 땀을 계속 그려야 해. 그래야, 진짜 해가 되거든."

아들과 운동을 좀 해볼까 하는 마음으로(사실, 다른 장난감은 이미 많은 것 같기도 하여) 펀치볼을 샀다. 여기서 펀치볼이란, 1미터 30센티미터 정도 되는 아이들 놀이기구로 아래쪽에는 물을 2~3리터 정도 채우고(중심을 잡기 위해, 그래야 주먹으로 치거나 발로 차도 오뚝이처럼 모양을 유지할 수 있다), 그 위로는 펌프질을 열심히 해서 바람을 가득 불어 넣으면 된다. 이후, 권투 또는 격투기 선수가 된 것처럼 놀 수 있다(물론, 어른들이 놀기에도 무척 재미있다). 그렇게 신나게 놀고 자려는데, 녀석이 "아빠, 오뚝이(펀치볼이라 부르지 않는다) 내 방으로 같이 데려가자. 내 방 소개해주고, 같이 자자"라고 하기에, "응"이라 간단히 답한다. 그렇게 하루를 자고, 아침에 보니 펀치볼은 바람이 빠져 조금 쭈글쭈글해 보인다. 다시 부지런히 펌프질을 하고 돌아서려는데, 녀석이 "아빠, 바람은 나 줘. 쓸데가 있어"라고 말한다. 딱히 줄 수는 없지만, "그래, 마음껏 가져. 아빠가 다 줄게, 선물이야"라고 받으며, 펌프를 건네준다.

가만히 있다가, 갑자기 "엄마, 그런데 아까 읽었던 책에는 마지막에 파인애플 이야기가 있었어요. 그거 끝까지 읽었어야 돼"라고 말하는 아들. 그 얘기를 나란히 누워 듣고 있자니, '녀석 참 기억력도 좋네'라는 생각이 먼저 들고, '그럼 엄마가 책을 읽어줄 때 이야기를 하지'라는 생각이 다음에 든다. 자려고 엄마랑 아빠랑 나란히 침대에 누워있다가, '왜 불쑥 그런 생각을 했을까'라고 이래저래 생각해본다. 깜깜한 어둠 속에서 잠시 진지하게 생각해보려 하는데, 아무 말도 없이, 갑자기 아들의 코 고는 소리가 들린다. 순간 '이건 또 뭐지'라는 생각으로 바뀐다. 한참 자신의 생각을 또렷하게 이야기하더니 어쩌면 이렇게 빨리 잠을 잘 수 있을까. 그렇게 아들은 엄마에게 한마디 얘기하고, 아빠가 잠시 고민하는(고민을 시작해보려는) 사이 잠을 잔다. '아무 말도 없이, 갑자기', '아무 말도 없이, 갑자기', 그렇게 '아무 말도 없이, 갑자기', 여섯 살 아들의 인생은 '스르르 잘도 간다'라는 생각이 머리를 스친다.

무슨 뜻으로 그렇게 말하는지 그 의미는 알겠는데, 지금 이 상황에 꼭 그렇게 얘기해야 하는지는 잘 모르겠다. 그저 어디서 그런 표현을 들었을 것이라 추측할 뿐이다. 아들이 장난감을 잘 가지고 놀다가 갑자기 "돈 터키 미(돈 터치 미, Don't touch me), 나 지금 화난 상태야"라고 말한다. 순간 당황스럽지만 녀석의 입에서 영어 표현이 나왔다는 것이 신기하고, 재미있다. 하지만 그 의미로 보면 마냥 유쾌할 수만은 없다. '기분 나쁘거나 속상한 일이 있었나'라고 혼자 생각하다가 혹시 방금 전에 목욕하면서 아빠가 자신의 코딱지를 계속 꺼내려고 했던 것에 대한 마음을 표현한 것인가 추측해본다. 그것 말고는 아빠에게 '돈 터키 미'라고 얘기할 만한 일은 없었다고 확신한다. 녀석이 코딱지를 꺼내면 싫어하는 것을 잘 알지만 코가 막혀 코맹맹이 소리로 말하고, 숨쉬기 불편해하는 모습을 보면 작은 코딱지가 큰 바위처럼 느껴져 더없이 답답하다. 그저 '아빠의 마음을 언젠가 알아주겠지'라고 가만히 생각한다.

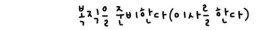

# 복직을 준비한다(이사를 한다)

가장 큰 복직 준비를 마쳤다. 그것은 바로 아들의 어린이집 근처에 이사할 집을 구했기 때문이다(아내는 운전면허는 있으나 운전을 하지 못하고, 지금 집에서는 버스로 다섯 정거장 거리다). 물론 복직을 앞두고(말 그대로 회사에 다시 돌아가는 것이니) 주어질 업무에 대한 준비도 해야겠지만, 14년 차 직원이라는 스스로에 대한 믿음과 자신감으로 그런 것들은 조금 뒤에 생각하기로 한다(휴직 중에 새로운 팀으로 발령 났다). 복직 전후로 아주 짧은 시간에 매우 강도 높게 준비해볼 생각이다(회사도 걸어갈 수 있는 거리로 이사한 것이니 그 또한 복직을 위한 준비라 해도 되겠다). 이번에 이사를 하게 되면 결혼 이후 지금까지 6번째 집이 된다. 서울에서 두 번, 대전에서 세 번 이사를 했다. 원룸, 단독, 다가구, 아파트까지 정말 다양한 집에서 살았다(중간에 회사의 지방 이전으로 혼자서도 원룸에 잠시 살았다). 이제 한 달 후면 또 다른 곳에서의 더 멋진 삶이 시작될 것이다. 오직 한 가지다. 더없이 잘 살면 된다.

# 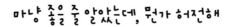마냥 좋을 줄 알았는데, 뭔가 허전해

아들의 큰 고모가 항상 하는 말이 있다. "첫째(아들—대학교 2학년)는 옆에 없어도 괜찮은데, 둘째(딸—고등학교 1학년)는 옆에 없으면 안 돼. 어디를 가든 항상 데리고 다녀야 해. 그래야 재미있어." 이제까지 그 말이 이해가 될 듯하면서도 그렇지 않았다. 조카 녀석(딸)은 엄마 옆에 붙어서 하루 종일 이것저것 해달라고 조잘조잘 잘도 떠든다. 그 모습을 보고 있으면 '엄마가 참 귀찮겠다. 모처럼 쉬는 날인데, 휴일도 없네, 없어'라고 생각하곤 했다. 그런데 오늘, 아들을 어린이집에 데려다주고 아내와 사우나를 하면서 알았다. 그 마음, 그 기분을. 다섯 살(지금은 여섯 살)이 되면서 항상 함께했던 꼬마 녀석이 옆에 없으니, '마냥 좋을 줄 알았는데, 뭔가 허전'했다. 혼자서 그동안 못 했던 습식, 건식 사우나도 서너 번씩 하고, 온탕, 냉탕을 오가며 텔레비전도 여유롭게 봤는데, 곁에 찰싹 붙어있던 녀석이 없으니 왠지 낯설고, 어색했다. 사우나를 나서며 아내에게 "뭔가 허전해"라고 하니, 아내는 "그 마음 잘 알지"라고 답한다.

대학생들이나 하는 것이라 생각했는데, 어린이집에서도 오리엔테이션을 한다. 그래서 곰곰이 생각해보니 아이들도 새로운 반에서, 새로운 선생님과, 새로운 친구들과 일 년을 함께하려면 이것저것 알아야 할 것이 있겠다는 생각이 든다. 물론 이번에는 아이들보다 엄마, 아빠를 위한 행사이지만, 어린이집 강당에서 꼬마들 의자에 쪼그리고 앉아 "엄마, 아빠들이 많은 관심을 가지고, 믿어주세요"라는 최효영 원장 선생님의 말씀을 들으며 다시금 부모라는 이름표가 가지는 무게를 생각한다. 지루해하는 녀석과 창밖의 흩날리는 눈발을 번갈아 쳐다보며, 새해 첫날에도 생각했고, 얼마 전 설날에도 생각했는데, 또다시 '아들이 이렇게 한 살 더 먹는구나. 잘도 큰다'라는 생각이 잠시 머무른다. 녀석이 배정된 '소담반'의 담임이신 권유진 선생님과 함께할 친구들(이름)을 확인하고 돌아오는 길, 녀석에게 "아빠도 어릴 때, 어린이집에 다녀봤었으면 좋았겠다"라고 말해본다. 아빠는 초등학교 이전에 대한 기억도, 사진(몇 장)도 없으니… 어땠을까….

# 시원섭섭함

주말에 친구들이 놀러 왔다. 영주에서, 대구에서 두 가족이다. 아들 하나, 아들과 딸 하나. 우리 가족(아들 하나)까지 총 10명이 만났다. 우리 집에 처음 와보는 친구, 지난번에 왔었던 친구. 초등학교 6학년, 3학년 남자아이, 여섯 살 남자아이(아들), 다섯 살 여자아이, 거기에 나이 많은(?) 어른 여섯, 그러니 시끌벅적하다. 저녁을 뷔페로 거하게 먹고, 집으로 돌아와 잠시 쉬다, 또다시 고기를 굽는다(영주에서 온 친구는 한우전문 정육점을 하고, 대구에서 온 친구는 바가 있는 레스토랑을 한다. 그러니 고기와 술이 빠질 수 없다). 비슷하거나 똑같은 얘기가 반복되지만 그래도 유쾌하니 재미있다. 아들도 형과 동생이 있어 신난다. 늦게까지(새벽까지) 먹고, 또 웃는다. 아파트 1층에 살면 이런 게 참 좋다. 말 그대로 내 집 같고, 내 마음 같다. 다음 날, 친구들을 보내고 아내와 함께 왠지 모를 '시원섭섭함'을 느꼈다. 이사를 간다고 생각하니 집과도 정이 많이 들었다. 그래서 어제는 더 신나게 놀았다. 그래, 이젠 안녕….

잠시 휴대폰으로 일정을 확인하고 있는데, 녀석이 동화책을 들고 (달려) 오다가 눈 주변에 부딪혔다(아이가 아닌 책이). 순간 아프지만 일단 꾹 참는다. 녀석도 눈치가 있는지, 환하게 웃던 얼굴이 금세 시무룩해진다. 그러더니 "아빠, 미안해요"라고 말한다. 이럴 때 어떻게 말해야 할지 정말 고민된다. "괜찮아"라고 하기엔 솔직히 아프고, "조심해야지"라고 하기엔 녀석도 그러려고 그런 게 아닌데 너무 나무라는 것 같고, 그 둘을 섞어서 "괜찮은데, 다음에는 조심해야지"라고 하기엔 뭔가 어색하다. "갑자기 부딪히니까 아빠도 아프다. 그런데 일부러 그런 게 아니니 다음에는 조심하자"라고 교과서 같은 답을 해본다. 꽤나 낯간지럽고, 꽤나 어색하지만 이도 저도 생각나지 않을 때는 많은 이들이 이야기하는 '교과서처럼'이 답이다. 여섯 살 꼬마의 '사랑해요', '고마워요', '감사해요'라는 말은 참 달콤하니 그저 좋은데, '미안해요'라는 말은 참 씁쓸하니 조금 슬프다. 뭐 그리 미안할 일이 있다고….

# 나를 놀리고 있잖아

"아들, 얼른 와. 양치해야지"라고 부지런히 불러본다. 녀석도 익숙해져서 그런지 처음에는 딴청을 피우는 것 같다가 두세 번 더 부르면 욕실 입구까지 온다. 그러다 손을 잡아주면 못 이기는 척 따라 들어온다(아이들 입장에서 생각해보면 양치가 뭐 그리 재미있을까 싶기도 하다. 아마 어른들도 양치가 재미있어서 하는 사람은 없을 것이다. 그저 '해야 되는 것'이니 한다). 양치를 하고, 입 주변의 치약 흔적을 제거하고, 하는 김에 얼굴도 씻으려고 목에 수건을 둘러본다. 그랬더니 망토를 걸친 슈퍼맨 같다. "아들, 완전 슈퍼맨이야. 앙또야, 앙또(무슨 뜻인지 알 수 없지만 아들이 좋아하는 말이다)." 순간 분위기가 이상하다. 녀석은 "아빠, 나를 놀리고 있잖아. 슈퍼맨이 아니라고(울먹), 앙또가 아니라고(울먹). 나는 XXX이라고(울먹)"라며 불만스러운 표정으로 아빠를 쳐다본다. 아차차, 깜빡했다. 녀석은 자신의 이름을 다른 그 무엇으로 바꿔 부르는 것을 정말 싫어한다. 그냥 제 것, 그대로가 가장 좋은 아이다.

이사가 한 달 정도 남았지만 조금씩 준비한다. 아내는 며칠 전부터 집 구석구석을 정리한다. 그동안 가지고만 있던(가지고 있는 줄도 몰랐던) 것들을 하나둘 찾아낸다. 그것들을 다시 한번 살펴보고 정말 필요한(필요할) 것만 이사할 집에 가져가기로 한다. 선택을 받지 못한 것들은 어쩔 수 없이 안녕이다(결코 '쓰레기'는 아니지만, 그렇다고 '쓸모'가 있다고 판단되지 않는 것들). 가만히 있을 수 없어 집 구석구석의 책들을 살펴본다. 그리고 '버리기'를 결심한다. 3,000권 이상은 될 법한 책들, 참 많이도 짊어지고 살았다. 이번만은 미련 없이 버리기로 굳게 다짐한다. 자서전, 옛날 소설, 자료집 등을 추려내니 순식간에 500권 이상의 책들이 쌓인다. 내일 한 번 더 추려내고, 그중에서 진짜 다시 볼 책으로 50권 정도만 걸러낼 생각이다. 아들의 장난감도 이렇게 정리해야 할 텐데 그 또한 만만치 않다. 쌓아둔 책들을 보니 참 많이도 떠안고 살았고, 참 많이도 읽으며 살았다. 고맙다. 덕분에 이만큼 먹고살았다.

"아빠, 크게 말해봐"라는 아들의 말에 잠시 고민한다. 이럴 때 망설임 없이 대답해야 하는데, 어쩌다 보니 그렇게 하지 못했다. 그저 엉겁결에 "작가"라고 조용히 얘기한다. 욕실에서 물놀이를 한참 하고 있는데, 녀석이 갑자기 "뭐가 되고 싶냐?"라고 묻는다. 그래서 "뭐가 되고 싶은데?"라고 되물으니 "간호사, 응, 요리사, 아니, 소방관, 경찰관 아저씨"라는 대답이 이어진다. 아마도 오늘 어린이집에서 영어수업 시간에 배운 직업들 같다(돌아오는 길에 의사 선생님을 영어로 '닥터'라고 하는데 그걸 자신이 맞추어서 선물을 받았다고 자랑했었다). '그렇구나'라고 생각하고 있는데, 녀석이 뜬금없이 "아빠는? 뭐가 되고 싶냐?"라고 다시 묻는다. 욕조에 있던 물컵을 입 근처로 가져오더니 크게 말하라고 한다. 마지못해 답은 했지만, 사실 특정한 직업을 이야기하고 싶지는 않았다. 언제부턴가 '하고 싶은 것을, 할 수 있는 사람'이 되고 싶다. 느리더라도, 더디더라도, 하나씩, 하나씩. 그런 사람이 되고 싶다.

# 응급실 구경

그저 담담하게 응급실을 다녀왔다. 다친 것은 맞지만 많이 다치지는 않았기 때문이다. 사실 '응급실 구경'이라 하는 것이 보다 정확하다. 욕조에서 물놀이를 하다가, 신이 난 녀석이 장난친다고 휘두른 꼬마 변기(한 시간 전, 녀석이 응가를 했기에 씻어서 욕조 옆에 둔 것)에 순간 피한다고 피했지만("아들, 안 돼! 그만!"이라고 여러 번 소리를 높였지만 이미 늦었다), 왼쪽 눈두덩이 조금 찢어졌다. 정신이 번쩍 들 만큼 아팠고, 예상대로 피도 났다. 거울로 상태를 확인한 후, 녀석을 마저 씻기고 욕실을 나섰다. 녀석에게는 다칠 수 있는 물건으로 그렇게(아빠가 몇 차례 경고를 했음에도) 장난을 치면 안 된다는 사실을 다시 한번 강조했다. 밖으로 나와 놀랐을 녀석과 조금 놀다가, 집 근처 병원의 응급실에 갔다. 상처를 본 의사는 눈 주변이라 꿰매는 것보다 연고 바르기를 권했다. 그 말을 듣고 집으로 돌아오는 길, '녀석이 응급실에 간 것이 아니라 다행'이라 생각했다. 아들을 키우는 (살짝 다친) 아빠의 마음이다.

깊이를 알 수 있으려면 무엇인가 그것을 측정할 수 있거나 가늠할 수 있는 도구가 필요하다. 가장 쉽게는 '자'라고 하는 측정 도구가 떠오르고, 좀 더 생각해보니 막대기 정도가 생각난다. 그 비슷한 것들이 있다면 상대적 깊이 정도는 알 수 있지 않을까 생각한다. 그런데 그것이 하늘이라면? 하늘의 깊이를 알 수 있을까? 새 한 마리를 본다. 처음에는 조금 깊은 곳에 있더니, 순간 좀 더 깊은 곳으로 간다. 그렇게 깊은 곳과 그렇지 않은 곳을 자유롭게 유영한다. '하늘이 높다'라고 습관처럼 얘기한다. 그러니 그 깊이는 잊고 산다. 미처 생각하지 못했다는 것은 인식조차 하지 못했다는 것과 다름 아니다. 아들과 어린이집에 가는 길, 차창으로 느껴지는 미세먼지. 손으로 잡을 수는 없지만 느낄 수는 있는 것. 잠시 멈춰 출발 신호를 기다리다 고개를 쭉 내밀고 눈을 위로 치켜뜬다. 그렇게 본 하늘은 깊다. 비록 파란 하늘은 아니지만 뿌옇더라도 깊다. 하늘이 그랬다. 가끔 이렇게라도 쳐다봐달라고. '넓이' 말고 '깊이'를.

이미 양력과 음력으로 1월 1일이 모두 다 지난 지 꽤 오랜 시간이 흘렀다. 그렇게 여섯 살이 된 아들이 이제야 진짜 다섯 살과 안녕 하는 기분이다. 녀석이 어린이집 다섯 살 반을 수료했기 때문이다. 여느 때와 마찬가지로 아내와 함께 약속된 시간에 녀석을 데리러 가는 길, 기분이 조금(많이) 뭉클했다. 지난해 10월 말부터 시작된 또래들보다 많이 늦은 어린이집 생활은 (녀석에게도, 아빠에게도, 엄마에게도) 많이 어색하고, 많이 낯설었다. 그랬는데, 그렇게 하루, 이틀, 사흘이 지나가더니 마침내 수료까지 하게 되었다. 집으로 돌아와 수료를 기념하는 작은 파티(녀석에게 선물도 주고, 맛있는 저녁도 먹고)를 하고, 어린이집에서 USB에 담아준 사진도 함께 본다. USB 속에는 먼저 녀석의 이름이, 다시 가을, 겨울이라는 폴더가 있다. 사진을 보면서 잠시 생각한다. '녀석, 부지런히, 열심히 크고 있구나', '사진에 담기지 않은 힘든 날들도 있었겠지', '이제 진짜 여섯 살 형아가 되는구나', '다섯 살 안녕….'

빈틈없이 견고한 논리가 한순간에 무너지는 경우가 있다. 더 논리적이거나, 전혀 논리적이지 않거나. '더 논리적'이려면 많은 시간과 노력이 필요하다. 상대방 주장이나 논거의 약점을 찾아서 그 틈을 집요하게 비집고 들어가 마침내 굳건한 토대를 무너뜨려야 한다. 그런데 '전혀 논리적'이지 않은 경우는 간단하다. 그저 엉뚱한 말들로 맞받으면 된다. 아들이 무슨 이야기를 한참 하더니, 갑자기 "어차피 사랑하잖아"라고 한다. 앞뒤 맥락에도 맞지 않고, 지금 상황과도 전혀 동떨어진 이야기라 "아들, 무슨 말을 하고 있는 거야?"라고 되물으니, "아빠, 어차피 사랑하잖아. 그럼 된 거야. 사랑한다고"라고 똑같은 이야기를 반복한다. 속으로 '참 어이없네. 도대체 무슨 이야기를 하는 거야'라고 생각한다. 그러다 '어차피'라는 말이 머리에 맴돈다. '어쨌든'도 그렇지만 이런 단어 하나면 논리가 필요 없다. 논리를 넘어서는 초감성의 영역이다. 어쩌면 논리의 한계를 감성이 포괄하는 것일 수도 있겠다고 생각한다.

좀 기분이 그렇다. 여기서 '그렇다'는 절대 나쁘다는 의미가 아니다. 그냥 달리 설명하기가 좀 그래서 그리 표현한 것이다(사실 뿌듯한 느낌도 있다). 작년 3월에 육아휴직을 시작했을 때, 딱 그맘때쯤부터 녀석이 좋아하는 공룡을 부지런히 찾아다녔다. 물론 실제 공룡을 이야기하는 것은 아니다. 공룡을 주제로 한 동화책, 장난감, 영화, 만화, 게임, 박물관 등등, 정말 부지런히 공부하는 기분으로 녀석과 함께했다. 그것이 마치 휴직을 한 중요한 이유라도 되는 것처럼. 그런데 한 달 후면(4월) 복직이고, 녀석도 며칠 후면(3월) 새로운 친구들과 또 다른 한 해를 시작한다. 그러니 미처 못다 한 숙제를 하는 기분으로 공룡 화석이나 모형이 있는 제법 규모가 큰 곳 중에서 녀석과 가보지 못했던 곳을 이번 주에 둘러보려 한다. 화요일에 국립과천과학관, 하루 쉬고, 목요일에 목포자연사박물관이다. 다른 사람들이 보기에는 비슷비슷한 곳이겠지만 녀석은(아빠도) 마침내 공룡탐험 전국일주 마무리다.

# 종이접기

꼼지락꼼지락 손가락이 움직인다. 힘이 있는 듯, 없는 듯. 열심히 하는 것 같기도, 대충 하는 것 같기도 하다. 동시에 입으로는 부지런히 얘기한다(색종이를 여러 장 펼쳐놓고 그중에서 하나를 고르더니 혼잣말을 시작한다). "이렇게 접고, 또 이렇게 접고, 다시 반을 접고, 둘둘 말아서, 다시 뒤집고, 그런 다음 코스모스 모양으로 착착 접고, 그럼 완성." 녀석이 종이접기를 마치 누군가에게 설명하는 것 같다. 옆에서 지켜보니 사실 녀석의 말처럼 그렇게 과정이 복잡하지는 않다. 어른들 수준에 맞게 녀석의 종이접기 과정을 살짝 설명해보면 "색종이 한 장을 반을 접고, 한 번 더 반을 접고, 두 손으로 이리저리 뭉친 다음, 다시 폈다가 이리저리 접는다"라고 하면 된다. 그렇게 시작된 녀석의 종이접기는 "아빠, 이건 사람, 이건 수족관, 이건 종이배, 이건 고깔모자, 이건…"으로 한동안 계속됐다. 예상처럼 결과물이 그다지 훌륭하진 않지만, 꼬물거리는 손이, 재잘재잘하는 입이, 초롱초롱한 눈이 참 좋아, 다 좋다.

PART 5 ·

다시 봄

# 얽힌 실타래를 푸는 방법

아내가 길고, 커다란 목도리를 가져오더니 "아들, 아빠랑 둘이 힘을 합쳐 커다란 실뭉치를 만들어봐"라고 말한다. 장난감 놀이를 하던 녀석은 흥미로운 눈치다. 한 손에 실을 잡고 거실을 가로질러 마구 달린다. 신나게 소리를 질러가면서. 실이 생각보다 빨리 풀려 녀석에게 "잠깐만, 잠깐만"이라 말한다. 목도리의 크기로 봤을 때, 처음부터 실타래 모양을 바로잡지 않으면 나중에 고생할 것 같다. 놀이로 생각하는 녀석과 일이라 생각하는 아빠는 꽤 오랜 시간 실을 풀고, 감기를 반복한다. 그 모습을 지켜보던 아내가 "얽힌 실타래를 어떻게 푸는 줄 알아?"라고 묻는다. "아니, 방법이 있어?"라고 되물으니, "없대. 사람들이 말하길 그래서 '얽힌 실타래'라는 말을 쓰는 거래"라고 답한다. 쉽게 생각하면 가위로 싹둑 잘라내면 되는데, 그럼 '풀었다'라고 하지 못하고 그저 '잘랐다'라고 해야 한다. '푼다'라는 말 속에는 '작은 것 하나도 버리지 않겠다'라는 다짐도 포함되어 있으리라 생각해본다.

# 누군가가 누군가를 위해서

아빠가 아들을 위해서, 아들이 아빠를 위해서, 엄마가 아들을 위해서, 아들이 엄마를 위해서, 그렇게 누군가가 누군가를 위해서. 아빠는 아들을 위해서 무엇을 하고 있나? 함께하는 시간들, 함께하는 일상들, 그것은 오롯이 아들을 위한 것이라 할 수 있을까? 아들은 아빠를 위해서 무엇을 하고 있나? 여섯 살 아들이 마흔한 살 아빠를 위해 무엇을 할 수 있을까? 웃음, 재미, 감동…. 엄마는 아들을 위해서 무엇을 하고 있나? (또한) 함께하는 시간들, 함께하는 일상들, (또한) 그것은 오롯이 아들을 위한 것이라 할 수 있을까? 아들은 엄마를 위해서 무엇을 하고 있나? (또한) 여섯 살 아들은 서른아홉 살 엄마를 위해 무엇을 할 수 있을까? (또한) 웃음, 재미, 감동…. 그렇게 사랑하는 가족이 그렇게 사랑하는 가족을 위해서 오늘을 산다. 그것 하나다. '누군가'를 떠올릴 수 있고, 또 다른 '누군가'를 떠올릴 수 있어, 서로 다른 '누군가'가 더불어 할 수 있다면 살아갈 이유는 충분하다. 그렇게 또 다른 하루를 펼쳐본다.

녀석이 새로 산 장난감을 찾는다. 집 어딘가에 있겠지만 (이미 장난감이 넘치고 넘쳐) 찾기가 간단치 않다. 녀석은 자신의 장난감을 분명하게 기억하고 또렷하게 확인하는 편이다. 그런데도 가끔은 찾기에 제법 시간이 걸릴 때가 있다. 이유야 여러 가지가 있겠지만 첫째는, 장난감의 숫자가 너무 많고, 둘째는, 장난감의 크기가 너무 작고, 셋째는, 녀석이 동시에 여러 가지 장난감을 가지고 놀기 때문이다. 이번에도 한참을 뒤적이니 마침내 나타났다. 찾고 보니 분명히 기억난다. 녀석이 장난감을 그곳에 놓으면서 했던 말이. 그래서 녀석에게 "아들, 생각났어. 새로 산 장난감을 거기다 놓을 때 옆에 있는 강아지 장난감을 잘 지켜주라고 했잖아"라고 말한다. 그랬더니 "아빠, 이건 지키고 있는 게 아니야. 돌봐주고 있는 거야"라고 받는다. 장난감이 장난감을, 관심을 가지고 돌봐주고 있다니. 단지 아이와 어른의 사물을 바라보는 관점의 차이는 아닐 텐데. 아이의 순수한(따뜻한) 마음은 어떻게 생겨나는 걸까?

조금 신기했고, 많이 당황했다. 여섯 살 꼬마가 마흔한 살 어른에게 선뜻 양보하는 모습이. 점심을 먹고 집 안에서 할 수 있는 대부분의 놀이를 나름대로 부지런히, 열심히, 최선을 다해(단연코 아빠의 생각에는) 함께 했다. 그렇게 신나게 놀고 시계를 보니 여전히 세 시가 조금 넘었을 뿐이다. 두 시간 정도밖에 지나지 않았다니 조금(많이) 아쉽지만 어쩔 수 없다. 시계가 거짓말을 하지는 않으니. 이럴 때 잠시 쉬어갈 겸(집중력도, 체력도 떨어지기에) 간식을 먹는다(먹다 보면 시간도 잘 간다). 간식은 녀석이 좋아하는 사과와 요구르트다. 사과와 요구르트를 두 개씩 가져와 먼저 녀석에게 요구르트 하나를 건네고, 사과를 깎는다. 녀석도 배가 고팠는지 순식간에 빈 통을 건넨다. 녀석에게 사과를 한 조각 쥐어주며, "아들, 더 먹고 싶으면 요구르트 하나 더 먹어도 돼"라고 말한다. 그랬더니 "아빠, 그건 아빠 거잖아. 내게 아니라고"라고 답한다. '녀석, 기특하네'라고 생각하며 기분 좋게 사과 한 쪽을 더 건넨다.

# 빵으로 만든 차

휴직 중에는 회사와 관련되는 일은 조금 거리를 두려 했는데(어차피 돌아갈 곳이니) 동료, 정확히는 후배의 결혼식이 있어 어찌할까 잠시 망설이다가 참석했다. 가지 않는다고 달라질 것은 없겠지만(휴직 중인 것을 알고 있으니 대부분 이해해주겠지만) 가야 할 곳은 가야 한다는 마음으로 녀석과 함께했다. 조금 여유 있게 집을 나섰는데, 결혼식장에 도착하니 벌써 신랑과 신부는 입장을 기다리고 있었다. 부랴부랴 겨우 인사를 건넸고, 녀석과 잠시 결혼식 구경을 했다. 화려한 조명에 노래까지 들리니 "아빠, 다음에 또 와요"라며 녀석도 재미있는 눈치였다. 중간중간 회사 동료들과 "반가워(요)", "언제 복직이야(이세요)?"라고 짧게 인사를 나눴고 "한 달 후면 복직이야(이에요)"라는 답을 반복했다. 집으로 돌아오는 길, 녀석에게 크루아상 하나를 쥐어줬더니 잠시 후 "아빠, 이거 봐. 빵으로 만든 차야"라며 신이 났다. 그 모습을 보며 '이제 어디든 둘이 다닐 수 있을 것 같은데… 복직을 해야 하는구나'라는 생각이 스쳤다.

아들과 동화책을 읽다가 문득 사랑이 무얼까 생각한다. 사랑은 그저 아무런 수식이나 꾸밈이 없는, 오직 두 글자로 된 사랑이면 좋겠다. 그 어떤 수식어가 붙는 사랑은 참 슬프고, 참 아프다. 세상에서 제일 아름다운 단어라는 사랑이 '짝사랑'처럼 단 한 글자 때문에 전혀 상반된 의미로 기억된다면 이 또한 모순이다. 사전을 찾아보니, 먼저 '사랑'은 '어떤 사람이나 존재를 몹시 아끼고 귀중히 여기는 마음'이라고 한다. 그리고 '짝사랑'은 '한쪽만 상대편을 사랑하는 일'이라고 한다. 딱 한 글자가 붙었을 뿐인데 그 의미는 전혀 다르다. 그래서 '짝'을 또 찾아보니 '둘 또는 그 이상이 서로 어울려 한 벌이나 한 쌍을 이루는 것. 또는 그중의 하나'라고 한다. '짝'이 한 벌이나 한 쌍을 의미하면 좋았을 것을, 그중의 하나를 의미하게 되어 '짝사랑'은 다시 아프고, 다시 슬프다. 그러다 문득, 사랑하는 일과 사랑받는 일 중에 어떤 것이 더 의미 있을까 생각한다. 아들을(은) 사랑하고 있을까? 아들은(에게) 사랑받고 있을까?

### 광고도 만화야

여섯 살 형아가 된 아들은 여전히 잠을 잔다. 어린이집에 가려면 슬슬 일어나야 하는데, 어찌 된 일인지(대부분 그렇지만) 코를 드르렁드르렁 골면서 잘도 잔다. 녀석의 자는 모습을 보면 세상 부러울 것 없는 편안함이 있지만, 어쩔 수 없다. 일단 일어날 수 있도록 도와(?)주어야 한다. 거실에 있는 텔레비전에서 녀석이 좋아하는 만화를 튼다. 그럼 신기하게도(아마 일어날 때가 되어서 그렇겠지만) 후다닥 방에서 걸어 나온다. 부스스한 머리에 두 손으로는 눈을 비비면서. 그렇게 거실 소파에 앉아 아침을 맞이하는 녀석에게 "오늘도 즐거운 하루!"를 외쳐본다. 잠시 후 옷을 갈아입고, 밥을 먹고, 양치를 하고, 엄마와 아빠와 함께, 어린이집으로 가야 한다. 만화가 끝날 때가 되어 텔레비전을 끄려고 하니, 녀석은 "아빠, 광고도 만화야. 저거까지 볼래"라고 한다. 그리고 보니 요즘 광고는 참 화려하고, 참 재미있다. 녀석이 좋아하는 이유를 알겠다. "그것까지야"라고 답하며 오늘 하루도 시작한다.

어떤 단어를 중심에 놓고 이리저리 생각하는 것을 좋아한다. 좋게 표현하면 상상, 달리 표현하면 공상, 나쁘게 표현하면 망상이다. 무엇이 되었건 책을 읽거나, 길을 걷거나, 어떨 때에는 회의를 하는 중에도 하나의 단어가 '쏙' 하고 머릿속에 박혀 들어온다. 그럼 그 단어를 중심으로 그 주변을 빙 둘러서(때로는 아주 커다란 원이 되어) 연관되는 것들이 마구 떠오른다. 그것들을 이리저리 붙였다, 떼었다 해본다. 그게 참 재미있다. 어제는 문득 '별'이라는 단어가 들어왔다. 밤이 되니 별이 생각났고, 이런저런 생각들이 차츰차츰 돋아났다. 마침내 '별 돋는 밤'이 되었다. '별'이라는 단어에는 '지다', '반짝이다', '총총하다', '스치다', '헤다', '빛나다' 등의 말들이 함께한다. 그렇게 채워가다가 '아들' 주변에는 어떤 사람들이, 어떤 단어들이 함께할까 생각해본다. 아빠, 엄마, 할아버지, 할머니, 외할아버지, 외할머니, 장난감, 공룡, 동화책, 레고, 귀엽다, 밝다, 순하다, 쑥쑥 큰다… 그리고 또 무엇이 있을까 기대해본다.

길가에도, 주차장에도 이미 차들이 가득하다. 처음에는 '오늘이 무슨 날인가? 갑자기 왜 이렇게 차가 많지? 좀 늦게 와서 그런가?' 정도로만 생각했다. 그러다 아들과 차에서 내리면서 알았다. 먼지가 가득한 날, 먼지가 가득한 차(다른 이유도 조금 있겠지만)에 묻은, 먼지를 동반한 찌든 때를 피하며, 여섯 살 남자아이를 카시트에서 내리려니, 여간 힘이 들고 불편한 것이 아니다. 이 모든 것이 미세먼지 때문이다. 미세먼지가 일상의 삶과 건강을 위협하는 요인이라(고만) 생각했는데, 그 때문에 공공기관에서 차량 2부제를 하니, 녀석의 어린이집 주변의 공용 주차장이 온통 차들로 가득하고, 그곳에 진입하지 못한 차들이 어린이집 진입로까지 순차적으로 점령한 것이다. 대부분 공공기관인 연구원들의 공동 직장 어린이집이라는 특성 때문에 연구원마다 차량 2부제를 그 나름 엄격하게 적용하고 있는 한, 이러한 불편은 당분간 계속될 것이다. 미세먼지 때문에 삶에도 이런저런 먼지들이 잔뜩 들러붙는 기분이다.

"아빠, 이번에는 떠내려가지 않겠지?"라고 물으며 자신에 찬 표정으로 아빠를 쳐다보는 아들. 그런 녀석에게 더 확신에 찬 얼굴로 "응, 아빠가 보기에도 이번에는 절대 떠내려가지 않겠어"라고 답해준다. 며칠 전 욕실에서 물놀이를 하다가 녀석은 아주 작은 장난감 조각(나사)을 잃어버렸다. 욕조의 물을 빼는 과정에서 조각 하나가 배수구로 빨려 들어가는 것을 눈으로 보면서도 미처 건져내지 못했다(뒤늦게 녀석과 함께 잡으려고 노력했지만, 물이 내려가는 속도는 빨랐고, 조각의 크기는 작았다). 그런 경험이 있었기에 물놀이 후 욕조의 물을 빼려고 하니, "아빠, 기다려봐. 한 번 더 볼게"라며 주변을 찬찬히 살핀다. 그렇게 확인을 한 이후에야 "아빠, 됐어. (물) 빼도 돼"라고 말한다. 장난감 나사를 잃어버린 것은 아쉽지만 덕분에 조심하고, 주의하는 습관 하나는 배웠다. 앞으로 녀석이 살아가며 배워야 할 것들이 정말 많겠지만, 잘 둘러보고, 잘 살펴보며, 잘 물어보는 습관은 꼭 지녔으면 좋겠다.

녀석의 혼잣말은 재밌다. 가끔은 무슨 고민이 있어서 그런가 싶어 조금 걱정이 되기도 하지만 그것도 잠시, 그냥 재밌다. 잠에서 깬 녀석은 침대에 누워 아빠가 오기를 기다리는 눈치다(거실에서 이미 녀석이 일어났음을 알아챘지만 조금 기다려보다가 방으로 들어간다). 녀석은 장난기 가득한 얼굴로(잘 잤다는 표시다) 아빠를 빤히 쳐다본다. 잠시 함께 누워 서로 얼굴을 마주 보다가 "아들, 잘 잤어? 무슨 꿈꿨어?(조금 궁금하기도 하지만, 그냥 아침 인사에 가깝다)"라고 말하며, 꼭 안아서 일어난다. 그랬더니 갑자기 녀석이 "도대체 뭘 달라는 거야?"라고 하더니 "아빠, 이 녀석들(방 안의 인형들)에게 안 가지고 노는 거(장난감) 주자"라고 말한다. 그러더니 아무 일 아니라는 듯 씽긋 웃는다. 이럴 때 조금 맞장구를 쳐주기도 하는데, 오늘은 그냥 둬본다. 그런 경우는 아니겠지만, 아빠도 가끔은 혼자 묻고, 혼자 답하면 재미있을 때가 있다. 답은 중요하지 않다. 그냥 한번 물어보고 싶었을 뿐이니까.

# 다시 봄이 왔다

볕이 따뜻한 것을 보니 다시 봄이 왔다. '언제 오려나? 언제 올까?'라고 생각했는데, 참 막연하다 생각했는데 며칠 전부터 '어느새 봄이 오는구나' 정도로 생각했는데, 진짜 봄이 왔다. 작년 이맘때 휴직을 하던 날, 그날의 볕도 이렇게 따뜻했다. 오전에 회사 동료들과 반복된 인사를 하고, 일상처럼 점심을 먹고, 오후에 아주 짧게 마지막 책상 정리를 하고(할 것도 없었지만), 주차된 차에서 집으로 가려고 시동을 걸 때, 그때 느낀 볕이 딱 지금처럼 따뜻했다. '아, 내년에 이렇게 볕이 따뜻한 날 복직을 하겠구나. 일단 열심히, 부지런히 아내와 아들과 살아보자'라고 생각하며 회사 정문을 나섰다. 시간도 열심히, 부지런히 제 갈 길을 갔다. 아직 아이와 못다 한 것이 있거나, 미처 마무리하지 못한 것이 있는 것도 아닌데(녀석은 씩씩하고, 건강하게 잘 크고 있는데), '복직'이라는 두 글자가 주는 미묘한 느낌, 회사 생활에 대한 두려움, 걱정은 아닌 것 같은데, '참 좋았다'라는 과거와 '그래도 아쉽다'라는 현재가 교차한다.

# 할아버지의 구두

중국 청도로 여행 가는 날. 이번에는 녀석의 할아버지, 할머니, 작은 고모도 함께한다. 영주에서 대전으로(녀석의 할아버지, 할머니, 작은 고모), 하룻밤을 자고, 다시 대전에서 인천공항으로, 그리고 다시 인천공항에서 중국 청도로 간다. 녀석의 할아버지, 할머니에게는 가장 간단하게, 가장 편안하게 준비하면 된다고 몇 차례 당부를 했는데, 대전에 도착한 녀석의 할아버지를 보는 순간 눈을 의심했다. 이동이 많은 여행에 구두를 신고 오셨다. 출장을 가는 것도 아니고 아들, 손자, 며느리, 딸과 여행을 가는데 구두라니, 상상도 못 했다. 녀석의 작은 고모, 할머니가 발이 편안한 운동화를 신고 가자고 수차례 얘기했지만 이럴 때 아니면 언제 또 구두를 신겠냐며 끝내 구두를 신고 오신 것이다. 생각해보니 맞는 말이다. 칠십이 넘도록 평생 험한 일만 하셨으니 구두 신을 일이 거의 없었다. 그러니 본인 나름대로 여행 기분 한번 내고 싶으셨던 것이다. '할아버지의 구두'는 그런 이유가 있어 자꾸만 눈이 간다.

중국 청도여행에서 만난 현지 가이드는 매우 노련해 보인다. 먼저 청도의 역사를 간략하게 소개하고, 2박 3일 일정 동안 방문하게 될 곳을 요령껏, 하지만 핵심은 놓치지 않고 설명한다. 그렇게 얘기하던 가이드는 도롯가에 차를 세우더니 "자, 이제 중국의 시장을 보실 겁니다. 이곳은 그냥 시장이 아니고 짝퉁 시장입니다. 그러니 너무 기대하지는 마시고, 혹시 필요한 것이 있다면 사시면 됩니다. '짝퉁'이라는 것을 꼭 명심하시고요"라고 말한다. 그러더니 "저는 가끔은 이곳에 있는 사람도 가짜라고 생각합니다. 왜냐하면 (그들은) 거짓말을 하기 때문입니다. 중국 (청도)여행 동안 자신의 물건은 잘 챙기시고, 즐겁게 여행하시기 바랍니다"라고 더한다. 여행을 통해 많은 가이드를 만났고, 매번 (비슷한) 반복되는 이야기를 듣게 되지만 여행 초반부터 '사람도 가짜다'라는 말을 들으니 기분이 이상하다. 아무리 가짜와 거짓이 난무해도 '사람은 진짜다'라고 생각하며 살려 하는데, 녀석에게는 어떻게 얘기해주어야 할까.

이번 (중국 청도)여행에서도 특이한, 색다른, 잊지 못할 경험 하나를 추가한다. 여행을 떠나기 하루 전 응가를 한 녀석이 2박 3일 여행 내내 별다른 얘기가 없다. 집과 비교하면 (녀석의 기준에) 식사가 좀 부실한 것은 사실이지만 그렇다고 밥을 아주 먹지 못한 것은 아니니 분명히 한 번쯤은 응가를 해야 하는데 아무런 소식이 없다. 이래저래 신경이 쓰이지만 어쩔 수 없이 지켜볼 뿐이다. 그렇게 여행의 마지막 일정을 마치는 순간까지, 그리고 공항에서도 별다른 얘기가 없다. '잘됐다. 집에 가서 시원하게 누면 되겠네'라고 생각하며 비행기를 탄다. 그랬는데 비행기가 이륙하기 직전, 모든 승객이 꼼짝 못 하는 순간 "응가 마려워"라는 녀석, 급히 승무원에게 양해를 구하고 화장실에 다녀온다. 그러다 잠시 후 다시 "응가 마려워"라는 녀석, 다시 (다른) 승무원에게 양해를 구하고 화장실에 다녀온다. 덕분에 땀은 좀 흘렸지만 역시 세상에 '불가능한 것은 없다'라는 것을 알게 되었다.

# 휴식 같은 하루

여행을 마치고 밤늦게 집으로 돌아왔으니 내일은 어린이집 자체 방학이다(여행을 떠나기 전부터 담임선생님께는 하루 쉰다고 했다). 덕분에 아침 일찍 일어나야 한다는 걱정 없이 편안한 마음으로 푹 잤다(물론 녀석의 할아버지, 할머니의 아침밥 때문에 평상시처럼 일어나기는 했다). 오전에 녀석의 할아버지, 할머니, 작은 고모는 영주로 떠났고, 오후에 녀석과 무엇을 하며 시간을 보낼까 생각하다가 다시 자기로 했다. 휴식에는 '잠이 최고다'라는 마음으로 침대에 누워있으니, 잠이 오지 않는다는 녀석도 스르르 잠이 든다. 오후 다섯 시가 되어서야 겨우 잠에서 깼고, 또다시 무엇을 할까 고민하다가 '밥이나 먹자'라는 마음으로 한 끼를 해결한다. 그렇게 있다 보니 녀석이 슬슬 심심한 눈치다. 녀석은 '가위바위보' 놀이를 하자고 한다. 딱히 어려울 것은 없다. 서로 아무거나 내고, 누가 이겼는지, 졌는지만 말하면 되니까. 그러다 또 잠시 후 욕조에서 한참을 씻고, 동화책 몇 권 읽고, 그냥 잤다. 그저 휴식 같은 하루였다.

어감은 좀 그런데 요즘 아들은 이중생활을 하고 있다. 집에서는 (절대) 안 하는 것을, 어린이집에서는 (곧잘) 한다. 그것도 아무렇지 않다는 듯. 그러니 담임선생님은 전혀 모르신다. 녀석의 집에서의 모습과 행동을. 다행인 것은 그 이중생활의 장점이 제법 된다. 집에서는 혼자 옷도 잘 입으려 하지 않고, 혼자 밥도 잘 먹으려 하지 않고, 혼자 양치도 잘 하지 않는다. 그런데 어린이집에서는 무엇이든 혼자 척척 잘 한다(고 한다). 특히나 집에서는 야채가 들어가는 반찬은 눈길 한 번 주지 않는다. 녀석이 좋아하는 고기반찬에 들어 있는 아주 작은 야채 조각도 먹기를 싫어한다. 그런 녀석이 어린이집에서는 야채도 척척 잘 먹는다(고 한다). 어린이집에서 돌아오는 길, "아들, 오늘 무슨 반찬 먹었어?"라고 물어보니, 녀석은 "응, 배추김치 먹고, 블루베리 떡 먹었어"라고 답한다. 그 모습이 그저 신기할 뿐이다. 김치에 떡까지 먹었다고 스스로 얘기하는 것이. 이중생활이라도 좋다. 어디에서건 잘 하면 된다.

## 모처럼 산에 올랐더니

이제 복직이 보름 정도 남았다. 요즘 '복직'이라는 단어가 자주 언급되는 것을 보니, 진짜 돌아갈 날이 성큼 다가온 것 같다. 어제는 회사 산악회의 시산제가 있었다. 갈까, 말까 조금 망설이다 가기로 했다. 복직 후에 다른 운동을 하기보다는 한 달에 한 번 정도 꾸준히 등산을 하는 것이 좋겠다고 생각했기 때문이다. 산에 오른 것이 10년은 더 되었다. 그렇게 어제, 모처럼 산에 올랐더니 하루 종일 다리가 뻐근하다. 1,000미터 이상 되는 높은 산을 오른 것도 아니고, 집에서 그다지 멀지 않은 야트막한 산을 동료들과 쉬엄쉬엄 올랐는데, 10년이라는 세월은 무시하지 못하는 것 같다. 평온한 일요일 아침, 상쾌한 기분으로 일어나야 하지만, 어제에 이어 오늘까지 허리도, 다리도 쿡쿡 쑤신다. 아마도 당분간 산에 다녀온 이후 이런 날들이 반복될 것이다. 나이를 한 살, 두 살 먹어가면서 알게 되는, 그리고 이번에 휴직을 하고 아들과 함께하면서 느낀 것은 '시간은 정직하고, 또 시간이 답이다'라는 삶의 진리이다.

아들이 콜록콜록하는 것을 보니 감기다. 며칠 전 중국 여행을 다녀왔으니 그것이 원인이라 추측한다. 아무래도 여섯 살 꼬마에게 새벽에 집을 나서, 버스를 타고, 비행기를 타야 하는 일정은 간단치 않았을 것이다. 그러다 문득, '감기'라는 단어가 궁금해진다. 사전을 찾아보기 전, 이런저런 추측을 해본다. 보통은 감기에 걸리면 기운이 떨어지니 '덜 감(減)', '기운 기(氣)'를 써서 '감기(減氣)'라고 하지 않을까 추측한다. 그렇게 생각하니 제법 그럴듯한 해석이라 느껴진다. 스스로의 해석을 확인하기 위해 사전을 찾아보니, '느낄 감(感)', '기운 기(氣)'를 써서 '감기(感氣)'라고 쓰는 것이 올바른 표기다. 한자로 추측해보면 몸이 무엇인가 이상한(정상적이지 않은) 기운을 느끼고, 감지하는 것을 '감기'라고 하는 것 같다. 그렇게 생각하니 그 또한 고개가 끄덕여진다. 또 그러다 문득, '기운 기(氣)'가 들어가는 '감기'가 왜 '걸리다'라는 단어와 짝을 이루어 쓰일까 궁금해진다. 세상에는 궁금한 것이 너무 많다.

이전에도 가끔 그런 생각을 했지만, 이번에 중국 청도로 패키지 여행을 다녀오면서 다시 느꼈다. '무제한 ○○'라는 상품이 유행하고 있음을. 여행에도 유행이 있다는 것은 알고 있었지만[대부분 여행사에서 시작되어(상품을 만들어), 언론에서 확대하는 특정 장소 중심의 여행들], 가만히 일정을 따르다 밥을 먹을 때면 무제한으로 먹을 수 있음을 강조한다. 밥을 먹어도, 고기를 먹어도, 맥주를 마셔도, '무제한'이라고 한다. 이유가 뭘까 생각해보니 대부분의 경우 여행객들은 무제한이라는 말을 (너무) 좋아한다. 이왕이면 아무런 제한 없이 먹고, 마시고, 즐기고 싶다. 또 제한되지 않은, 마치 무한대의 특권이라도 생긴 기분이다. 그런데 사실 무제한이라고 해도, 그렇게 많이 먹고, 많이 마실 수는 없다. 제한된 일정에, 제약된 시간에 '무제한'은 어딘가 조금 어색하다. 좀 다른 얘기지만, 아이에게는 어떨까? 무제한, 무한대… 좋은 점도 있고, 그렇지 않은 점도 있겠다. 무제한 사랑, 무한대 사랑은 어떨까?

딱히 못 쓸 말도, 하지 말아야 할 말도 아닌데 아들의 입에서 "짜증 나"라는 얘기가 나오니 조금은(아니 많이) 당황스럽다. "아들, 뭐가?"라고 이유를 물어보니 장난감 로봇을 변신시켜야 하는데 (로봇의) 팔이 빠지지 않는다고 한다. 로봇에서 자동차로 변신하기 위해서 꼭 필요한 과정이니 '그럴 수 있겠다(어른이라면 더 심한 말을 했을 수도 있겠다)'라고 생각한다. 그러나 그것은 잠깐의 생각일 뿐, 아직은 녀석이 그런 말(부정적인 어감의 말들)을 하지 않았으면 좋겠다. 여섯 살 녀석도 어린이집에 다니며, 그 속에서 다양한 친구들과 어울린다. 그러다 보면 좋은 것도, 그렇지 않은 것도 함께 할 수 있다. 녀석이 다섯 살까지 집에서 엄마, 아빠와 지낼 때, 다수의 사람들이 "아이의 사회성을 위해서라도 어린이집에 보내야 한다"라고 말했다. 사회성, 사회화, 녀석도 한 사회의 구성원으로 차곡차곡 성장해가야 한다. 앞으로 웃을 일도, 당황스러운 일도, 기쁠 일도, 난처한 일도 있겠다. 그게 사람 사는 세상이니까.

이제야 조금 진정이 된다. 집에 오자마자 욕실로 향한다. 뜨거운 물로 샤워를 하고, 다시 차가운 물로 정신을 차려본다. 만만하게 봤다가 숨넘어갈 뻔했다. 아들을 어린이집에 데려다주고, 집에서 글 좀 쓰다가, 동네 도서관에 갔다. 신문을 몇 부 읽고, 시사 잡지를 두리번거리다, '산'이라는 월간지를 집어 들어 재미있게 읽었다. 그때, 문득 생각났다. '맞다. 이사 가기 전에 아파트 앞산 한 번 꼭 가봐야 하는데.' 서둘러 도서관을 나서 자전거를 탄다. 산을 오르는 길이 있음을 알리는 곳까지 부지런히 달려(10분 내외) 산 쪽을 쓱 한번 쳐다본다. 아내와 아들과 동네 산책을 할 때마다 "아들, 이 산에 언제 한번 올라가보자. 아빠 생각에는 아들이 오르기에도 무난할 것 같아"라고 얘기했던 산이다. 이정표에도 고작(?) 440미터만 가면 된다고 표기되어 있다. 그렇게 가벼운 마음으로 올랐다가 땀범벅이 되어서 내려왔다. 이사 가기 전, 산에 오른 것은 잘한 일이지만, 그 산을 너무 만만하게 본 것은 반성할 일이다.

딱히 할 말이 없는 것도 아닌데, 딱히 할 일이 없는 것도 아닌데, 시간이 조금은 헐렁해진 기분이다. 일 년의 시간을 꽉 채워서 알차게 썼는데, 이제 겨우 일주일 정도 남았는데, 그 일주일까지 아낌없이 잘 쓰고 싶은데, 그런데 그 시간이 슬렁슬렁, ㅎ물ㅎ물 수리 없이 조금씩, 조금씩 사라지는 느낌이다. '뭐, 그런 날도 괜찮아. 복직하면 정신없이 바쁠 테니까'라고 위로해보지만, '그래도, 조금 더, 마지막까지, 알차게 써야 하는데'라는 생각이 교차한다. 최근에 어쩌다 만나는 사람들, 어쩌다 통화하는 사람들이 가장 쉽게 하는 말, "요즘, 어떻게 지내?" '요즘'에 중심을 두고 답을 하려니, 지난 일 년 동안 부지런히, 잘 지냈던 이야기를 하기가 마땅치 않고, '어떻게'에 중심을 두고 답을 하려니, 며칠 사이로 이사와 복직을 순차적으로 준비하고, 맞이해야 하는 기분만 전할 뿐이다. 딱히 무엇을 꼬집어 설명하기가 모호한 날들이다. 여느 때처럼 시간은 가는데, 지난 어느 날의 여느 때와는 조금 다른 시간들이다.

# 예외적인 상황

브라질, 아르헨티나, 스페인, 멕시코… 이런 나라들은 언젠가 꼭 한 번 가보고 싶다. 휴직을 하고 여행과 관련되는, 특히 배낭여행, 자유여행을 소개한 책들을 수십 권 읽었다. 그런 책들을 접하며 그들의 독특한 경험이 부러웠고, 동시에 '더 늦기 전에 스페인어는 꼭 배워두어야겠다'라고 생각했다. 그 마음을 아내에게 슬쩍 얘기했더니, 생일 선물로 스페인어 회화 책을 한 권 받았다. 그때부터 하루에 한 시간 정도 짬짬이 공부하고 있다. 너무도 당연하게 아직 할 수 있는 말은 많지 않지만(거의 없지만) 그래도 스페인어 공부를 시작했다는 것이 흐뭇하다. 학습 동영상을 보고 조용히 따라 하며 느끼는 것은, 언어에는 언제나 '예외'가 있고, 그것은 별다른 방법 없이 무조건 외워야 한다는 것이다. 모국어가 아닌 언어를 배우려면 '예외'를 충실히 학습해야 한다. 그렇게 생각하니 아이와 함께하는 것도 마찬가지라는 생각이다. 아이에게도 일반적이 아닌, 진짜 예외적인 상황을 어떻게 대하느냐가 더없이 중요할 것이다.

## 참 더디지만, 참 색다르다

아들이 어린이집을 마치고 집으로 돌아오기 전, 이사 갈 집을 둘러볼 계획이었다(가구배치 등을 결정하기 위해). 그 시간까지 조금의 여유가 있어 근처 운동장에서 공놀이를 했다. 공놀이라고 해봐야 별다른 것은 없다. 녀석이 공을 '힘껏' 차면 다시 '톡' 차주는 정도다. 축구 골대 앞에서 녀석에게 "아들, 아빠가 골키퍼 할 테니까 발로 뻥 차면 돼"라고 했더니, 녀석은 "아니, 아빠는 심판해"라고 말하며, 골대로 있는 힘껏 공을 찬다. 공은 데굴데굴 굴러 텅 빈 골대로 들어간다. 그 모습을 보며 "골인이야. 골인"이라고 말해주니, "아빠, 아직은 아니야. 그물까지 가야 돼"라고 한다. 생각해보니 축구의 규칙을 알지 못하는 녀석에게는 공이 어딘가에 닿아야 골인인 것이다. '애들은 참 순수하네'라고 생각하며 다시 공놀이를 하는데, 녀석은 "아프겠다"라고 한다. "아들, 뭐가?"라고 물어보니, "아빠, 여기 찢어졌어"라고 답하며 구멍 난 그물을 가리킨다. 여섯 살 꼬마와의 공놀이는 참 더디지만, 참 색다르다.

# 쓸고, 닦고, 다시 쓸고, 닦고

정신없는 하루가 지났다. 아침부터 저녁까지 쓸고, 닦고, 다시 쓸고, 닦고를 무한 반복했다. 물론 중간에 지금 살고 있는 집에서 아들을 어린이집에 데려다주고, 앞으로 살 집으로 다시 데리고 오기는 했다(그 집에서 청소 중이었다). 복직을 앞두고 어쩌면 가장 큰일을 마무리하려니 아무래도 바쁘다. 원래 계획대로라면 이렇게 바쁘지 않고 여유롭게 이사 준비를 하면 되는데(휴직자이니 날짜에 관계없이 쉬엄쉬엄해도 되는데), 이사 갈 집의 세입자가 이래저래 계획을 바꾸면서 마침내는 이사 전날에야 집을 비워주었다. 그러다 보니, 청소(도배, 장판, 방충망 교체 등)부터 이런저런 부수적인 일(새로 구입한 가구 배치 등)까지 모든 것을 딱 하루에 몰아서 하게 되었다(중간에 휴직 중 새로 발령 난 부서의 팀장님께 복직 일주일 전에 회사를 방문하겠다고 전화도 했다). 그런 와중에 참 기특하게도 아들이 오늘 하루 너무도 얌전하고, 차분하게 엄마, 아빠의 이사 준비를 묵묵히, 성실히 잘 도와주었다. 덕분에 힘을 팍팍 냈다.

# 이삿짐을 정리하면서 드는 생각들

어제 이사를 하고, 오늘 부지런히 정리를 하니, 그런대로 살 집이 되었다. 이쯤 되면 '이사를 (잘) 마쳤다'라고 해도 될 것 같지만, 아내의 눈높이에는 아직도 군데군데 할 일들이 남은 듯하다. 이사를 준비하면서 (한 달 정두를), (생각날 때마다) 많이 버리고, 또 버리고, 많이 정리하고, 또 정리했는데, 그런데도 막상 이삿짐을 정리하면서 '이걸 미처 못 버렸구나', '우리 집에 이런 게 있었나'라는 생각이 드는 것들이 제법 많았다. 그것들을 보며, '아직도 물건에 대한 미련이 남아있구나'라는 생각과 '그래, 이것들이 이번에도 따라온 것을 보면 지난 추억을 함께하고 싶은 것이구나'라는 생각을 했다. 이번에 이사를 준비하면서 아내와는 다짐했다. 일 년에 한 번이라도 시간을 정해놓고 집 구석구석을 살펴보고, 둘러봐서 자주 버리고, 자주 정리하기로. 그런데 한 가지, 아들과 관련된 장난감, 옷, 동화책 등은 버리기가 쉽지 않을 것 같다. 그 물건들 하나하나에 아직은 소중히 간직하고 싶은 추억이 너무나 많기 때문이다.

실실 웃음이 난다. 곰곰이 생각할수록 참 재미있다. 녀석이 양치를 하고, 세수를 하는데 "아빠, 머리가 빗 됐다. 빗 됐어"라고 하기에, 처음에는 '이건 무슨 소리지?'라고 생각하다가 거울에 비친 녀석의 모습을 보고서야 '아, 맞다. 빗 됐네'라고 이해했다. 세수를 하면 (당연히) 이마 위 머리카락에도 물이 묻는다. 그러다 보면 가지런한 머리카락이 물기로 인해 중간중간, 듬성듬성 서로 엉켜 붙는다. 녀석에게는 그렇게 변한 머리카락의 모습이 딱 빗처럼 보였던 것이다. "아빠, 머리가 빗이 되면 어떻게 해. 얼른 제자리로 돌려줘야 해"라는 녀석에게 "응, 알았어. 아빠도 이해했어. 세수를 하면 머리카락이 빗처럼 될 수도 있는데 얼른 원래 모습대로 돌려놓을게"라고 말하며 수건으로 쓱쓱 닦아준다. 녀석은 그제야 만족하는 눈치다. 가끔 아들의 생각지도 못한 말과 행동들을 접할 때면 당황스럽기도 하지만, 대부분의 경우는 참 즐겁다. 이건 어린 꼬마와 함께하는 아빠만이 누릴 수 있는 행복한 특권이다.

이제 육아휴직도 딱 하루 남았다. 주 5일 근무제에서 토요일, 일요일은 쉬는 날이니, 다음 주 월요일이 휴직자로서 누릴 수 있는 마지막 날이다. 일 년의 시간 동안 참 많은 일들이 있었고, 참 많은 일들을 했다. 예상했던 일들도, 예상 밖의 일들도 있었다. 휴직을 하기 전 계획했던 일들도, 휴직을 하고 있는 동안 우연찮게 하게 된(전혀 계획에 없던) 일들도, 새롭게 시작했거나 과감하게 도전했던 일들도 있었다. 주어진 시간에 최선을 다해 열심히, 부지런히 살려고 노력했지만, 딱 하루만 남았다고 생각하니 미처 못다 한 것들이 하나둘 생각난다. 가장 큰 아쉬움이라면 아내와 둘만의 오붓한 여행을, 그리고 혼자만의 조용한 여행을 다녀오지 못한 것이다. 돌아보니 육아휴직이라는 이름표가 붙어있었기에 '최대한 아이와 함께해야지'라는 생각이 어쩌면 집착, 또 어쩌면 강박이었다고 생각한다. 쉽게 살려고 노력했지만 생각이 많았다. '아쉬움 없는 인생이 어디 있을까'라는 마음으로 늦은 밤 회사로 돌아갈 짐을 챙겨본다.

육아휴직이 끝났다. 하루, 하루, 모든 날들이 오롯이 기억날 것 같은 길고 긴, 더없이 아름다운 날들이. 몸과 마음, 그 어딘가에는 진한 잔상으로 남아있을 것이다. 끝이라는 단어에 자연스레 이런저런 생각들이 떠오른다. 마흔 살 아빠에게, 다섯 살 아들에게, 그리고 그 곁의 엄마에게, 휴직은 어떤 의미가 있었을까? 아빠는 좋았다. 언젠가 한 번 더 육아휴직을 할 수 있을까? 이제 여섯 살이 된 아들이 초등학교에 입학할 때, 아니면 혹시나 녀석의 동생이 생긴다면 그때 다시? 시작이 있으면 끝도 있는 법인데, 그것이 삶의 이치인데, 막상 무엇인가를 끝내려고 하니, 사람의 일이라 어쩔 수 없이 기분이 이상하다. 녀석과 아내와 함께했던 모든 날들을 마음속 한편에 잘 보관해두었다가 볕이 따뜻한 날, 바람이 부는 날, 비가 오는 날, 눈이 내리는 날, 그저 그런 날, 마음이 싱숭생숭한 날, 아무런 이유 없는 날, 가끔 조용히 꺼내보아야겠다. 이제 끝났다. 하지만 다시 시작이다. 아들도, 엄마도, 아빠도, 더 멋진 날들이 온다.

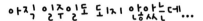
아직 일주일도 되지 않았는데...

진이 빠졌다. 단어 사이사이에 '진짜', '정말로'라는 수식어를 '반드시', '꼭' 써야 할 만큼 하루하루가 바쁜 날들이었다. 다행히 아들은 어린이집에 잘 다닌다고 한다(엄마의 노력으로). 복직을 하고는 아침에 자는 모습과 저녁에 노는 모습만 보고, 녀석에 관한 그 밖의 이야기는 그저 아내에게 전해 들을 뿐이다. 그러니 며칠 사이에 전혀 다른 세상에 살고 있는 듯하다. 일 년의 휴직 후 복직을 하면 어떤 리듬으로 적응(해야)할까 궁금했는데, 그것을 생각할 틈도 없이, 쏟아지는 업무에 등 떠밀려 빠르게 적응해가고 있다. 아직 일주일도 되지 않았는데(고작 4일 출근했는데) 새로 맡게 된 업무의 흐름과 휴직 전과는 다른 회사의 분위기는 알겠다. 오늘(토요일)도 회사에 나가 업무를 처리하다가 녀석의 할아버지 전화를 받고서야 알았다. 복직하고 지금까지 주변에 안부전화조차 하지 못했다는 것을. '언제, 휴직을 했었나?'라는 생각이 들 정도로 일상에 익숙해져 가고 있다. 내일은 아들과 아내와 산책해야겠다.

아들의 어린이집 근처로 이사를 하고 가장 큰 변화라면 집 주변을 천천히, 찬찬히 둘러보게 된 것이다. 예전에 살던 집과 자동차로 10분 거리도 되지 않을 가까운 곳이지만, 주변 환경은 생각보다 차이가 많다. 예전에 살던 집은 대규모 아파트 단지에 지하철역 주변이라 필요한 것은 대부분 있었다. 지금 이사한 집도 주변에 있을 것은 다 있지만(지하철역이 없고, 대형마트가 없다) 좀 더 작은(사실은 많이 작은), 진짜 동네 같은 분위기다. 복직을 하고 처음으로 맞이하는 주말(이사를 하고 두 번째 맞이하는 주말), 오전에는 인천에 사시는 녀석의 외할아버지와 외할머니가 다녀가시고, 오후에는 아주 잠깐 늦은 낮잠을 자고(혼자만), 아들과 아내와 동네 목욕탕에 갔다. 역시나 기존에 다니던 호텔 사우나보다 작지만, 그래도 너무 가깝고, 많이 저렴했다. 시간을 한참 거슬러 학창 시절 시골에 있던 동네 목욕탕 같은 분위기였지만 제법 신기했고, 그 나름 괜찮았다. 앞으로 동네 구석구석을 살펴보는 재미가 있겠다.

509

안녕히 다녀오세요

조용히, 살짝 집을 나서려는데 현관문 자물쇠 소리에 아들이 깼다. 복직을 하고 아침 일찍 출근해, 저녁 늦게 돌아오니 아들의 얼굴 보기가 쉽지 않다. 아쉽지만 당분간은 그러려니 생각하고 있는데, "아빠, 안녕히 다녀오세요. 엄마랑 잘 놀고 있을게요"라며 잠에서 덜 깬 녀석이 인사를 건넨다. "응, 아들도 엄마랑 즐겁게 잘 놀고 있어. 아빠는 열심히 일하고 올게"라는 인사로 답을 하지만, 솔직히 오늘은 몇 시에나 집에 돌아올 수 있을지 알 수 없다. 아직 복직 초반이라 갑자기 처리해야 하는 일들이 생기면, 집으로 돌아오는 시간은 한없이 길어진다. 녀석의 말처럼 '안녕히 다녀와야' 하는데, 요즘은 하루하루가 그렇게 안녕하지 못한 날들이다. 일 년의 공백이 이렇게 큰 것일까? 아니면 새로운 팀에서, 새롭게 주어진 업무가 낯설기만 한데, 제일 바쁜 시기에 복직을 해서일까? 이런저런 생각은 많지만 일단 주어진 시간에 최선을 다해볼 뿐이다. 내일도 아들(아내)에게 '안녕히 잘 다녀왔어'라고 웃으며 집으로 돌아와야겠다.

갑자기 쏟아진 비로 쌀쌀해진 늦은 저녁, 퇴근을 하고 집으로 돌아와 서둘러 옷을 갈아입고 샤워를 하려는데 "저녁 먹어야지? 콩나물밥 먹을 거야? 아니면 오리고기 볶아놓은 것도 있으니 그거 먹어도 되고"라고 아내가 묻기에, "아무거나 다 좋은데, 콩나물밥에 오리고기도 먹을게. 가지(반찬)도 있으면 좋고"라고 답하며 욕실로 향했다. 따뜻한 물에 기분 좋게 씻고 있는데, 갑자기 욕실 문이 벌컥 열리더니 "아빠, 안타깝게도 가지는 없대"라며 아들이 큰 소리로 얘기하더니 아무 일 없다는 듯 문을 닫는다. "응, 알았어"라고 답하며 '문 닫는 걸 깜빡했네'라고 생각하고 있는데, 또다시 아들이 문을 벌컥 열더니 "아빠, 다행히도 가지가 있대"라고 말하고는 이번에도 별일 아니라는 듯 휙 돌아선다. '녀석, 말투가 참 재미있네'라고 혼자 웃고 있다가, 순간 알았다. 엄마가 자주 쓰는 말을 따라 하고 있다는 것을. '안타깝게도~', '다행히도~', 아이는 일부러 가르치지 않아도 이렇게 자연스럽게 하나둘 잘도 배운다.

학부모 간담회

아들은 아주 잘 크고 있다. 아빠의 생각에도, 엄마의 생각에도, 그리고 오늘 한 번 더 확인했다. 어린이집에서도 아주 잘 지내고 있다고 담임선생님이 얘기해주셨다. 회사 일을 마치고 집으로 돌아오니 아내가 녀석의 학부모 간담회 이야기를 해준다. 휴직 중이었다면 함께 갔을 텐데(휴직 중에 혼자 가보기는 했다. 그래서 대충의 분위기는 이해한다), 회사에 다니니 아무래도 이런 것은 조금 아쉽다. 이유야 어쨌든, 엄마라도 담임선생님과 만나 이야기를 나눌 수 있다는 것만으로도 다행이라 생각한다. 지난 간담회에서 보니, 직장을 다니는 엄마, 아빠들은 어쩔 수 없이 간담회에 나오지 못하거나, 전화통화로 대신하는 눈치였다. 아내가 전해준 아들은 같은 반 친구들과 잘 놀고, 잘 웃고, 잘 어울린다고 한다. 두루두루, 원만하게, 다, 잘 지낸다고 한다. 권유진 선생님께서 좋은 부분만 얘기하셨을 수도 있지만, 그래도 좋다. 꼭 듣고 싶은 얘기를 담임선생님이 하셨고, 그것을 다시 아내에게 전해 들었으니.

## 잠시 멈추고 둘러봐야겠다

아직 정확히 말할 수 없지만, 이제 어느 정도 회사에 적응했다고
얘기할 수 있다. 10년 이상을 다녔던 곳에 고작 1년 쉬고 '적응'이
라는 단어를 쓰기가 참 낯설고, 참 어색하지만 복직을 하니 알겠
다. 진짜 적응이 필요하다는 것을. 회사로 대변되는 세상은 지난
1년 동안 제법 빠른 속도로 변했다. 휴직 기간에도 비교적 자세
히 알고 있었던 것과 그렇지 않은 것이 있겠지만, 그것에 얼마나
관심을 두느냐에 따라(아들과 아내와 관련된 것을 제외하고는 크
게 관심을 두지 않았지만) 그 변화에 대응하는 또는 반응하는 정
도는 다를 것이다. 그렇게 생각하니 지난 10년이 큰 의미가 있는
것 같기도, 그렇지 않은 것 같기도 하다. 달리 생각하니 1년이라
는 시간이 그렇게 큰 의미가 없는 것 같기도, 그렇지 않은 것 같
기도 하다. 그런데 오롯이 1년이라는 시간을 아이와 함께해보니,
1년이면 세상 무엇이라도 할 수 있겠다는 조금은 오만한 생각도
든다. 복직하고 10여 일 열심히 살았다. 내일은, 잠시 멈추고 둘
러봐야겠다.

## 새삼 반갑고, 반가웠다

복직을 하기 전 근무형태를 어떻게 할까 고민하다가 "처음에는 평범한 게 좋으니 9시 출근, 6시 퇴근으로 해"라는 아내의 조언을 따랐지만(실제 출근은 7시, 퇴근은 8~9시에 했다), 그렇게 2주 정도를 지내다 회사의 인사담당자와 상의하여 월~목요일은 8시 출근, 6시 퇴근, 금요일은 8시 출근, 12시 퇴근으로 조정했다. 그렇게 적용한 첫날, 12시는 아니지만 4시에 회사를 나서 5분도 지나지 않아 아들의 어린이집에 도착했다. 아들은 아빠가 데리러 오는 것을 모르니 평소 엄마와 함께했던 4시 30분이 되기를 기다리며, 녀석의 할아버지, 외할아버지와 잠시 통화했다. 별다를 것 없는 '잘 지내시냐'라는 짧은 물음에 '잘 지낸다'라는 더 짧은 대답을 확인하는 정도다. 시간이 되어 녀석의 반이 있는 2층까지 올라서니, 고작 2주 만에 다시 온 것인데도 기분이 이상했다. 권유진 선생님께서 멀리서 알아보시고 아들에게 "아빠 오셨다"라고 크게 알려주신다. 신나서 마구 달려오는 아들을 보니 새삼 반갑고, 반가웠다.

정확히 잘 기억나지 않는다. 무슨 이야기를 하다가, 아니면 각자 무엇인가를 하다가 아들이 한마디 했다. "아빠, 이사 가면 안 돼." 그러다 잠시 후 한마디 보탰다. "이 집이 다른 집보다 좋으니까." 그냥 있을 수 없어 "왜?"라고 물어보니 이유는 단순했다. "놀이방이 있으니까." 그래서 간단히 답을 해줬다. "당분간 갈 일 없어." 그리고 곰곰이 생각해보니, 진짜 이사 갈 일이 없을까? 어쩌면 꽤 오래 이곳에 살 수도 있겠고, 그렇지 않으면 전세 계약이 끝나는 2년 후면 또 다른 곳으로 이사 갈 수도 있겠다. 지금 집으로 이사 오기 전, 그러니까 아파트 1층에 처음 살게 되었을 때는 "층간소음 걱정 없이 아들이 마음껏 뛰어놀 수 있으니 아마도 꽤 오랜 시간 이곳에 살 거야. 어쩌면 계속 살 수도 있고"라고 말했었다. 매매한 집이었으니 어쩌면 평생 살 수도 있었는데, 어쩌다 보니 3년이 조금 덜 되어 지금 집으로 이사를 했다. 그렇게 생각하니 지금 집에서는 또 얼마나 살게 될까 궁금하다.

가끔은 여섯 살 아들에게 '못 당하겠다'라는 생각을 한다. 억지를 부리는 것도, 그렇다고 논리가 아주 치밀한 것도 아닌데, 미처 생각지 못한 답을, 그런데 그 말들이 그 나름 타당하다고(그럴듯하다고) 생각되는 경우에는 (어쩔 수 없이) 못 이기는 척하고 녀석의 말대로 한다(딱히 아빠의 주장을 강하게 이야기하기가 조금 머쓱해지는 경우다). 책장에서 책을 몇 권 가지고 온다고 자리를 비운 사이, 녀석이 텔레비전 앞에 너무 가까이 있기에 "아들, 뒤로 와. 그러다 눈 버리겠어. 아빠가 소파에 앉아서 보라고 했지"라고 (너무도 당연한) 이야기를 하니, 녀석은 "아빠, 텔레비전에 나오는 게 재미있으면 발이 앞으로 갈 수도 있지"라고 답한다. 그 말을 듣고 속으로 '뭐 그럴 수도 있겠구나. 어른들도 재미있거나, 궁금하거나 하면 텔레비전 앞으로 바짝 다가가 보는 경우도 있으니'라고 생각한다. 이럴 땐 그저 "아들, 그럼 다음에는 꼭 소파에 앉아서 보는 거야"라고 하고, "그런데 뭐가 그렇게 재미있어?"라고 물어본다.

이른 아침, 그러니까 새벽이다. 침대에 누워 슬쩍 시계를 보지만, 정확한 시간을 알 수 없다. 아직 알람이 울리지 않은 것을 보니 7시는 되지 않았다. 전체적인 느낌(방으로 들어오는 햇빛과 수면의 양 등)을 고려하면 5시가 조금 지났을 것이라 추측할 뿐이다. 그렇다면 일어나기도, 다시 자기도 애매한 시간이다. 침대에 누워 눈을 감은 채, 이리저리 스트레칭을 하며 하루 일과를 그려본다. 그러다 더 이상 생각이 떠오르지 않으면 일어난다. 어차피 일어나야 하니, 알람 소리에 마지못해 일어나는 것보다 하루를 조금 일찍 시작하는 것도 나쁘지 않다. 이때부터 모든 게 '조심조심'이다. 아들이 어린이집에 가려면 아직 2시간은 더 있어야 하니, 아들과 아내는 여전히 잘 시간이다. 혼자 머리는 바쁘게, 몸은 조용히 움직여 출근 준비를 마치고, 한참 자고 있는 아들의 방을 향해 '잘 다녀올게'라고 마음속으로 얘기하고 살며시 현관문을 열어본다. 어느 샌가 일어난 아내가 '잘 다녀와'라고 조용히 인사하고 다시 방으로 돌아간다.

요즘에는 아들과 관련된 또는 이런저런 세상 이야기를, 아내가 부지런히 문자로 알려준다. 물론 출근 전이나 퇴근 후에도 아내를 통해 다양한 소식 또는 정보를 접하지만, 회사에 있을 때 휴대폰의 진동이 느껴지면 대부분의 경우 아내다. 회사에서 근무시간에 업무 외적인 인터넷은 거의 하지 않는 편이라(요즘은 신문도 보지 않으니) 세상 돌아가는 이야기에 급격히 둔감해지고 있다. 처음에는 조금 낯설었지만 익숙해지니 딱히 이상할 것도 없다. 때론 모르고 지내도 살아가는 데 아무런 지장이 없고, '그런 일이 있었어' 정도로 생각되는 것들도 많다. 그러니 가끔은 아내에게 '문자가 오면' 일단 궁금하다. 그리고 조금 기대된다. 아들의 일상, 세상의 이야기, 무엇이 되었건 업무에서 한숨 돌릴 수 있는 시간이다. "아들이 어제 만든 초콜릿 아빠랑 같이 먹겠다고 뚜껑 덮어서 책상에 올려두었어", "노트르담 대성당이 타고 있대", "아들은 친구랑 놀이방에서 잘 놀고 있어" 등등. 아내를 통해 아들을 보고 세상을 읽는다.

## 어느 순간 조금씩, 그러다 끝내는 많이 달라지기도

최근에 아들이 좋아하는 놀이가 있다. 동화책을 살펴놓고 엄마, 아빠에게 문제를 내는 것이다. 한 쪽에 한 문제(또는 그 이상). 어떤 문제를 낼까 곰곰이 생각하고 있는 녀석을 가만히 지켜보니 책 속의 그림을 보고, 자신이 상상하는 것이나 듣고 싶은 이야기를 문제로 낸다. 그러다 가끔은 진짜 궁금한 것을 물어보기도 한다. 오늘도 여러 가지 문제가 있었지만(몇 개는 엄마, 아빠가 대답할 틈도 주지 않은 것도 있지만) 그중에서 또렷이 기억나는 물음은 "아기 악어가 왜 도마뱀처럼 생겼지? 그 이유가 뭘까?"라는 것이다. 잠시 착각을 해서 '도마뱀이랑 악어가 같은 것 아닌가?'라고 생각하고 있는데, 아내가 "아기 때는 생김새가 비슷해. 아직 아기라 서로 잘 구분이 안 되는 거야. 사람들도 아기 때는 비슷한데, 자라면서 조금씩 달라지는 거야"라고 답한다. 생각해보니 그렇다. 지난 삶을 돌아봐도 어느 곳에서건 처음에는 비슷한 사람들이 어느 순간 조금씩, 그러다 끝내는 많이 달라지기도 한다.

# 무엇이 더 급하고, 무엇이 더 중요한지

이래저래 바쁜 날들을 보낸다는 이유로 아들과 하루에 한 시간 정도 본다. 물론 주말에는 많은 시간을 함께하지만, 복직을 하기 전 생각했던 일상과는 많이 다르다. 머릿속으로 생각했던 일과 실제로 행동해야 하는 일에 차이가 있음을 알고 있지만, 그 간극이 이렇게 크리라고는 생각하지 못했다. 그 나름의 적응(휴직의 여운이 남은 듯, 복직의 활기는 약한 듯) 기간을 거치면 조금은 다른 삶이 펼쳐질 것이라 기대해보지만, 퇴근하고 고작 한 시간 함께하는 아들이 많이 그립다(더 꼭 안아주고 싶은데). 그 곁에서 아들과 함께하는 아내를 보면 그 또한 짠하고, 미안하다(더 많이 안아주고 싶은데). 어쩔 수 없는 평범한 직장인의 삶이라 할 수도 있지만(평균적 삶보다 훨씬 좋을 수도 있지만) 지금, 딱, 이 순간 만큼은 아쉽다. 다시 또 휴직을 하기는 쉽지 않은 상황이지만 앞으로 아들이 커가는 모습을, 아빠라는 이름으로 함께 지켜보고, 같이 살펴봐야겠다. 무엇이 더 급하고, 무엇이 더 중요한지 찬찬히 생각해봐야겠다.

복직을 하고 보니, 이런저런 것들이 조금, 또는 많이 변했다. 그 중에서 가장 크게, 그리고 가장 직접적으로 느끼는 변화는 한 주에 야근을 할 수 있는 시간의 제한이 생긴 것이다. 법에서도 그렇게 부르는지 정확히 알지 못하지만, 동료들은 '52시간제', 또는 '12시간 초과근무 금지제'라고 부른다. 정부에서 해당 정책을 추진하고 이를 사회 곳곳에 정착시키고자 하는 의미는 충분히 이해하고, 공감하지만 실제 현장에서는 여전히 적응에 많은 어려움을 겪고 있다. 이론과 실제의 문제인지, 이상과 현실의 문제인지, 제도와 사람의 문제인지, 어떤 이들은 과도기라 할 것이고, 또 어떤 이들은 시기상조라 할 것이다. 자신의 입장, 처지, 관점, 상황, 여건 등에 따라 서로 다양한 의견과 주장을 나타낼 수 있다. 이런 문제를 접할 때면 아이와 함께하며 배우고, 느낀 것이 머리에 머무른다. 생각처럼, 계획처럼, 마음처럼 되지 않을 때, '시간이 답해주겠지', '시간이 답해주겠지', '시간이 답해주겠지.' 딱 세 번만 되뇌어 본다.

# 일단 쉬자, 오늘은 쉰다

날이 너무 좋다. 미세먼지도, 바람도 없고, 당연히 비도, 눈도 오지 않는다. 그럼 어디라도 나가야 하는데, 아들과 아내와 함께 동네라도 한 바퀴 돌아야 하는데, 들뜬 마음을 조금 가라앉히고 쉰다. 아내와 아들에게도 같은 말을 건넨다. "일단 쉬자. 오늘은 쉰다." 복직을 하고 변화된 환경에 적응하며 느끼는 것들이 있다. 사람은 매우 빠르게 주어진 환경에 적응한다는 것. 그리고 그 과정에서 선택과 집중이 필요하다는 것. 또한 시간의 범위를 넘어설 수는 없다는 것. '적응'이라는 단어는 많은 에너지를 요구하기에 충분한 휴식(주어진 여건에서의 최대한의 안정)이 필요하다는 것. 그 밖에도 느낀 것들이 조금 더 있지만 지금 생각나는 것들은 이 정도다. 아내의 말처럼 집에만 있기에는 날이 너무 좋은데, 수목원이라도, 아들의 시골 할머니 집이라도, 아니면 조금 멀리 바닷가라도, 그 어느 곳이 되었건 좋은 날, 좋은 곳에 함께하면 좋을 텐데. '휴식이 활력을 주겠지'라는 마음으로 몸을 돌본다. 아내도, 아들도 이해해주겠지.

긴 주말? 짧은 주말?

다시 회사로 돌아간, 그러니까 '복직'이라는 단어를 부쩍 자주 사용하고 있지만, 가만히 생각하니 아직 한 달이 되지 않았다. 그렇지만, 아니 그래서 일요일 아침(누군가에게는 새벽이라고 할 수도 있을) 7시 30분에 집을 나선다. 목적지는 회사다. 일을 정말 잘해야겠다는 생각보다 그저 주어진 일에 최선을 다하려는데, 주어진 시간이 정말 부족하다. 방법이 없다. 일과가 시작되기 전, 일과가 끝난 후, 일과와 관련 없는 주말, 이렇게 사용 가능한 모든 시간들을 모아본다. 그렇게 그렇게 시간들을 차곡차곡 모아서 알뜰살뜰 쓰고 있다. 그러니 일만 생각하면 (정말) 긴 주말이다. 그런데 집으로 돌아와 아들과 아내와 함께할 시간을 생각하면 (정말) 짧은 주말이다. 아파트 단지 앞에 있는 가게에서 각자 아이스크림을 하나씩 먹고, 다시 아파트를 가로질러 근처에 있는 운동장까지 함께 걷고, 운동장에서 함께 달리고, 다시 아파트까지 함께 돌아온다. 긴 주말? 짧은 주말? 어쨌든 또 하루가 가고, 또 다른 하루는 온다.

# 생각은 그림자 같은 것

'읽고, 들으며, 말하고, 쓰기'에 (정말) 관심이 많다. 5년 전, 책을 낼 때도 계약을 협의하는 과정에서 표지 디자인이나 그 밖의 것은 출판사에서 하고 싶은 대로 해도 되지만, 제목과 부제만은 그대로 두어야 한다는 단서를 달았다. 몇몇 출판사는 제목을 바꿀 것을 권했지만(그래야 책이 팔린다고), 그것은 수용할 수 없었기에 출판이 지연되었다. 그 나름의 고집이었지만(제목을 바꾸었다고 책이 더 팔렸을 것이라 생각하지 않지만) 그대로 두기를 잘했다고 생각한다. 이야기가 길어졌다. 아들과 함께하며 녀석이 재미있어했으면 하는 것이 갈수록 많아지지만, 다시 한번 강조해도 부족함이 없는 '읽고, 들으며, 말하고, 쓰기'를 (정말) 좋아한다면 더없이 기쁘겠다. '생각은 그림자 같은 것'이다. 녀석이 그 그림자를 곁에 바짝 붙들어두고 살면 좋겠다. 자신의 생각을 말과 글이라는 수단을 통해 정확하고, 간결하게, 효율적으로 표현할 수 있으면 좋겠다. 그러기 위해 많이 읽고, 잘 들어야 하는 것은 너무나 당연하다.

# 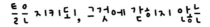틀은 지키되, 그것에 갇히지 않는

오전과 오후, 그 사이 한 시간의 여유가 있다. 대부분의 직장인이 그렇듯 12시 그리고 1시는, 2시 그리고 3시와는 전혀 다른 의미로 다가온다. 그 시간에 요령껏 많은 일들을 할 수 있다. 밥만 먹을 수도, 밥도 먹을 수도, 운동만 할 수도, 운동도 할 수도 있다. 슬쩍 둘러보니 책을 읽는 사람도, 낮잠을 자는 사람도, 인터넷을 하는 사람도, 소곤소곤 대화를 하는 사람도 있다. 휴직 전에는 이 시간에 주로 책을 읽었지만, 복직 후에는 거의 글쓰기 강의를 듣는다. 웬만큼 유명한 강사, 작가 등의 동영상 강의는 빠짐없이 챙겨보지만, 특히 말도 (너무) 잘하는 유시민 작가의 강의를 즐겨듣는다. 강의 중 직장인의 직업적 글쓰기에서 '틀(형식)'이 중요함을 강조하는 내용을 듣다가 문득 아들 생각이 났다. 글쓰기도 그렇지만 삶에서도 녀석이 '틀은 지키되, 그것에 갇히지 않는' 사람, '굳건하지만 유연한' 사람이 되었으면 좋겠다고 생각했다.

모처럼 '정해진' 퇴근 시간에 사무실을 나섰다. 마음은 이미 10분, 아니 1시간 전에 집으로 향하고 있었다. '오늘은 6시에 꼭 퇴근해 야지'라고 마음먹은 순간부터 '기분 좋다'라는 생각이 머리를 가 득 채웠다. 며칠, 아니 거의 한 달간 '이번에는 어떻게 해야지. 다 음에는 또 무엇을 해야 하나. 지금 잘하고 있는 걸까?' 등등의 생 각이 머릿속을 떠나지 않았다. 휴직 중 타 부서로의 인사발령을 대수롭지 않게 생각했는데, 막상 복직을 하니 새로운 부서, 새로 운 업무, 거기에 제한된 시간에 결과물을 도출해야 하는 압박감, 이래저래 복잡한 감정들, 꽤나 오랜만에 느꼈다. 일단 큰 고비 하 나는 넘었으니, 잠시 쉬어가기로 했다. 사무실을 나서 집에 들어 서기까지 채 10분이 걸리지 않았다. 주말이 아닌 주중에, 이렇게 일찍 아들과 아내와 함께하는 것도 오랜만이다. 아들과 물놀이도 맘껏 하고, 간식도 양껏 먹고(아내와), 놀이도 오래 하고, 긴 동화 책도 읽었다. 그랬더니 녀석은 곯아떨어졌다. 그렇게 또 하루가 갔다.

사실 '오늘의 감정'이라는 제목으로 글을 쓰고 싶었다. 그런데 '오늘'이었어야 할 '어제'는 몸과 마음이 너무 피곤했다. 오전에는 회사 일이 뜻대로 되는가 싶더니, 오후부터 되는 게 하나도 없었다. 그래서 '그래, 안 될 때는 더 이상 매달리지 말고, 밖으로 나가자. 아들 어린이집 앞에 있다가 함께 집으로 가야겠다'라고 결심했다. 녀석을 만나려면 20여 분이 남았기에 주차장에서 떨어지는 빗소리를 듣기도, 보기도 했다. 그랬더니 한결 마음이 편안해졌다. 사람의 감정이라는 것이 단순하기는 하지만, 그렇다고 이렇게 다양한 감정을 하루라는 짧은 시간에 경험하게 될 줄은 몰랐다. 일 년의 휴직을 통해 조금은 더 단단한 사람이 되었다고 생각했는데, 기쁨, 답답함, 짜증, 무덤덤함, 편안함 등등의 감정이 잠시 곁에 붙었다 금세 떨어졌다 하는 날이었다. 차 문을 열고 어린이집으로 들어서면서 다시 생각했다. 지난 일 년 동안 아이와 함께하면서 힘들었던 날, 그다음 날 어떤 마음이었는지. '모든 게 잘 될 거야!' 그렇게 믿자.

텔레비전에서 날씨 소식을 전하고 있었다. 그저 덤덤하게 보고 있는데, 화면 속의 표 옆에 꿀벌 한 마리가 눈에 들어왔다. 그림이 재미있기도 하고, 귀엽기도 해서 "아들, 얼른 이리 와봐. 텔레비전 속에 꿀벌이 있어"라고 말했다. 녀석은 "아빠, 어디? 안 보이는데?(이미 화면이 바뀌었다)"라고 하더니 "아빠, 그런데 우리 집 텔레비전에 꿀벌이 들어오면 어떡하죠?"라고 묻는다. 진짜 꿀벌은 텔레비전 화면 속으로 들어갈 수 없다는 것을 알고 있는지, 아니면 진짜 몰라서 그러는지 알 수는 없지만 "응, 텔레비전 화면에 보이는 꿀벌은 진짜가 아니라 그림으로 그린 거야. 그래도 혹시라도 꿀벌이 집에 들어올 수 있으니 조심해"라고 답했다. 그러다 옛날 생각이 났다. 시골에 친척 할머니('상할머니'라고 불렀지만 지금 생각하니 증조할머니 정도 되셨다)는 텔레비전에서 밥 먹는 장면이 나오면 항상 "저(텔레비전) 속에는 쌀이 많기도 많다"라고 하셨다. 그 생각에 잠시 그리웠다. 그때 그분들이. 그때 그 시절이.

주말 이틀

주말 이틀을 모처럼 아들과 아내와 꽉 채워 즐겼다. 어디 먼 곳을 간 것은 아니지만 집 근처에서 제법 알찬 시간을 보냈다. 먼저 토요일에는 집에서 5분 거리에 있는 자운대를 다녀왔다. 군과 관련된 행사는 왠지 딱딱할 것 같은 선입견이 있었는데, 이번 축제(대전시와 자운대가 함께 한)에서는 탱크, 대포, 군견, 살수차, 군용 드론 등등 정말 다양한 것들을 볼 수 있었고, 대부분 직접 체험(탱크에 탑승해보거나, 군용 전화를 만져보거나)도 할 수 있어 좋았다. 그리고 일요일에는 집에서 30분 거리에 있는 오월드를 다녀왔다. 그동안은 동물원과 사파리 구경, 놀이기구 탑승이 목적이었다면, 이번에는 아들의 그림 그리기 대회 때문이었다. 생각보다 많은 아이들이 제각각 실력을 뽐내는 모습이 재미있었다(물론 엄마, 아빠들이 더 열심히 하는 경우도 더러 눈에 띄었다). 친구와 함께 한 녀석도 아주 짧은 시간에 실력을 맘껏 뽐냈다. 그리고 나머지 긴 시간을 신나게 놀았다. 그렇게 볕 좋은 주말, 봄나들이 한번 제대로 했다.

## 바지를 입다가

이른 아침, 회사에 출근하기 위해 바지를 입다가 알았다. 재미있기도, 황당하기도 한 것을. 침대 가장자리에 앉아 한 쪽 다리를 바지에 쑥 넣었더니 양말 하나가 툭 떨어졌다. 며칠 전 짝이 없는 양말이 하나 있었는데, 나머지 하나가 어딜 갔나 했더니 이렇게 바지 안쪽에 숨어있었다. 곰곰이 생각하니 이러면 찾을 방법이 없겠다. 건조기를 쓰지 않을 때는 빨래를 하면 한두 번은 탈탈 털어서 건조대에 말렸다. 그런데 요즘은 세탁기와 건조기가 나란히 있어 빨고, 말리는 것이 아주 간단해졌다. 세탁기도 그렇지만, 특히나 건조기는 쓰면 쓸수록 참 편하고, 또 가끔은 건조기와 관련해 누군가 했다는 말이 떠올라 색다르다. '가장 좋은 건조기는 어떤 것일까?'라는 물음에 대부분의 사람들은 '옷을 더 빨리 말리는 것'이라 했지만, 그는 '옷의 원형을 더 잘 유지하면서 말리는 것'이라 답했다고 한다. 건조기와 육아를 비교하기가 좀 어색하지만, 아이도 '더 빨리'보다 '더 본성(원형)'을 생각하며 키워야겠다.

아직, 벌써 그렇게 한 달

요즘 머릿속에 계속 맴도는 말, '한 달.' 그 앞에 '아직'이라는 수식어가 적당할지, 아니면 '벌써'라는 수식어가 적당할지, 조금 어쩌면 전혀 다른 의미가 되겠지만 무엇이 되었건 복직을 하고 한 달이 되었다. 이제 어느 정도 회사 생활에 익숙해진 것 같기도, 그렇지 않은 것 같기도 하다. 아들도 아빠가 (다시) 회사에 다니는 것이, 아내도 남편이 (다시) 회사에 다니는 것이 익숙해진 것 같기도, 그렇지 않은 것 같기도 하다. 그러니 잘 모르겠다고 하는 것이 조금 더 솔직한 마음이다. 그런데 그렇게 모르겠다, 모르겠다 하기에는 이제는 알아야만 할 것 같기도 하다. 언제까지 휴직했을 때의 몸과 마음으로 살아갈 수는 없으니 지나간 시간보다 다가올 시간에 조금 더 집중해야 하기 때문이다. 아들과 나들잇길에 아내에게 얘기했다. "지금 잘 적응하고 있는지 솔직히 잘 모르겠어. 그래도 육아휴직을 하고 인생이 조금 더 깊어진 것 같아. 삶을 조금 다르게, 조금 깊게, 조금 진지하게 생각해본 날들이었어. 그냥 참 좋았어."

수박을 먹다가

주말에 볕을 좀 쬐었더니 얼굴은 발그레하고(사실은 붉게 변했다), 몸 이곳저곳에 열감이 남아 있다. 다행히 아들은 그럭저럭 괜찮은 것 같다. 그런 몸으로 이삼일 출근했다 돌아오니, 안 그래도 복직 후 일이 많아진 남편의 지친 모습이 보기 딱했는지, 아내가 수박 한 덩이를 사두었다. "더위 많이 타는 사람한테 수박이 최고야. 이제 여름이 시작된 것 같으니 보약이라 생각하고, 부지런히 먹어. 돈 아깝다 생각 말고, 일 열심히 하니까 이 정도는 충분히 먹어도 돼." 그렇게 아내 덕분에 올해 들어 처음으로 수박을 먹었다. 밥을 양껏 먹은 이후라 많이 먹지는 못했지만, 달달한 수박을 사각사각, 오물오물 씹는 느낌이 좋았다. 아들에게도 한 조각을 권하니 녀석은 그다지 먹고 싶지 않은 눈치다. 이래저래 어르고, 달래니 두 조각 정도 겨우 먹는다. 수박을 먹다가 문득, 식성이라는 것이 참 신기하다고 생각했다. 어떤 사람은 수박을, 또 어떤 사람은 사과를, 그리고 또 어떤 사람은 복숭아를 좋아한다. 왜 그럴까?

# 경험보다 소중한 것은 없다

아침 출근길, 엘리베이터가 오기를 기다리며 무엇을 할까 망설일 틈도 없이 자연스레 스마트폰을 만지작거린다. 좋아하는 블로그에 올라온 글을 찾아 읽는다. '언제 봐도 참 글이 좋다. 어쩌면 이렇게 글을 잘 쓸 수 있을까'라고 잠시 부러워한다. 소설가나 시인이 되려는 것은 아니지만 좋은 글솜씨가 스며 나오는 괜찮은 문장을 보면, 거기에 그것을 통해 생각거리까지 주는 글을 만날 때면 그저 부럽다. 글이 가진 힘이 느껴지고, 글쓴이의 기운까지 전해지는 듯하다. 그런 생기 있고, 힘 있는 글을 쓰고 싶다. 얘기가 길어졌다. 그 블로그에서 읽은 긴 글에서, 짧지만 너무 익숙한 문장이 오늘따라 마음에 들어온다. '경험보다 소중한 것은 없다.' 색다를 것도 없는 낯익은 문장이지만 그냥 좋다. 엘리베이터를 타고 내려가며 '경험'이 주는 삶의 활기, 삶의 다양성, 삶의 가치 등등 이런저런 생각을 한다. 아들이 세상의 많은 것을 경험해보길 바란다. 그 경험들은 언젠가 녀석이 살아가는, 살아갈 수 있는 힘이 될 것이다.

# 어떻게 어른 생각처럼만 행동하겠어

계절의 여왕이라는 5월에, 어린이날을 앞둔 황금연휴 첫날에, 모처럼 회사 일을 잊고 휴식을 취하고 싶은 날에, 좋아하는 사우나를 하러 간 날에, 순탄하리라 생각하지는 않았지만(어제 집에서 씻기 싫다고 했으니) 이렇게까지 싫어할 것이라고는 생각하지 못했다. 입구에서 엄마와 헤어질 때는 "엄마, 이따가 만나"라고 씩씩하게 얘기하더니, 옷을 벗고 막 씻으려 하니 "아빠, 물놀이(씻기) 싫어"라고 작게 얘기한다. '오늘은 아니구나'라는 생각에 "아들, 그럼 (집에) 가자"라고 하니 또 그건 싫다고 한다. 그렇게 시작된 녀석의 "싫어"라는 외침은 다시 옷을 챙겨 입고 차에서 두시간이나 (엄마를) 기다릴 수밖에 없는 상황을 만들었다. 그렇게 시작된 1시간 이상 반복되는 '싫어'라는 외침과 계속되는 울음은 감정을 요동치게 했다. 그런데 한 시간이 지나니 문득 '그래, 진짜 싫은 날도 있겠다. 어떻게 어른 생각처럼만 행동하겠어"라는 생각이 들었다. 그때 돌아본 녀석, 울다 지쳐 자는 모습이 측은했다. 좋은 아빠도, 좋은 아들도 쉽지 않다.

새로움은 깊이에서 나온다

무엇인가 새로운 것을 끊임없이 익히고, 배우는 것, 자신의 경계를 넓히고, 확장해 스스로의 한계를 넘어서는 것, 그것은 흔들리는, 흔들거리는 믿음 또는 진리의 불편함에 대한 의미 있는 도전이다. 복직을 하고, 아니 복직을 하기 전에도 아이와 함께하며 많은 것을, 특히나 아이와 관련된 것이라면(그것이 새로운 것이라면) 더 부지런히 익히고, 배우려 했다. 배움에 대한 근원적인 열망 또는 열정이라 해도 좋지만 다양성이라는 가치를 통해 개별 지식 간의 긍정적 상호작용에 대한 믿음이 강한 것도 이유였다. 무엇인가 새로움을 추구하려면 기존에 알고 있거나, 믿고 있거나, 이해하고 있는 것에서 한 걸음 더 나아가야 한다고 생각했고, 그 방법으로 끊임없는 새로움을 통한 자극이 필요하다(최선이라) 생각했다. 기존의 것과 새로운 것의 만남이 한층 더 깊이를 더해 줄 것이라 믿었다. 그런데 며칠 전부터 '새로움은 깊이에서 나온다'라는 생각도 믿어보기로 했다. 깊게 더 깊게, 새롭게 더 새롭게. 그 가치도 따라가 본다.

황금연휴 마지막 날 아침, 진짜 푹 자고 싶은데 아빠의 마음을 어떻게 알았는지 아들은 평소보다 일찍 일어난다. 거실로 달려간 녀석이 엄마와 이런저런 대화를 나누는 소리가 잠결에 들린다. 마음속으로 '일어날까? 아니면 조금만 더 잘까?'라는 생각을 수없이 반복한다. 그러니 자는 것도, 그렇다고 깬 것도 아니다. 딱 '비몽사몽' 한 상태다. 그때, 녀석이 엄마에게 하는 말이 너무 재미있어 메모해둔다(혹시 다시 잠이 들면 잊어버릴 것 같아서). 녀석은 "엄마, 유치원에서 바깥 놀이(야외활동) 갔을 때(잠시 쉬고), 풀들이 눈을 번쩍 떴어요(잠시 쉬고). 그런데 그 표정이 기뻤어요(잠시 쉬고)"라고 말하며 신이 났다. 그 얘기를 들으며 '녀석이 참 엉뚱하기도 하네. 그래도 재미있네'라는 생각과 '어쩌면 아이들 눈에는 그런 게 보이는 건가?'라는 물음이 순차적으로 떠오른다. 어른들의 눈에 보이지 않는다고, 세상에 존재하지 않는 것이라 단정적으로 얘기할 수는 없다. 그렇다면, 혹시 풀의 기쁜 표정은 어떤 모습일까?

별게 다 그리워진다

같은 하늘 아래(10분 내외의 거리에), 아들과 엄마와 아빠는 함께한다. 그런데 함께하지 못하는 듯한 기분이다. 이른 아침 집을 나서, 늦은 저녁 돌아온다. 아침에도 가끔은 아들의 얼굴을 보고, 저녁에는 언제나 아들의 얼굴을 본다. 그런데 함께하지 못하는 듯한 기분이다. 어린이날을 포함한 지난 며칠간의 황금연휴 동안에도 함께했다. 그런데 함께하지 못하는 듯한 기분이다. 그냥 기분 탓일 수도 있지만, 복직을 하고 다시 일상으로 돌아온 듯한데, 문득 그리고 가끔 별게 다 그리워진다. 함께했던 제주도의 맑은 해변, 마라도의 조용한 성당, 울릉도의 아늑한 버스, 동해의 푸른 바다, 완도의 맑은 하늘… 또 가끔은 아파트 분수에서의 물놀이, 수목원 산책길에서의 도토리 줍기, 첫눈이 왔던 날 동네에서 썰매 타기…. 그 시간, 그 장소, 그 사람, 그 물건, 그 기분, 그 느낌, 그 마음… 함께했던 모든 것들이 추억으로 그리워진다. 복직을 하고 회사 생활을 그 어느 때보다 열심히 하고 있는데, 별게 다 그리워진다. 별게 다….

### 잠이 오지 않는다

분명히 저녁 9시에 누웠다. 그리고 눈을 꼭 감았다. 그러면 잠이 들 것이라 생각했다. 평소보다 2시간 정도 이른 시간이지만 머리 도 아프고, 몸도 피곤했기에 스르르 잠들 것이라 생각했다. 그런 데 잠이 오지 않았다. 아들은 내일 어린이집에서 연극 공연을 보 러 가기에 모처럼 일찍 잠자리에 들었고, 그 곁에 엄마도 함께하 는데, 정작 아빠는 침대에 누워 이리 뒹굴다 저리 뒹굴다 하다가 마침내 책상 앞에 앉았다. 일단 만화책을 펼쳐본다(요즘은 책상 한편에 만화책을 쌓아두고, 하루에 한 권 또는 두 권 정도 가벼운 마음으로 읽는다). 그래도 잠이 오지 않는다. 컴퓨터를 켜고 글을 쓴다. 1년 이상을 하루에 한 번, 아들과 아내와 함께했던 일상을 짧은 글로 옮겼더니 그것이 습관이 되었다. 그 일상의 기록들이 아이의 성장과 함께한다는 느낌에서, 어느 순간 하루를 차분히 마무리할 수 있도록 감정을 정화 또는 순화시켜 아빠의 성장과도 함께한다는 느낌이다. 그렇게 그 어떤 의식처럼 글을 쓰면서 잠 시 마음을 돌아본다.

# 코피가 났다

며칠 전 새벽에도 아들은 코피가 났다. 텁텁한 날씨로 코가 한껏 건조해지니 킁킁거리다 피가 난 것이다. 아침에 일어나 아내에게 그 얘기를 전해 들었을 때, 솔직한 마음은 아들에 대한 걱정보다 '아내가 잠을 많이 못 잤겠구나'라는 생각이 먼저였다. 왠지 그랬다. 아들이 처음 코피를 흘렸을 때는 그렇지 않았다. 아직 어리기만 한 꼬마의 코에서 피가 주르륵 흐르는 모습은 아빠의 마음을 참 안쓰럽고, 안타깝게 했다. 그런데 그것도 한두 번 경험하고 나니(물론 피를 흘리는 녀석이 여전히 걱정되지만), 화장지를 둘둘 말아 흐르는 피를 얼른 닦고, 코를 살짝 누르고 있으면 '곧 멈추겠지' 정도의 생각뿐이다. 녀석은 오늘도 건조한 코를 만지작거리다 코피가 났다. 물론 이번에도 여전히 걱정되지만, 역시나 덤덤하게 쓱 닦아주고, 녀석의 코를 살짝 눌러준다. 그렇게 피가 멎기를 기다리며 동화책 세 권을 함께 읽고, 같이 본다. 좋게 생각한다. 아이와 함께하는 아빠도 같은 일을 두 번, 세 번 경험하면 조금 더 단단해지는 것이라고.

성장, 삶, 인생… 이런 것들과 크게 관계없이, 문득 '젊음이 기울어간다'라고 생각했다. 왜 갑자기 그렇게 생각했는지 뚜렷한 이유는 없다. 이제 만으로도 마흔이 넘었으니(시골에 계신 아들의 할머니, 할아버지에게는 여전히 '어리기만 한 막내아들'일 수도 있지만), 나이가 적다고 하기도 좀 그렇고, 우리나라 국민들의 평균 수명을 생각해봐도 마냥 젊다고만 하기도 좀 그렇고, 인생, 삶을 이야기하며 거창하게 말하지 않더라도 언제까지 '젊음!'이라고 하기에는 이래저래 좀 그렇다. 그렇게 이런저런 생각을 아주 잠깐 하다가 순간 내린 결론이(그때 떠오른 문장이) '젊음이 기울어간다'라는 생각이었다. 별달리 아쉬운 것은 없다. 할 만큼 했고, 하고 싶은 것도 해봤다. 그래도 여전히 할 것은 있고, 다행히 하고 싶은 것도 많다. 손가락만 겨우 꼼지락거리던 녀석이 벌써 여섯 살이다. 그렇게 시간은 잘도 간다. 삶에, 인생에 답은 없다. 그저 하루, 이틀, 사흘… 그렇게 살다 보면, 언젠가는 '열심히 살았구나'라고 돌아보게 된다.

여섯 살 아들과 함께하며 꼭 듣고 싶은 말이 있다. 퇴근을 하고 집으로 돌아왔을 때, 아들이 환하게 미소 지으며 '아빠! 나 이만큼 컸어요!'라고 말하며 어린이집에서 있었던 일들을 조잘조잘 얘기해주면 좋겠다. 왜 많고, 많은 말 중에서 그 말이 듣고 싶은지는 모르겠다. 그냥 육아휴직을 하고 있을 때, 녀석이 성장하는 모습을 바짝 곁에서 지켜보는 재미가 있었다. 때로는 몸과 마음이 힘들고, 지치는 날에도 그 재미로 잠시 웃으며, 조금 견뎌냈다. 그런데 녀석이 실제로 그 말을 하면 조금은 아쉬울 것 같다. 녀석의 여전히 포동포동한 손, 말랑말랑한 종아리를 슬쩍(또는 살며시) 만지는 그 기분이, 그 촉감이 좋은데, 이제 더 이상은 아기라고 하면 안 되지만, 그래도 아기 같은 녀석의 모습이 좋은데, 조금씩 커가면서 그 모습을 볼 수 없음이 너무 아쉽다. 어느 날 아내가 그랬다. '지금 이 순간, 녀석의 모습을 어느 하나 남김없이 영원히 간직할 수 있었으면 좋겠다'라고. 그땐 몰랐다. 왜 그렇게 말하는지.

# 사랑하고, 고맙고, 감사하다

다시 걸음마를 지켜보듯 다시 걸음마를 시작하듯 세상의 작은 사회로 처음 발을 내딛는 아들의 작고 여린 한발 한발을, 또 서툰 우릴 많이 지지하고 응원하고 격려해준 아들의 만4세 소담반 권유진 담임선생님과 부담임 김선임 선생님, 만3세 우솔반 시절 담임 문보영 선생님, 부담임 임성희 선생님께 깊은 감사를 드리고 싶다. 마주치면 허리를 굽히고 일일이 아들과 눈을 마주쳐 주시는 최효영 원장 선생님과 교직원 선생님들 모두에게 이 자리를 빌려 꼭 부족하지만 진심 가득한 감사의 마음을 전하고 싶다.

그 밖에도 고맙고 감사한 마음을 전할 이들이 많지만 일일이 전하지 못하는 걸 너그러이 이해해줄 것이라 믿으며, 이 책을 읽는 모든 사람들이 행복하길 잠시 마음을 모아 소망해 본다.

아빠의 육아휴직은 이렇게 끝났지만, 아빠의 육아는 오늘도 계속된다. 다시, 더 멋진 날들은 온다. 항상 사랑하고, 항상 고맙고, 항상 감사하다.

덧붙여 지난 책들과 『아빠의 육아휴직은 위대하다』까지 시간을 쪼개어 최종 원고를 꼼꼼히 검토해주었던 형 임현서에게 고마운 마음을 전한다.

아내 안정란과 아들 임태율에게 '진짜' 사랑한다 말하고,

아버지 임종만 님과 어머니 유춘발 님에게 '정말' 고맙다 말하고,

장인어른 안승관 님과 장모님 천성희 님에게 '많이' 감사하다 말하며 글을 마친다.